ゼロヴィル

ZEROVILLE

スティーヴ・エリクソン
柴田元幸 訳

白水社

ゼロヴィル

カバー写真：Hulton Archive/Getty Images

映画は世界の始まりから存在していたと思う。

——ジョゼフ・フォン・スタンバーグ

装丁　奥定泰之

1

ヴィカーの剃った頭には彼の脳の左右の葉《よう》が刺青《いれずみ》されている。一方の葉はエリザベス・テイラーの、もう一方はモンゴメリー・クリフトの極端なクロースアップで占められ、二つの顔はほとんど離れておらず、唇もほとんど離れておらず、二人はどこかのテラスで抱きあっている。映画史上、もっとも美しい二人の人間——女は男の女性バージョンであり、男は女の男性バージョンである。

2

いまは一九六九年の夏、ヴィカー二十四回目の誕生日の二日後。誰もが髪を長くのばしていて、仏教徒でもないかぎり頭を剃ったりしないし、バイカーかサーカスの芸人でないかぎり刺青などしていない。

ロサンゼルスには一時間前に着いた。フィラデルフィアから六日間、昼も夜もずっと乗っていたバスから降りたばかりで、目下、街で一番古い道路オルベラ通り《ストリート》から数ブロック上がった〈フィリップス〉でフレンチディップ・サンドイッチを食べている。

3

フィリップスで、ヴィカーの顔を見て一人のヒッピーがうなずき、「いいよな、それ。俺の一番好きな映画だよ」と言う。

ヴィカーはうなずく。「とてもいい映画だと思う」

「終わりのシーン、最高だよな。あそこの、プラネタリウムの」

ヴィカーは立ち上がり、食べ物のトレーを宙に舞い上がらせ、ローストビーフと肉汁を店じゅうに飛び散らせ——

——そのまま一続きの動作でテーブルの向かいにいる冒瀆者《ぼうとくしゃ》の頭にトレーを叩きつける。パラシュートのようにふわふわ落ちてくるナプキンを間一髪でキャッチし、自分の口を拭く。

ああ《オー》、何てことだ《マザー》、とヴィカーは思う。「『陽のあたる場所』、ジョージ・スティーヴンス」自分の頭を指しながら、倒れた男に彼は言う。「『理由なき反抗』じゃない」そして大股で立ち去る。

4

ヴィカーの左目の下には、赤い涙のしずくが刺青してある。

5

本当にそんなことがありえるだろうか？　五千キロの道のりを旅して、世界の映画首都にやって来たというのに、出会うのはモンゴメリー・クリフトとジェームズ・ディーンの違いもわからない、エリザベス・テイラーとナタリー・ウッドの違いもわからない連中ばかりだなんて。〈フィリップス〉から数ブロック北に行くと街がとだえてくるので、ヴィカーは来た道を引き返す。まっすぐな金髪の、スケスケのグラニードレスを着た女の子に、ハリウッドはどこかと訊ねる。じきに彼は、ロサンゼルスの女の子全員がまっすぐな金髪でスケスケのグラニードレスを着ていることに気づく。

6

女の子はヴィカーを車に乗せてくれる。ヴィカーの頭を彼女はまじまじと見ている。この子は何か変だ、とヴィカーには思える。ちゃんと前を見て運転してほしい。きっと非合法の麻薬を摂取していたんだ、とヴィカーはひそかに思う。

「あのさ」女の子がようやく口を開きかけ、もうその目に浮かんでいるのがヴィカーにはわかる――ジェームズ・ディーン、ナタリー・ウッド……どうしよう？　相手は運転中だし、だいいち女の子だ。女の子の頭にトレーを叩きつけるわけには行かない。

「モンゴメリー・クリフト」彼は先回りして相手の間違いをかわす。「エリザベス・テイラー」

「エリザベス・テイラーね」女の子はうなずく。「聞いたことあるな……」少し考える。「カッコいいよね」

モンゴメリー・クリフトが誰なのか、女の子が全然わかっていないことをヴィカーは悟る。「ここで降ろしてくれ」と彼は言い、女の子は彼を、サンセットとハリウッドの両大通り《ブルヴァード》が枝分かれする小さな映画館の前で降ろし――

7

――ヴィカーはその映画館に入る。

二〇年代後半のヨーロッパの無声映画で、こんなにひどいプリントは見たことないが――映画というよりセルロイドのつぎはぎだ――ヴィカーはすっかり魅入られる。舞台は中世の後半、クレジットで「マドモワゼル・ファルコネッティ」とだけ記された若い女が部屋を埋める修道士たちに尋問され、迫害される。女はいわゆる演技をするのではない。これほど演技に思えない演技をヴィカーは見たことがない。むしろ役を生きている。映画は一貫してクロースアップで撮られていて、それはこの若い女が火あぶりの刑に処される耐えがたいエンディングでも変わらない。

8

その後ヴィカーはサンセットをさらに西へ進んでいき、やがてハリウッド大通りの方に折れる。ヴァイン通りの角の、かつてムーランルージュ・ナイトクラブがあったところはいまは万華鏡《ザ・カレイドスコープ》という名のサイケデリック・クラブになっている。サイケデリック・クラブとは何なのか、ヴィカーには見当もつかない。ハリウッド大通り沿いには古いうらぶれた装身具店、古本屋、土産物スタンド、ポルノ映画館などが並んでいる。通りを映画スターが一人も歩いていないことにヴィカーは愕然とする。〈フィリップス〉でフレンチディップ・サンドを犠牲にしたせいでまだ空腹なので、〈ムッソー&フランク〉でチキンポットパイを注文する。ここはビリー・ワイルダーがレイモンド・チャンドラーと『深夜の告白』の脚本を書いているあいだ二人でよく昼食を共にした店である。どちらも相手のことが耐えられなかったので食事中二人ともさんざん酒を飲んだ。

9

チャイニーズ・シアターの外の足跡をヴィカーは数分見る。エリザベス・テイラーもモンゴメリー・クリフトも見つからない。入口で切符を買い、映画を観に中へ入る。

ハリウッド行きのはてしないバスと思えたものでヴィカーが旅したように、〝トラヴェラー〟も宇宙を高速で旅して無限へと向かう。時間も空間も彼からどんどん剝がれ落ちていって、結末近くの彼は白い部屋にいる老人であり、死の瞬間に黒いモノリスが目の前に現われる。彼は胎児に、おそらくは神たるスターチャイルドに、なる。ヴィカーも一種スターチャイルドのようにロサンゼルスにやって来た。いかなる親も血筋も認めず、幼年期の痕跡はいまや時間や空間のように剝げ落ちてきている。ヴィカーは自分に言う。僕は神が子供たちを殺すのではなく神自身が子供である場を見つけたのだ、と。

ロサンゼルスに来て七時間で、二本映画を観たことになる。一本は中世の、もう一本は未来の映画。ヴィカーはハリウッド大通りを渡って、ローズヴェルト・ホテルに行く。ここは映画が音を発見した年にルイス・B・メイヤー、ダグラス・フェアバンクス、メアリー・ピックフォードが建てたホテルである。

10

チャーリー・チャップリンの彫像があるローズヴェルトのロビーをヴィカーは歩いていく。石のアーチ、椰子の葉、全体に何となくみすぼらしい。ここで初のアカデミー賞授賞式が行なわれたのは四十年前のことだ。ヴィカーはフロントで９２８号室を所望する。

フロントにいる若い係は「その部屋、空いてないよ」と言う。長い髪を、上着とネクタイの下の襟にたくし込んでいる。

「確かかい？」

「ああ」

「十七年前」ヴィカーは言う。「モンゴメリー・クリフトがその部屋に住んでいたんだ」

「え、誰？」

デスクから小さなベルを取り上げて無知蒙昧なる男の頭に埋め込みたい衝動をヴィカーは抑える。少しのあいだ、係の男が、巨人キュクロプスのようにベルを三つめの目として持っている姿をヴィカーは思い浮かべる。客たちが彼の許へやって来てベルを鳴らし、そのたびにこの不信心者はモンゴメリー・クリフトを思い出すのだ。「モンゴメリー・クリフトは」とヴィカーは言う。「『陽のあたる場所』を作ったあと、『地上《ここ》より永遠《とわ》に』を撮影中ここに住んだんだ」

11

係の男は言う。「あのさ、あんた、『イージー・ライダー』観た？　俺、ふだんはあんまり映画行かないんだよ。もっぱら俺、音楽《ザ・ミュージック》だから」

「え？」

「**音楽**だよ」。係の男はラジオの音量を上げる。マラケッシュ行きの列車がどうこうという歌がかかっている。「さあみんな乗って」とシンガーが歌う。ひどい歌だ。『陽のあたる場所』を忘れてこんなものを？　この歌は麻薬にも関連しているのではないか。

「モンゴメリー・クリフトの亡霊がこのホテルに棲んでるんだ」ヴィカーは言う。

「いいや」係の男は言う。「それってD・Wの方だよ」

「D・W？」

「パンフレットに書いてあるよ。ここで死んだか何かしたんだ。無一文《バステッド》で」。そして言い足す。「ポリ公に逮捕《バステッド》されたってことじゃないぜ——金がなかったってこと。そいつの亡霊が行き場を探してエレベータで昇り降りしてるんだ」

「D・W・グリフィスか？」

「だと思うよ」係の男は感心してうなずく。「そうそう、D・W・グリフィン、、、」。男は宿帳を見る。「939号室なら空いてるよ、廊下を反対に行った端の反対側だから、ちょうど928号室をひっくり返した位置」

「わかった」

「どのみち」係の男は肩をすくめる。「もう番号とか全部変えちゃってるかもしれないし」

「九階はたぶんまだ九階だろう」とヴィカーが言った。

係の男はこれにいくぶん衝撃を受けた様子である。「そうだよな」啓示の波に洗われつつ彼は答える。「九階はたしかにたぶんまだ九階だよな」。ヴィカーは宿帳にアイク・ジェロームとサインする。これは偽名ではない。まだ誰一人、彼自身も含めて、彼をヴィカーと呼んではいない。彼は現金で支払う。係の男から鍵を受けとり、エレベータに向かう。「いまの一言、すごかったよ」男は去っていく彼に呼びかける。「いまの、九階の話」

12

ヴィカーがエレベータに入って九階のボタンを押すと、ほかの階のランプも順々に、すべて点灯する。

それぞれの階で、ドアが開く。ヴィカーは誰かが自分の横をすり抜けていくのを感じ、身を乗り出して廊下を覗き、まだ九階ではないと確かめると、ふたたび次の階へのぼっていく。

13

９３９号室の窓からチャイニーズ・シアターは見えないが、フランクリン・アヴェニューの上にハリウッド・ヒルズとマジック・キャッスルは見える。日干し煉瓦《アドービ》の家、ハイテクの家が丘を転げ落ちるように並んでいる。なかには宇宙船みたいに丸い家もある。ヴィカーが右にぐっと身を乗り出して西のローレル・キャニオンの方を見はるかせば、そうと知っているなら、いまから九年後に自分が住むことになる家の点が見えるはずだ。ローズヴェルトに泊まって最初の朝、ヴィカーが廊下を歩いていくと、係の男が言っていたとおり反対側に９２８号室があり、メイドが部屋を掃除しているところを彼は覗き込む。オレンジ・ドライブに面したその窓からは、モンゴメリー・クリフトもチャイニーズ・シアターが見えなかったはずだ。

14

ローズヴェルトでの最初の夜、ヴィカーはどんな映画を観たあとにもかかならず見る夢をまたも見る。生まれて初めて観た映画以来、いつも見る同じ夢。夢の中に水平な形の岩があって、岩の上に誰かが、ぴくりとも動かず横たわっている。岩の側面が、ドアか亀裂みたいに開きかけて、ヴィカーを招いているように思える。

15

ヴィカーはローズヴェルトに三泊する。チェックアウトするとき、係の男にサンセット大通りはどこかと訊く。男はオレンジを南へ行くよう指す。「サンセットまで行ったら」男は言う。「ヒッチハイクで西へ行くといいよ」。男は親指を立ててみせる。「右側が西だよ」

「どっちが西かはわかる」

「そっちに**音楽**があるんだよ」

「ありがとう」とヴィカーは言って、デスクのベルを男の頭に埋め込みたい欲求をまだ抱いたまま、そそくさと立ち去る。

16

燐光を発する車や、髪の中に星があって脚を広げていて脚の中心から宇宙が出ていてトラヴェラーやスターチャイルドを産んでいるシネマスコープ的女性が描かれたバンをヴィカーは見る。クレセント・ハイツまで来ると道は折れ曲がってサンセット・ストリップの谷に降りていき、ヴィカーは不思議の国の入口に来たかのように立ちつくし、シュワブズ・ドラッグストアをじっと見る……

……ラナ・ターナーがそこで見出されたという話が嘘だということをヴィカーは知っているが、ハロルド・アーレンが「虹の彼方に」をそこで作曲したことも彼は知っているし、F・スコット・フィッツジェラルドがそこで心臓発作を起こしたことも知っている。F・スコット・フィッツジェラルドがそこで死んだかどうかまではよく知らない。とにかくどこかこのへんに住んでいたはずだ。実のところヴィカーはF・スコット・フィッツジェラルドについて、ジョーン・クロフォード主演の『ザ・ウィメン』などを書いた――脚本家としてクレジットされてはいないが――人物だということ以外はよく知らない。

17

通りの向こう、交差点の真ん中の中央分離帯に、ペパーミント・ラウンジという名のクラブがある。またも長い髪の若い男が、北の、大通りからキャニオンに入っていく方を指さす。「あそこ行ってみなよ」と若い男はヴィカーの頭をまじまじと見ながら言う。「半分くらい上がったあたりに古いボロボロの家があってさ、そこにみんな寝泊まりしてるよ」。そしてそのヒッピーは、秘密めかした、かつ浮ついた口調でつけ足す。「何も着てない女もいっぱいいるんだぜ」

18

一時間後、ローレルキャニオン大通りを半分くらいのぼったあたりで、大きな石の階段が渦を描いて木々の中に入っていく、『サンセット大通り』のグロリア・スワンソンの豪邸に少し似た廃墟にヴィカーは達する。『サンセット大通り』のウィリアム・ホールデンの役はモンゴメリー・クリフトを意図して書かれたが、彼は断った。年上の女優に囲われている若い男、という役柄が自分に似すぎていると思ったのだ。当時クリフトは年上の女優とつき合っていた。それは彼が女性と結んだ数少ないロマンチックな関係のひとつだった。キャニオンの底にある雑貨店の店員がヴィカーに、あの家は二〇年代にハリー・フーディーニが映画スターになろうと頑張ってたころ住んでた家だよと言う。フーディーニは当時次々に映画を作っていた。『彼方から来た男』、『恐怖の島』、『陰惨な……』『陰惨な……』『陰惨な……』何だっけ?

19

ヴィカーが出会う、「何も着てない」ただ一人の女は三歳の子供である。かつてはこの家の堂々たるリビングルームだったにちがいない、いまは何もない空間に立ったその子は、黒い毛がカールしていて、そのまなざしはほとんど超自然的である。

女の子はヴィカーを見て、頭の男と女の絵を見て、左目の下の涙のしずくの刺青を見る。笑うべきか、泣くべきか、子供は決められずにいる。自分の前に一人で立っている小さな女の子のよるべなさを見て、父親的な苦悩がヴィカーの体を駆けめぐり、この子をここに置き去りにした人間に対し彼は烈しい怒りを感じる。少しのあいだ、大の男と女の子は、キャニオンの木々の天蓋の下でたがいを吟味しあう。

「ザジ」

20

ヴィカーは声の聞こえた方をふり返る。

映画のスクリーンの外でいままでに見た一番美しい女が、女の子に呼びかけている。長い鳶《とび》色の髪、あごにある完璧な形の凹《くぼ》み、ロサンゼルスの若い女たち全員が着ているゴサマー生地のワンピースを着た女は、刺青をした男に向かって、彼が見たこともないクールな、ほとんどこの世を超越した笑顔を見せる。それは、ひそかに何かを面白がっていることから生まれる笑みだ。と同時に、女の中に、彼と同じく女の子の安全を心配する思いを感じとってヴィカーはホッとしてもいる。女は彼としっかり目を合わせる。彼も笑みを返す。だが女は彼に向かって微笑んでいるのではない。彼を魅了する自分の力に微笑んでいるのだ——そして、彼ヴィカーこそが女の心配の原因であること、彼が子供を傷つけうるなどと女が一瞬でも信じたことを悟って、ヴィカーは胸を刺された思いを覚える。女が彼と目を合わせたまま子供の名前をもう一度そっと呼ぶその声は、すぐそばにいる猛獣を刺激しないよう努めている声だ。

「ザジ」。廃墟の真ん中に向かって女は滑るように歩いていき、娘の許まで行って、娘を引き寄せながらゆっくりヴィカーから離れていく。女も子供も彼から目を離さない。娘を安全な場に連れていくまで魔力が持続するかを確かめるかのように、女はさらにもう一瞬ヴィカーを見る。

それから女はヴィカーに背を向け、子供を大通りの反対側にある一軒の家まで連れていく。子供はその間ずっと、母親の肩ごしにヴィカーを見ている。

21

女はヴィカーを猛獣と思ったわけだが、まさに猛獣のように彼は闇の中でフーディーニ・ハウスの敷地をうろつき、壁をガンガン叩きながら思い出そうとしている。『陰惨な……』？

フーディーニは結婚して「三ばか大将」の一人と親戚になった。この異端の町でそのことを知ってるのはきっと僕一人だ。

22

ヴィカーはのちに、フーディーニ・ハウスには秘密の通路がたくさんあってキャニオンじゅうに通じていることを知るが、自分ではひとつの通路も見つけられない。大通りの向かいの角の、女が娘を連れていった家は、かつてトム・ミックスが所有していた。いまはグルーチョ・マルクスふうの口ひげを生やしたミュージシャンをリーダーとするヒッピーたちの拡大家族が住んでいる。ヒッピーとミュージシャンがいたるところにいる……

23

……けれども何かが起こって、ここは幽霊キャニオンになっている。

フーディーニの家の廃墟の上、丘の斜面に、洞窟がいくつか見える。ひとつの洞窟の中で焚火が燃えていて、ヴィカーはそこをめざして、木々のあいだをのぼって行く。洞窟の中で、若いカップルが背を丸めて火にあたっている。

24

ヴィカーは洞窟の入口に立つ。若い男と女はヴィカーを見て、絵の入った禿の半球を見て焚火から飛びのき、あたふたと洞窟のもうひとつの開口部へ逃げていく。

ヴィカーが見守る前で、二人は丘を駆け降り夜の空気に出ていき、あとはもう急降下の勢いで木々の中、下の家の石の廃墟の中へ消えていく。

25

八月の暑さに、キャニオンの小さな家々の明かりが星のようにゆらめく一方、空の星々は都市の明かりとスモッグに隠されている。まるで世界の上下がひっくり返ったみたいだ。

ヴィカーの頭の刺青の中で、モンゴメリー・クリフトはわずかに顔をそむけている。それはあたかも、彼がエリザベス・テイラーに心を奪われているだけでなく、のちにシヴォレーを木に衝突させてひどく損なわれてしまう顔を万人の目から隠そうとしているかのようだ。激突の場に真っ先に到着し、彼を抱きしめるのはテイラーである。

26

翌朝ヴィカーが洞窟で目を覚ますと、焚火は消えてしまっている。洞窟の入口に立って彼はキャニオンの方を見渡す。家々が見え、下の小さな雑貨店が見えるが、人の姿はない。キャニオンは見捨てられ、静まり返っている。「ハロー？」ヴィカーは木々に呼びかける。

27

何分かが過ぎていくが、彼に見えるかぎり生命の気配はまったくない……

……が、やがて、キャニオンの大通りの果てにパトカーが一台現われ、そのうしろにもう一台、さらにもう一台現われて、丘の曲がりくねった道をこそこそとのぼって来る。サイレンは鳴らしていないが、ぐんぐん迫ってくる。

警察が近づいてくるのをヴィカーは見守る。パトカーは例の家に通じる石の階段の下で停まり、四台から一ダースの警官が出てきてヴィカーの足下で扇状に広がり……

……やがて一人が顔を上げて彼の姿に目をとめる。そして全員が動きを止めて彼を見る。彼らは銃を抜き、丘を駆け上がってくる。

28

ヴィカーの下、一番近くまで来た警官が彼に銃を突きつけ、手を上げろと命じる。キャニオンを見渡す洞窟の入口で、ヴィカーは呆然として動くこともできない。「手を上げろ！」警官はくり返す。ほかの警官たちも丘のふもとの木々から出てきて、やはり銃を突きつける。ヴィカーは両手を上げる。「ひざまずけ！」最初の警官が言う。

「小便がしたい」ヴィカーは言う。

警官は「ひ。ざ。ま。ず。け。ってんだよ」と言う。ヴィカーは体を下げて膝をつく。周りを見てみると、キャニオンじゅうの家々からヒッピーたちが何ごとかと出てくる。通りの向かいの家の戸口にあの美しい女が小さな女の子と一緒にいる。警官はヴィカーに、腹這いになって両腕を横につき出してから腹這いのままゆっくり丘を降りていけと命じる。

「ゆっくり？」とヴィカーは誰にともなく言いながら、すさまじい勢いで丘を滑り降りていく。滑りながらずっと、顔が土や石を擦っている。丘のふもとでようやく止まると、一人の警官がヴィカーの背中に乱暴に跳び乗り、もう一人が背中で両手に手錠をはめる。お前を逮捕する、お前は黙秘権と弁護士を雇う権利がある、ともう一人が言う。「小便してもいいか？」と言うとともにヴィカーはパトカーの後部席に押し込まれる。

29

『陰惨なゲーム《ザ・グリム・ゲーム》』だ。

30

警察署で血液をとられる。拘置独房で三時間待たされたあと、取調室に連れていかれる。

あの男をトレーで殴ったからだな、とヴィカーは考える。それともほかの、ロサンゼルスに来る前のもろもろの件か。正義の終わりだ。だがヴィカーはずっと前に決めている。正義が映画なしを意味するのなら進んで地獄に堕ちよう、と。

白人の男が三人、黒人の男が一人、白人の女が一人、取調室でヴィカーを待っている。男たちはみんなスーツを着ている。白髪の混じりかけた、見栄えのする、映画に出てくる刑事たちのチーフみたいな男が指揮を執っているようだ。女は一言も喋らず、医者か何からしい。

31

ヴィカーはテーブルをはさんで女の向かいに座り、男たちは彼を囲んで立っている。「ジェロームは姓かね、名かね？」とチーフが訊く。

「前にもそう訊かれた」とヴィカーは言う。

「いまは私が訊いてるんだ」とチーフは言う。

「姓だ」

「アイクが名か？」

「それも前に訊かれた」

「ミスタ・ジェローム、君が何か、運転免許証とか身分証明とかを持っていたら訊かなくても済むんだがね」

「運転はできない」

「アイクは略称だね。正式には……」

ヴィカーは首を横に振る。略称なんかじゃない。「アイクはアイクだ」と彼は言う。

「オハイオ出身と言ったっけ？」

「略称なんかじゃない」とヴィカーは言う。

「オーケー」とチーフは言う。「略称じゃない、と。オハイオのどこから来たんだね、アイク？　シンシナティか？」

「オハイオなんて言ってない。ペンシルヴェニアって言ったんだ」。オハイオなんて言ってないこと、こいつだってわかってるんだ。

「ロサンゼルスに来てどれくらいになる?」

これも前に訊かれた。「四日。五日」

「四日なのか、五日なのか?」

「場合による」

「よらないよ、アイク。四日か五日か、どちらかだ」

「いいや」とヴィカーは言う。「場合によるんだ。来た最初の日を一日と数えるのか、それとも二十四時間経った時点で一日なのか——?」

ハンサムな映画スターチーフは、手の甲をヴィカーの頭の側面に叩きつけ、エリザベス・テイラーのあごのすぐ下を捉える。ヴィカーは椅子から吹っ飛び、壁に激突してくずおれる。

32

チーフが寄ってきて彼のかたわらに膝をつく。「生意気な口利くんじゃない」

「利いてない」とヴィカーは言う。

「私は君が生意気な口利いてると思うね」

「利いてない」

「何のためにLAに来た?」とチーフは言う。

「ハリウッドに来たんだ」

「オーケー、アイク。何のためにハリウッドに来た？　草《ウィード》でも買いにきたか？　何か大きな取引き仕掛けてるのか？」

「ウィード？」

「血液検査によると、君の体にはマリワナが入っている」

「そんなの嘘だ」ヴィカーは落着いて言う。

「君のことは知ってるんだ。キャニオンでやってる取引き《スコアーズ》のこと、知ってるんだぞ」

「スコアーズ？」

「キャニオンの連中、このところ怯えてるんだ。君も気づいてるんじゃないか」

「気づいてない」

「何日か前から、ハッピーなヒッピーの不思議の国じゃなくなっちまった」。何か考えごとがあるかのようにチーフはふるまう。「考えてみれば、君がこの街に来たあたりからだ」と初めて思いついたかのように言うが、初めて思いついたのではないし、「ウィード」も「スコア」も全然関係ないことがヴィカーにはわかる。「何のためにLAに来たって言った？」

「ハリウッドだ」

「オーケー」苛立った声。「ハリウッド」

「映画の仕事をしに」

「俳優なのか？」

「違う」

「映画の何をやるんだ？」

「まだ何もやってない」。そして「まだ来たばかりだから。四日前に。あるいは五日前に」と言い足す。

「君に見せたいものがある」とチーフは言う。「さあ、手を貸すから立ちたまえ」

「貸さなくていい」とヴィカーは言う。

「いいや、貸すよ」。チーフはヴィカーの手を引っぱって立たせ、椅子を起こす。ヴィカーはふたたびテーブルにつく。「この方がいいだろ、アイク？」

ヴィカーはうなずく。

「さっきはカッとなって悪かった。謝るよ」

ヴィカーは周りに立っている連中を見る。

「君に見せたいものがある」と映画スターチーフは言い、男たちの一人から封筒を受けとる。

33

チーフは封筒を開き、七枚の白黒写真を取り出してテーブルの上に置く。

ヴィカーはそれらを一秒だけ見る。もうそれ以上は見られない。「ああ、何てことだ《オー、マザー》！」と彼は悲鳴を上げ、まるでもう一度殴られたみたいに椅子から転げ落ちる。

床に倒れているヴィカーのところに、チーフはさっきと同じように戻ってきて、そばにひざまずく。「こいつは」とチーフは一枚をかざしながら言う。「こっちから切り出された八か月の胎児だ」と言いながらもう一方の手で別の写真をかざす。ヴィカーは顔をそむけ、しくしく泣く。「これってほとんど虐殺って言っていいだろ、アイク？　ほとんど惨殺だよな。この最後の一枚はさ」――七枚目の写真をかざす――「この、ドアに字が書いてあるやつ、豚がどうこうってやつ……何て書いてある？」まるで初めて見るみたいにチーフは写真をひっくり返すが、むろん初めて見るのではない。「この、豚のやつ。家のドアに血で書いてあったんだ」――一枚の写真を振り回す――「この子の」――もう一枚を振り回す――「母親の血で。これって俺に、個人的に受けとめろって言ってるのかな、アイク？　これって俺に向けて言ってるのかな、この豚のやつ？」。だがヴィカーはしくしく泣いて、こんなもの見なければよかったのにと思っている。

34

五分後、ヴィカーはまだ床に倒れていて、警察は彼が泣くのをやめさせようと努めている。「オーケー」とチーフは言う。「オーケー、もうよせよ」

「ああ《オー》、何てことだ《マザー》、ああ《オー》、何てことだ《マザー》……」

「やめろ」。チーフは写真を、元々彼にそれを渡した黒人警部に返す。ヴィカーがやっと落着いてくる。「大丈夫か？」

ヴィカーは何も言わない。

「大丈夫か？」

ヴィカーは首を横に振る。チーフは彼をじっと、がっかりしたような顔で見る。女と、ほかの男たちが、一人また一人と部屋を出ていく。ヴィカーは動かない。「で」とチーフがやっと、ヴィカーの頭をあごで指しながら言う。「そのジェームズ・ディーンとナタリー・ウッド、何なんだ?」

35

彼らはヴィカーを取調室に置き去りにする――

――が、開いたドアを通して二つの声が彼には聞こえる。「……真を見られもしない」と、チーフと思しき片方の声が言う。「あれじゃあ、どう見てもあんな仕打ち、できるわけないいな」

「化け者《フリーク》ですよ」もうひとつの声が言う。

「実に鋭い指摘だぞ、バーンズ。だけどフリークならこの街にゴマンといる。それだけじゃシエロ・ドライヴの惨殺死体五つとはつながらない」

「あいつら、髪がケツまで垂れてた方がまだマシですよね。まさか俺がこんなこと言うとはなあ……」声が低くなる。「チーフ、ピーターズがいるときそんなこと言えやしませんけど、今回のは俺、黒んぼだと思いますよ」

「ピーターズがいるときにそんなこと言うなよ」と厳しい声。

間《ま》が空く。「名前の話、変ですよね。よりによってそんなことで嘘つくなんて――あの、『アイク』

が略称じゃないっていう……」

「だからって」チーフがさえぎる。「キャニオンに行って、妊婦を含む五人をめったやたらに切り刻むことにはつながらない」

「ハリウッドにゴロゴロいる、ぶっ壊れた奴らですよ。フリークで生きて、フリークで死ぬ」

「頼むから絶対、よそでそんなことも言うなよ」。ふたたび間。「いいか、あいつの父親が見つかったとき、息子がいるってこと父親は認めなかったんだぞ」

「けどチーフ、あんただったら認めます？　あの頭、いったい何のつもりなんですかねえ。体じゅう髪の方がマシですよ、まさか俺がこんなこと言うとはなあ。ケツまで垂れてていいですよ。フリークで生きて、フリークで死ぬ、ホントですよ」

36

四十五分後、パトカーがヴィカーをロサンゼルスのダウンタウンの、ヒルと三番通りの角で下ろす。「俺だったらキャニオンには近づかないね」警官の一人が彼に言う。「何か変なことが起きてるから」

「僕の父親が言ったこと、本当だってチーフに伝えてくれ」ヴィカーは答える。「僕の父親に息子はいない」

37

その夜、ヴィカーはチャイニーズ・シアターに裏口から忍び込み、スクリーンのうしろの舞台で眠る。一晩じゅう、映画のいろんなシーンが頭の上を飛んでいく。まるで滑走路の端にいて、ジェット旅客機がひっきりなしに着陸しているみたいに。

ロサンゼルスに来てから四か月、彼はローズヴェルトで雑用係として働き、二十年前にそこで死んだD・W・グリフィスと一緒にエレベーターに乗る。休みの日にはヴァインを三キロ下って、ハンコック・パークのはずれ、時代物のレイヴンズウッド・アパートメントや、メイ・ウェストが住んでいるバロックふう建築エル・ロワイヤルに行き、そしてノーマ・ジーン・ベイカーがかつて自分の部屋から、メルローズ沿いに一キロ東、ブロンソン大通りの噴水のすぐ向こうのパラマウント・スタジオとそのアーチ付き錬鉄門を見ていた孤児院に行く。スタジオの建築セットの仕事にありつくと、ポーリン大通り――ハリウッド・ヒルズにある、長い石段を徒歩でのぼって行くしかない秘密の道――にあるアパートの二階に週一二〇ドルで部屋を借りる。

38

自転車が頼りの仕事に就いた父親が自転車を盗まれてしまうイタリア映画をヴィカーは観る。盗まれた自転車を探して父と幼い息子は町をさまよう。自転車は見つからず、父は絶望に駆られて他人の自転車を盗んで捕まり、怒った群衆に威嚇され罵倒される。父は息子を深く愛するあまり、息子のためなら神の掟に背くことも辞さない。だがこの侵犯のせいで父は罰せられ、卑しめられるのだ。父が子を愛しすぎるのは罪であることを子供は学ぶ。

39

まだ髪がある、マザー神学校で建築を学ぶ二十歳の学生だったとき、ヴィカーは初めて映画を観た。父に刃向かう勇気をついに奮い起こして、初めての映画二本を立てつづけに一日で観たのである。

一本は、ロンドンの写真家が、一見静かな公園に見える場を写した写真から殺人事件を発見する映画で、ヴィカーにはその話が心底納得できた。もう一本は、雪山に住む歌う妖怪の家族が、警察に追われ悪意ある音楽の跡を残していく話。ロサンゼルスに着いてから何か月か経ち、自分も警察体験を経たヴィカーは、別の歌う家族《ファミリー》が、彼が街に来て最初の夜を過ごしたキャニオンで八か月の妊婦を含む五人を殺害した廉《かど》で逮捕されたときにこの映画のことを考える。秘密の道ポーリン大通りにあるアパートの窓から峡谷を見ながら、どれだけ頑張っても、映画のリフレインが頭の中でぐるぐる回るのをヴィカーは追い払えない。丘は生きている――彼は身震いする――音楽の音《サウンド・オブ・ミュージック》で。

40

モンゴメリー・クリフトがローズヴェルト・ホテル928号室に住んでいたとき、アイク・ジェロームは東ペンシルヴェニアで七歳だった。ある夜、父親が彼の部屋に入ってくるのが聞こえた。カルヴァン主義者の父は、家の中に聖書以外の本を置くことを許さず、雑誌、新聞、ラジオ、当時は新しい発明品だったテレビも許さなかった。闇の中で父親が枕許にひざまずいたが、少年は眠っているふりをした。

「我らが父なる神は」父は少年の耳元でささやいた。「ただ一度だけ弱さを見せ、その償いに永遠の時を費やすこととなった。すなわちそれは、アブラハムが真の信仰と献身を証すのをやめさせた瞬間である（アブラハムは神の命に従い息子イサクを捧げるべく殺そうとしたが、最後の瞬間に神に止められた）。子供は世界を快楽の種で汚《けが》した罪の顕現《けんげん》であり、聖書は我々に教えている、浄《きよ》めは子供をこの世から解き放ち誕生と存在の罪から解き放つことによって為されると。我らが父なる神は自ら教訓を学んだ。ファラオの高慢と不服従を罰したとき、神はファラオを打ち殺したか？　否、賢明にも、今度は弱さを見せることなく、ファラオの子供を打ち殺したのだ、すべてのエジプトの子供を打ち殺したごとくに。書の中の書《ブック・オブ・ブックス》（聖書のこと）を通して終始神は子供を打ち殺し、ついには己の子を打ち殺すに至った。もしかりに、一瞬無思慮な情けを見せてアブラハムを止めたりしなければ、我らが父なる神は、のちに己の子を殺さず済んだかもしれぬ。忘れるなよ、お前の務めは、幼年期の事どもを遂に捨て去ることによって幼年期の罪を超克し、成人期の事どもへ向かうことなのだと。それによって初めて、罪の日々を償い、やがて己の魂を神に引き渡すことも望みうる。万一、何か途方もない栄光が訪れて、我らが父なる神が、いますぐ、まだ浅ましい幼年期に在るお前をこの生から解き放とうとお決めになれば別だが。お前よ……お前よ……」——息が荒かった——

「お前よ、あらゆる人の罪の顕現たるお前よ」

「ウォレス?」。戸口から聞こえる母の声だった。アイクは眠ったふりを続けた。いままで聞いた覚えのない震えが母の声に混じっていた。

「寝床に入りなさい」少年から顔をそらさぬまま父は母に言った。

「ウォレス」。今度はもっとしっかりした声だった。アイクがそのことに思いあたったのは何年も経ってからだったが、この瞬間、何が起きても不思議はなかった。

「すべての息子には正義の生贄《いけにえ》の運命が印づけられ」父は蛇の立てるような声で言った。「すべての正義の父親はふたたびアブラハムとなって、我らが父なる神が弱さを見せたあかつきに、その手を導くのだ」

「ウォレス」母はもう一度、少年が聞いた覚えのない、そしてその後二度と聞くことのなかった強い主張を込めて言った。

41

パラマウントでヴィカーはしばらく、生まれ変わりをめぐるヴィンセント・ミネリのミュージカルのセットで働く。それから次は顔を傷つけられた女をたまたまヴィンセント・ミネリの娘が演じるオットー・プレミンジャーの映画で働く。ヴィンセント・ミネリとオットー・プレミンジャーの映画で働けるなんて、ヴィカーは自分の幸運が信じられない。けれど誰も感心した様子を見せない。
夕方になるとバスでヴィスタに行く。サンセット、ハリウッド両大通りの分かれ目にある、ロサンゼルスに来て初めて映画を観た映画館だ。六十年以上前、D・W・グリフィスの『イントレランス』のバビロンのセットはまさにこの場所で作られ、あまりの大きさにあたり何キロも先から見えたという。ヴィカーは『スカーレット通り』『四十挺の拳銃』『ユーモレスク』のリバイバル上映を観る。『ユーモレスク』はジョン・ガーフィールドがバイオリニストを、ジョーン・クロフォードが彼を愛する女を演じる。『風と共に散る』ではフォー・エイセスが愛のテーマを甘く歌うなか、酔払ったロバート・スタックが自分は不妊なのだという確信に憑かれてロードスターで街を暴走し、色情狂《ニンフォマニア》のドロシー・マローンは屋敷にこもって油井やぐらの小さな金の複製を撫でている。

42

ヴィカーは小さな白黒テレビを買ってバスで持ち帰る。ついでにラジオも買う。テレビで古い映画やニュースを観る。燃えるアジアのジャングル、月へ向かう宇宙船の故障、超有名ロックバンドの解散……中西部の大学で学生四人が兵士たちに撃たれると、ヴィカーは父を思い出し、ニュースのスイッチを切る。ラジオでの音楽でも、時おり美しいものが聞こえてくる。

俺はいまお前の手に触れて

焼ける砂の上で心を亡くす気
俺はいまお前の犬になりたい

ハリウッドヒルズに住みはじめて六、七週間しか経っていないある夜の零時半ごろ、ベッドに入っていまにも眠りに落ちようとしたところで、自分の部屋のドアにつながる外階段を誰かがのぼって来る足音が聞こえる。

43

ヴィカーはベッドから起き上がり、ラジオのプラグを抜いて、キッチンの闇にそっと入っていき、ドアのうしろで待つ。

ドアノブがゆっくり左右に回る。これからはちゃんと鍵をかけないと。ドアが開いて誰かが入ってくると、ヴィカーはラジオを侵入者の頭に叩きつける。

あの犬の歌はいいな、とヴィカーは考え、意識を失った泥棒は彼の足下に倒れている。

44

ヴィカーは泥棒を椅子に縛りつけて警察に電話する。自分はカウチに座って待ちながら、あの映画スターチーフは来るだろうかと考える。大きなアフロヘアの黒人は椅子にぐったり座っている。

二十分経ってもヴィカーはまだ待っていて、テレビを点けるとベティ・デイヴィスの映画をやっている。ポール・ヘンリードが口に煙草を二本くわえて両方に火を点け、一本をデイヴィスに渡す。

45

泥棒が意識を回復する。しげしげと、ここがどこかもよくわからない様子で周りを見渡す。一瞬経ってから自分が椅子に縛りつけられていることに気づく。

「警察に電話した」ヴィカーは泥棒に言う。泥棒はうなるだけだ。「何で僕の家に押し入る?」泥棒はすぐには答えない。ヴィカーは泥棒の髪をじろじろ見る。泥棒がやっと「何じろじろ見てんだ?」と言う。

「あんたの髪」

「あんたが俺の髪見てるのか?」泥棒はヴィカーの頭をあごで指しながら言う。「変なもの見たかったら鏡とか見ればいいんじゃないかね」。泥棒は胸に巻かれたロープをじっくり眺め、何やらうなりながら体をもぞもぞ動かす。「この白人ときたら、ジョージ・スティーヴンスの『陽のあたる場所』テラスシーンのエリザベス・テイラーとモンゴメリー・クリフト自分の頭に刺青しておいてさ、それで俺の髪じろじろ見るんだからな」

46

ヴィカーがカウチの上で体を起こす。「そのとおりだよ」彼は言う。「そのとおり、『陽のあたる場所』のエリザベス・テイラーとモンゴメリー・クリフトだよ」

「ああ、知ってるよ、そのくらい」泥棒はヴィカーを見返す。「俺いまそう言わなかったか？」

「たいていの人間はさ、『理由なき反抗』のナタリー・ウッドとジェームズ・ディーンだと思うんだ」

「『理由なき反抗』？」泥棒は愕然として言う。「あのさ、わがフレスコ画頭《フレスコ・クラウン》の、金ピカ街《ティンゼル・タウン》（ハリウッドの俗称）の友よ、ジェームズ・ディーンとモンゴメリー・クリフトの区別もつかないなんて、あんたずいぶん無教養な連中とつき合ってたんだね」。泥棒は椅子の上で身を落着け、テレビに見入る。

「五年前に死んだ」ヴィカーが言う。

「え？」泥棒が言う。

「モンゴメリー・クリフトは五年前に死んだ」。ヴィカーが初めて映画を観た七か月後のことだった。新聞でクリフトの死亡記事を読んで、フィラデルフィアの名画座で『陽のあたる場所』を観たのだ。

半ダースの観客の一人として。「四十五歳だった」

「ふむ」泥棒が言う。

「僕は世界の映画首都にいるのに」ヴィカーは言う。「みんな映画のことなんか全然知らないんだ」

テレビに目を釘付けにしたまま泥棒が呟く。「ひとつだけ言う、ディーンは俳優としてクリフトの足下にも及ばなかったよ。それははっきり言う」

「この街でみんなが話すのは音楽のことだけ」

「あのオカマ野郎がやった一番いいことは、あのオカマっぽいポルシェ・スパイダー（ディーンが事故死したときに乗っていた車）をハイウェイの向こう側まで吹っ飛ばしたことさ。もちろんおかげでクリフトはすっかり霞んじまったわけで……」。泥棒は椅子の上でまたもぞもぞ体を動かす。「クリフトもホモだったけど」と泥棒は認める。「自分も自動車事故で死ぬだけの知恵がなかっただけさ。顔がメチャクチャになって――死んだ方がマシだったね」

「ひどいもんだよ」

「え？」

「音楽がさ」

「白人ヒッピーのクズだよな」

「非合法の麻薬の歌がいっぱいあるよ」

「俺はああいうヒッピークズ音楽には興味ないね」泥棒は言う。「ま、スライはヒッピーだけど、あいつは黒人《ブラザー》だから。『アイ・ウォント・トゥ・テイク・ユー・ハイヤー（君をもっと高くに連れていきたい）』」

「それも非合法の麻薬の歌みたいに聞こえるけど」

「俺はビバップだね。バード、ミンガス、マイルズ。『イン・ア・サイレント・ウェイ』。古い連中にもいいのがいる。ベン・ウェブスター。ジョニー・ホッジズ」

「犬の歌でいいのを聞いた」ヴィカーは言う。「あんたの頭にラジオ叩きつける直前に」

「そんな歌のこと、聞きたかないね」

「縛っちまって、悪いな。じき警察が来る」

泥棒は肩をすくめる。「わざわざ急いでくれなくていいさ」

「あんたべつに、僕を殺してドアに僕の血で『豚』って書くつもりじゃなかったよな?」

「ふざけたこと言うんじゃねえ」泥棒はヴィカーを睨みつける。「お前、新聞読んでないのか? あれやったの、どっかの頭ぶっ壊れた白人ヒッピーだよ、みんな何もかも黒人のせいにしようとしたけどな」

二人の男が警察を待つなか、沈黙が訪れる。およそ十分間、二人はテレビでベティ・デイヴィスを見ている。

47

泥棒が言う。「このシーン。ここ、最高だぜ。ベティが野暮女からいい女に変わるときの、周りの連中の顔——ま、ベティとしては精いっぱいいい女ってことだけど」

「『情熱の航路』」ヴィカーは言う。

「ああ、知ってるよ、これが『情熱の航路』だってことくらい。俺がそんなことも知らねえと思うのか？　四〇年代スタジオシステムの、いわゆる『女の映画』の権化を？　『情熱の航路』も知らないってのかよ」

「『情熱の航路』の音楽はいいよ。『情熱の航路』の音楽と、さっき言った犬の歌」

「言っただろ、そんな歌のこと聞きたかないって」

「『ユーモレスク』でジョン・ガーフィールドがバイオリン弾きながら海に入ってくところ、あれもいい」

「『ユーモレスク』で海に入ってくのはジョーン・クロフォードだよ」縛られた泥棒は言う。

ヴィカーは「確かか？」と言う。

「もちろん確かさ」

「僕、最近観たんだけどな」

「ふん、ちゃんと観なかったんだな」

「海へ入ってったのはジョーン・ガーフィールドだと思うけどな。あ、ジョン・ガーフィールド」

「あんた、ジョンとジョーンも区別できねえじゃねえか。何でジョン・ガーフィールドが海に入るんだよ？　海に入ったらどうやってバイオリン弾くんだよ？　海に入っていきながらバイオリン弾く奴なんて見たことあるか？」

「それが、弾けたんだよ。海に入っていきながらバイオリンが弾けたんだよ」

「いいや、違うね」泥棒は首を横に振る。

ヴィカーは「実はあんまり確信ないんだ」と言う。

「海へ入ってくのはジョーン・クロフォードだよ。俺の言うこと信じなって」

48

『情熱の航路』をさらに観ながら泥棒は続ける。「『ユーモレスク』のガーフィールドのバイオリンはアイザック・スターンが弾いたんだ、スコアはフランツ・ワックスマンだけどな」。泥棒はテレビをあごで指す。「『情熱の航路』の音楽はマックス・スタイナーだ。ワックスマンもスタイナーもドイツ／オーストリア系で、ワックスマンは戦争の直前にアメリカに来たけどスタイナーはもっと前に来てた。ワックスマンはあんたのお好きな『陽のあたる場所』のスコアも書いたんだ」今度はヴィカーの頭をあごで指す。「ワックスマンはそれでオスカー獲ったけど、スタイナーときたらあの人種差別《レイシスト》映画『風と共に去りぬ』の音楽作りやがった。あれでもし、ワックスマンみたいにヒトラーに追いかけられてたらちょっとは見方も変わってたかもしれんけどな」

「『風と共に去りぬ』はあんまりいい映画じゃないと思うな」

「ふん、けっこうわかってんだな」泥棒は言う。そして黙り込む。「ベティは全然気に入らなかったんだ」と少ししてから言う。

「『風と共に去りぬ』が?」

「スタイナーが書いた『情熱の航路』のスコアがだよ。こんな音楽じゃ自分の演技が霞んじゃうってジャック・ワーナーに文句言ったんだ」

「ほんとに?」

「あの音楽をお蔵入りにしようとしたんだ、揺るがぬ事実さ」

「で、どうなった？」

「だってさ、いま聞こえてるだろ？　つまり使われたってことだろ？　映画史上きっとこの一回だけだね、史上最大級のスターがさ、創作上の力争いで作曲家に負けたなんてさ」泥棒は笑う。「スタイナーもこれでオスカー獲ったけど、ベティはこの年はグリア・ガースンに奪われた——だからベティきっとほんとに頭に来ただろうな。あれってまるっきりプッチーニのパクリだけど、まあ映画ってそういうもんだよな。あれで音楽がもう少しましになったら、あそこまでいい映画にはならない。わかるか？」

「わからない」

「つまりそれが映画だってことさ」泥棒は言う。「全体が部分の和より大きいとか言うだろ？　部分がよすぎるとさ、全体はなぜか小さくなっちまうのさ。だってさ、トレーンに『情熱の航路』の音楽やらせられないだろ？」

「トレーン……」

「つまり、そのころ生きてたらってことさ、もちろん生きちゃいなかったけど。だけどもし生きてたら、『情熱の航路』のコルトレーンってどんな音かな？　同じ映画じゃなくなるよ、よすぎる映画になっちまう。わかるか？」

「どの映画の音楽やったんだい？」

「え、どういうこと？」

「僕、トレーンって知らない。どんなスコア書いたんだ？」

泥棒は醒めた目でじっとヴィカーを見る。「あんた、俺のこと苛つかせてるんだな」

「縛りつけたのはともかくさ、そういうのって残酷だぜ、そんなふうに苛つかせるのって」

「どういう意味だ?」

「あんたのこと苛つかせようとなんかしてない」

「なあ」泥棒は目を閉じて顔をしかめる。「俺のこと、何《なに》で殴ったたって?」

「ラジオ」。そして「たぶんその髪で命拾いしたんじゃないかな」とヴィカーは言う。

「髪の話はよせよ、な?」。泥棒は頭を振ってすっきりさせようとする。そしてテレビに注意を戻して言う。「『情熱の航路』はベティがマイケル・カーティスを追い出して、結局アーヴィング・ラパーが監督したんだ。つまりさ」泥棒は笑う。「カーティスのケツは蹴っ飛ばせてもマックス・スタイナーのケツは蹴れなかったってことだ。もちろん、カーティスが代わりに撮ったのは『カサブランカ』だから、まあけっこう上手くやったわけだ。ラパーはこのあとも『ガラスの動物園』とか撮ってるし、ちょうどいま新作が出たところだ」

ヴィカーは「『情熱の航路』の監督の新作?」と言う。

「いまこうして俺たちが喋ってる最中にも映画館でやってる」

「もう百歳くらいだろ」

「いや、百歳じゃないけど、まあけっこう行ってる」

「何て題だ?」

「『ザ・クリスティーン・ジョーゲンセン・ストーリー』」

「誰?」

「『ザ・クリスティーン・ジョーゲンセン・ストーリー』」

「クリスティーン・ジョーゲンセンって誰だ?」

「クリスティーン・ジョーゲンセンはクリスティーン・ジョーゲンセンさ」

「それって実在の人物か？」

「もちろん実在の人物さ。『ザ・クリスティーン・ジョーゲンセン・ストーリー』だぜ。『ザ・誰々ストーリー』っていって実在の人物じゃない映画なんて、聞いたことあるか？」

「あるかも」

「いいや、ないね」泥棒はむっとする。「あんた、いくら白人だからって、考えること変すぎるぜ。『ザ』で始まって『ストーリー』で終わったら実在の人物なんだよ。『ロビン・フッドの冒険』を『ザ・ロビン・フッド・ストーリー』って言うか？『風と共に去りぬ』を『ザ・スカーレット・「人種差別白人アマ《ホワイト・レイシスト・ビッチ》」・オハラ・ストーリー』って言うか？」

「で、クリスティーン・ジョーゲンセンって誰？」

「女になった男だよ」

「え？」

「女になった男だって」

ヴィカーは厳めしい顔で「女の服着る男のことか」と言う。

「いいや、違う。『女になる男』のことさ」

ヴィカーの頭が狂おしく回る。「どういう意味だ、女になるって？」

「ムスコを切り落とすんだよ。どうやって手術するのか、全部は説明できないけどさ――」

「ああ、何てことだ《オー、マザー》」

「俺そういうの専門じゃないからさ。だけど要するにムスコを切ってキンタマ切って――」

「ああ、何てことだ《オー、マザー》！」

泥棒は肩をすくめる。「――残りを内側に押し込むんだ。それでとにかくプッシーを作るわけで……」

「やめろ」

「俺はただ説――」

ヴィカーはカウチから飛び上がる。「やめろ」

49

ヴィカーは縛られた男の上にのしかかるように立つ。相手の目に恐怖の色がよぎる。

「うん、落着けって、よう」泥棒は精一杯穏やかに言う。「俺たち、仲間《クール》だろ」。ヴィカーは同じ位置のまま体を揺らす。「俺はただ、あんたに新しい情報を伝えてるだけでさ」相手は精一杯穏やかに言う。「『ユーモレスク』もあわせて考えると四〇年代『女の映画』の頂点かもしれないしそうじゃないかもしれない『情熱の航路』を撮った我らがアーヴィング・ラパー監督の作品群についての、新しい情報をさ」

ヴィカーの体から少し力が抜ける。

「もうおれたち、ツーカー《メロー》だよな?」と相手は言う。ヴィカーはカウチに戻って座る。少しのあいだ二人とも何も言わない。「いいかい」泥棒はようやく先を続ける。「『ザ・クリスティーン・ジョーゲンセン・ストーリー』のすぐ前にラパーが撮った映画はポンティウス・ピラトゥス(イエスを処刑した人物)の話だったんだ。つまりこの監督、相当極端な変態めざしてるか、それともこういうのしかやらせてもらえないか、どっちかだな」

「それも『ザ・ポンティウス・ピラトゥス・ストーリー』だった？」

「いいや、『ザ・ポンティウス・ピラトゥス・ストーリー』じゃなかった。実在の人物の物語が全部そういうタイトルだとは言ってない」

「ポンティウス・ピラトゥスは大いなる子殺しだ、神の最高の僕《しもべ》アブラハムの末裔《まつえい》だ」

「あ」泥棒は言う。「そうなんだ」。しばらく映画を観る。

ヴィカーが言う。「その男、何でそんなことする？」

「え？」

「自分を女に変えるなんて」

「あのさ、俺たちこの会話やりたいかな、やりたくないかな？」

「なぜかなって思っただけさ」

「だってあんたついさっきけっこうカッカ来てたぜ。だから俺たちこの会話するのかな？　するんだったら、決めてくれよ」

「なぜかってだけさ。どうやって、じゃなくて」

「なあ、いいか」泥棒は疲れたように首を横に振る。「あんたどっちになりたいかね」テレビの『情熱の航路』の方を向く。「ベティ・デイヴィスか、ポール・ヘンリードか」

「ポール・ヘンリード」ヴィカーは答える。

「いいや、違うね。そうじゃない。信じないね。あんたみたいに映画の美学に真剣に入れこんでる人間が。俺は実人生だのそんなオカマのクズの話してるんじゃない、映画の話をしてるんだ。見ろよ、ポール・ヘンリードはベティの煙草に火を点けてやるだけじゃ済まなくて、喫って燃え出させるところまでやってやるんだ」。泥棒は声を上げて笑う。「映画って、ほんとになあ！　あんなの現実にやったら思いっきり馬鹿だけど、映画だともう最高なんだよ。煙草二本同時に火を点ける！　このあと何年も、女たちがしじゅうヘンリードを街で呼びとめて、あれをやってくれって頼んだんだ。いいや、あんたが『情熱の航路』にいるとしたら絶対ベティ・デイヴィスになりたいって」

「ポール・ヘンリードは『カサブランカ』に出てる」

「そのとおり！　俺が言ってるのもそこだよ。『カサブランカ』のポール・ヘンリードは、白人ナチのクズどもに対抗してレジスタンス指揮して、カフェにいる全員に『ラ・マルセイエーズ』歌わせて、もうこれ以上正義の人はいないってくらい正義の人でさ――それでも誰だってハンフリー・ボガートになりたいわけでさ。見ろよ」テレビのヘンリードをあごで指す。「ポール・ヘンリードは映画史上最高にワリ食ってる男だぜ！　プッシーにムチ打たれて、しかもプッシーにありつけもしない！　それもさ、保証するよ、ベティがやらせてくれないのさ、なめさせてもらえたらラッキーってとこだな」。泥棒はテレビに向かって笑い、片足で床を踏みならす。「ムチ打たれるばっかりのプッシーなしだよあんたは、ポール！」

「だからその男も女になったのか？」ヴィカーは言う。

「俺はただ、客観的事実を述べてるだけだよ」泥棒はため息をつく。「『情熱の航路』では誰もがベティ・デイヴィスになりたいってこと、で、あっちの方にはさ」と彼はさらに言う。「人生が映画じゃないってことがわかってないらしい奴らがいてさ、与えられたカードをプレーするってことがわかってない」

「もしかしてそいつは、背景でジョン・ガーフィールドにバイオリン弾かせて海に入っていけるように女になったんじゃないかな」

「それだよ！　そうともさ。あんたわかってきたな。奴はバイオリンが鳴ってるなかで海に入っていきたかった、で、そいつを華麗にやってのけるにはレディじゃないと駄目なのさ。男じゃできない、たとえドレス着たって無理だ、そんなの情けなくて見ちゃいられないさ。ドレスなんか着たらもう最悪だ」。夜の中をサイレンが近づいてくるのが聞こえて二人は黙るが、やがてサイレンは遠ざかっていく。『情熱の航路』が終わりに至りマックス・スタイナーの音楽が響きわたる。ユニゾンで、ヴィカー、泥棒、ベティ・デイヴィスが言う。「ねえジェリー、月を求めるのはよしましょうよ。あたしたちには星があるじゃない」

50

ヴィカーはカウチの上でハッと目を覚ます。「……れ、見てみろよ」と声が聞こえる。「今夜のテレビ、結構やばいのやってるよな」

ヴィカーの囚人は依然として椅子に縛りつけられ、テレビを観ている。

「『荒野の決闘』」と泥棒は言っている。ヴィカーは自分が眠ってしまったことを、そして眠っていたあいだも会話に何の切れ目もなかったかのようにこの男の声を聞いていたことを悟る。この泥棒、ずっと休まず喋りつづけていたのか。ヴィカーは頭をすっきりさせようと努め、目を拭う。「ジョン・フォードの最高傑作だよ」と縛られた男は言う。「おれもうわかるよ、あんたが何て言うか……」

いまは午前四時、ヴィカーが警察に電話してから何時間も経っている。

「……『駅馬車』。だろ？　『捜索者』。そうだなあ」泥棒は続ける。「『駅馬車』は西部劇というジャンルにおける画期的な作品だ、それは避けて通れない。だけどあの作品、時とともに色褪せちまったんだよなあ――」

「ふむ」

「――誰もそう認めたがらないけどさ。で、『捜索者』はさ、こりゃもう最高にやばい映画だね、我らがデューク（ジョン・ウェインの愛称）がスクリーンに出てくるたびにさ――そりゃあいつは人種差別《レイシスト》邪悪白人の糞ったれだけど。レイシストの糞ったれだけど『捜索者』のあいつはやばい、それは避けて通れない」

「やばい？」

「どうやら俺、言葉をもっと慎重に選ばないといけないみたいだな」と泥棒は言う。「つまりだな、デュークは恐ろしいくらい張りつめた、崇高な心理的複雑さみなぎる演技をやってのけるのさ、そう意図してなのか、ただ自然にグジャラグジャラのアメリカ白人魔法使ってるだけかは知らんけどな。だけど『捜索者』は、ジェフリー・ハンターとヴェラ・マイルズが出てくるたびに駄目になる。フォードはご婦人を全然監督できなかったのさ。そこは我らがハワード・ホークスとは全然違う、ホークスのご婦人方はみんなイケてるし、おまけにタフときてる、まあたしかに全員同じメス狐の別バージョンっていうか、プレストン・スタージェスの『レディ・イヴ』でウィリアム・デマレストも言うがごとく『絶対同じ女だ！』」。泥棒は片足を踏み鳴らして、一人悦に入ってあははと笑う。「つまりさ、『脱出』のローレン・バコールの科白は『コンドル』のジーン・アーサーの科白と一部ぴったり同じだったりするわけだよ。だけど『荒野の決闘』はさ、ありゃもうノワール・ウェスタンだよな、すっごく暗くてさ、戦争だの強制収容所だののあとにフォードが初めて撮った映画だからな、いつものセンチメンタルな馬鹿騒ぎ酔っ払いアイリッシュでたらめ気分じゃなかったんだろうな。ワイアット・アープ役の我らがヘンリー・フォンダ見てみろよ、あと、ドク・ホリデイのヴィクター・マチュア、クラントン親父のウォルター・ブレナン！　テレビのマッコイ祖父ちゃんなんかの話してるんじゃないぜ、『荒野の決闘』のブレナンはもう最高に無茶苦茶の人殺しでさ、なあわかるか？　『銃を抜いたら、人を殺せ！』。参るよなあ！　『荒野の決闘』はさ、ウェスタンていう形式に固有の神話的次元が備わってるわけだけど、それが戦後すぐにこれを観た白人どもにピンと来た形で備わってるのさ、連中は私ら戦前より世界ってものがわかってて戦前より賢いんだって思ってたわけでさ。フォードは原型の西部を創り上げて、人が従うかもしれんし裏切るかもしれん掟を描き出して——あのさ俺はとにかく奴のやり遂げたことを正当に評価しようとしてるだけだぜ、奴があのデタラメでインチキの『国民の創生』にＫＫＫ役で出たことだって非難する気はない、少なくともすごく非難しようって気はない——とにかくフォードの夢見た西部ってのはさ、もうこの時点ですっかり完成してたからさ、ホークスもバッド・ベティカーもアンソニー・マンもちょこっと付け足す程度しかできなかったわけだよ、わかる？　だけどもちろんアメリカのアメリカ観が変わるとともに西部劇も変わったわけでさ、前はみんなアメリカとは誰もが自由な雄々しい国だと思ってたのが、実は精神グジャラグジャラの汚《けが》れた場所だってことが見えてきたわけでさ、いまじゃもう、そんなこと想像さえしにくいけどマトモな西部劇作ってるのはインチキのイタリア人だけってことになってるわけさ、アメリカ人はもうまるっきり迷いきっちまって、神話を謳い上げるべきか反神話を謳い上げるべきかもわからなくなっててさ、昔は過去なんて逃れられるとずっと思ってたのに、いまじゃもうバレてるんだ、この国でそんなことできやしないって、この国こそ唯一、ジャイヴ《インチキ》がいずれ反ジャイヴと区別つかなくなるみたいに、掟を守ることが裏切ることと区別つかなくなっちまう場所なんだって、いや裏切ることだけじゃない、ただの人殺しとも区別つか……おい、何やってんだ？」

ヴィカーは男のロープをほどく。「もう僕のところに泥棒に入るなよ」と彼は言う。

泥棒はほとんど傷ついたような顔をするが、とにかくゆっくり、いくぶん痛そうに椅子から立ち上がり、背中を反《そ》らして手首をさする。「オーケー、了解」彼は静かに答える。

「頭、叩いて悪かったな」ヴィカーは言う。

泥棒の目が映画に戻る。「いいって。職業につきものの危険だよ。なあ、あのさ」その声にはほんの少し嘆願が混じっている。「これ、終わりまで観てもいいかな？」

「うーん……」。ヴィカーはくたくたに疲れていて、五時間後にはパラマウントの撮影所に行かないといけない。

「もうじきさ、ヘンリー・フォードが酒場で飲んでさ」――泥棒はまた笑い出す――「酒場の親父に訊くんだ、『マック、あんた恋ってしたことあるか？』、するとマックは答える、『いいえ、あたしゃ一生ずっとバーテンでしたから』。すげぇよ！」泥棒はぴしゃっと膝を打つ。

「あたしゃ一生ずっとバーテンでしたから！」

「僕、疲れてるんだ」ヴィカーは言う。

「あのさ――」

「よう、いいから寝ろよ。長い夜だったもんな」

ヴィカーは部屋の中を見回す。

「よう、俺誓うよ、白人圧制者打倒武力闘争における一兵卒としての名誉にかけて誓う、なんにも触りゃしないよ。いいから寝ろって。俺は『荒野の決闘』の終わりが観たいだけなんだから。どうだい」

ヴィカーはカウチに戻る。眠りの中でサイレンがまた聞こえてくる。二時間後、窓から差し込む夜明けの光で目を覚ますと、男はいなくなっていて、テレビもなくなっている。

51

ヴィカーの夢の中、水平な岩はぱっくり口を開けて彼を引き寄せ、岩の上には誰か知らない、だがはっきり知っている人間が横たわって審判を待っている。夢の明るい夜はいつも、見えない満月にまぶしく照らされ、その光を頼りにヴィカーは、夢がまたふたたび起きるたび、岩の上に水平に、何か古代の言葉が、白く光る文字で刻まれているのを読むことができる。

52

生まれて初めて映画を観たあと、ヴィカーは映画のために神学校を捨てた。全身金《きん》に塗られた美しい裸の女の姿にヴィカーは凍りついた。遺体は女を誘惑し破滅に追いやったスパイが発見した。スパイがこの件に関しどこまで疚しい気持ちでいるのか、ヴィカーにはどうにも測りかねた。別の映画では、尾行を依頼された金髪女に私立探偵が恋してしまう。金髪女は前世に呪縛されていて、昔のカリフォルニアの伝道所の尖塔から飛び降りて自殺した記憶に取り憑かれている。どんな尖塔か彼女が説明すると、探偵はそれがどこのものか思いつき、君は前世ではなくこの現世でそれを見たんだと告げる。だが真実を知らなかったのは探偵の方だった——彼には思いもよらなかった真実を。

53

マザー神学校の卒業製作として、ヴィカーは小さな教会の模型を作った。ある朝目が覚めて、その教会が完璧に頭の中に見えた。異様な尖塔と、黄金の斧を持って王冠をかぶったライオンの彫刻が見えたのだ。それを使って美しい裸の女を殴れば女自身も黄金に変えてしまいそうな斧。頭の中でこの教会があまりに完璧に実現されていたものだから、ひょっとして以前に——それこそ前世に——見て忘れたのだろうかとヴィカーは不安に思った。

審査委員会の教授たちが製作物に腹を立てると、ヴィカーははじめ、王冠をかぶったライオンか、生贄を殺すための黄金の斧が冒瀆ということなのかと思った。実のところ、主任教授の激怒はライオンとも斧とも関係なく、この小さな模型の教会に扉がないからだった。「入口がないじゃないか！」と教授はどなった。何年も過ぎて、ロサンゼルスに着いてもまだ、扉を作らなかったのはうっかり忘れたからなのか、自分でもよくわからなかった。「というよりむしろ」とヴィカーは面接の席で、あくまで無邪気に答えたのだった。「出口がないということだと思うんです」

54

一瞬ヴィカーは、主任教授が激怒のあまり模型を床にたたきつけて粉々に壊すんじゃないかと思った。

もしそうなっていたら、教授たちは、教会内の、祭壇があるべきところに小さな、何も映っていない映画スクリーンがあることを見てとっただろう。何も映っていないのは、そこに映るべき像は、彼が夢で観る映画のそれ、謎の人物が水平な岩の上に横たわるシーンだったからだ。

55

その夜、ヴィカーは頭を剃った。刺青をしたのはもっとあと、ハリウッドへ向かう途中のラスベガス郊外のバス停留所でのことである。

56

ジャック・レモンのコメディの仕事が終わると、ヴィカーはパラマウントから、金持ちの若者と貧しい娘をめぐるラブストーリーを割り当てられる。映画の終わりで娘は死ぬ。「『陽のあたる場所』と似てるけど、反対ですね」とヴィカーはある日の午後にセットで、バーボンの匂いを漂わせている小柄な年上の女にささやく。「『陽のあたる場所』では男が貧乏で女が金持ちで、男が最後に死ぬ」

「あなた、馬鹿で金持ちに見えるわね」と女優が撮影中のシーンで男優に言う。

「もし僕が賢くて貧乏だったら？」と男優は答える。

ヴィカーの隣の年上の女は煙草を喫い、彼をぴたっと見据える。「そうね、『陽のあたる場所』に似てる」と女はささやき返す。「ただし女は」――女優を指す――「リズ・テイラーじゃないし、男は」――男優を指す――「モンティ・クリフトじゃない。それに」――セットの反対側にいる監督をちらっと見て、いっそう声を落とす――「アーサーには悪いけど、どう考えてもミスタ・スティーヴンスじゃない」

「私は賢くて貧乏よ」女優が言う。

「何でそんなに賢いんだい？」男優が言う。

「ミスタ・スティーヴンス？」ヴィカーが言う。

女優が答える。「私はあなたとコーヒーを飲みに行かない、だから賢いってことよ」

「もし僕に誘う気がないとしたら？」

「だからあなたは馬鹿だってことよ」

セットの向こう側で監督がカットをかける。ヴィカーの隣の女が天を仰ぐ。「これでもまだ『陽のあたる場所』に似てると思う?」

57

ヴィカーが「ジョージ・スティーヴンスと知りあいだったんですね」と言う。

「いまもお元気なのよ」女は言う。「まだ過去形じゃないのよ」。女は一脚だけ取り残された椅子の肱掛けで煙草を消す。「八か月くらい前にフォックスでお会いしたわ。実際、またリズと新作撮ってらっしゃるのよ。モンティは」女はさらに言う。「モンティはもちろんもういない。今回のはウォレン。リズはどの男よりも長生きするわね」それから、ちょっと考えて「まあウォレンは別かも」と言い足す。女はヴィカーに手をさし出す。「ドティ・ランガー」と女は名のり、握手しながら手をのばしてヴィカーの禿げ頭を、いかにも小柄な老母といった見かけどおりの優しさで撫でてから、そばのトレーラーハウスに歩いていってドアを閉める。

58

一週間のあいだ、ドティ・ランガーが日々の撮影中と撮影後にトレーラーハウスから出入りするのをヴィカーは眺める。次に二人で話すのは、ヴィカーも加わって作った街路シーンに同じ男優と女優が出て撮影している最中のことである。男優にはほとんど存在感がなく、いまにも宙に消えてしまうんじゃないかとヴィカーには思える。女優にはそれよりだいぶ惹かれる。その茶色い目を見て、ヴィカーは仔鹿を思い浮かべる。

ドティはトレーラーの出入口のそばに立って、がっしりした黒いあごひげの男と話している。赤いバミューダ、ボタンを外して袖をまくり上げた白いドレスシャツという格好の男は葉巻を喫っている。男のカブト虫フォルクスワーゲンは遠くの方に駐車してあり、上にサーフボードが載っている。ようやくこっちへ戻ってくると、ドティはヴィカーに「『陽のあたる場所』さん、こちらは『赤い河』」と言う。

「よう、牧師さん《ヴィカー》」ひげの男は笑って片手をつき出す。男がなぜ自分をそう呼ぶのかヴィカーにはわからない。そんなふうに呼ばれたことは一度もないのだ。「ヴァイキング・マン」とひげの男は名のる。

ドティが天を仰ぐ。「この『ヴァイキング・マン』、ワーナーでヒューストンが撮る西部劇書いてるのよ」

「セット内、静かに！」誰かがわめく。

「静かに！」ほかの誰かがわめく。セットが静かになる。「アクション」と監督が叫ぶ。

「私、鍵忘れたの」女優が言う。

「ジェニー、ごめんよ」男優が言う。

「謝らないで。愛とは決して――」

「カット」監督が叫ぶ。そして隣に座った助監督と相談し、助監督は隣に座ったスクリプターと相談する。「ジョン・ヒューストンが撮る映画の脚本、書いてるんですか?」ヴィカーは黒ひげの男に言う。

「アリ」監督が女優に言う。「『絶対に』だぞ」

「え?」女優が言う。

「『決して《ネヴァー》』って言っただろ。台本は『絶対に《ノット・エヴァー》』だ。『愛とは絶対に《ラヴ・ミーンズ・ノット・エヴァー》』。もう一度やる」

「セット内、静かに!」

沈黙、そしてカメラがふたたび回り出す。「ジェニー、ごめんよ」男優が言う。

「謝らないで」女優は答える。「愛とは決して《ラヴ・ミーンズ・ネヴァー》——」

「カット」

女優は共演男優の向こうの街路を睨みつける。ヴィカーの目に彼女はそれほど魅力的に見えなくなる。「二人ともあんまりよくないみたいだね」心配になってきたヴィカーは、ふたたび煙草を喫っているドティにささやく。ドティの隣にいるヴァイキング・マンはこの見世物をニタニタ笑って見ている。「メーキャップ!」助監督が叫ぶ。

「あの男、テレビのソープオペラのスターなのよ」ドティが説明してくれる。「この役、ほかの俳優が五人断ったんで回ってきたのよ。女の方はファッションモデルで、製作の新しいボスのペニス吸いまくってる。ボスの目が転がってうしろに回っちゃうくらい吸いまくってるからきっと脳味噌が見えてるわね、脳味噌あればの話だけど」

「ライアンのメーキャップ頼む」助監督が叫ぶ。二、三分して撮影が再開される。「私、鍵忘れたの」女優が言う。

「ジェニー、ごめんよ」

「謝らないで。愛とは決して――」

「カット」

「どっちだっていいじゃないよ!」女優がキレる。「『絶対に』だろうが『決して』だろうが、どっちだって同じでしょ! 『決して』って『絶対に』っていう意味じゃないの? どのみちクズみたいな科白よ!」

ヴァイキング・マンががははと笑い、何人かがそっちを向く。

「こんなクソ科白、意味不明よ!」女優が言う。そしてあたりを見回しながら「ボブはどこ?」と言う。

「ボブってのが製作の新しいボス」ドティがヴィカーに言う。

「ボブと話したい!」女優が要求する。

「ボブはこのアマのケツに二、三度ファックする必要があるな」ヴァイキング・マンが嬉しそうに笑う。今度は全員がそっちを向く。

「ジョンはチャーミングな物の見方するのよ」ドティがヴィカーに言う。「この人、ベトナムも悪くないと思ってるのよ」。そしてヴァイキング・マンに「もっと大声でやんなさいよ、ジョン。エヴァンスは向こう側にいるんだもの、それじゃ聞こえるかどうかわかんないわよ」と言う。

「女性上位やりすぎなんだよ」ヴァイキング・マンが愉快げに言い放つ。「もっとアナルやって、身のほど思い知らせてやらなきゃ」

「ちょっとぉ」ドティがうめいて、顔を手で覆う。

「よう、俺は平気だぜ」ヴァイキング・マンは楽しげに肩をすくめる。「俺、この恐竜に雇われてな

59

いもの」――葉巻を振ってスタジオを指す――「何てガラクタだ」

「行きましょ」ドティは二人の男に言ってトレーラーの方を向く。

「そのきつい女子大ケツに一発つき刺してやれよ」とヴァイキング・マンは一同に忠告する。「そしたらちゃんと科白言うよ」

トレーラーの中で、ドティはヴァイキング・マンの方を向いて言う。「恐竜の話だけど、あたしはこの仕事続けたいんですからね。これからあといくつできるかわからないし」。彼女のうしろの作業台には編集機《ムヴィオラ》が置いてある。

「君に神の愛あれ、ドット」ヴァイキング・マンが愉快げに鼻を鳴らす。「俺たちみんないなくなったずっとあとも君はまだいるさ」

「僕、ヴィンセント・ミネリの映画の仕事して、オットー・プレミンジャーの映画の仕事したんです」とヴィカーが言う。

ドティとヴァイキング・マンは少しのあいだヴィカーを見る。「ミネリはオカマだ」ヴァイキング・マンがようやく口を開く。「で、プレミンジャーはナチだ」

「ならそれであんたの神殿に入るってことなんだろうけど」とドティが言う。「実はねジョン、プレミンジャーはユダヤ人なのよ。さ、もう帰ってくれる？　どっかよその人間撃ってよ。あたしじゃなくて、近い将来あたしを雇ってくれそうな人じゃなけりゃ誰でもいいから」。そしてヴィカーに「この人ね、兵器庫持ってるのよ」と言う。

「スティーヴンス、俺は苦手でね」ヴァイキング・マンはヴィカーの頭の刺青を指す。「『シェーン』はちょっと高尚すぎる。『シェーン』の話ならドットに聞きなよ」

「『シェーン』はやってないわ」ドティが言う。「ああいう映画は女にはわかんないだろうって思われたのよ。『ジャイアンツ』で復帰したけど」

「俺はどっちかっていうとヒューストン／ホークス／フォード／ウォルシュ／黒澤派でね」ヴァイキング・マンがさらに言う。

「もしスクリーンに金玉とペニスが生えたら、それこそジョンの考える究極の映画体験なのよ」とドティが言う。

「だけどその発想は買うね」ヴァイキング・マンはなおもヴィカーの頭を見ながら言う。

「この人、あんたの中に、精神病のいまだ発掘されざる蓄えを感じとってるのよ。もうじっぽり濡れちゃってるのよ」

「俺の番号はドットから聞いてくれればいい。あんた、サーフィンは？」

「やりません」ヴィカーは言う。

「ビーチに友だちがけっこう住んでるんだ。俳優、脚本家、監督、奴らに神の愛あれ、左翼でヒッピーだけどオーケーな奴らさ。そのリズ／モンティ、みんな気に入ると思うぜ」——刺青を指さす——「ビビるかもしれんけど」

「その人たちも、ハリウッド中と同じに、年中ひどい音楽聴いてるんですか？」

「女は二、三人入れ込んでるね」トレーラーのドアまで行ったヴァイキング・マンが言う。「でも男連中はだいたいみんな、映画を生きて、映画を吸って、映画を食って映画をクソしてる。じゃあな、ドット。さよなら、牧師さん」

彼が出ていくと、ドットとヴィカーは顔を見合わせる。「まあ少なくとも映画のことは大切に思ってますよね」とヴィカーは言う。

「思ってなかったら最悪よ、サーフィンと銃しか残らないわよ」

「ヴィンセント・ミネリとオットー・プレミンジャーの下で働いたって言っても」ヴィカーが声を張り上げる。「誰も何とも思わないんです」

60

「あのね、こういうことよ」。ドティは煙草に火を点け、ムヴィオラの前の椅子にゆっくり腰を下ろす。ムヴィオラの隣にはジャック・ダニエルズのボトルがある。「まず、あんたと同い歳くらいで、ビジネス界に入ってきたばかりで、五年くらいしたらパラマウントを動かしてるはずの奴らがいて、それはワーナーもコロンビアもフォックスもMGMも同じで、どの映画会社もこれからは映画とは何の関係もない会社に所有されることになるんだけど、とにかくそういう奴らは、ミネリの名前もプレミンジャーの名前も聞いたことなくて、まあせいぜいミネリと聞いてライザを思い出すくらいの教養はかろうじてある程度なのよ。それから、あたしみたいに、ずいぶん長いことこの業界にいて、もうロマンチックな思いみたいなものはまるっきりなくなってて、とにかくどこか逃げ場があればいいと思ってる連中もいる。何しろ何が起きてるのかもうさっぱりわからないんだから。カンヌではオートバイ乗りの映画が賞獲ってるし、映画館の安い席でペニス吸われるニューヨークの男娼カウボーイの映画がオスカー獲って、あたしのお祖父さんくらいの歳の会社のお偉方は――人類の夜明けって感じの人たちよ――なんかもう文化的痴呆みたいになってるのよ。あたしの母親は晩年、八十代なかばだったけど、朝四時に目を覚まして窓の外見て、午後四時なのに何でこんなに暗いのかしらって首をかしげてたわ。これは午後四時のはずはなくて午前四時にちがいないって判断する思考プロセスが壊れちゃったのよ。この偉いさんたちも同じ。前世だか何だかがネタのミネリ・ミュージカル？　この会社だって、ジゴロ引っぱってきて製作の指揮やらせて、そこのドアの外で撮ってる一番マシなのが、科白の言い方も知らない無能二人が主演してる安手のロマンスと、ごろつきと映画学校出たての超うぬぼれ男とが脚本書いた二流のギャング映画。で、こんなグルーピーな時代だもの、誰がそんなもの観る？」

61

ヴィカーは「僕、チャンスを逃したみたいです」と言う。

「そうかもしれない」ドティが言う。「それとも、実はいまがチャンスであんたが気づいてないのかもしれないし、あるいはあんたのチャンスはまだ来てなくて、来るときに備えて態勢を整えているべきなのかもしれない。ヴィンセントやオットーのことなんか忘れちゃえって言ってるんじゃないのよ

――あんたは映画というものをそれなりに理解してるみたいだから、あの人たちからだって学ぶことは十分あるってことはわかるわよね。あのバイク乗り映画を作った青二才にはそれすらわかりっこないけどね。あたしはただ、ヴィンセントとかオットーっていう名前はあんたにとっては魔法があるだろうけどたいていの連中にとってはそうじゃないって言ってるだけ。ジョンの仲間たちには」ヴァイキング・マンがたったいま出ていったトレイラーの出入口をドティはあごで指す。「わかるだろうけど。ヒューストンのためにあんな脚本書いて、ジョンもジョンなりにあんたと同じくらい狂ってるのよ。でもそれ以外の連中には無理ね。あんたは映画で何がやりたいの？　一生セットを作る気はないでしょう」

「わかりません」

「あら、それは意外ね。あんた、学校は行ったの？」

「建築科でした」

「そうなんだ」。それから、「ひょっとして美術の仕事、回してあげられるかも」と彼女は言う。

「『陽のあたる場所』の編集なさったんですね」彼女のうしろにあるムヴィオラを見ながらヴィカーは言う。

「ビリー・ホーンベックの下で仕事したのよ。私たちでアカデミー賞獲ったのよ。ビリーは何年か前、ユニヴァーサルでしょうもない管理職に格上げされたわ。いまじゃもう会社ごと、映画は完全に捨ててテレビに乗り換える気なのよ。ビリーもすっかり老けちゃって、午後四時なのに何でもう暗いんだろうって首をひねる年寄りになった」

「僕、テレビ持ってました」ヴィカーは言う。「盗まれました」

ドティが煙草をふかす。「盗まれて、人生にぽっかり穴開《あ》いた？」。煙にむせてヴィカーが咳込む。

ドティが煙草をもみ消して空中の煙を手で払う。「あたし、あっちに戻らないと」ドティは言う。「ジョンをセットに入れたツケ払わないとね。ほんとに阿呆な奴ねえ」。彼女は編集台から紙切れを一枚取り出して何か書き、椅子から立ち上がる。突然その姿はいっそう老けたように見える。彼女は紙切れをヴィカーに渡す。「あたしは編集中の映画の現場にいつも泊まり込むわけじゃないのよ。きついスケジュールでやってる大作で、撮ったはしからカットしてくしかないなんて場合でもないかぎり、その必要はないのよ。でもね、こいつはどうやったところでまともなものは出来やしないってわかるときはね、泊まり込んで毎日ラッシュを見たら、どうやったらいいか少しは見えてくるんじゃないかってつい思っちゃうのよ、馬鹿みたいだけど。そんなことありっこないってわかりそうなものよね、長年やってるんだから」。ヴィカーの手の中にある電話番号をドティはあごで指す。「ジョンに電話してみて損はないと思うわよ。とにかく面白い人物ではあるし、面白い連中と仲間だし」

62

ヴィスタ・シアターでヴィカーは日本の白黒ギャング映画を観る。謎の女に依頼を受ける殺し屋の映画である。いまにも標的を始末しようというところで、一羽の蝶がライフルの銃身にとまって狙いがそれて、罪もない傍観者を殺してしまう。人々がセックスをしているところを見せる映画もヴィカーはこれが初めてだ。「獣《けだもの》……」その日本映画の中で女はうめく。「獣同士は必要なのよ」。ヴィカーはこれまでに得た最高に執拗な勃起を抱えてロビーに出る。ロビーの暗がりで日が暮れるのを待ってからバスに乗る。

63

バスに乗っても勃起は収まらない。二、三あとの停留所で可愛い女の子が一人乗ってくるし、その次の停留所では小さな子供を連れたラティーノの母親が乗ってきて、降りる停留所まで来てもまだ勃起しているので恥ずかしくて席を立てず、そのまま乗りつづけ……

64

……夜になっても乗っていて――

――バスはハリウッド大通りを西に進み、ラブレアに入って右に折れてサンセットに出る。母と子が降りて、それから可愛い女の子も降りるが、ヴィカーはほか全員が降りてもまだ乗っている。運転手がバックミラーでこっちを窺っているのが見える。バスがサンセット・ストリップに着くころには、勃起もやっとなくなっている。運転手は依然としてバックミラーでじっとこっちを見ている。

65

ロックミュージシャンたちが最上階からピアノを投げ捨てるというコンチネンタル・ハイアットの横をバスは抜け、〈タワーレコード〉と〈ウィスキー＝ア＝ゴー＝ゴー〉の方に向かう。サンセット・ストリップはいろんな時代の放送がごっちゃに混じってきらめく場であり、四つ角一つひとつが違うチャンネルを放映している。銀河空間のゲイシャハウスに安宿の城郭、ペルシャの空飛ぶ円盤に超音速英国チューダー様式。バスを降りると、ブルー＝デコのサンセット・タワーが頭上にそびえている。ヴィカーはしばらく見上げている。ジョージ・スティーヴンスがそこに住んでいると知っているからだ。道路を渡り、ハリウッドに戻る東行きのバスが来るのを待つ。乗り込むと、さっきと同じバスであり同じ運転手である。

66

何度かくり返し言って相手はやっと思い出す。「ああ、牧師さま《ザ・ヴィカー》か！」電話の向こうで胴間声が響く。「ジョージ・スティーヴンス派の！　俺、スティーヴンスどうも違うんだよね。『シェーン』とかさ、こう言っちゃ何だけどちょっとプッシー・ウェスタンって感じでさ」。二人はヴァイキング・マンがすでに四度観たアルジェをめぐる外国映画を一緒に観ることにするが、約束の日にヴァイキング・マンは現われない。

二週間後、ロサンゼルスに着いた日からほぼ一年半経った日、午前六時を一分過ぎた時点でものすごい揺れが生じてヴィカーはベッドから投げ出される。爆弾が破裂したんだとヴィカーは考える。寝室は歪んで新たな幾何構造が生じる。窓の外で電線が火花を発して地面に落ちる。キッチンで皿が食器棚から飛び出してけたたましい音が立つのが聞こえ、泥棒に入られて以来夜どおし点けっぱなしにしていた電球が消える。

67

本棚や食器棚から投げ飛ばされた物たちの中からヴィカーはたったひとつの物を探しつづけ、ようやくそれが見つかる。扉のない、王冠をかぶったライオンが尖塔の上で金の斧を持っていて、祭壇があるべきところに何も映っていない映画スクリーンがある教会の小さな模型。壁の一面がわずかに折れ曲がったが、それ以外はどこも傷んでいない。

アパートの外で、人々が家からのろのろと出てきて街の有様を眺めわたす。しばらくするとヴィカーも、もはやまっすぐではない外階段を慎重に降りていく。芝生に立ってあたりを眺めていると、サーフボードを上に載せたフォルクスワーゲンが来て停まる。助手席の窓が下がる。「牧師《ヴィカー》さん!」ヴィカーはゆっくりと道路に出ていき、車の中を覗き込む。

ヴァイキング・マンの髪は濡れていて、あちこちに塩のかたまりがついている。「参ったぜ」とヴァイキング・マンは葉巻を歯でくわえながら言う。「海に出ててさ、水はガラスみたいに静か、そしたらさ……」彼は一瞬考える。「動いたんだよ、誰かが底の栓を抜いたみたいにさ。で、上を見たら、牧師さんよ、いままでに見た最高にすごい波だったよ。乗れよ」

「今日は仕事なんです」ヴィカーは言う。

「あのさ牧師さん」ヴァイキング・マンは口から葉巻を外しながら辛抱強く説明する。「今日は誰も仕事なんかしないよ。これってこの四十年で最大の地震だったんだよ。乗れって。よかったらまず俺の家に寄らせてくれ」

68

ヴァイキング・マンのアパートメントに行ってみると、映画ライブラリーに仕立て上げた大きなクローゼットの中、フィルムのリールがそこらじゅうに転がっている。どのテープもリールから外れてセルロイドの藻海《サルガッソ》と化している。映写機がクローゼットの奥からこっちを睨んでいる。外でサイレンの音が鳴り響く。ヴァイキング・マンは涼しい顔で被害を見渡す。ドアのかたわらのスイッチをパチンと入れるが明かりは点かない。「映画観ようぜって言いたいところだが」なおもスイッチをパチパチやっている。「どうやら停電してるみたいだ」

「どのみち僕たち、映画の好みが違うかも」ヴィカーは言う。

「牧師さん」ヴァイキング・マンが言う。「ここには映画が五百本あるんだよ。二人とも好きな映画が一本もないとしたら、俺たちのどっちかが反キリストだってことだよ」

69

フォルクスワーゲンにふたたび乗り込み、ヴァイキング・マンはいまだ静まり返っているサンセット大通りに入っていき、毎分ますます渋滞がひどくなっていくクレセント・ハイツに行きあたる。カーブを切ってローレル・キャニオンをのぼって行くと、車の量がずいぶん増える。特に反対車線、キャニオンから降りてくる方はびっしり並んでいる。ローズヴェルト・ホテルを出て最初の夜をヴィカーが過ごしたフーディーニ・ハウスの前をカブト虫は過ぎてゆく。倒れたユーカリの木が大通りを一部塞《ふさ》いでいる。ヴァイキング・マンは平然とビートルを操ってあいだをすり抜けていく。マルホランド・ドライブで警察が車を追い返している。同じく平然とヴァイキング・マンはジグザグに車を操り左に逸《そ》れ、マルホランドを西に行って、やがてサンフェルナンド・ヴァレーを見下ろす空地に車を停める。

70

ヴァレーは死んだ星が遺したクレーターのように見える。カーラジオからは地震のニュースがひっきりなしに流れる。ある時点でアナウンサーが、北でダムが決壊したためヴァレーのフリーウェイ405号線より西にいる住民に避難勧告を出す計画を告げる。

「聞けよ、牧師さん」ヴァイキング・マンが叫ぶ。「二メートル五十の波があすこの峡谷をつっ切ってくそうだぜ――」ヴァレーの向こう側のサンタクラリタ峠を指さす。「――時速一五〇キロで。信じられるか?」。興奮を抑えきれない様子。

「ここにいて僕たち、大丈夫なんですか?」ヴィカーは言う。

「よう、俺は準備万端だぜ」ヴァイキング・マンはにっこり笑って、窓の外に手を出して屋根のサーフボードをばんばん叩く。「俺はボードに乗るからさ、あんたは窓閉めてレドンド・ビーチまでプカプカ浮かんでいけよ」

「冗談でしょう」ヴィカーはやっと言う。

ヴァイキング・マンが彼を見る。そしてひっそり「そうだよ、牧師さん、冗談だよ」と言う。「二メートル五十、時速一五〇キロ、それでもまだマルホランド・ドライブまでは来ない。でももし来たら、まるっきりホロコーストだよな」と切なげに言う。「あーあ、いまアシッドあったらなあ。これって俺たちにとって、一番**核爆弾**《ザ・ボム》に近いものかも」

ヴィカーはあたりの情景を眺める。

「あのさ、牧師さん」ヴァイキング・マンは半分食った葉巻をポイと捨てる。「なぜか俺、あんたなら、ていうかあんただけはわかってくれる気がするんだよ、神は二つのものを愛していてそれは**映画**と**核爆弾**だってこと。過去五千年で人間が神に捧げたものの中で、神を畏怖する念をこの二つほどしっかり伝えるものがほかにあるか？　神の荘厳さにこれほど近づいたものってあるか？　**映画と核爆弾**こそ、人間からの、神に相応しい贈り物なのさ」

「神は子供たちを憎んでる」

一瞬ヴァイキング・マンは自分の夢想に浸りきっていて、ヴィカーの言葉も耳に入らないが、やがてヴィカーの方に向き直る。「そういうふうに考えたことはなかったよ、牧師さん」

「神は聖書の中で、いつも子供を殺してるか殺すって脅すかしてます」ヴィカーは言う。「自分の子供だって殺します」

ヴァイキング・マンはゆっくりうなずく。「鋭い指摘だなあ」と彼は言う。「あのさ、牧師さん、ちょっとそこのグラブコンパートメントにあるやつ、取ってくれるかな？」

ヴィカーはグラブコンパートメントを開ける。地図がいくつかと、古いメモ帳とペン。アルミホイルでくるんだ小さな包みがある。

「そのちっちゃいホイルのやつ、取ってくれるかい？」ヴァイキング・マンが言う。

ヴィカーはグラブコンパートメントからアルミホイルの包みを取り出す。地図の束の下に銃がある。

「銃がある」ヴィカーは言う。

「スミス&ウェッソン38口径。よかったら握ってごらんよ」

「いえ、結構です」

「いいことだよ、牧師さん」アルミホイルを開けて膝の上で慎重にマリワナ煙草を巻きながらヴァイキング・マンは言う。「それ、オモチャなんかじゃないもんな。シュレイダーの野郎だったら、もういまごろ俺たちのどっちかを撃ってるだろうよ」。煙草に火を点けて、煙を吸い込んでからヴィカーにさし出す。

「いえ、結構です」

「またまたいいことだよ。こういうのってヒッピー左翼のお遊びでさ、ペニスの代わりに花がついてるオカマとか黒んぼミュージシャンとかに相応の代物だよ、まあそういうミュージシャンの何人かは俺ものすごく尊敬してるんだけどさ。だけど、こういう状況では何らかの精神変革も必要になる。リセルグ酸（LSDの合成に使われる）の聖餐《サクラメント》も無理、いちおうまともなクエルボ一壜もないとくれば、これで行くしかないのさ」

カブト虫をリバースにして、ヴァイキング・マンは空地からバックで出る。そのままマルホランドを西に走りつづけて、セプルベダ峠を越え、くねくねのびる山道をのぼって行く。フリーウェイはすべて閉鎖されていて、地上の道路はぎっしり渋滞している。二時間半かかってやっとマリブキャニオン・ロードにたどり着き、パシフィックコースト・ハイウェイに入っていく。

海に出ると、ヴァイキング・マンは右に折れて北へ向かい、その間ずっと映画の話をしている。

71

コロニーを過ぎてハイウェイをのぼり、もうじきズーマというところで――

――ヴァイキング・マンはようやくパシフィックコースト・ハイウェイを降り、大通りのビーチ側を走って、水浸しになった家の前を一軒一軒過ぎていき、やがて、ある家の車寄せに車を滑り込ませる。屋根からサーフボードを引っぱり下ろし、ヴィカーには一言も言わずにのしのしと、家を通り抜けず迂回してビーチに歩いていく。

ヴィカーは少しのあいだ車の中に座っているが、ヴァイキング・マンの姿が視界からほぼ消えると、車を降りてあとについて行く。

72

男の方が女より多い一ダースばかりの人間が、家の裏手のビーチに群れている。「ヴァイキング・マン！」男の一人が声をかける。「地震の波だぜ！」。男たちはみんな彼に声をかけ、女たちは無視するが、やがて一人の女が砂浜にぽつんと立っているヴィカーに目をとめる。サーフボードを持って海の方へ走っていく男の方を女は見る。「ねえ、ジョン？」

ヴァイキング・マンは水際で立ちどまって、ふり向く。

「この人、あんたと一緒？」若い女は訊く。女は陽なたに、タオルを敷いて横になっている。髪は黒く、裸で、こんなに大きな胸をヴィカーはいままで見たことがない。ほかの女二人も、一人は黒髪で一人は金髪で、ビキニの下ははいているが上は着けていない。さらにほかの二人は、一人は小柄で一人は大柄で、服を着ている。小柄な方が五分のうちに口にする汚い言葉の数たるや、一人の女がこれほど汚い言葉を多く使うのをヴィカーは聞いたことがないし、いままですべての女が使うのを聞いた汚い言葉全部より多いんじゃないかと思う。

「牧師さま《ザ・ヴィカー》だよ」ヴァイキング・マンが答える。

黒髪の女はヴィカーを見る。ヴィカーは「ヴァイキング・マンの友だちです」と言う。

「ザ・ヴィカーとザ・ヴァイキング」女は言い、タオルの上に仰向けに横たわって目を閉じる。「なんかすっごくキュートねえ」

73

ヴィカーはそこで三日過ごす。どうやって帰ったらいいかもわからない。ヴァイキング・マンがいつそこにいて、いついないかもだんだん追えなくなってきたし、ほかの誰かに町まで乗せてくれと頼む気にもなれない。人の群れが小さくなって、また大きくなり、いろんな顔が現われて、見慣れたと思うとまた消える。黒髪の裸の女とトップレスの金髪はヴィカーのことを気にかけてくれて、何か食べる？　何か飲む？　と時おり訊いてくれる。誰もこっちに注意を払っていないと思っても、さっと目を向けると、みんなでじっとヴィカーを見ていたりする。何人かは非合法の麻薬をやっているんじゃないかとヴィカーは疑う。

地震があったことを、みんなぼんやりとしか意識していないように思える。地震が関心の対象になるのは、波の大きさに関連してか、誰かが近所のマーケットに買物に行ってビールかワインの在庫が減っていたときくらいだ。誰もが映画にかかわっているが、みんなヴィカーが想像していたのとは違う。映画スターみたいな人間は一人もいない——まあ黒髪の女と、男の中で一人、特にハンサムというわけではないがヴァイキング・マンのように大きなあごひげを生やしていて笑顔をキラッと光らせどこかマチネーのような雰囲気を漂わせている男は別かもしれないが。サファリの格好をしていて、本人はそれがお洒落だと思っているらしい。きっと俳優だろうとヴィカーは思うが実は監督志望である。

74

ヴィカーが俳優だと思う男はみんな監督であり、彼が監督だと思う男はみんな俳優である。女たちは料理を作り、ヴァイキング・マンも言うとおり映画のことしか頭になく映画のことしか喋らない男たちの世話をする。「ホークスの芸術の頂点だよ」最初の日の午後に誰かが言っている。「男性性の価値観と儀式性に対する洞察においてヘミングウェイ的だ」

「あの映画でのディーン・マーティンは過小評価されている」ヴァイキング・マンも同意する。

「オープニングの」別の男が指摘する。「痰ツボからコインを引っぱり出すところ？　言葉はいっさいなし。一種アメリカの歌舞伎だよ」

「勇気とプロフェッショナリズム」誰かがつけ足す。「そのもっとも空しいありようを追究する姿勢は実存的と言っていい」

「アンジー・ディキンソンは典型的ホークス女性の現代における化身だ」ヴァイキング・マンが言

う。こんな会話が三十分ばかり続いたところで、間《ま》が生じる。

「西部劇は」ヴィカーは言う。「アメリカのアメリカ観が変わるとともに西部劇も変わったわけでさ、前はみんなアメリカとは誰もが自由な雄々しい国だと思ってたのが、実は精神グジャラグジャラの汚《けが》れた場所だってことが見えてきたわけでさ、いまじゃもう、そんなこと想像さえしにくいけどマトモな西部劇作ってるのはインチキのイタリア人だけってことになってるわけさ、アメリカ人はもうまるっきり迷いきっちまって、神話を謳い上げるべきか反神話を謳い上げるべきかもわからなくなっててさ、昔は過去なんて逃れられるとずっと思ってたのに、いまじゃもうバレてるんだ、この国でそんなことできやしないって、この国こそ唯一、ジャイヴ《インチキ》がいずれ反ジャイヴと区別つかなくなるみたいに、掟を守ることが裏切ることと区別つかなくなっちまう場所なんだって、いや裏切ることだけじゃない、ただの人殺しとも区別つかなくなる場所なんだと」

ここに来て以来ヴィカーが四語以上喋ったのはこれが初めてである。食事を作っている女たちも含めて、家の中のすべてが凍りつく。長い沈黙のあと、ヴァイキング・マンが「実に興味深い視座だよ、牧師さん」と言う。

「あのさ」ほかの誰かが言う。「サーフィン行こうぜ！」。部屋にはあっと言う間に女しかいなくなる。黒髪の、胸の大きい女はしばしヴィカーをじっと見てから料理に戻る。その後ヴィカーは何も言わない。ヴィカーと同じくらい喋らない人間が一人だけいて、二十代後半の、張りつめた感じの黒髪の男で、カウチに座ってじっとヴィカーを、特に彼の頭を見ている。顔には奇妙な笑みが浮かんでいる。五年後、ヴィカーはその男のことを、その男が自分の頭を見ていた姿を思い出すことになる――気が変になって人々を皆殺しにするタクシー運転手をめぐる映画でモヒカン刈りの男を見たときに。

75

ビーチハウスは粗末な造りで、ベニヤ板の壁は湿気で反《そ》り返り、けばけばしい粗毛《あらげ》のカーペットはしみだらけですり減っている。二階には寝室が三部屋あり、バルコニーが輪を描いて一階を見下ろす形になっていて、一階は真ん中に掘った料理用の穴を中心にいろんな物が配置されている。ソファや椅子が壁際に並んでいる。この家に来て二日目、リビングルームに座って、ふっくらと広がる空の胸に広がった青いネックレスのような海を見ていたヴィカーがふと横を向くと、五歳の女の子が隣に立っていて、彼の頭を見ている。

76

母親が女の子を呼んで初めて、ロサンゼルスに着いてすぐ、ローレル・キャニオンのハリー・フーディーニ・ハウスの廃墟で見たのと同じ子だとヴィカーは気づく。

「ザジ」。一年半前のあの日と同じ柔らかな声、同じ美しい女の方をヴィカーは向く。女の子を急《せ》かしてローレル・キャニオン大通りを渡らせた、鳶色の髪、あごに完璧な凹みのある女。いまその美しい女はビキニの下しか着けていない。

小さな女の子はヴィカーの顔に手をのばし、左目の下に刺青された赤い涙を拭おうとする。

77

女の子の指がほとんどヴィカーの顔に触れようというところで、ローレル・キャニオンのときと同じに、女は子供を連れ戻そうと漂うように部屋を横切ってくる。もしかしたら、人を金縛りにする能力がこの家のざわめきに邪魔されるので、今回の救出はいっそう切迫しているかもしれない。母親はザジを抱え家の引込みドアを抜けてデッキに出て、肩ごしに——ローレル・キャニオンのときと同じに——ヴィカーの方をふり返る。

「ソレダード・パラディンだ」夕方近くにヴァイキング・マンが説明してくれる。

「僕、子供をいじめたりしないのに」ヴィカーは言う。

「だいたい三歳の子が、どうやってローレル・キャニオン大通りをふらふら渡る破目になったんだ？　ソレダードの奴、誰とファックしてたんだ、どんなドラッグ吸ってたんだ、子供を見てなきゃいけないってのに？」。彼らはデッキに座り込んでみんなを見ている。「こいつら悪い奴らじゃないんだよ、牧師さん」ヴァイキング・マンが言う。「ヒッピーとプッシーと甘やかされ過ぎボヘミアンのガキの集まりにしてはな。男はみんな第二のジョン・フォードになりたがっていて、第二のジョン・フォードはこの俺だっていう事実がまだ呑み込めてない。で、俺が第二のジョン・フォードである唯一の理由は俺が第二のハワード・ホークスじゃないからさ、史上最高の映画『赤い河』をあんたのミスタ・モンゴメリー・クリフトと作ったあの監督の後継者じゃないからさ。もちろんモンティはホモだったけどな。あんたはホモかい、牧師さん？」

「違います」ヴィカーは言う。

「もしそうなら嫌な思いさせたくないからね」

「ありがとう」

「モンティの凄さは認めざるをえない。なよなよしたホモなのに、ほとんど完璧にやってのける。『赤い河』の結末でさ、ジョン・ウェインと殴りあいやるところ、あんなの冷静に考えればまるっきり無理に決まってるのに、どうにかやりとおしてることは認めざるをえない。とにかく存在感はあるよ、クリフトは。それは否定しようがない。だけど俺は第二のハワード・ホークスにはなれない、なぜってミュージカルだのスクリューボール・コメディだの俺には絶対作れないからさ。俺は自分の限界を知ってるんだよ牧師さん、それは認めてもらわないと。だから第二のフォードになることに甘んじるしかない。ここにすべてが、陰嚢《いんのう》に収められたごとくにすべてが凝縮されている――ほかの連中が人を殺してでもなりたいものに、俺は仕方なくなるんだよ。奴らが心底失望するのも無理ないんだよ、牧師さん。みんなさぞ面喰らうだろうよ。女たちはみな俺とファックしたがる、それは明らかだ、それもやっぱり無理ないよ」。ヴィカーは女たちを見て、そこまで明らかだろうかと首をひねる。「俺、とにかく圧倒的だからさ、俺が駄目なら誰のところへ行けばいい？　マーティ？　ポールか？」そこらへんの男たちを指さす。「マージー・ルースはヒッチとファックしてる、奴がよりによってホラー映画を自分のために書いてくれたからさ」

「マージー・ルース？」ヴィカーは言う。

「デカパイの頭おかしい女だよ」ザ・ヴァイキングは葉巻で黒髪の女を指す。「まったくなあ。想像してごらんよ牧師さん、ホラー映画と引き換えにあのおっぱいとファックするなんてさ。いい脚本書いてやったら、いったい何やらせてもらえる？　ヒッチってのは」小粋なサファリジャケットを着てマチネーの笑みを浮かべたあごひげの男を指さす。「年じゅうアホなジャングルのコスチューム着てる奴だよ。ミスタ・猛獣狩り《ビッグハンター》。奴をヒッチって呼ぶのは、第二のジョン・フォードじゃなくて第二のアルフレッド・ヒッチコックになりたがってるからさ。で、マージーはだな、ヒッチが書いてくれる映画でさ、シャム双生児の役もらえるって言われてるんだ」ヴァイキング・マンは鼻で笑う。「シャム双生児だぜ、牧師さん！　それっておっぱいのところでくっついてるのか、それともおっぱい四つあるのか？」

「みんな女優なの？」

「誰が？」

「女たち」

「そりゃそうさ」ヴァイキング・マンは肩をすくめる。「俺の言おうとしてるのもまさにそこだよ、牧師さん。男はみんなジョン・フォードになりたくて、女はみんなおっぱいのところでくっついたホラー映画のシャム双生児になりたい、そこが違いなんだよ。女がほかの何になりたいってんだ……」葉巻を振って本気で考える。「……ドナ・リードか？　そんなのになって何になる、牧師さん？　要するにそういうことだよ。近ごろじゃ昔アカデミー賞を取ったベテラン女優が未来から来たゴリラを演じたりする。これって女の業界じゃないんだよ。もちろん前は違ってた。だけどここにいる誰も、第二のガルボになれそうにない――第二のエヴァ・ガードナーにだってなれそうもない。あそこにいるジャネットはさ」一人の女を指さす。「十年前につかのま栄光の瞬間があったのさ、知恵遅れの女の子が知恵遅れの男の子に恋をする芸術っぽい映画でさ――そういうのって勃起しないか、牧師さん？ そういうのってたまらなく観たくならないか？ どっかのフェスティバルで賞も取ったけど、以来あの女は何もやってない。マージーは一、二年前にジーン・ワイルダーの映画に出て、ジェニーはさ、あの金髪だよ、なんかどっかの映画のなんか誰かの役をやることになってる、ていうのもパパがさ、五〇年代はほとんどずっとブラックリストに載ってたのがオスカーの脚本賞こないだ取ってさ――だからアカ連中がカムバックしてるんだよ、めでたしめでたしなんだよ。あいつらみんなが女優になりたいわけじゃないぜ――あすこのキャスはさ」ムームーを着た大柄の女を指す。「映画とは何の関係もない。たぶんあんた以外世界中の誰もが聞いたことのあるコーラスグループにこないだまで入ってて、蝶の幼虫の寿命内で一財産築いて、いまじゃもう三十歳で燃えつきて、隣の家にジュリアと住んでる」。ジュリアは髪を短く切ってカットオフジーンズをはいた小柄の女である。「ジュリアはガルボでもジョン・フォードでもなく第二のジャック・ワーナーかハリー・コーンになりたがってて、考えてみれば本当にそうなるくらい邪悪な人間かもしれん。考えてみりゃジュリアこそ俺たちみんなの上を行くかもしれない、で、俺たちの中で一番しけた奴を爪楊枝に使って――候補はすぐそこいらへんに四人はいるな――残りの奴らを歯のすきまからせせり出すんだ」

78

「ソレダードはさ」ヴァイキング・マンは言う。「どこから始めたらいいかな？ とにかく無茶苦茶な話ばっかりなんだ。何歳なのか、誰も確かなことは知らない。二十代前半から三十代前半のどこでもおかしくない。生まれはセビリアで親はアンダルシアのジプシーだったとか、あまりに馬鹿馬鹿しいから信じるしかないってたぐいの話だよ。ブニュエルの不義の子だって伝説もあって、だとすれば本人が認めてるより三つ四つ年上ってことになるな、ブニュエルがフランコにスペインから追い出されたのは四〇年代後半だから。本人も父親について確かな話は知らんのかもしれない、あすこのイザドラ——ザジだよ——の父親について確かなことはわからないのと同じでさ。八歳のときにはもうフラメンコを踊っていて、オスロの精神病院にしばらく入ってたって話で、『情事』の島で失踪する女の役を振られたんだけど最後の最後になっていまだに誰も理解してないし説明もしてない謎の理由で下ろされたって話だ。イタリアだかフランスだかで少しソフトコアに出て、アメリカに、えーと、六、七年前に来た。ストリップのあたりをうろついて、〈シロズ〉と〈ウィスキー〉とを行ったり来たりしてた。あの女は魔女だって話で、ここから砂浜を三十キロ下ったヴェニス・ビーチで」——ビーチの先の方を指さす——「地獄と直結した史上最高のフェラチオをジム・モリソンにしてやったって話だ。メドゥーサみたいな鬼女かと思うと、一瞬にしてキャンディみたいにスイートになる。娘のことをどう思ってるかはよくわからない。しばらくのあいだ二人でキャニオンのザッパのコミューンに入ってたんで、モリソンがザジの父親じゃないならザッパがそうだって話がもちろん出回ってて、そのことを本人は知ってるとしたら何も言わないし、自分で言ってるとしたらただの当てずっぽうさ。どっちの可能性もあんまりなさそうに思える。いろいろ聞くかぎりモリソンはめったに勃《た》たないっていうし、ザッパの方は三十人の人間とたまたま同じ屋根の下に住んでるって以外は実のところそういうことには俺の理解するかぎりけっこう堅物《かたぶつ》なんだ。だいたい『イザドラ』なんてちょっとエレガントすぎるぜ、何せザッパは子供たちに『ドウィージル』なんて名前つけるんだからさ、それからするとまるっきり貴族だぜ」

79

ビーチハウスでの最後の夜、ヴィカーは二階の寝室のひとつで眠ろうとしていて、ソレダード・パラディンがシャム双生児になった夢をいくつも見る。双子は裸で、胸でたがいにくっついているのではなく時には腰で、時には肩で、時には股間でくっついている。獣同士は必要なのよ、とソレダードはなぜかヴィカーに理解できるスペイン語でささやきつづける。午前零時過ぎに、執拗に続く余震にヴィカーが揺り起こされると、一階から声が聞こえる。

グループのうち四人か五人がまだ起きて話している。少しすると声がはっきりしてくる。ヴィカーはベッドから起き上がる。「――るってるぜ」とヴァイキング・マンが半分笑いながら半分唖然としたように言う。

「だってそうなのよ」女の柔らかい声。

「マンソン・ファミリーの一人?」別の男の声。

「あいつがマンソン・ファミリーなもんか」ヴァイキング・マンが答え、ヴィカーは寝室のドアに行き、その向こうの階段の手すりへ向かう。階下の女が、軽い訛りだといまやヴィカーにもわかる喋り方で言う。「ローレル・キャニオンにいたのよ。あたし、見たもの」ヴィカーの足の下で床が軋る。一階で誰かが「シーッ」と言う。

ヴィカーはその場に立ちどまる。ドアの向こうに死んだような静寂が広がり、やがて誰かがささやく。ふたたび間があったのちヴァイキング・マンが抑え気味の声で「牧師さん？」と呼びかける。

ヴィカーは答えない。

「起きてるのかい、牧師さん？」

80

ヴィカーは答えも動きもしない。

また間がある。「あの人、ローレル・キャニオンに――」女がまた言いかける。

「誰もがローレル・キャニオンにいたのさ」ヴァイキング・マンがさえぎる。「つまり、忘れてるといけないから言うけどマンソン・ファミリー以外の誰もがさ。あいつらはベネディクト・キャニオンにいたんだ。君が一緒に住んでた髪の長い連中の方が、まだあの牧師さんよりマンソンと関係があったさ。ソル、君がマンソン・ファミリーの一員だって方がまだ可能性高いぜ」

「でもジョン、あいつちょっと頭おかしそうだぜ」別の男の声。

「ああそうだろうよ、で、お前はおかしくないんだよな、ポール。あいつ以外俺たちみんな、正常と安定の鑑《かがみ》なんだよな。こっちのボビーは？　完璧にノーマル」ヴァイキング・マンは鼻を鳴らす。「牧師さんはオーケーだよ。パラマウントでセット作ってる。俺、ドティ・ランガーを通して知りあったんだ。ドティが――」

「あの女まだやってるのか？」誰かが訊く。

「俺いつも彼女に言うんだよ」とヴァイキング・マンが、ヴィカーが初めて耳にする迷いの響きとともに言う。「あんたは俺たちみんながいなくなってもまだやってるって。彼女に神の愛あれ。でもどうかなあ——」

「刺青頭がさ、ジョン」誰かが促す。

「ドットって『陽のあたる場所』でホーンベックと仕事したんだよ。ひょっとして牧師さんにも美術の仕事見つけてやれるかもって言ってて……牧師さん、どっか東部で建築を勉強したんだよ……」

「セット作りか?」男の声が——ヴァイキング・マンがヒッチと呼んだ男だ——蔑んだ口調で言い、マージー・ルースだとヴィカーにもわかる別の女の声が答えて「いい加減にしなさいよブライアン、あの人はちゃんと役に立つことやってるんじゃない。この部屋にいる誰かさんたちよりずっとマシよ」と言った。

「まあ落着けよ、マージー」ヴァイキング・マンが言う。「ヒッチはさ——」

「その呼び方はよせ」ヒッチが言う。

「——そういうことを超越してるのさ、シャム双生児の映画で……」

「あんたもいい加減にしなさいよ、ジョン」マージーが言う。

「前から訊こうと思ってたんだけどさ」ヴァイキング・マンが言う。「その双子ってさ、体のどこで——」

「ジョン」ふたたび声が促す。「刺青頭」

81

ヴァイキング・マンが言う。「俺たち二日ばかり前にここまで車で来たのさ、おとといだか、いつだったか——地震の日だよ——で、走ってる最中ずっと映画の話してたんだ……この男は映画オタク《シネアスト》じゃない、シネオースティックさ」

「シネ……何だって？」

「映画自閉症《シネオースティック》……」

「知恵遅れってことだろ」ヒッチが言う。

「違う。言っただろ、建築の学位持ってるって」

「自分で言ってるだけさ」

「オーケー、でっち上げだとしよう」ヴァイキング・マンは言う。「建築の学位でっち上げるってだけでもそれなりに知恵があるってことさ。そうじゃない、俺が言ってるのは、この男は社会的に、つまりだな……こいつはビートルズが誰かもろくに知らない。ベトナムって国があることもろくに知らないし、ましてやそこで戦争やってるなんて知りやしない。修道院で育ったんだか何だか知らんけど、ドラッグもやってないし、俺としてはこいつが女と一度も寝たことないって方に相当の大金を賭けてもいい。だけど映画となったら気狂いなのさ、ここまで取り憑かれてる奴は見たことないね、この家でそう言えるってすごいことだぜ——」

「女と寝たことないの？」マージーが言う。

「——だけど全然勉強とかしてないんだ、知ってることも考えてることもすべてじかに身につけたんだよ……ポーリン・ケールから学んじゃいないしもちろんアンドルー・サリスからももちろんジェームズ・ファッキン・エイジーからも学んじゃいない。D・W・グリフィスが誰かだって知ってるかどうか怪しいもんだが、ジョン・クロムウェルのフィルモグラフィーだったらすらすら言える」

「え、誰？」

『君去りし後』ヴィカーの頭が回り出す。『ゼンダ城の虜』。『大いなる別れ』共演ハンフリー・ボガート、ローレン・バコール。「こいつはね」ヴァイキング・マンがさらに言う。「USCだのUCLAだのコロンビアだとかの一流校なんか行っちゃいない……」ローレン・バコールじゃない。リズ・スコットだ。「たまたま入った映画館でたまたま演《や》ってる映画、それがこいつにとっての〈映画概説〉なんだ。いまだ純粋なままの妄執《オブセッション》、文化をめぐる決まり文句やら先入観やらに汚されてない――」

もちろんD・W・グリフィスが誰かは知ってるさ。ローズヴェルト・ホテルでよく一緒にエレベータに乗ったもの。

「じゃあの人、童貞？」マージーが言う。

82

ヴィカーが次に目覚めると、どうやら性夢の真っ只中らしい。すっかり硬くなっている。次の瞬間、腹を横切っている髪は夢ではないこと、自分のペニスがいままで一度も行ったことのない位置に行っていることをヴィカーは悟る。彼は起き上がろうとする。

「リラックスして」闇の中で彼女が命じるのが聞こえる。「横になってなさい」。ヴィカーがまた横になるとマージーはふたたび彼を口に含む。いまにも射精しそうだと感じてヴィカーはパニックし、マージーはいっそう激しく吸う。ビーチの女たちってみんな地獄と直結したフェラチオやるのか?「オーケー、スーパーマン」彼女は数分後ヴィカーに強くキスしながら言う。「見てみたかったのよ、あんたが何で出来てるか」

83

三日目には誰もが彼を牧師さんと呼ぶ。「アイク」はどのみち好きでなかったし。みんながAmerika から k を抜くようになったら Vicar じゃなくて Vikar だと言うことにしよう（六〇年代末、アメリカの帝国主義的姿勢を批判するときにしばしばAmerikaという綴りが使われた）。

マージー・ルースがソレダードを説得してくれて、ヴィカーはやっと街まで乗せてもらえることになる。ヴィカーはその会話を漏れ聞く。「無茶苦茶言わないでよ、ソル」マージーが言う。「あの人マンソン・ファミリーなんかじゃないわよ。無害よ。約束する」さもわかったようにマージーは言う。「無害じゃないわ」ソレダードが答えるのがヴィカーにも聞こえる。「マンソン・ファミリーじゃないかもしれないけど」と認めつつも、「無害じゃないわよ」と彼女は言う。

84

彼らは八時ごろ出発し、パシフィックコースト・ハイウェイを南へ走る。道路は不気味に空っぽで、患者用ガウンと思しき格好の若い女が一人、裸足で道端をよたよた歩いているだけだ。コロニーの頂から、黄昏の光の中、ダークグレーのハイウェイと砲赤色《ガンメタル》の海とのあいだにビーチの茶色い糸が神の引っぱる回転儀《ジャイロスコープ》のようにのびているのがヴィカーには見える。車の前部席で女の子が母親に「お腹すいた」と言う。

「帰ったら食べるのよ」ソレダードがひっそりと言う。言ってからバックミラーでヴィカーを見る。

「ほんとにお腹すいた」

「もうじきよ」ソレダードが言う。

「いますいてるの」

女はもう一度バックミラーを見る。「どこかで停まって何か食べるわ」

「わかった」ヴィカーは言う。

85

彼らはタコス・スタンドで停まってフィッシュ・タコスを注文する。外のテーブルに座る。二月だが暖かい。ヴィカーとソレダードはプラスチックのカップでサングリアを飲み、しばらくのあいだ誰も喋らない。「スペインにタコスはあるの?」ヴィカーがようやく言う。

「タコスはメキシカンよ」ソレダードは答える。「タコスはメキシコにあるのよ。メキシコはスペインとは違うのよ」

「あたしスペインに行ったことある?」五歳の子が訊く。

「いいえ」ソレダードが答える。

「あたしスペインで生まれたの?」

「あんたはここで、ロサンゼルスで生まれたのよ」

彼らはハイウェイのキャニオン側にいる。まだ暗くなってはいないが、すでにハイウェイの向こう、海に月の光が浮かぶのが見える。ハイウェイの反対側、彼らがいま来た方から、患者用ガウンを着た裸足の女が近づいてくる。余震に続いて、大地から噴き上がってきたみたいな突風が吹いてくる。突然、世界にはタコスを食べている自分たち三人と道の反対側にいる患者用ガウン姿の女以外誰一人いなくなる。どのテーブルにもほかに誰一人座っていないし、屋台のカウンターの中にも誰もいないし、ハイウェイには一台の車も走っていない。「似てると思ってたんだけどな、スペインとメキシコ」ヴィカーは言う。

「スペインはヨーロッパよ」ソレダードが言う。

「君、スペインで映画に出たの?」

ソレダードはぼんやり髪を手にとり、握りこぶしに髪を巻きつける。「出たわ」。本当にブニュエルが父親なのか、と訊くのは無礼だろうなとヴィカーは考える。「芸術映画よ」と彼女は言う。そして娘をちらっと見て、それからヴィカーに向かって「レズビアン吸血鬼」と言う。

「なあにそれ」ザジが言う。

「ママのタコス少し食べる?」とソレダードは答える。

「ママの映画見せてもらえる?」ザジが言う。

「いいえ」

「大きくなったら見せてもらえる?」

「いいえ」

「僕のタコス、少し分けてあげられるよ」ヴィカーはソレダードに言う。

「いつかは見せてもらえるの、ママの映画?」ザジが言う。

「いいえ」ソレダードが言う。そしてヴィカーに「あたし、探偵映画に出ることになってるの。今年の後半まで撮影、始まらないんだけど」と言う。

ヴィカーはうなずく。

「ギャングの愛人の役なの」

「ギャングってなあに?」ザジが言う。

「悪い人よ」。そうしてヴィカーに「ジュースの壜で顔を殴られて壜が粉々に割れるの。暴力的だけどいいシーンよ」と言う。

「その映画、見せてもらえる?」ザジが言う。

「いいえ。もしその役がもらえなかったら」とヴィカーに言う。「別の役をくれるって言われてる」

「僕、オットー・プレミンジャーの映画とヴィンセント・ミネリの映画で仕事したよ」ヴィカーは言う。

「セット作るのね」

「うん」

「あなた建築を勉強したんですってね」

「うん」

「あなた、大きな建物の仕事すべきよ」

「してるよ、大きな建物の仕事。オットー・プレミンジャーの映画とヴィンセント・ミネリの映画で仕事したんだから」

「よくわからないわ、あなたの言ってること」ソレダードが低い声で言い、本当にわからないんだろうかとヴィカーは考える。ソレダードはビーチの方をじっと見やり、握りこぶしに髪を巻きつける――まるで自分を縛ろうとするかのように、自分を何かにもしくは誰かにつなぎとめようとするかのように。ハイウェイの反対側、患者用ガウンの若い女はいつの間にか立ちどまって、ぽかんとこっちを見ている。道路を渡ろうかと考えているのか、ヴィカーにはよくわからない。ソレダードが無表情に女の方を見返す。ソレダードに女が見えているのか、ただ海を見ているだけなのか、ヴィカーにはよくわからない。「あんた、ギャング?」ザジがヴィカーに訊く。

「ザジ」ソレダードが言う。

「いいや」ヴィカーがザジに言う。

「あんた、シリアルキラー?」ザジが言う。

「ザジ」ソレダードが言う。

ザジが言う。「シリアルキラーって何のことか、よく知らないの。シリアルってコーンフレークとかの?」

「僕はシリアルキラーじゃないよ」ヴィカーが言う。

「あのとき警察に連れてかれたのは、頭に絵があるから?」

「そんなこと、覚えてるの?」

「何となく。ママにも言われて」

「違うと思うよ」ヴィカーは言う。「警察はそういうことで人を逮捕しないと思う」

「何か悪いことしたの?」

「ザジ」ソレダードは言う。

「いいや。警察は僕をほかの誰かと勘違いしたんだと思う」。二人の人間が山を駆け下りて逃げていったけど僕はそんなつもりじゃなかった、と彼は考える。

「あたし、ギャングの映画観たよ」ザジが言う。

「何ていう映画?」ヴィカーが言う。

「男と女が銀行強盗やって人を撃つの」

「あの映画、観たの?」

「知らなかったのよ」ソレダードが弱々しく弁解する。

「アニメのシカのやつは、もっとひどかった」ザジが言う。

「シカのどんなやつ?」ヴィカーが言う。

「ママが撃たれちゃう子ジカの」

「ね、そうでしょ」ソレダードがヴィカーに言う。「そっちの方がひどいでしょ」

「ギャングの映画、あんたは面白かった?」ザジがヴィカーに言う。

「男と女が銀行強盗やるやつ?」

「うん」

「コメディはよくわからないんだ」ヴィカーは言う。

「コメディってなあに?」

「笑える映画だよ」

「あの映画、笑えたの?」ザジが言う。「あたし、なんか、映画ってあんまり好きじゃないみたい」。彼女はヴィカーを見る。「あたしも頭に絵が欲しい」

86

街へ入っていく道中、ザジはまた前部席に座る。そしてうしろを向いてヴィカーをじっと見る。「ザジ」ソレダードが言う。「前向きなさい」。彼女の運転は不安定である。

「うしろに座ればいい」ヴィカーがようやく口を開く。ソレダードがバックミラーで彼を見て、ヴィカーには彼女のクールな笑顔が見える。初めて見たときと同じ笑顔だ。彼女がすごくひっそりと何か言うのでヴィカーには理解できない。「え?」と彼は言う。

「その方がいいの?　って言ったのよ」

「小さい子が助手席に乗るのは危ないよ」

「その方がいいのね?」ソレダードはうなずきながら言う。車がキキーッと急停止する。「降りて」彼女は言う。

ヴィカーはあたりを見回す。いまは十時で、ここはサンセットがえんえんのびている、歩道もないところだ。「ここで?」と彼は言う。ザジが母親の方を見る。

「あたしがこの子を、あんたと一緒にうしろに座らせると思うの?」ソレダードは訛りのある英語で穏やかに言う。「降りて」

ヴィカーはなおも暗い大通りを見回しているが、やがてのろのろとドアを開けて車から降りる。ムスタングの白いテールライトと赤いブレーキライトのダンスを彼は見守るが、やがてその光も遠くに消えていく。

87

ヴィカーは年じゅう映画を観に行く。新しい映画も、古い映画も。『パフォーマンス』、『フレンチ・コネクション』、プレミンジャーの『ローラ殺人事件』(三度目)、『好奇心』、『ギルダ』、ディズニーの『ピノキオ』、『アルジェの戦い』(六度目のヴァイキング・マンと一緒に)、『ダーティハリー』(ヴァイキング・マンはその続篇のシナリオを書いている最中)。『裏切りの街角』という四〇年代の映画も観る。バート・ランカスターとイヴォンヌ・デ・カーロが、トロリーカーが宙を滑るように走る、ロサンゼルスのダウンタウン幻想版と思える街を舞台にたがいをじわじわ狂気へ追い込んでいく。ブニュエルの『昼顔』は主婦が娼婦に変貌し、ある場面では体じゅうに泥を浴びる役をカトリーヌ・ドヌーヴが演じるが、ヴィカーはそれをソレダードが演じて父が監督したのだと想像してみる。夜になると、股間にマージーが横たわっている夢を、彼女が裸の胸を太腿に押しつけてくる夢を見る。夢の中でやがて彼女はソレダードに変身し、その時点でヴィカーはガバッと、果てぬまま目を覚ます。

88

ヴィカーはもう一台テレビを買う。新聞はめったに読まないが、ある日の午後、『ヘラルド＝イグザミナー』の第一面の見出しに、「歌う家族」のメンバー数名がキャニオンで妊娠した女とその胎児とほか四人を殺して死刑判決を受け州立ガス室で処刑される決定がなされたことを知る。

89

ヴィカーはビーチハウスにいるマージー・ルースに電話をかける。「ここにはいないよ」電話の向こう側の男の声が言う。「ブライアンの映画の撮影でニューヨークに行ったよ。どなた?」。ヴィカーは電話を切る。

90

ヴィカーがパラマウントでプロダクションとセットデザインの仕事を始めてもう一年近くになる。いまはフリーランスでユナイテッド・アーティスツの仕事もしている。ある日、『ドン・キホーテ』ミュージカル版の美術監督が会いに来る。

「君のスケッチを何枚か見た」美術監督の英語の強い訛りに、ヴィカーはソレダードを思い出す。四十代後半のイタリア系で、オペラ畑で仕事をしてきた人物である。「このセットで、君はいくつか要素を混ぜあわせているね」美術監督は下絵を指さす。

「はい」ヴィカーも同意する。

「これは……」。美術監督は考える。「これは興味深い効果だが、これらの要素を混ぜるのはよくない。それぞれ別の時代のものだから」

「はい」

91

美術監督はヴィカーを見る。「私の言ってること、わかるかね?」

「はい」ヴィカーは言ってデザインを指す。「ここのアーチは、背景の建物正面《ファサード》の時代と合いません」

「そのとおり」相手はホッとした様子でうなずく。

「このアーチは二十三年あとのものです」ヴィカーは言う。

美術監督は下絵を見て、それからヴィカーに視線を戻す。「二十三年？」

「はい」

二人の男はたがいを見あう。「でも君には問題がわかるんだよね？」しばらくしてやっと美術監督が問う。

「いいえ」

「問題がわからないのか」

「はい」

「同じ建物に違う時代が、ええと」相手は言葉を探す。「共存していることが問題だとわからないのか」

「はい。このアーチは二十三年後、娼婦ドゥルシネアがここで結核で死ぬときのものです」

「失礼？」美術監督は言う。

「娼婦はここで二十三年後に結核で死ぬんです」

美術監督はいささかのパニックに襲われたように見える。「シナリオが変更されたのか？」彼は電話をがばっとつかんでダイヤルを回す。少ししてから言う。「エルビラ、こちらはルチアーノだ。私は『ラ・マンチャ』のシナリオの、ええと、最後の変更箇所を知らされたかね？」

「シナリオにはありませんよ」ヴィカーは言う。

「アーサーと話した方がいいかな」ルチアーノが電話の向こうのエルビラに言う。

「シナリオにはありませんよ」ヴィカーはもう一度言う。

「失礼」ルチアーノはエルビラに言って、それからヴィカーに「何だね？」と言う。

「あんまりいい映画じゃないと思います」ヴィカーは言う。

「エルビラ、あとでまたかける」。ルチアーノは電話を切る。「シナリオにないって？」

「シナリオが終わってから二十三年後のことです」ヴィカーは言う。「結核で死ぬんです……」。絵をとんとん叩く。「……ここで」

「誰がそう言ってるのかね？」

「このアーチの下で」

「結核で死ぬって誰が言ってるのかね？」

「すべての建物には過去の物語と未来の物語があります」ヴィカーは言う。「俳優が演じる人物と同じに」

「この建物は現在の中にある」

「この建物はあらゆる時代の中にあります。すべての建物はあらゆる時代の中にあって、あらゆる時代は建物の中にあるんです」

93

ドティ・ランガーが「UAのセットデザインでみんなを苛つかせてるんですってね」と言う。

「僕、人を苛つかせるみたいです」ヴィカーは認める。「トレーンって人、聞いたことあります?」

二人はパラマウントの撮影所の編集室にいる。ドティはわずかに酒の雰囲気を漂わせ、前と同じようにムヴィオラの隣にはジャック・ダニエルズが構えている。「セットデザインやってる人?」ドティは訊く。そしてフィルムの缶を開け、ムヴィオラにフィルムを巻きはじめる。煙草に火を点ける。

「明かり、消してくれる?」

ヴィカーは手をのばして電灯のスイッチを切る。すぐさまムヴィオラの小さな画面にモンゴメリー・クリフトが現われる。道端に立ってヒッチハイクを試みている。彼の背後にフランツ・ワックスマンの音楽が立ちのぼり、ムヴィオラのかたかたという音をかき消す。

町にやって来たモンゴメリー・クリフトは金持ちの家族の貧しい親戚で、この家族の口利きで地元の工場での職にありつき、労働者たちと交わらぬよう厳命されたにもかかわらずシェリー・ウィンタースと知りあい彼女と寝る。そしてパーティで、地元の金持ち娘たちの中で一番美しいエリザベス・テイラーと出会う。

二十分後、ドティがやっと口を開く。「ここ、よく見てよ」その場面でテイラーとクリフトがダンスをする。「編集技師って、映画をどうするか知ってる?」彼女はヴィカーの方を向く。

「バラバラの順番で撮ったシーンを順番に並べ換える」

「それがまず最初ね」ドティは言う。そしてフィルムを、テイラーとクリフトのダンスの最中で止める。「どのショットを使うかも編集が決めるのよ。このシーンでも」煙草をテイラーとクリフトの方に振る。「この映画でいままで起きていなかったことが起きてる」

ヴィカーは映像をじっと見る。「クロースアップ」と彼は言う。

「そのとおり」

「しばらく考えないとわからなかった」

「たいていの人はどれだけ長く考えてもわからないわよ。カメラがいつ近くていつ遠いか、なんて。こういう選択も編集がやるのよ」

「監督がやるんじゃないんですか?」

「監督によるわね。十年か十五年くらい前までは、たいていの映画監督はまずはシナリオ書きか演劇業界から始めてたから、監督になってからも俳優と物語に集中した。あんたのミスタ・プレミンジャーは演劇から出てきたし、ルビッチとウェルズも演劇から出てきた。スタージェスとワイルダーはシナリオ書きから始めて、実のところ自分の書いたシナリオを阿呆どもから守るために監督になったのよ。でもヒッチコックははじめ美術監督だったから、自分の映画をどういうふうに見せたいかちゃんとわかっていたし、スタンバーグとデイヴィッド・リーンは驚くなかれ編集技師だったから同じこと。キューブリックは雑誌のカメラマンだった。ミスタ・スティーヴンスもカメラマンから出発して――両親は俳優だったけど――次に撮影監督になった。何と初期のローレル&ハーディをけっこう撮ってるのよ。ここ、何が普通じゃないかわかる?」

「二人は踊ってるのに彼らの体が見えない」

「お見事。観客にはわからないかもしれないけど、この映画はここまでずっと、観客を腕一本ぶん遠ざけてたのよ。モンティがシェリー・ウィンタースと寝るのだって、距離を置いて寝たのよ。だけどモンティとリズがたがいを一目見たとたん、カメラはリードを引っぱる犬みたいに、ぐんぐん迫りたがる。で、こうして二人が踊ってるいま、ソフトディゾルブが目一杯使われて、映像から映像へディゾルブされていく。カメラは二人の顔にどんどん寄っていく。こんなにクロースアップ使った映画、ほかにないわよ」

「僕がロサンゼルスで初めて観た映画はクローズアップばかりの無声映画でした。ファルコネッティっていう女優が磔《はりつけ》にされて火あぶりにされるジャンヌを演じてた」

「わかったわよ」ドティは天を仰ぐ。「ハリウッド映画にはほかにない」。そして彼を見て「ここ、次はどうなる？」と訊く。

「エリザベス・テイラーが止まって、人に見られてるわって言う」

「で、そう言うときにまっすぐ観客の方を見るのよ。そのくらい、観る側が近くに迫ってるのよ。この映画は、それまで誰も越えなかった一線を越えた——観客が中に侵入してるのよ。だからリズとモンティは私たちから逃れようとテラスに飛び出す。だけど二人は私たちから逃げられやしない、そうでしょ？」

テイラーとクリフトはテラスで抱きあっている。背景では踊っていた人たち、パーティを楽しんでいた人たちが一人また一人いなくなっていくように見える。カメラが恋人たちにあまりにぴったり寄るので、二人の頭部がフレームに収まりきらない。「君を一目見たときから愛してた」とクリフトが言う。「もしかしたら見る前から愛してたかもしれない」

「ママに話して」テイラーが言う。「ママにみんな話して」。ドティはフィルムを止め、ヴィカーの頭のそれと似た像でフリーズさせる。そしてその像をじっと見ながらグラスにバーボンを注ぎ、一口飲んで言う——「うーん、これって映画史上最高にセクシーな一瞬かしらね？」

94

「ヒステリーも入ってますよね」ヴィカーは言う。

ドティが煙草をもみ消す。「『牧師《ヴィカー》さん』、か」

「kです、cじゃなくて」と彼は断じる。

「あの科白を言うときのエリザベス・テイラーに、恋をしない人間なんているか?」。ビューアーのクリフトをドティは指さす。「だって、モンティでさえ彼女に恋したのよ、男の子が好きだったモンティでさえ。いろんな人が、ちゃんとわかってそうな人が、あの二人は恋人同士になったんだと言ってるのよ。ブランドにはあのシーンはやれなかった――『見る前から愛してた』? ブランドじゃあのダイアローグ読んでゲロ吐いたわね。あのシーンに、クリフトほど自分をそっくり委ねられた男なんてほかに誰もいない、なぜって彼はほんとにリズを愛してたのよ、このシーンでも愛してるしスクリーンの外でも愛してたし、リズも彼を愛してたのよ。『ママにみんな話して』――リズはね、これを撮ったずいぶん前からずっと十七歳と称してたけど、こんな科白嫌だって彼女は言ったのよ、何歳だろうと女の子がこんな科白言うなんて頭どうかしてるって言ったのよ。で、それってそのとおりよ。それに、たいていの人は信じないけど、彼女が当時まだ処女だったことにあたしはけっこう確信がある――よりによってミッキー・ルーニーとも、映画に出たらかならず主演女優とファックすることを揺るがぬ義務と決めていたミッキー・ルーニーとも一緒に映画を作ったにもかかわらず。で、とにかくリズはこの科白に異を唱えたんだけど、それを前の晩に書いたばかりだったミスタ・スティーヴンスは耳を貸さなかった。なぜって彼女が言える、モンティの烈しさに見合う科白なんてほかにないからよ。リズは処女で、モンティはゲイで、あんたの言うとおりよ、ヒステリーも入ってる、この地球上のほかのどの俳優二人がやっても、絶対こうはならないのよ」

95

ドティがふたたびフィルムを回す。「よく見るともうひとつのことに気づくはずよ。ここでカメラはリズとモンティのあいだを行ったり来たりしてるけど、クロースアップのどれひとつとして合ってないのよ。二人を一方の側から見て、次に反対側から見て、一方の横顔からもう一方の横顔に移るけど、連続性《コンテ》っていうことではまるっきりメチャクチャなのよ。ミスタ・スティーヴンスは連続性なんて気にしなかった。カメラのビル・メラーはそれまで誰も使ったことのなかった六インチのレンズをここで使っていて、スティーヴンスはそれを目一杯活用してるのよ。近しさ、リズム、とにかくそれをめざして、連続性なんて糞喰らえ、だったのよ」

さらに三十分が過ぎ、クリフトがシェリー・ウィンタースを小さなボートで湖に連れ出すまでドティとヴィカーは何も言わない。

「ここのシェリーはさすがよね」ドティは言う。「グラマラスな美女ってことで会社も売り出そうとしてた――マリリン・モンローが誰なのか誰も知らなかったときにマリリン・モンローになるはずだった女優なのよ。この映画を撮ったとき、シェリーはマリリンとルームメートだった。でも彼女はこの役を取ろうと頑張った。工場で働く野暮ったい鼠みたいな娘が、恐怖に包まれたときに初めて完全に生きてくるっていう役柄。それを、悲哀と悲惨の、ちょうど中間で演じてみせるのよ。ここ、見て」。モンゴメリー・クリフトの目がディゾルブし、遠くのボートとそれに乗っている二人のショットに変わり、暗い湖に浮かぶ遠くのかすかな光がクリフトの目のかすかな光になったのもつかのま、その顔もすっかり消える。「クロースアップもそうだけど、この映画はディゾルブでも、誰も見たことがないこと、少なくともハリウッド映画では見たことがないことをやってるのよ。二つの像が、同時にディゾルブする——一方は入ってきて、一方は出ていく。こんなにたくさんディゾルブを使う映画はきっとムルナウ以来よ。それも全部、スティーヴンスの意図だった。あたしたち、ディゾルブをフィートで測ってたのよ、信じられる？　で、驚くのは、この映画がスティーヴンスのほかのどの映画にも似てないってこと。それまでスティーヴンスは、どっちかと言えばいつも純粋主義者だった。動かない撮り方、単にカメラをそこに置いて見守る撮り方が好きだった。特に、アステアとロジャースが『有頂天時代』で踊るときみたいに、カットを使ったら流れが壊れてしまいそうなときなんかはなおさらだった。あんたのプレミンジャーも、そういうところあるわよね——カットはなし、カメラをそこに置いて観客に何もかも見せて、誰を、何をじっくり眺めるべきか自分で考えさせる」。クリフトとウィンタースがボートの上で話していて、カメラは一方からもう一方に移る。「ここで何が起きてるかわかる？」ドティが言う。

「よくわからない」

「カメラがシェリーの方を向くたびに、彼女はフレームの真ん中にいるのよ。モンティの赤ん坊がお腹の中にいて、結婚してくれって脅すと同時に泣きついてもいる。そんな彼女が映ると、ぬっとものすごく大きく見える。のしかかるみたいに、半狂乱になった女が、耳に鋭く訴えるだけじゃなくて、目にも——というより魂に訴えるのよ。で、カメラがモンティの方を向くたびにモンティは——」

「――ボートの上にうずくまってる」ヴィカーが言う。「端っこに――」

「――奥の方の端っこに。ずっと、ずっと奥の。まるっきりそこから這い出たがってるみたいに。ボートからだけじゃなくて、映画そのものから這い出たがってるみたいに。いくら離れてもまだ離れ足りないみたいに」

「世界中が落ちてこようとしてる」ヴィカーがうなずく。

「フレームの半分は背後に広がる暗い湖、暗い森、暗い空で、頭上に漂うあらゆる暗いものが彼を包み、のしかかってくる。シェリーに切り替わると、カメラは全然近よってないのに、彼女はますます近よってくるように見える。偉そうに言えば、これこそ編集なのよ。ショットを選ぶこと。それですべてが伝わる。こういうことが伝わってるって観客は意識してないことが伝わるのよ。登場人物が何を考えるかだけじゃなくて、観客が何を考えるかまで伝わるのよ。観客の感情をとことん操作してる、それは否定しようがない、だけど映画なんてみんな感情を操作するものなのよ。これは人の感情を操作する映画だって批判したりするけど、それって実は、操作のやり方が上手くない、操作が見えすいてるっていう意味なのよ。何分か前、あたしたちはモンティがシェリーを湖に連れ出してボートからつき落として溺れ死にさせるんだと思ってた。そう思ってぞっとした、そんなことできるわけないじゃない、お腹の中にあんたの子がいるのよ、裏切ったりしちゃ駄目よって考えてた。ところがいざボートに乗ってみると、モンティは気が変わったみたいに見える。良心がとがめたのか、怖気づいたのかわからないけど、シェリーと暮らすっていうことに何とか折り合おうとしてるみたいで、リズの夢はずるずる遠ざかっていって、するとあたしたちは考えるのよ、自分では気づいてなくても考えるのよ、何ぐずぐずしてんのよ、さっさとその女、湖に投げ込んじゃいなさいよ、リズが待ってるのよ！　世界一の美女が裸でベッドに入っていていますぐあんたが来るのを待ってるのよ！　シェリー・ウィンタースと暮らす？　死んだ方がましじゃない――その時点であたしたちはモンティを破滅に追いやってるのよ、全員を破滅に追いやってるのよ。女性の観客にまで半分そう考えさせてるのよ、これって史上最大の心理操作よ。でね、ぶちまけて言うと、スティーヴンスがそういうことしっかり理解していたかどうかはよくわからない。アメリカにおける階級問題について、何やら社会批判みたいなことをやろうとしてるつもりだったとは思う。だけどこの映画のショットやカットのやり方、そのすべてが、これは夢だって言ってるのよ。これは自分がやったことの罪だけじゃなく、思ったこと感じたことの罪も負う夢、願望に基づいた行動の罪だけじゃなくそもそも願望を持ったこと自体の罪も負う夢なのよ。つまりね、倫理的に考えれば、こんなに馬鹿馬鹿しい映画はないのよ。なのに、自分でもよくわからない形で、なぜかあたしたちは納得してしまう。だから終わりまで来て、モンティが処刑室に向かって、リズが修道院に――まるっきり月並みな展開よ――入って、モンゴメリー・クリフトに恋したあとはもう誰もいないから生涯を神に捧げるってことになっても、それもやっぱり納得してしまうのよ」

まだ映画は終わっていないのに、ヴィカーは手をのばして明かりを点ける。「神は彼女に値しません」と彼は言う。

96

すべてのシーンにはあらゆる時間があり、あらゆる時間がすべてのシーンにある、とヴィカーは自分に言い聞かせる。すべてのショット、セットアップ、シークエンスにあらゆる時間があり、あらゆる時間がすべてのショット、セットアップ、シークエンスにある。映画のさまざまな時間を、シークエンスの順番を無視して撮影できるのは、その方が便利だからではなく、ひとつの時間のあらゆるシーンは同時に起こっているからなのだ。ひとつのシーンから次のシーンにつながるなんてことは実はない。あらゆるシーンがたがいにつながりあっているのだ。いかなるシーンも「順番を無視して」撮られるのではない。シーンはたとえまだ次のシーンが撮られていなくても次のシーンを先取りしなくてはいけないとか、シーンはその前のシーンがまだ撮られていなくても前のシーンを反映しなくてはいけないというのはまやかしの心配にすぎない。あらゆるシーンはたがいに先取りしあい反映しあっているのだから。まだ起きていないことをシーンは反映し、すでに起きたことを先取りする。まだ起きていないシーンは、もう起きているのだ。「連続性」は映画をめぐる神話のひとつでしかない。映画にあっては、時間はリールのように丸い。ドティが言うとおり、連続性なんて糞喰らえ、なのだ。

97

ロサンゼルスに来て七年後ヴィカーは、ローレル・キャニオンの警察が連れ出しにきた朝に眠っていたあの洞窟からもそう遠くないところで開かれたパーティで、長篇映画をもう一本軌道に乗せようとしている、反抗的な言動で知られる映画監督に出会う。前作品はそれなりにヒットし、監督本人も、妻である主演女優とともにアカデミー賞にノミネートされたが、いまはふたたび苦労している。新しい映画は、表向きは、自分が経営するストリップクラブとダンサーたちをギャングから守ろうとする男の話だが、実のところは、自分の夢をハリウッドから守ろうとする映画監督の話である。

監督は狂おしい、いびつなニタニタ笑いとともにヴィカーの頭をしげしげと眺め、五〇年代前半、自分が軍隊から帰ってきたばかりの若い俳優だったころの話をヴィカーに語る。ニューヨーク・シティの演劇アカデミーに入学しようとしていた彼は、ある日ダウンタウンの映画館へ『陽のあたる場所』を観に行った。こんな映画最低だ、と照明が点くと若き俳優は思った。翌日の午後、彼はもう一度観に行った。その次の日の午後も、その次、その次も戻っていって、館内が次第にガラガラになっていくなか、観るたびに、こんな映画最低だと胸の内で言っていたが、やがて、続けて観るのもこれで八回目という途中に、闇の中で彼はひっそりささやいた——この映画、最高だ。

98

ある夜、ヴィカーはエリザベス・テイラーを裏切る。彼女の周りの空気がもはやあまりに薄くて息もできないから——つまり、ヴィカー自身の夢の空気があまりに薄くて息もできないから。エリザベス・テイラーに拒まれ、阻まれ、気も狂わんばかりにされて、これはもう身を引き、彼女をあきらめて、別の誰かを見つけるしかないとヴィカーは考える。たとえばもっとあとの時期のエリザベス、『熱いトタン屋根の猫』『バターフィールド8』のエリザベス。そのエリザベスが、彼の股間に横たわり、彼を口の中に入れてくれるのだ。だがそのエリザベスは彼を呪縛する力を持たない。

99

『セクシーダイナマイト』のアン＝マーグレットのセクシュアルな悪意にヴィカーは魅了される。五〇年代のギャング映画『暴力団』の、カメラフレームの下でリチャード・コンテ相手にクールにオーラルセックスをやってのけるジーン・ウォレスにも魅せられる。フォックス・ヴェニスで上映されているゴダールの映画のオープニング・ショットで、カメラはヌードの金髪女の体の端から端までパンする。女は『陽のあたる場所』のエリザベス・テイラーに次いでヴィカーが映画で見たもっとも美しい女だ。女は何年も前に観たスパイをめぐる映画に出てきたヌードの女をヴィカーに思い出させるが、ただし今回は金色のペンキも洗い落とされ、自らの体の琥珀色を光り輝かせてよみがえる。

だが、ヴィカーがエリザベスを裏切る際の相手は、バルドーほど美しくはないのになぜかもっと抗いがたい別の金髪女である。『逢う時はいつも他人』の金髪女をヴィカーが欲するのは、おそらく、彼が自分の名にkを加えたように、彼女が逆に自分の名からkを抜いてもおかしくなかったからだろう。彼女はまさにそれほどの新星《ノヴァ》だったのだ。五〇年代なかばの三年で、ミス・ディープフリーズなる、冷蔵庫販売に携わる中西部のしけたビューティクイーンから、マリリンを入れても世界一の女性スターになった。マリリンと同じくらい傷を負いやすいが、マリリンと違い叩かれても倒れはしない。マリリンだったら生き延びられないところを生き延びる彼女は、殉教する女神という運命をあらかじめ奪われている。『逢う時はいつも他人』の結末での彼女には、容易に消えぬ、不可避の悲しみが漂っている。彼女に取り憑かれた私立探偵をめぐる以前の映画で、古いカリフォルニアの伝道所の尖塔から投げ落とされたというのに、あたかも地面からわが身を引き剝がしたかのように、クールな威厳をその身にふたたび帯びて、別の映画の別の町に移っていき、カーク・ダグラスにまた新たに打ちのめされる。股間に横たわる彼女の金色の髪をわしづかみにしながら、自分がエリザベス・テイラーのみならずソレダード・パラディンをも裏切っている気にヴィカーはさせられる。

100

勃起を抱えて日本のギャング映画の許を去った夜のように、バスに乗る習慣をヴィカーは身につける。ロサンゼルスに渦巻く格子を、東から西へヴィカーは走る。真夜中過ぎの、バスがもう走らなくなる時間までずっと乗り、降りたらしばしば自力でアパートに戻るすべを考えないといけない。しばらくのあいだ、バスの運転手はみなバックミラーで彼を見張る。だがじきに見慣れた乗客となって、放っておかれるようになる。

バスに乗るたび、巨大な黒い池にネオンのスイレンの葉が浮かぶ都市のさらに奥へとヴィカーは入っていく。この都市にあって、人は長いあいだ神から隠れていられる。バスは酒場や店の前を過ぎる。〈フロリック・ルーム〉に〈フォルモサ〉に〈ティキ・ティ〉、ヴァイン沿いの〈ボードナーズ〉と〈ファイアフライ〉を過ぎ、〈ボディ・ショップ〉、〈セヴンス・ヴェール〉、〈ジャンボ・クラウン〉といったストリップ劇場、ウェスタンの角の〈プッシーキャット・シアター〉も過ぎ、サンセット沿い、ラブレアから西へ行けば行くほど若く綺麗になっていく娼婦たちの前を過ぎる。古い橋をいくつも渡り、まったく水の上を通らず埃の川の上に掛かっているだけの橋がロサンゼルスにはいかに多いかにヴィカーは驚かされる。スターたちが泊まる一連のホテルの前を過ぎる——ローズヴェルト、マーキス、フランクリン沿いのランドマーク、アイヴァー沿いのニッカーボッカー。シャトー・マーモントの塔をヴィカーは見上げ、あそこの欄干《らんかん》には誰がいるのだろうと考え、ハイランド沿いのホリデイ・インのてっぺんの回転ラウンジを見上げ、いまこの瞬間誰がこのバスを見下ろしているのだろうと考える。

101

あるとき、ヴィカーはサンタモニカ大通りとフェアファックスの角で降り、南へ歩く。メルローズを過ぎて、小さな木造の映画館に行きつく。切符売り場で係の女性に「もう始まって二時間過ぎてますよ」と言われる。

「いいです」ヴィカーは言う。

女性から切符を買って中に入る。ビックリハウスみたいな狭いくねくねした木の通路を通っていく。硬い席にたどり着くと同時に、いくつもの白い頭布《ずきん》がスクリーンを満たし、馬に乗ったKKK団員たちが疾走していく。館内前方、音のないスクリーンの前で、七十代の、小さな丸っこい体の男が伴奏のオルガンを弾いている。

102

狭い館内、ヴィカーの周りは半分くらい埋まっている。ヴィカーは映像よりむしろ、ＫＫＫの馬たちとともに轟音を上げて邁進《まいしん》するオルガンの音に心を奪われる。尻の下の座部や床に接した足裏から音の振動が伝わってくる。

103

明かりが点いて、観客たちは立ち去る。明かりが灯ると小さな木造の館内はいっそうみすぼらしい。ヴィカーは席に座ったまま、オルガンを弾いた小男の老人をじっと見ている。相手はにっこり笑う。

「気に入ったかね？」老人は言う。

「音がよかったです」ヴィカーは言う。

「俺のことか？」

「ええ」

「そうかい、ありがとう」老人は言う。それからヴィカーの頭を見る。「あんたの友だちかね？」

「エリザベス・テイラーとモンゴメリー・クリフトです」

老人は肩をすくめる。「俺には子供だな。当てようとしたら、『第七天国』のジャネット・ゲイナーとええとあの何とかって奴って言っただろうな。そいつ、死んだんじゃなかったっけ?」

「モンゴメリー・クリフトですか?」

「たしか自動車事故がどうたらとか」

「自動車事故では死にませんでした。そのあとです。いつもここで弾いてるんですか?」

「いつもじゃないよ。UCLAで上映するときもよく弾く」。老人はヴィカーの座っている方に歩いてくる。「俺はチョーンシー」。片手を差し出す。

「僕、ヴィカーです。サイレント時代も弾いてたんですか?」

「俺のこと、そこまで歳だと思うか?」

「ええ」とヴィカーは言う。チョーンシーは笑う。「この映画が出来たとき、弾いたんですか?」

「この映画でいつ初めて弾いたか、覚えてないな」。ヴィカーの前の列の席にチョーンシーは腰を下ろす。「売れ線の映画は、公開されるとオーケストラがついたんだ」

「僕、前にこの映画が嫌いな男に会いました。僕のアパートに泥棒に入ったんです」

「あんた、自分のアパートに泥棒に入ってきた奴相手に映画の話したのか?」

「デタラメでインチキだって」

「ま、それも一理あるんじゃないかね。もちろん俺は違う時代の人間だから、そういうこと言われてもよくわからん。俺はただ映画を見てるだけだ、政治のことなんか考えない。UCLAの子供たち相手にこれよく演るんだよ——ほら、髪の長い連中だよ」そう言って老人は長髪をパントマイムしてみせる。「みんな実に礼儀正しいけど、実はあいつらもあんたの言うようにデタラメだと思ってるんじゃないかね。たぶん俺がいままで弾いたうちで一番学がある観客なんだろうけど、あんまり学があるみたいに見えんわな」

「ジョン・フォードがＫＫＫの一員を演じたんですよね」

「そりゃ知らなかった」

「僕、ローズヴェルト・ホテルのエレベーター、よくＤ・Ｗ・グリフィスと一緒に乗りました」

「そうなのか？」

「あちらはもう幽霊だったですけど」ヴィカーは言う。

チョーンシーは笑う。「なるほど、それならわかる。たしかあのホテルで死んだんだよな」

「あのホテルをルイス・Ｂ・メイヤー、メアリー・ピックフォード、ダグラス・フェアバンクスと一緒に建てたんです」

「あんたもけっこう学がありそうだな」

「どうですかね」ヴィカーは言う。「でも映画のことならいろいろ知ってます」

104

ドティはどうやらすでにジャック・ダニエルズのボトルにある程度の変化をもたらしたらしく、撮影所を出て飲みに行かないかとヴィカーを誘うとき、彼女にもダニエルズゆえの変化がある程度生じている。夜の中、角の〈ニコデルズ〉の電気パステルは疲れたうめき声を漏らしている。洞窟のような店内の血のように赤いブースは、蜂のいなくなった巣室《そうしつ》を思わせる。

店内にはほとんど誰もいない。ヴィカーとドティは、二十年前にウィリアム・ホールデンとルシール・ボールが昼食を食べたブースに座る。ウェイターが来てドティはジャック・ダニエルズを注文しヴィカーはコーラを頼む。「ちょっとぉ、勘弁してよ」ドティがうめく。「この人にウォッカトニック持ってきて」彼女はウェイターに言う。「ま、ウォッカはちょっと少なめで」

少しのあいだ二人は、レストランの暗い胃袋の中で何も言わずに飲んでいる。ドティはブースの赤い革張りの背もたれに寄りかかって目を閉じている。ふとヴィカーは、彼女が家に——その家というのがどこであれ——帰るのを怖がっていることを悟る。編集室に寝泊まりする夜はどれくらいあるんだろう。「考えたんです」ヴィカーは言う。「これは夢なんだってあなたが言ったこと」

「それって映画の決まり文句じゃないの、ヴィカー?」背もたれに頭をもたせたまま、なかば閉じた瞼の下からドティは彼の方を覗き込む。「映画は夢だっていう言い方」

「僕、こういう夢見るんです。つまり年じゅう、同じ夢を見るんです。映画を観に行くたび、その夜に夢を見て、いつも同じなんです。岩がひとつあって、夜で、満月で、誰かが岩の上に横たわって何か恐ろしいことを待ってるんです」

「それってあんたなの?」。ドティの言葉はわずかに呂律《ろれつ》が回らなくなってきている。

「いいえ。岩のてっぺんには、古代の文字が白で書いてあります。岩は開いていて、まるで……」

ヴィカーは言葉を切り、少ししてから「僕、エリザベス・テイラーを裏切ったんです」と言う。

「映画を観るときは裏切りなんてないのよ」ドティは言う。「そのこと、知らないの? 夢の中では裏切りがないのと同じことよ。映画の中では誰でも好きな人間と恋に落ちて、好きな人間と寝て、好きなだけ何度でもいつまでも幸せに暮らせるのよ。リズはわかってくれるわよ。誰かわかってくれる人間が一人いるとしたら、リズよ」

「ああいう映画の仕事するときって、どういうものが出来上がるのか、はじめからわかるんですか?」

ドティが向き直る。「もう一杯ずつ飲まない? すいません」。部屋の向こう側の闇の中にいるバーテンが顔を上げる。「もう一杯ずつもらえます?」

ヴィカーはまだ一杯目を飲みはじめてもいない。「『陽のあたる場所』みたいな映画を作るときに」

「傑作になるかどうかわかるかってこと?」。ドティは肩をすくめる。「もちろんわかんないわよ。監督は一流だと知ってるし、撮影も一流、相当豪華なキャスト……皮肉な話、あの時点ではリズが賭けだったのよ、大人の役やったこと一度もなかったし。それにシェリーだってまるっきりそれまでのイメージと違う役柄だった。けどモンティは、モンティはハリウッド一ホットな男優で、もうすでに『赤い河』もやってたし、フレッド・ジンネマンと『山河遥かなり』もやったし、で、ええと……」言葉が切れて、ドティは酒が回った様子で首を振る。「……参ったわね……」

「大丈夫ですか?」

「あともう一本。あたしが初めて仕事した映画」。酒が来る。「モンティとオリヴィア・デ・ハヴィランド」

「『女相続人』」

「『女相続人』。あたしは組合にも入ってなくて、そんな仕事来るはずなかったんだけど、実はモンティが口きいてくれたんじゃないかってずっと思ってたわ。あの人はそういうところ優しかったから。それまであたしはメッセンジャー・ガールで、メモを抱えてスタジオのなか駆け回って、ビリー・ワイルダーとジーン・アーサーとマレーネ・ディートリッヒの三人のあいだを行き来してた。三人で一緒に映画を作ってる最中で、三人ともおたがいのことが耐えられなかったのよ。編集は女が入りやすい仕事だった。というのもメイヤーもワーナーもザナックもズーカーも、みんな古風なところがあって、編集のことを裁縫みたいに考えてたから。ブランドは出てきたばかりで、あたしたちが『陽のあたる場所』をやってたときに『欲望という名の電車』を撮っていて、業界ではまだ未知数だった。だからトップは何と言ってもモンティで、そのことはみんなわかっていた。まあ本人はときどきわかってないみたいだったけどね、一流のアーティストはみんなそうだけど半分の時間は悩みまくってあとの半分は傲慢で……それともわかっていて、だからこそ耐えられなかったのかもしれない。何年もあとに、別の映画であたしはもう一度モンティと仕事することになった。事故のあとの、『去年の夏突然に』よ。そのときにはもっと明らかだった――あの人が何を失ったかがよくわかったから。ルックスだけじゃなくて、生気《スピリット》もあの人は失くしたのよ。ピークのときは、なぜか同時にモダンでありクラシックでもあるように見えた……だからみんな、いい映画になる素地はあるとわかってたのよ。だけど、実際に撮影はじめたら話は全然別なのよ。撮影してる瞬間、モンティの目の虹彩が湖に浮かぶ遠いボートに変わるなんてこと予想できるわけないのよ。モンティはただのもう一個の肉体なわけで、そのときその場にいるってだけで、それが突然、別の何かに変わる。別の何かに翻訳されるのよ」。さらにドティは言う。「たぶん、この映画は特別だってわかる最初の人間の一人があたしだと思う。編集室まで来て初めて、映画は本当に出来上がるわけだから」

「ええ」

ドティがものすごく重いため息をついてヴィカーをギョッとさせる。「あのね、たいていの映画はね、作られた時代から抜けられないのよ。本当にいい映画、たとえば『カサブランカ』とかは、作られた時代を超えて生きつづけるし、一握りの崇高な映画、『第三の男』、『街角　桃色の店』、それとあんたの言うあのサイレント『裁かるゝジャンヌ』なんかは、作られた時代より前からも存在するけど……」

「映画はすべての時代の中にある」ヴィカーは言う。「すべての時代は映画の中にある」

「……だけどどんな映画も、作るときはいま‐ここにあるのよ、それはいま‐ここにある、いくらどこか別の場所にいたいと思う……」バーボンが主導権を握りはじめていた。「……思っても。人間、時にはいま‐ここから逃れたいばっかりに仕事に打ち込んだりするのよ。あたしがスティーヴンスの映画やってたときなんか」ぱちぱちとまばたきする。「いま‐ここ《ヒア＝アンド＝ナウ》が地獄の《ヘル＝アンド＝ゴーン》先だったわよ。もちろんあたしは」もう一口飲む。「恋をしていた。恋、もちろんしたことあるわよね？」

「いいえ、一生ずっとバーテンでしたから」

ドティは目をパチクリさせてヴィカーを見る「え？」

「『荒野の決闘』です」

「これってジョークじゃないのよ」彼女は静かに言う。

「すみません」

「いい加減にしてよ」

「すみません」

ドティは深い沈黙に沈み込む。「いい加減にしてよ」

105

彼女は言う。「あたしは二十九で、もうじき三十になろうとしていた。それってあのころじゃ、もう、いまのあたしの歳と似たようなものなわけよ。その人は三十九で俳優だった――結婚してる俳優……わかってたわよね、こういう話になるって？……当時はそれなりにビッグだったけど、いまは何人が覚えていることか……オスカーに二度ばかりノミネートされて、『陽のあたる場所』のモンティの役もこの人にって話もちょっとあったくらいなんだけど、モンティは当時一番乗ってる絶頂期で、こっちの絶頂期はもう終わりかけてた。ボクシング映画、ラナ・ターナーの映画、あの狂ったジョーン・クロフォードの映画ではええと何だっけ……バイオリニスト？　それと……みんなが話題にしてた、ユダヤ人排斥問題を取り上げた、箔のあるビッグな映画……で、世間の目にはこの人も絶頂期って見えてたけど、実のところは何もかも崩壊しかけてたのよ。その何年か前、この人と奥さんは小さい娘を亡くしていて――よりによって咽頭炎で――結婚生活も壊れかけていて、あたしと彼は一緒に寝ていて、ものすごく熱く熱く熱かったのが冷たく冷たく冷たくなって死んだみたいに冷たく死体みたいに冷たくなって、世間は知らなかったけど彼は知ってたしあたしも知ってたしハリウッドも知ってたし下院非米活動委員会ももちろん全部知ってた。誰かあたしの酒飲んでたわね」彼女は疑り深げな顔で言い、バーボンのグラスを〈ニコデルズ〉の薄暗い明かりにかざしてから、また頭を下ろして赤い背もたれに寄りかからせる。バーボンで記憶がぼやけてきているのか、むしろくっきりしてきているのか、ヴィカーにはわからない。「……何もかもバラバラになって……たまたま自分の夫じゃない妻帯者の赤ん坊を生んだせいでイングリッドを国外に追い出して――でもまあ夫ではあったわけじゃない、ねえちょっとヴィカー？　誰かの夫ではあったわけよ——せっかく鳴り物入りで世に出してやったのに面倒ばかり起こしてるっていってオーソンを追い出して、チャップリンを政治のせいだか税金を払わなかったせいだか若すぎる女の子にやたら手を出したせいだかまあどれでもいいし全部合わせてもいいけどとにかく追い出して。映画会社はどこも裁判所に命じられて映画館のチェーンを売却する破目になって、十五年前にうっかり何かの会合に出たからってだけでみんな下院に呼び出されて、それからテレビってやつが現われて、これが映画会社からすれば最悪だったわよね。あたしが『陽のあたる場所』の仕事を終えてまもなくの、ジュールズが死んだ夜、そのころあの人はニューヨークにいて、その夜ここに、ロサンゼルスにいるあたしに電話してきて、これは何かまずいことになってるってわかったわ。あたしは次の飛行機でニューヨークへ行った。生涯どんな組織に属したこともなかったしましてや政治組織なんかにあの人は全然関係なかった、そういうのはあの人のやり方じゃなかった。だから密告しろって言われたって誰も知らないからしようがないわけだし、もちろんあの人のことだから知ってたってもちろんしなかっただろうし、それは当然向こうだってわかってたのよ、で、委員会は偽証罪で告発しようとしてるし、左翼も左翼でそもそも証言したことであの人に腹立てて、それにまた奥さんも怒っていて、あの人をこっぴどくとっちめていた。あたしは午前一時ごろニューヨークに着いて、グラマシー・パークに友だちが自分の名義であたしたち二人に借りてくれたアパートメントに鍵を開けて入ったら、酒の匂いと煙草の煙の匂いがして、あの人の寝息が聞こえてあたしは丸まってあの人の隣で眠りについて、夜中に目を覚ましたらあの人は全然動いてなくてもう眠ってるんじゃないんだってあたしにはわかった。いわゆる『告白』が机の上にあったけど、実のところ何も告白しちゃいなかった。パラマウントがUAとかザナックとか、いろんな会社の人間をフォックスに集めて、死んだときベッドで一緒にいたのは、ええと、ストリッパーか何かだったってことにしてあたしを護ろうとして、あたしはもうまるっきりぼうっとしてたから――そうよヴィカー、馬鹿みたいに呆然としてたのよ――何も言わなかった。その十字架をあたしはいまだに背負ってるのよ。だから騒動の最中は、『陽のあたる場所』が映画の殿堂入りするかどうかなんてろくに考えてなくて、二十年後にその映画の一シーンを頭につけた男に出会うなんて夢にも思ってないわけよ」

106

彼女はヴィカーをまっすぐ見て、突然ひどく素面の表情に戻る。「咽頭炎よ、ヴィカー」

「神は子供をいろんなやり方で殺す」と彼は言う。

彼女は両手で顔を覆う。「で、何て書いてあるの？」

「え？」

「その文字」

「その文字？」

「古代の文字よ、あんたの夢の中の。岩の横に文字が書いてあるって言ったでしょ」

「わかりません。古代の字だから」

「それはそうだろうけど、夢の中ってときどき、普通ならわからない意味とか内容とかがわかったりするじゃない」

「意味、わかりません」

「あんたがいつの日か作る映画かも」彼女は疲れたような声で言う。「ひょっとして、あらゆる時代にあって、作られるより前から存在してる映画かも」

「映画はあらゆる時代の中にあります」ヴィカーも同意する。「そしてあらゆる時代は映画の中にある。でもこの映画はもう作られてしまったんです」

107

彼は『脱出』を観て『フランケンシュタインの花嫁』を観て、『拳銃貸します』でアラン・ラッドが殺し屋を演じるのを観て、『地獄の逃避行』を観て、『ミス・ジョーンズの背徳』、ルートンが製作しターナーが監督した『キャット・ピープル』、『悪魔のシスター』、ミネリの『走り来る人々』、『アギーレ・神の怒り』、『コフィー』のパム・グリア、『幻の女』、『ファンタスティック・プラネット』、『ミーン・ストリート』、ジョン・ガーフィールドの出ている『苦い報酬』、四時間近い『ママと娼婦』、四時間を超えるリヴェットの『アウト・ワン――亡霊』、一晩だけリンカン大通りのフォックス・ヴェニスで上映されたオリジナル十二時間バージョン、ヴィダーの『白昼の決闘』、『ビリー・ザ・キッド／21才の生涯』を観る。保安官がキッドを探しに行くとき、彼はキッドの以前の友人としてではなく息子を新しい神の生贄《いけにえ》に捧げる父親としてふるまうのであり、保安官が胸につけている星はその輝く象徴《イコン》である。官能の快楽の余波の中にいるキッドを、保安官は撃ち殺す――恋人の腕の中から夜へさまよい出て、そこに危険が満ちていることを知りもせず気にもしない息子を。息子は父の許へ、心を開き、信頼しきってやって来て、父はその息子を撃ち殺す。神は子供の無垢を蔑み、処刑でもってそれに応えるのだ。

108

ある夜ヴィカーはあるバスをいつもより遠くまで、かつてないほど遠くまでかつてないほど長時間乗り、降りたときにはそこがどこかもわからなくなっている。ハリウッド・ヒルズの向こう側であることはわかる。目の前の闇は、小山がなだらかにうねる大きな公園に見える。ヴィカーは門から中に入り、一番高い丘を、巨大な邸宅めざしてのぼって行く。邸宅の周りの地面は浅い光に浸されている。ぐるっと回って、建物の裏手まで行く。ヴィカーが角を曲がると同時に警備員が一対のガラスドアから出てくる。閉まりきる前にヴィカーはドアをつかむ。建物は巨大だが中には何もないように思える。廊下も途方もなく広いが家具のたぐいはほとんどない。ここで誰が暮らしたり仕事をしたりしているのか、見当もつかない。

帰ろうと思って回れ右しかけると、前の壁に**ジーン・ハーロウ**という字が大きく彫ってあるのが目に入る。ハリウッド大通りの歩道に並ぶ名前と似ているが、ただしこっちはそれが壁にある。やがてヴィカーは、名前のすぐうしろの壁にはジーン・ハーロウの遺体があるのだと悟る。

109

二十六歳で他界。『紅塵』でスターになった。「一九三二年」とヴィカーは声に出して言う。「共演クラーク・ゲーブル」そう言いながら横を見ると、壁に**クラーク・ゲーブル**の字がある。その隣は**キャロル・ロンバード**、第二次世界大戦の戦時国債キャンペーン従事中に飛行機事故で没、享年三十三。

こうしてヴィカーは周りに広がる壁の名前すべてにしげしげと見入る。**ハンフリー・ボガート**。**メアリー・ピックフォード**。**エロール・フリン**。**ロン・チェイニー**。**クララ・ボウ**。**セダ・バラ**。**アラン・ラッド**。**ウォルト・ディズニー**。**スペンサー・トレイシー**。映画はすべての時代の中にあるが、それを作った人々は壁の中にいる。

110

ある夜ヴィカーは上映中に笑ったせいで映画館から追い出される。小さい女の子が悪魔に憑かれる話で、女の子の頭が体を軸として回転し、彼女は何か原初的な、爬虫類を思わせる緑色のものを吐き出し、十字架とセックスする。

ヴィカーの周りで、観客が次々ゲロを吐く。ふり向いて彼が笑っているのを見た彼らの表情は、この映画の中の子供を観るときと同じである。左右からヴィカーの肱をつかむ案内係たちも、同じ表情でヴィカーを見る。「コメディはわからないんですが」ヴィカーは言う。「これってすごく可笑《おか》しい映画だと思います」。案内係たちの突きつけた懐中電灯の光を浴びたヴィカーを、観客たちは呆然と見る。あたかも彼の頭に悪魔の印がついているかのように、あたかも映画史上もっとも美しい二人に取り憑かれ二人の像を頭蓋《ずがい》に刻み込むことは悪魔に憑かれることそれ自体であるかのように。「子供たちを奪うのは神です」ヴィカーは案内係たちに説明する。「悪魔じゃありません」

111

サンセット大通りを歩いているヴィカーは、**音楽**《ザ・ミュージック》とともに動いている。彼が**音楽**について行っているわけではなく**音楽**が彼について来ているわけでもなく、両者が道をはさんでただ同時に移動し、たがいから目を離さずにいるだけである。ストリップ沿い、ローレル・キャニオンまで、さらにその先も、**音楽**はみなカウボーイ調であり、ユートピアと快楽追求とが交叉し、服には若干スパンコールがついていて、肩からはギターが下がっている。が、さらにハリウッドの奥へ入っていくと、**音楽**はもっと原初的になり、カウボーイはスペースエイジ・ドラッグクイーンにとって代わられ、ソフトフォーカスの性器と目の代わりの稲妻が見えるようになる。ヴィカーが夜に乗るバスでもこの音楽が聞こえる。東から、闇に乗じてそれは忍びよってくる。

ヴィカーはヴィスタに『黄金』を観に行き、埃と金《きん》が舞うなかでウォルター・ヒューストンが踊る狂ったジグに魅せられる。数日あとの午後、ハリウッド大通りのブックシティの前でヴィカーは立ちどまり、ウィンドウに飾られたボロボロのペーパーバックを見る。『黄金』の原作者、と表紙にはある。本屋に入ってその本を買って読んでみると、家から遠く離れた呪われた船乗りの話であり、破滅に向かってえんえん航海を続けるフリゲート艦の船倉に船乗りは閉じ込められる。ヴィカーが小説というものを読むのはこれが初めてである。その後何晩かは、映画を観ずにアパートでこの本を読んでいる。

112

悪魔をめぐる映画の上映中に追い出されてからまもなく、憑依《ひょうい》に関するもっといい映画を観る。六〇年代初頭の作品である。「汚《けが》されたですって、ママ？　汚された？」バスタブから出てくる、性的ヒステリーに囚われたナタリーは、ウォレンに処女を与えたのかと訊いた母親に向かって狂ったように笑う。磔にされ火あぶりにされたジャンヌを演じたファルコネッティ嬢以来、こんなに恐ろしい演技を見たのは初めてだ。ヴィカーは身をすくめてスクリーンから遠ざかる。

自分の股間に横たわるナタリーを彼は想像する。貞操を強いられた、飢えた至高の女夢魔《サキュバス》が、口の中に彼を引き入れ、やがて彼の中にはもう何も残らなくなる。その夜ヴィカーは浴室の鏡で自分の頭をしげしげと見て、エリザベスの目鼻に指を滑らせ、それがナタリーだと想像してみる。ただし誰もがエリザベスを見て間違える『理由なき反抗』のナタリーではない。別の映画のナタリー、作られていない続篇のナタリーを彼は想像する。この映画にあって、『草原の輝き』での打ちのめされた若い恋人はバスタブを逃れてヨーロッパに赴き、『ラストタンゴ・イン・パリ』の死んだ妻になる――その死体を前にしてマーロン・ブランドが何ひとつ許さぬ愛に憤怒をぶつける、あの死んだ妻に。
　三年後、ヴィカーはラジオを買い替える。彼には理解できない政治スキャンダルの報道が流れつづける。本人は抗おうとするが、カウボーイの音楽よりドラッグクイーンの音楽をヴィカーはつい好んでしまう。

都市は変わっても　わたしの妄執《オブセッション》はいつまでも残る
絹の水を　わたしのゴンドラは滑ってゆき　橋は
ため息をつく
驚きに失われたすべての瞬間をわたしは覚えている
二度と戻ってこない瞬間を……
もう二度と《ジャメ》、もう二度と《ジャメ》!

113

　LAのめったに降らない雨は降れば豪雨である。秘密の通りから出ている階段を使って、ヴィカーはどうにか道路に降りていく。サンセットとクレセント・ハイツの交差点は湖と化し、あたかも地面に開《あ》いた穴から湧き上がったかのように見える。バスはすべて定刻より遅れ、ヴィカーがようやく乗り換えたころにはもう仕事に四十五分遅刻している。メルローズに沿って川が流れている。駐車した黒いムスタングには見覚えがなく、水を撥ねながら通り過ぎていくときに窓をコツコツ叩く音が聞こえても、ヴィカーはまだ思い出さない。

「ヘイ!」うしろから声がして、八歳くらいの女の子が車から身を乗り出す。雨の中、ヴィカーは立ったまま女の子を見る。彼女はドアを開け、狂おしい身ぶりで、乗れとヴィカーを誘う。ヴィカーはためらう。「早く!」雨と水の轟音に負けずに女の子は叫ぶ。「あたしよ、ザジよ——覚えてる?」

114

ヴィカーは助手席に乗り込む。女の子は運転席に座っている。キーは挿《さ》さっていて、テーププレーヤーが大音量で鳴っている。「君、車を運転するにはまだ若すぎるだろ」ヴィカーは音楽に抗してどなる。女の子は音量をほんの少し下げる。「お母さんはどこ?」

「あっち」ザジは言ってパラマウント・ゲートの方を指す。「なんか映画のオーディション受けてる」

「あの私立探偵の映画の役はもらえたのかな?」

「なぁに?」音楽の向こうから叫ぶ。

ヴィカーは訊く。「じゃあお母さんは君を車の中に残していくのかい……?」

「……あんたが歩いてるのを見て思ったのよ、『あの頭の人だ!』って」

ヴィカーはカセットケースをひとつ手にとって、眺めてみる。表に写った明るい赤毛の人間は男だと思うが確信は持てない。「ハリウッド大通りで見かける人たちみたいに見えるね」

「違うわよ」八歳は指摘する。「あの人たちがこの人みたいに見えるんだよ」。そしてまた音量を上げる。老いかけた男優と、サンセットとヴァインの角で何時間も立っている女の歌を彼らは聴く。

「君、こういう歌聴いてていいのかな？」ヴィカーは言う。

「あたしこんなのみんな知ってるよ」

「僕、前に聞いた犬の歌が好きだったな」

「それってあんまりいい歌に聞こえないね」

115

ヴィカーは「ザジってほんとの名前？」と訊く。

「あたし、ほんとの名前はイザドラ」

ヴィカーはうなずく。「そうだったね」

彼女は「あんた、それ生まれたときから頭についてたの？」と訊く。

「いいや」

「一緒にタコス食べたときのこと覚えてる？」

「うん。君は？」

「何となく。ママがあんたのこと、道の真ん中に置き去りにしたんだよね」

「単に用心したんだよ。でも僕は君に悪いことしたりしない」

「わかってる。あたしあの夜うちに帰って、ハサミで髪切ろうとしたの。あたしの頭にはどんな絵があるかと思って。ママはカンカンに怒った。この曲、一番いいよ」。音量を上げる。

君の記憶のうしろに留まっているのは
過ぎた日々の映画

ヴィカーはもう一度カセットを見る。「僕、映画の歌は好きだな」と彼は言う。

彼女は「あたし映画嫌い。音楽の方が好き」

「ハリウッドの人ってみんな、映画より音楽の方が好きだよね。君のお母さん、早く戻ってくるといいね」

「なんで?」

「君が長いことここに一人でいるのはよくないから」。それからヴィカーは「僕、お母さんが戻ってくる前にいなくなった方がいい」と言う。

「オーケー」

「撮影所でお母さん見かけたら、戻った方がいいですよって言うよ」

ザジはヴィカーを見る。「あたしも頭に絵、欲しい」

「でもこれ映画の絵だよ」

「欲しい絵、自分で選んだの?」

「そうだよ」

「あたしボウイの絵にする」彼女はカセットを振りながら言う。

116

雨の中、彼はソレダードを探して撮影所内を歩き回るが見つからない。ザジの様子を見にゲートに戻ると、ムスタングはなくなっている。

117

テレビのニュースがチャールズ・フォスター・ケーンの孫娘が誘拐されたと報じる。誘拐犯のうち少なくとも一、二名は黒人だったとニュースは告げるが、これやったのどっかの頭ぶっ壊れた白人ヒッピーだ、みんな何もかも黒人のせいにしようとするけどとヴィカーは思う。そいつらがチャールズ・フォスター・ケーンの孫娘を誘拐したのが、『市民ケーン』をすごくいい映画だと思っているからか、あんまりいい映画じゃないと思うからか、それはよくわからない。アパートに押し入ってきたあの泥棒に訊けたらな、とヴィカーは思う。誘拐犯全員が真夜中にテレビで『市民ケーン』を一緒に観ているところを彼は想像する。孫娘は縛られ、さるぐつわを嚙まされ、床に転がってもだえている。

118

『死の船』を読み終えるとヴィカーはブックシティに戻っていき、気を引かれた本を片っ端から買う。ブロンテ姉妹を全部読み、『リリスの書』と『千夜一夜物語』を読み（『千夜一夜物語』はエリザベス・テイラーと結婚していた男優によって書かれているのでヴィカーは混乱してしまう）、ミシェル・トゥルニエの『魔王』とブレーズ・サンドラールの『シベリア鉄道とフランス少女ジャンヌの散文』、『ファニー・ヒル　快楽の女の回想』、バルベー・ドールヴィイの『悪魔のような女たち』という本、『阿片常用者の告白』とシオドア・スタージョンの『ヴィーナス・プラスX』、『アレクサンドリア四重奏』と、チャールズ・フォートなる人物が『呪われた者たちの書』の中で列挙している畸型の者たちの年代記（空の「超」藻海《サルガッソー》から爬虫類、動物、暴風雨が降ってくる物語が入っている）を読む。バタイユという男の『青空』という本も読んで非常に気に入るが、政治の部分はわからない。

そうこうしているうちに、ラジオが合衆国大統領の辞任を告げる。

119

ヴィカーは夜ごとロサンゼルス中の地下聖堂や墓場を見て回るようになる。マリリン・モンローはウェストウッドに、ベティ・デイヴィスはバーバンクにフリッツ・ラングやバスター・キートンと一緒に埋められている。墓石のベティの名前の下の碑文は月を求めるのはよしましょうよ、あたしたちには星があるじゃないでもよさそうだが、見るとそれは、彼女は辛い道を選んだである。

ヴィカーは墓へ敬意を表しに行くのではない。敬意は映画館で表している。墓へ行って、心乱される、うまく言葉にできない啓示を捉えようと空しくあがくのだ。サンタモニカ大通りの古い墓地でダグラス・フェアバンクス、セシル・B・デミル、マリオン・デイヴィス、タイロン・パワー、ピーター・ローレ、さらに最近埋葬されたばかりのエドワード・G・ロビンソンをヴィカーは見つける。ジェーン・マンスフィールドの墓石まで来ると、雲が月の前をよぎってはためく闇の中、人々の動いている姿が見え、一瞬のちにヴィカーは、男と女と見えるものがセックスしていることに気づく。

120

それからヴィカーは男が二人いること、女から発せられる哀れっぽい声は苦痛の叫びのように聞こえることに気づく。

のちに彼は、自分の中で憤怒が湧き上がったのは、それが強姦行為だったからか、ジェーン・マンスフィールドの墓石で起きていたからか、判断に迷うことになる。数秒としないうちに男を一人女から引き剝がし、何事かと目を上げたもう一人の男の顔に蹴りを入れていた。セックスでただでさえ上の空になっているところへ不意打ちを喰らって暴行者は二人ともすっかり混乱し、何が何だかわからずにいる。ヴィカーは二番目の男をもう一度蹴り、一番目の髪をわしづかみにして顔を墓石に叩きつける。

男は動かず横たわり、1933-1967の周りに血が流れる。闇の中で女はパッと立ち上がり、一瞬止まって、墓石に横たわる動かぬ男をちらっと見て、それからヴィカーをちらっと見て、一目散に逃げ出す。

121

一方の男が相棒を抱きかかえ、闇の中を引きずって連れ去る。自分がジェーン・マンスフィールドの墓石に顔を叩きつけた男に意識があるのか、男が生きているのか、ヴィカーには何ともわかりかねる。ああ、何てことだ《オー、マザー》、ヴィカーは胸の内で言う。彼は自分のシャツを切り裂き、その後一時間、墓を綺麗にしようと努め、月光を頼りに石を拭く。自分が最後に体験した暴力沙汰はいつだったろう。ロサンゼルスに着いてすぐ、トレーであのヒッピーをぶっ叩いたときか？　いいや、ラジオであの泥棒を殴ったときだ。それにローズヴェルトのフロントの小僧にも殺意を抱いた。墓石が綺麗になると、東の丘から光が上がってきて、碑文が読めるようになる。日々君をもっと愛するために私たちは生きる。何年もあとにヴィカーは、ジェーン・マンスフィールドはここにはまったく埋められておらず、彼女の生まれた場所でありヴィカーの生まれた場所でもあるペンシルヴェニアに埋められていることを知る。それからというもの、すべての墓が疑わしく思えてくる。幽霊遺体しかない墓はいったいいくつあるんだろう、とヴィカーは考える。映画はすべての時代の中にあるが、人間たちはいかなる時代の中にもいない。

122

墓石を綺麗にしたあと、ヴィカーはふらふら南へ、はじめに来た方向、女と男二人が逃げていった方向から離れる方角に歩いていく。何分かして墓地の端まで来ると、パラマウントの撮影所の裏手に出たことに気づいて愕然とする。

123

血だらけのシャツを撮影所裏のゴミ収集箱に隠し、トイレで顔や手を洗う。午後なかば、秘密の通りにあるアパートに戻って、警官たちと、ロサンゼルスへ来て四日目（五日目？）に彼を尋問した映画スターチーフが来るのを待つ。テレビで映画を観る。子供のころに虐待されて放火魔になった男が、金髪の美しい女子高生バトンガールに出会い、自分は極秘の計画に携わるスパイなのだと彼女に告げる。忠誠の証しとしてセックスを彼女に強制した男は、これでこの女は意のままだと考える。だがやがて、実は彼女の方が男を意のままにしていることが明らかになる。母親を殺害する計画に男を巻き込んだ時点で、女はすでに、オーガズムの快感とともに何人もの人間を殺している。

124

若い金髪娘に、ヴィカーは催眠術にでもかかったように見入る。野生の子供の美しさと物腰を備えたこの女優は、まさにアメリカのバルドーだ。別の映画で、悪魔に妊娠させられた若い母親の役を取り損なって彼女はこの映画に加わったのだった。最初の映画会社は、悪魔がこの娘を凌辱したなんて誰が信じるもんか、どう観たってこの娘が悪魔を凌辱したみたいに見えるじゃないかと言って彼女をキャストに入れるのを拒否したのだった。女優は三歳のときに父親を亡くし、カタログのモデルを務めて母親と姉二人を養った。十二歳で自殺未遂。そのあとチューズデイと名のるようになったのは、それが火曜日だったからだろうか？　テレビの前のカウチに力なく座ったヴィカーは、彼女が膝をついて彼の股間で激しく動くのを夢に見る。ヴィカーが絶頂に達すると、彼女の口があの殺意の笑みへと歪み、目は赤く光る。ヴィカーは恐怖に包まれて目覚める。

125

電話が鳴ったとき、ヴィカーはもう一年近くヴァイキング・マンに会っていないし連絡も受けていない。「ジョージ・スティーヴンス派！」向こう側から声が轟く。「スティーヴンス、ちょっとプッシーっぽいけどな、言っちゃ悪いけど。俺、映画撮りにスペイン行くんだ」

「聞きましたよ」

「俺興奮してるよ、牧師《ヴィカー》さん、正直な話。スペインのさ、レオーネが何本も撮ったのと同じ地域だよ。キャスティングはまだいくつかクリアしなきゃいけない点があるけど……あんたにもセットデザインやってもらえないかと思ってたらさ、ドットから聞いたけどいま編集やってるんだってな」

「彼女に教わってるんです」

「あんた、いい目してるって言ってたよ。すごい賛辞だよな、言ってる人間を考えれば」。僕の目？、、とヴィカーは考え、左目の下の赤い涙の刺青に触れる。「帰ってきたらあんたにカッティング少し頼んでもいいいな」

「ありがとう」

「ヒューストンはモロッコで例のキプリングのを撮ってる。あれの撮影が済んだら、そいつもあんたに頼んでもいいいな」

「ぜひお願いします」ヴィカーは言う。

「モロッコは奴の映画の中ではインドで、スペインは俺の映画の中ではモロッコなんだ。これこそ陰嚢に収められた映画の本質だよな、牧師さん」。長い間《ま》。「ドットの面倒見てやってくれよ、な、牧師さん?」

「わかりました」

「あんまり人に面倒見てもらいたがるタイプじゃないけど、その限りでさ」

「わかりました」

「マージーのシャム双生児の映画は観たか?」

「はい」

「すげえヒットだろ、俺の読みも形《かた》なしさ」

「そうですね」

「残念だよな、物語が始まる前から双子を切り離しちまったのはさ。マージー・ルースがおっぱいでつながってるとこ見たかったよ、ほんとに」

「映画の歴史にはまだ続いてもらわないとね」

「ハ! あんたに神の愛をな牧師さん、あんただんだん物言いが渋くなってきたぜ。オーケー、じゃ俺スペイン行くよ。葉書出すなんて言ったらたぶん嘘になるから、言わない。編集、がんばれよ」

「わかりました」

「ドットのこと、見ててくれよ」

126

ロサンゼルスの映画はみんな同じ映画だ、とヴィカーは夜にバスで、間違った曲がり角の街へ入っていきながら思う。ここには愛はなく妄執しかない。恋人たちはたとえ選べるとしても愛ではなく妄執を選ぶだろう。ヒッチハイカーがＬＡにたどり着き、革紐につながれる。革紐の先を手に巻いているのは、アン・サヴェージという名の女優（焼ける砂の上で心を亡くす気／俺はいまお前の犬になりたい）。流れ者を演じる金髪《ブロンド》で穏健《ブランド》な顔立ちの、ベビーフェイスに何の個性も感じさせない男優は、実人生の終わりを、妻を殺した罪で刑務所で過ごすことになる。ＬＡにはびこる不貞を追って生計を立てている私立探偵が、街のもっとも禁じられた秘密のただなかに迷い込み、自分が寝ている女が彼女自身の父親の愛人であり、父親とのあいだに産んだ娘を父親から必死に護ろうとしていることを知る。私立探偵を演じた俳優は後年、自分の母親が実は祖母であり姉が母親であることを知る。結局のところ、神はロサンゼルスにも浸透している。街の子供たちを生贄にする手段を、ちゃんと見出しているのだ。

　またある映画では、ＬＡの私立探偵の中で誰よりも有名なロマン主義者探偵がビーチに行きつき、七〇年代の怠惰な頽廃の中にまぎれ込む。自分がマージー・ルースに誘惑されたビーチハウスはあれだ、とヴィカーはほとんど認識できる気がする。ギャングの愛人がコーラの壜で顔を叩かれて観客が悲鳴を上げるとき、ヴィカーはその愛人がソレダード・パラディンでないことに驚くだけである。ハリウッドのまがいものの城の塁壁で並んで踊っている裸のニンフたちの中に、ようやくソレダードの姿が見つかる。「べつにいいけどね」と私立探偵は肩をすくめ、何ごともどうでもいいという顔をしているが、やがて、どうでもよくないと思っているのはまさに彼一人であることが明らかになる。三年後、マーロウはニューヨークに移り、名前をビックルと変えてタクシーの運転で生計を立てる。

127

『バラエティ』一九七四年九月二十四日――「**ロサンゼルス**　ベテラン映画編集者ドロシー・ランガーが今日、パラマウント・ピクチャーズの文化部門副局長に任命された。ランガーはチーフエディターのウィリアム・ホーンベックの下で、アカデミー賞受賞作『陽のあたる場所』やノミネート作『ジャイアンツ』を編集したほか、『女相続人』『裸足の伯爵夫人』『去年の夏　突然に』『アンネの日記』『卑怯者の勲章』『偉大な生涯の物語』などの編集にも携わった。任期は今日から。

ガルフ・アンド・ウェスタンCEOチャールズ・G・ブルドーン、パラマウント会長バリー・ディラー、同スタジオプロダクション部門責任者ロバート・エヴァンスの共同声明は以下のとおり。〈ドティ・ランガーは業界における伝説的存在であり、ハリウッド初の長篇映画であるセシル・B・デミルの一九一四年公開作『スコウ・マン』までさかのぼる誇り高い伝統を深く理解していると同時に、『ゴッドファーザー』『ゴッドファーザーPARTⅡ』『チャイナタウン』『ローズマリーの赤ちゃん』『ペーパー・ムーン』『セルピコ』『ビリー・ホリデイ物語／奇妙な果実』『オリエント急行殺人事件』『ある愛の詩《うた》』といったパラマウントのモダンクラシックスも自ら編集を務め、近年の流行の変化も知り尽くしている。ミズ・ランガーが新たな地位に就いたことによって、彼女にもわが社にも新しい可能性が拓《ひら》けたことを我々は非常に嬉しく思っている。今後の年月、すでに二十年以上続いてきた実りある関係がさらに長く続くことを我々は望んでいる〉」

128

ヴィカーはドティの新しいオフィスに立っている。思ったほど豪華ではない。「副局長《ヴァイス・プレジデント》なんです」とヴィカーはぽかんとした顔の係に受付で言うが、オフィスに通されるとドティが物柔らかに「ヴィカー、この会社には三千人くらい副局長がいるのよ」と説明する。

「三千人?」

「まあ三千はいないかもしれないけど、とにかく『副製作者《アソシエート・プロデューサー》』なんかと同じよ。この街ではね、仕事がないか、全然重要じゃないかだったら、副製作者なのよ。映画会社ではそれが、副局長」

オフィスは開けていない箱で一杯で、机は散らかっていてジャック・ダニエルズの気配はないが、バーボンの匂いがすることをヴィカーは確信する。オフィスは小さく、大きな黒い机の向こうの大きな黒い椅子に座ったドティはもっと小さく見える。「とにかく、おめでとうございます」とヴィカーは言う。

「あたしたちのヴァイキングのお友だちじゃないけど、あんたに神の愛を」ドティは笑う。「あんたはたぶんハリウッドでただ一人、本気でそう言ってくれる人よ。あたしはね、ビリー・ホーンベックと同じ目に遭わされたのよ、ヴィカー。これってユニヴァーサルがビリーにやった仕打ちなのよ。引退から煉獄ひとつぶん離れてるだけって話なのよ。『文化部門副局長』？　なんか毛沢東と密会してるみたいじゃない。ある朝出社したらあたしの机も椅子も庭に放り出されてるのよ。おかしな話、四年前に会社が崩壊寸前だったときの方があたし上手くやってたのよね。いまじゃここは業界一ホットな企業で、こっちは退場寸前」。ヴィカーの顔に浮かんだ表情を彼女は見る。「どうでもいいのよ。あんた、マックス・シェルの映画の編集してるんだってね」

「もう一本、ええと、ロッド・スタイガーがW・C・フィールズ演ってるやつも」

「やれやれ」ドティが天を仰ぐ。

「すごく魅力的な女優が出てるんです」。ヴィカーは女優の名前を思い出せない。「『レニー・ブルース』に出てた人」

「あたしたちのヴァイキングのお友だち、スペインでビッグな映画撮ってるのね」ドティが言う。

「電話してきました」

「MGMだけど、あんたもフリーで入れてあげられるかも。ああいうビッグな映画をやればいろいろ学ぶこともあると思う」

「ジョン・ヒューストンの映画も頼めるかもって言われました」

「あんた相変わらず、みんなを苛つかせてるんですってね」

「たぶん僕、ずっと人を苛つかせるんだと思います」

「ときどき苛つかされる方がこの街にもいいのよ。あたしのことは心配要らないわよ、ヴィカー。けっこうまっとうな扱いなのよ、副局長にされるのって。たいていの会社だったら、追い出すのにこんな手間かけたりしないで、あっさり落とし戸のレバー引いて下に落っことすところだし、まあとにかく終わりは見えてるわけだし——上の連中はおたがい貪り食いあってるのよ、人間偉くなるとみんなそうなるのよ。エヴァンスはまあ愉快な人ではあるから、あたしとしてもなるべくうまくやってくつもりよ、あいつのコカインにつき合ったり、フードチェーンのトップの頭おかしいドイツ人たち相手にしたりするのはお断りだけど」

しばらくのあいだ、二人とも何も言わない。ようやくヴィカーが「何か観るべき映画はありますか?」と訊く。

「どういうのを観たい気分?」

「コメディじゃないですね」とヴィカーは答える。

129

「じゃない」の部分を聞き逃したので、ドティはヴィスタでやっている『レディ・イヴ』を勧める。「絶対同じ女だ!」——アパートで泥棒が言っていたのをヴィカーは思い出し、バーバラ・スタンウィックとヘンリー・フォンダの込み入った裏切りと欲望のラブストーリーに魅了される。すごくいい映画だ、とヴィカーは結論を下すが、周りで起きている笑い声にはいささか面喰らってしまう。

『彼方』と題された十九世紀フランスの小説を彼は読む。パリの鐘楼に住んでいる作家の話である。作家はド・レなる、フランス王に命じられてジャンヌ・ダルクの右腕となった歴史上の人物に妄執を抱くようになる。ド・レがジャンヌを裏切ったのか守ったのか、歴史の上ではっきりしないが、ジャンヌが火刑に処されたのち彼は史上最悪の児童殺害犯となり、殺人欲を抱えた司祭たちのカルト集団を率いた。ド・レの生涯を調べていくうちに、作家はイヤサントという未知の女性から不思議な手紙を受けとるようになる。この本最低だ、と一晩で『彼方』を読み終えたヴィカーは思う。次の夜もう一度読み、その次の夜も読み、この本最低だ、とそのたびに胸の内で言うが、やがて、これで連続八夜目という夜の途中に、ヴィカーは胸の内でささやく。この本最高だ、と。

130

マイケルが人を使ってフレドを殺させるとき、それはカインがアベルを殺すというだけの話ではない。父アブラハムが子イサクを生贄にする話でもある。なぜならマイケルは兄にとっての父の役割を引き受けたからであり、兄フレドは息子の役を引き受けたからだ。マイケルは**家族**という名の神に子を生贄として捧げる。堕落しうる、人間の形をとった家族を殺して、より神々しいものとしての**家族**の理念を護り、兄が裏切ったその理念としての**家族**への自分の愛を護るのだ。神は純粋なものしか愛さない。そしてすべては血によって洗われ、火によって純化され、銃弾によって浄《きよ》められるのだ。

131

ある朝ヴィカーがパラマウント撮影所の編集室にいると、電話がかかってくる。バリバリ雑音が入って、相手の声は世界の反対側から発しているように聞こえる。本当に世界の反対側から発しているのだ。「……俺流の『アラビアのロレンス』撮ってるんだよ、牧師さん」やっと聞きとれるようになってきた。「バーバリーの海賊、ベドウィンの兵隊、砂漠の戦闘、モロッコの城……ま、実はムーアの城なんだけど……」

「遠くにいるみたいに聞こえますね」ヴィカーは言う。行ったり来たりする声が少しずつ遅れる。

「もちろん遠くにいるみたいに聞こえるさ」ヴァイキング・マンは言う。「こっちはスペインの奥の奥にいるんだぜ、ジブラルタルからもそんなに遠くない。でもサーフィンはバッチリ行ける」

「映画はどうです?」

「俺ね、次のジョン・フォードになるのを待ってるあいだにデイヴィッド・リーンになるんだ」

「もう一人のデイヴィッド・リーンはどうなるんです?」

「ほらまた渋いこと言って、牧師さん」

「ドティが副局長になりましたよ」

大陸を越えたやりとりの時間差が時おり長びく。「ついさっき話したよ」ヴァイキング・マンがやっと言う。「なあ牧師さん、この電話すごく高いし、接続もいつまで持つかわからんから、本題に入るぞ。渋いこと言ってる暇あるんだったら、スペインに二か月ばかり来ないか。あんたの助けが要るんだ」

「え?」

「ドットがあんたをあのW・C・フィールズネタのクズから引っぱり出してくれる。MGMの本部とも俺がもう話をつけた。いま向こうが手配してくれてるところだ。誰かが出迎えに行って――まあ早くてあさってだな——あんたをロサンゼルス空港でイベリア航空のジェット機に乗せて、マドリードに着いたら誰かが待ってる」

「本読んでたんです」

「まだ撮影やってるうちに、できるだけたくさん絵と音合わせてラフ作らないと間に合わないんだ。本編集はＬＡに帰ってからやる。一番近い都市はセビリアだけど設備がないからあんたをマドリードに住ませて毎日ラッシュを送る。飛行機で送るけど、いざとなったらスペインの最悪道路をトラックで五百キロ走らせる」

「この本、最高ですよ」

「チュエカ地区にカッティングルームを見つけてある。あんたにはグランビアのあたりにホテルを取る」

「行けません……」

「接続が切れかけてるよ、牧師さん」

「……この本五回読んだんですけど、もう一回読まないといけないんです」

とりわけ長い間《ま》があって、接続が切れたんだろうかとヴィカーは考える。「何の話だい、牧師さん」

ヴァイキング・マンの声がようやく届く。「そのあんたの本って、ハリウッド・サインに鎖でつながれてるのか？　いいか、飛行機に十三時間乗ってるんだぞ、あと五回読めるさ」

「僕、ハリウッドにいたいんです」

「あんたに神の愛を牧師さん、だけどプッシーみたいなこと言うなよ。わかんないのか？　こ、これがハリウッドなんだよ」

「どういう意味です？」

「神に見捨てられたこのジブラルタル一帯がだよ。マドリードのカッティングルームが。パリ、ボンベイ、東京、何ならノルウェーだって——全部ハリウッド、どこだってハリウッドなんだよ、この惑星でもはや唯一ハリウッドじゃない場所はハリウッドだ。パスポートは持ってるか？」

「持ってません」

「もちろん持ってないよな。ま、それでも一日か二日余計にかかるだけさ。ステイシーかケイトか、カルヴァーシティのオフィスの誰かに言って万事手配させるけど、申請は当然自分でやってもらわなきゃいけない、それは他人じゃできない。あと、あらかじめ見ておけるようにシナリオも送らせる。シューティングボードも渡してやりたいがまあそれはスペインに来てからだ。で、あともうひとつ。まだそこにいるか、牧師さん？」

132

「います」ヴィカーは言う。

「ここの総統《ジェネラリッシモ》な」ヴァイキング・マンは言う。「死にかけてるんだがこれが実にゆっくり死んでるんだ。街にはいつもより多く軍隊が出てるし、空気もちょっと緊迫していて、今後ますますそうなるかもしれない。だから本部の女の子に言って、ＬＡじゃ誰もかぶらないウールのスキーキャップ用意させるから、飛行機から降りて税関通るとき、そのキャップを頭にかぶってもらいたい。わかるか？」

「何将軍《ジェネラル・フー》？」

「キャップを頭にかぶせるんだよ、あんたのこと一目見ただけで役人どもピリピリしかねないからな。ジェネラリッシモはジョージ・スティーヴンス派じゃないかもしれんから」

133

四日後、パラマウント・ゲートの外に、リムジンが後部ドアを開けて駐まっている。黒い革張りの後部席には飛行機の切符、パスポート、撮影用シナリオがあって、封筒の左上でMGMのライオンが吠えている。ラジオから歌が流れていて——ヒヤシンスの家であいつら何してるんだ？——それはリードシンガーがパリで死んだ古いロサンゼルスのバンドの歌だ。ひょっとするとあのシンガーも鐘楼に住んで、世界最大の悪魔崇拝者にしてジャンヌ・ダルクの右腕だった男を追い求めていたのか。リムジンとゲートのあいだ、ソレダード・パラディンが腕組みをして噴水の端に座っている。あたかもヴィカーが念じて出現させたかのように。

134

彼女がヴィカーをサンセット大通りに置き去りにしてから四年経ったが、それ以来ずっと一日おきに会っていたかのような顔でソレダードは彼を見る。

鳶色の髪は日に焼けて脱色し、シンプルな、わずかにローカットの、むしろスリップに見える黒のワンピースを彼女は着ている。ひょっとしたら最後に見たときよりもっと美しいかもしれない。あごの小さな凹みはいままで以上に完璧で、魅力的だ。ハロー、と言葉よりも首の動きで彼女は伝える。道の向こう側、あの雨の日に最後にザジと会ったときとそれほど変わらない場所に黒いムスタングが駐まっている。ヴィカーは身をかがめてリムジンの中に首をつっ込み、運転手に「ちょっと待ってください」と言う。

「これ、あんたが乗るの？」ソレダードは言う。「どこかに行くの？」

「スペイン」

彼女は車を見る。「いますぐ？」

「ヴァイキング・マンがあっちで映画撮ってるんだ」

「あ、そうよね」彼女はにっこり笑う。「海賊か何かね。男の子の冒険物語ね」

「セビリアの郊外で撮影してる」

「あたしの生まれ故郷ね」

「僕はマドリードにいることになる。毎日ラフを受けとってカットするんだ。君、いまもビーチの人たちと会ってる？」

「もうみんな忙しいのよ」彼女は言う。「あたしもときどき端役つくし」

「『ロング・グッドバイ』で見たよ」ヴィカーは言う。メルローズの向こう側に駐まったムスタングと、後部席に座った女の子を見る。「大きくなったね」と彼は言う。

「そうなのよね」。そしてソレダードは「しばらく前から話したかったんだけど……」と言う。訛りがさらに弱くなった。「あの夜のこと」

「いいんだよ」

「え？」

「僕、人を苛つかせるから」

彼女は目をそらし、頭をわずかに傾ける。髪を手でつかんで、ぼんやりした様子で握りこぶしに巻きつける。「よくわからないわ、あなたの言ってること」

「でも僕、絶対あの子に悪いことしないよ」

「誰に？」

「君のお嬢さんに。それに……傷つけたりもしない」

彼女はヴィカーの方に向き直る。「よくわからないわ、あなたの言ってること」ともう一度言うが、今回は実はわかっているような言い方である。

「あの夜」ヴィカーは言う。

「どの夜？」

「車の中で。君がビーチハウスから乗せてくれたとき」。彼女は無表情でじっとヴィカーを見る。無表情のときが一番美しいとヴィカーは思う。「あの子が助手席にいて、後部席に座らせた方がいいよって僕が言ったとき」。それから「君、僕をサンセットに置き去りにしたよね」とヴィカーは言う。

「あ、そうだっけ」彼女は言う。「忘れてたわ。わかってたわ、あんたがあの子を傷つけたりしないって。あれはむしろ……」言葉がとぎれる。「あれはむしろ……ほかのこととと……あたし自身の経験の話で……あんたは関係なかった。あたし、あの夜のこと言ってたんじゃないの。もうひとつの別の夜のことよ」

「別の夜？」

「墓地で」と彼女は言う。

135

リムジンの運転手が「ミスタ・ジェローム？」と訊く。

ヴィカーは啞然として、運転手に向かってうなずき、女の方に向き直る。「君、あいつらに痛めつけられたの？」しばらくしてからやっとヴィカーは言う。

彼女は言葉を慎重に選ぶ。「大切なのは」彼女は言う。「あんたがあたしを助けようとしてくれてたこと。だからずっとお礼言いたかったのよ……」

ヴィカーは低い声で「僕、あの男を殺したのかな？」と言う。

彼女はぴんと背をのばして言う。「あの男たち、それまで会ったこともなかったしあれ以来会ってもいないわ」

「警察がアパートに来るのを待ってたんだ。僕はあの、人をたくさん殺した歌う家族の一員じゃない」。道の向こうのムスタングをヴィカーはじっと見る。「ザジは大丈夫だった？」

「もちろん」

「あの夜のことだよ」

「ときどき、この子はあたしより絶対タフだって思うことがあるの。あたしほど綺麗じゃないとも思う。そのことは有難いわ――男たちが目の色変えたりしないから。うまく行けば」彼女は噴水から離れる。「母親みたいに施設から出たり入ったりして十代を過ごさずに済むかもしれない」

「でもあの夜――」

「知りあいと一緒だったのよ」ソレダードは言う。「父親と一緒だったのよ」。肩をすくめる。「飛行機に遅れちゃいけないわ」道を渡ってムスタングの方へ行く。後部席にザジがいて、母親を見て彼を見ているのがヴィカーにはかろうじて見てとれる。

136

飛行機の通路を行き来する飲み物カートから、ヴィカーはウォッカトニックを三杯注文する。十三時間で『彼方』があと五回読めるとヴァイキング・マンには言われたが、一回通して読んだだけで、ＭＧＭの封筒からシナリオを引っぱり出す。

シナリオを二度読み、三度目はストーリーをシークエンスに分解して、建築の各構成部分を区別するようにそれぞれに番号をつけていく。太陽が背後に回ると、シナリオを片付け、彼には理解できないスペイン語の映画を観る。その中の女優は二人の男のあいだを行ったり来たりしていて、女の役柄にヴィカーは何度もソレダードを見てしまう。ある時点で彼は目を閉じる。

瞼の裏の闇の中、スペイン映画に、彼の夢に出てくる開いた水平の岩が挿入される。古代の白い文字と、岩の上に横たわる謎の姿。ヴィカーはハッと体を起こす。

ようやくふたたびうとうとするとき、聞こえているのは鈍いエンジン音であり、見えているのは大西洋上空の夜の真っ暗闇である。夕方近くにバラハス空港に降り立ち、機内から出たギリギリの瞬間に思い出して、コートのポケットからキャップを出して頭にかぶる。

137

入国審査の係官にキャップを脱ぐよう命じられる。審査カウンターを出た先の待合室で、一人の運転手がVICAR、とCの入った名を書いたボール紙のサインを持っているのが見える。ヴィカーがキャップを脱ぐと、周りの誰もが——入国審査官、警察官、乗客——一瞬止まり、部屋を静寂が包む。

138

より小さな部屋に入れられる際、ヴィカーはうしろをふり返り、遠くでサインを持って待っている運転手の方を見る。部屋に入ると係官の一人がヴィカーのパスポートを受けとり、机の前に座るよう合図する。壁には軍服姿、穏やかな顔の、切り揃えた小さな口ひげと調和した小さな丸眼鏡をかけた男の肖像写真が掛かっている。これがヴァイキング・マンが言っていた将軍《ジェネラル》何とかだとヴィカーは悟る。恐ろしげな人物には見えない。

　係官が何人か、身を乗り出してヴィカーの頭をしげしげと眺める。「アナルキスタ?」（無政府主義者か?）と一人が訊く。ヴィカーのパスポートを持った係官が姿を消し、しばらくのあいだ誰一人何も言わず何もしない。十分経ってやっと、出ていった係官がもう一人の係官と一緒に入ってくる。もう一人はドアから中に入りながらパスポートをじっくり眺めている。そのもう一人がヴィカーを見て「セニョール・ジェローム?」と訊く。

　僕はハリウッドにいるべきだった——歌う家族が人々を虐殺する以外何も悪いことが起こらないハリウッドに。「イエス」

「私どもの国へようこそ」

「ありがとう」

「どれくらい私どもの国にいらっしゃるご予定ですか、セニョール・ジェローム?」係官は訊く。

「よくわかりません」

「目的は仕事ですか、休暇ですか?」

「仕事です」

「会社の名前は何といいますか?」

会社なんかない、とヴィカーは答えかけるが「ＭＧＭ」と言う。

「ホテルですね」係官は言う。

「映画です」ヴィカーは言う。「ホテルもあると思うけど」

「ラスベガス。ディーン・マーティン」

「『リオ・ブラボー』」ヴィカーはうなずく。

係官がヴィカーを見る目に一瞬、不可解な苛立ちの色が浮かぶ。「私は英語を話せます」

「え？」

「あなたの仕事を保証できる人が誰かここにいますか？」

「あそこに男が一人います」

「男？」

「サインを持ってる」

係官は横を向いて同僚の一人にスペイン語で何か言い、同僚が部屋から出ていく。係官はヴィカーの隣に座って彼の顔を見る。そしてヴィカーの頭を指さし、「この国にはそういうふうに見える人はたくさんいません」と言う。

「ええ」

「アメリカにはそういうふうに見える人がたくさんいますか？」

「いいえ」

係官は同僚たちを見回す。「私自身は」と彼はヴィカーに打ちあける。「私はミス・ナタリー・ウッドの非常な崇拝者です」

ヴィカーはただうなずく。

「二組の夫婦が交換する映画で彼女を見ました」。ヴィカーは肩をすくめる。「この映画は私の国では許されていません。旅行中にパリで観ました。ミス・ナタリー・ウッドはこの映画でとても美しいです」。低い、切羽詰まったうめき声が係官の内から発しているように思える。「ムイ《とても》、ムイ《とても》、ムイ《とても》。この映画をあなたは知っていますか？」

「はい」

「彼女はとても美しいです」

「彼女はこの映画でとても淫らです。私の英語が立派であることをあなたは聞きます」

「はい」

「『草原の輝き』を観るべきです」

「その『草原の』映画はミス・ナタリー・ウッドが主演ですか？」

「はい」

「その映画で彼女は淫らですか？」

「『エクソシスト』と似ています、でももっといいです」

「その『エクソシスト』映画は知っています。サタナスについての映画ですよね？」

「え？」

「ディアブロ。悪魔《ザ・デヴィル》」

「はい」

「この映画は私の国では許されていません」

ヴィカーはうなずく。「そんなにいい映画じゃありません」

「この映画は」係官はヴィカーの頭を強く叩く。「私の国では許されていません」

ヴィカーは精一杯礼儀正しく言う。「これはナタリー・ウッドじゃありません」

係官は椅子からわずかに立ち上がり、ヴィカーの頭を見る。そして女の顔をしげしげと見る。

「これはエリザベス・テイラーです」ヴィカーは言う。

「エリザベス・テイラー？」

「それとモンゴメリー・クリフト。『陽のあたる場所』です」

「え《ケ》?」

「この映画の名前は」今度はヴィカーが自分の頭をとんとん叩いてゆっくり喋る。「『ひ』……『の』……『あ』……『た』……『る』……『ば』……『しょ』」

「これは」係官はヴィカーの頭をいっそう強く叩きながら言う。「そ……」とん、「……れ……」とん、「……で……」とん、「……は……」とん、「……ミス・ナタリー・ウッドが出演する、おそらくホモセクシャルであるアメリカの若い堕落した不良たちについての映画ではないのですか?」

「違います」

「私が言っているこの映画をご存じですか?」

「『理由なき反抗』」

「この映画のことです」係官はうなずく。「これは私の国では許されていません」。二人の男はそれ以上何も言わずに、テーブルについたままたがいを見ている。五分が過ぎ、十分が過ぎる。

139

ドアが開いて、さっき出ていった係官が戻ってきて、スペイン語で何か言う。

ヴィカーと一緒に座っている係官は、言われたことがほとんど頭に入らなかったかのような顔でなおもじっとヴィカーを見る。やがて係官は立ち上がる。そしてヴィカーにパスポートを手渡す。「あなたが仕事をしているこの映画は、ミス・ナタリー・ウッドはこの映画に出てきますか?」

「出てこないと思います」ヴィカーは言う。

「あなたの映画はこの国で許されるかもしれません」

「きっととてもいい映画になります」ヴィカーは言う。

140

ホテルの部屋の電話が鳴ると、ヴァイキング・マンだろうとヴィカーは思う。ところが雑音のあいだから聞こえてくるのは、彼の名前を言っている女性の声である。ソレダードだとヴィカーは一瞬思い、切れてしまってからやっとドティだったことを悟る。電話がふたたび鳴るのをヴィカーは待つが、いっこうに鳴らず、とうとう彼は眠る。

141

朝目を覚ますと、誰かが何時間も前からずっとドアをノックしていたような気がする。

空港でヴィカーを出迎えてホテルまで連れてきてくれたのと同じ運転手が、今回は彼を乗せてマドリードの貧しい区域を抜け、二十分離れたところにある醜い工場風の建物に着く。編集室にはパン、バター、ジャムが揃っているがバターやジャムを塗るナイフはなく、コーヒーとボトル入りの水があり、ラボから届いたばかりのフィルム缶の山がある。ヴァイキング・マンからであれ誰からであれ、指示のたぐいはいっさいない。

少しのあいだヴィカーは座って呆然と缶の山を見ている。プリントに印をつけるのに使うチャイナマーカーの反対側を使ってバターとジャムを塗ってパンを食べる。コーヒーは飲まない。

142

なおもしばらく座って呆然と缶の山を見ている。自分の人生そのものが一種の時差ボケ状態にある気がしてくる。三十分して立ち上がり、部屋の一番大きい壁からポスター、写真、メモを剥がしにかかり、やがて壁には何もなくなる。

一番上のフィルム缶を手にとり、蓋を外す。フィルムをビューアーに掛ける。ひとまずはどうスプライスするかは気にしないし、フェード、ディゾルブ、ワイプも考えず、ましてや光だの色だのも計算に入れない。まずは何マイル分ものフィルムを整理しないといけない。それには、シナリオにしるしをつけたシークエンスがそれぞれどこにあるかを探りあて、それぞれのシークエンス内のカメラのセットアップを見きわめないといけない。

143

その後の数週間、まず露光したフィルムをサウンドトラックと合わせ、次にそれぞれのセットアップを代表させるスチルを一枚、時には複数選ぶ作業を進める。

たとえば、ベルベル人の首領が盗賊の首を切り落とすシークエンスがあったら、首が宙を舞うスチルか、首が地面を転がるスチルあたりから一枚選ぶ。そしてスチルを引き伸ばしたものをプリントし、番号をつけて、何もかも剝ぎとった壁に画鋲で留める。時系列に沿ってセットアップをシークエンスにまとめ、そうやって出来たシークエンスそれぞれに番号をつけてグループ分けし、撮られたものすべてのシークエンスを決めていく。映像と音を同期記号を用いてカタログ化し、それからフィルムをスプライスしはじめる。時おり、採るべき選択肢に（特に技術的な観点から）迷う余地がないと思えるときは、ほかのテイクを捨ててひとつのテイクに決めてしまう。

そうするさなかにも、さらにラッシュが届く。毎日、あるいは一日おきか二日おき、時には一日に二度も三度も。ヴィカーは一日九時間働く。一時ごろ運転手が昼食を届けに来て、夕食は時おりスペイン式に十時ごろ食べる。その後の数週間、ヴァイキング・マンからは一本の電話もかかってこない。

144

夜、仕事が終わって、ヴィカーは車の後部席で眠りに落ち、ホテルに着くと運転手に揺り起こされる。街にはまったく出かけない。街には興味がない。マドリードは迫りくる総統《ジェネラリッシモ》の死の宙吊り状態に固まったゴーストタウンである。黒い錬鉄が街じゅうのドア、バルコニー、噴水、窓に絡みついている。何週間かが過ぎていくうちに、ホテルの窓の下のフエンカラル通りに、娼婦が一人現われたことにヴィカーは気づき、やがてもう一人、またもう一人と現われるのを目にする。

145

マドリードで三週間過ごしたころ、ある夜ホテルの帰りに、ヴィカーは運転手に触れられてではなく車の揺れで目を覚まし、自分が目隠しをされていることに気づく。両手も縛られていることにヴィカーは気づく。「どうなってるんだ?」と彼は言う。後部席の自分の左右に誰かが座っているのが感じられる。「どうなってるんだ?」ともう一度言い、誰かが「喋らないでください。もうじき着きます」と答える。

「どこに?」

「喋らないでください」

146

じきに車が停まるのをヴィカーは感じる。すべてのドアが開き、誰かに後部席から引っぱり出される。目隠しされたまま何分か導かれて歩き、ある時点でつまずいて転びかけると二人の男が彼をつかまえて引っぱり上げる。

やがて彼らは止まり、ドアがギイッと金属的に軋んで開いていく。「段差があります」誰かが言う。ヴィカーは片足を持ち上げて中に踏み込む。うしろでドアが閉まるのが聞こえる。

147

入国審査の際に尋問した係官たちに逮捕されたのだろうとヴィカーは考える。目隠しが外されると、ミス・ナタリー・ウッドのファンが目の前にいるものとヴィカーは予想する。

代わりにそこは何らかの倉庫である。奥の方に、にわか仕立ての撮影ステージと思しきものがあり、ベッドが置いてある。隅におそろしく古いムヴィオラがある。壁沿いに拳銃とライフルが一ダースばかり並び、銃弾も揃っている。

小さなスクリーンと映写機があり、そばに低いテーブルもあって、誰かが丸椅子に座って映画を観ている。ヴィカーは周りを見渡す。男たちのうちの一人はいつもの運転手で、フィルム缶をいくつか手に持っている。ほかの男たちは肩にライフルを掛けるか腰に拳銃を提げるかしている。丸椅子に座った人物はヴィカーに見向きもせず映画を観つづける。

148

映画からヴィカーの方に向き直った丸椅子の男は、警官にも入国審査官にも見えない。体つきは華奢で、髪は黒く、二十代後半。黒っぽいズボンとコンバットブーツをはいて、ある種のワークシャツを着ている。首にスカーフを巻いている。男が座った丸椅子のそばのテーブルの上、ワインボトルとグラスいくつかの隣に軍隊仕様の45口径があるのをヴィカーは認める。

丸椅子の男はヴィカーの縛られた両手に目をとめる。「ほどいてやれ」男はほかの者たちに言う。そしてヴィカーに「縄のこと、申し訳ありません。どうぞ」と言ってそばの別の丸椅子を指さす。男は映画に目を戻し、二人の男は一緒に観る。

149

それはタイにいるフランス人外交官の夫の許へ向かう若い花嫁をめぐる映画である。大使館に属す貴族的な女性数人と花嫁は性的関係を持ち、やがて夫に命じられて、性的服従の技巧を教え込まれるべく年上の男の許に送られる。

この若い女性は非常に魅力的だが映画はどうやらそれほどよくないとヴィカーは考える。「この映画は私の国では許されていません」と丸椅子の男がヴィカーに言う。「この女優を知っていますか?」。男の肩の向こうで、運転手がフィルム缶を編集台の上に置くのをヴィカーは見守る。

「いいえ」

「ミス・シルヴィア・クリステルです」と男は、それがすべてを説明するかのように言う。

「フランス人ですか?」

「映画はフランス映画です。彼女は……」男は考える。「たしかオランダ人だと思います」

150

彼らはもうしばらく映画を観る。男の目はオランダ人女優に釘付けになっている。やがて男は手をのばして映写機を切る。そして言う。「あなたはセニョール……ビカール? どう言いますか?」

「ヴィカー」

「教会の人のようにですか」

「kです」

そう言われても相手はよくわかっていないが、とにかく「私はクーパー・レオンです。あなたはお腹が空いていますか？」と言う。

「いいえ、大丈夫です」。クーパー・レオン以外に七、八人がいる。一人は年配の、撮影ステージのベッドの上に腰かけた男で、ヴィカーに笑顔を向けていて、何か軍服のようなものを着てそれらしいメーキャップもしているようにヴィカーには見えるが、離れているのでよくわからない。

「ワインを少しどうぞ」クーパー・レオンが、テーブルの上の銃の隣にあるボトルを手にとってグラスに注ぎ、ヴィカーに差し出す。「もちろんクーパー・レオンというのは」男は言う。「私の本当の名前ではないかもしれません。あるいは本当の名前かもしれません。もしかしたら本当に両親が私を『誰《た》がために鐘は鳴る』で共和制のために戦ったゲーリー・クーパーにちなんで名づけたのかもしれません。そうだとしたら、あなたは厄介になりかねない立場に置かれたことになります、私の本当の名前を聞いてしまったのですから」

「でも本当の名前じゃないかもしれないんですよね」ヴィカーは言う。

「そのとおり。銃の弾倉に弾が入っているかもしれないしいないかもしれないのと同じです。しかしもっと大きなポイントは、私たちに協力してくだされば、どちらであれあなたは大丈夫だということです。それが私の本当の名前だとしても問題なくなるのです」。そしてクーパー・レオンは言う。「私たちが誰だかわかりますか？」

「いいえ」

「私たちは〈ビリディアナの兵士たち〉です」

「何のことかわかりません」

「ファシストの人殺し総統《ジェネラリッシモ》の対抗勢力です」

「死にかけてる男のことですか?」

「ほう」。クーパー・レオンが気をよくする。「ありがとう《グラシアス》。これ以上の前置きなしに話の核心にたどり着きました」

「どういたしまして」

「死んでも死んだことにはならない、というのが私たちの状況の嘆かわしい真実です。人殺しは何度も何度も何度も死んで、えんえん続いていきます。つまり人殺しはえんえん生きつづけるのです。うんざりさせられる話です」

ヴィカーは「さっさと死ぬべきですね」と言う。

「**いますぐ**死ぬべきです!」クーパー・レオンはヴィカーに顔をくっつけてどなり、またうしろに下がって両手を上げる。「ね?」男は周りの男たちに向かって手を振り、それからその手を自分の胸に当てる。「私たちの心を乱すのです。スペイン中の心を乱すのです」。男は自分のワインを注ぎ足し、何も映っていないスクリーンを、ぼんやりと物思いにふけるように見つめる。

クーパー・レオンが「映画とは何ですか、セニョール・ヴィカー?」と言う。

「え?」

「映画とは何ですか? 映画とは」——と自分で答える——「メタファーです」。この金言がどれだけの畏怖をもって受けとられたかを測ろうと男は部下たちの顔を見回す。「映画とはメタファーです。これは映画と政治の共通点のひとつです。政治もしばしばメタファーです。人殺し総統は、もはや彼の力が問題なのではありません。彼は死にかけています。死にかけているから真の実際的な力はもはやありません。ゆっくりと、しかし確実に、国は自由と正義に向かいつつあります。たとえば、あなたのホテルのそばのフエンカラル通りに、最近夜の女が増えたことに気がつきましたか?」

「はい」

「そういうことです」

フエンカラルで見た女たちの政治的含意にヴィカーは思いをめぐらせる。

「しかし見苦しくも執拗に生きつづけることによって、人殺し総統は三十五年以上抑圧しつづけてきた国民の精神に対して別の力を持つのです。私の言っていることがわかりますか?」

「いいえ」

152

クーパー・レオンは手を振る。「どうでもいいことです」彼は言う。「私どもは人殺し総統の死をめぐる映画を作るのです」

「まだ死んでない男の」

「だからこそ映画を作るのです。映画はメタファーであり、政治もメタファーになるとき映画はゲリラ活動なのです。そうやって、あの人殺しがかりにあと三十五年生きようとも人々の想像力の中では死ぬようにするのです。その方がずっと大事なのです。あなたならわかってくださいますよね」。ヴィカーにはわからない。クーパー・レオンは撮影ステージに置いたベッドに座っている老人を指す。「ここにいる私のパパが、人殺し総統を演じます。あなたがそのシーンを監督するのです」

「僕は監督じゃありません」

「あなたがそのシーンを監督して、いままで私どもが撮ったフィルム、人殺し総統に関して私どもが過去三十五年集めてきたドキュメンタリー映像、あなたがマドリードで編集している映画からカットした映像を合わせて映画にするのです」

ヴィカーは撮影ステージを見て老人を見て、運転手が奥の編集台に置いたフィルム缶の山を見る。「あれが」ヴィカーは缶の山に向かって言う。「僕がヴァイキング・マンの映画からカットしたフィルムですか?」

「このヴァイキングというのは誰ですか?」

「あれが僕がカットした映画のフィルムですか?」

「さっき言ったとおり、ほかのフィルムもあります。それに」ここで映写機をぽんぽん叩く。「この映画も少し入れるかもしれません」

ヴィカーは映写機を見る。「裸のオランダ人女優が主役のフランス映画を?」

クーパー・レオンが眉をしかめる。「これは検討しないといけません。この映画をこの目的のために犠牲にするのが適切なことか、検討しないといけません。まあ、この映画の中のそれほど――」的確な言葉が思いつかずにいる。「――それほどわくわくしない部分を。この映画から少しカットしたら」ふたたび映写機をぽんぽん叩く。「残りを元どおりつなぐことはできますね?」

「スプライスならできます」ヴィカーは言う。

「それです」クーパー・レオンは勝ち誇った顔でヴィカーを指さす。「スプライス!」

「じゃあ、あなたのお父さんと」ヴィカーはセットにいる小柄な老人を見ながら言う。「ヴァイキング・マンの映画と古いドキュメンタリーと裸のオランダ人女優の映画を使って映画を作りたいんですね?」

「このヴァイキングという言葉、また言いましたね」

ヴィカーは「あなたが望む映画、僕には作れません」と言う。

クーパー・レオンの顔が冷たくなる。「いままでこれは礼儀正しい会話でしたよね?」

「僕、もう一本の映画ですごく忙しいですから」

「快い会話でしたよね?」

「そうですね」

「礼儀正しくなくなるのはよしましょう。快くなくなるのはよしましょう。あなたはこれをやるのです」

ヴィカーはテーブルの上の45口径と、クーパー・レオンのうしろのステージを見る。

「パブロ」クーパー・レオンが呼ぶ。ほかの男たちの一人が手持ちカメラを挙げる。

「ヴァイキング・マンの映画は」ヴィカーは編集台の上に置かれたフィルム缶の山をあごで指す。

「ずっと昔の物語です。砂漠と、馬に乗って長外衣《ローブ》を着て刀を提げている人たちの話です。あなたの映画が意味を成すものになるとは思えません」

クーパー・レオンはにっこり笑う。この反論は想定済みなのだ。「セニョール」彼は言う。「あなたはブニュエルを知っていますか？」

「はい」

「彼はあなたの国で知られていますか？」

「映画を知っている人は知っています」

「よい映画監督と見られていますか？」

「はい」

「あなた方の偉大なアメリカ人作家ヘンリー・ミラーは言いました。『ブニュエルはいろんなふうに呼ばれるが狂人とは決して呼ばれない』。セニョール・ヴィカー、あなたは意味を成すブニュエルの映画を観たことがありますか？」

「いいえ。カトリーヌ・ドヌーヴが泥を浴びせられる映画はとてもいい映画だと思います」

「私もあれが一番好きです」クーパー・レオンはうなずく。「泥を浴びせるところは特に」

153

ヴィカーは「ブニュエルを知ってるんですか？」と訊く。

「いまそう言いました」

「いやつまり、ブニュエルを知ってるんですか？」

「ブニュエル本人ということですか？」

「はい」

「ブニュエルはもう長年スペインにいません」

「彼の娘は知っていますか？」

「娘なんて知りません。息子が何人かいるのは知っています」

「娘はいないんですか？」

「ブニュエルに娘がいたら、本人が認めるんじゃないでしょうか？」

「わからないものですよ」ヴィカーは言う。「父親が子供にどういう仕打ちをするかは」

154

車でホテルに送り返され、三時間眠った時点で起きると、編集室に彼を連れていくべく車が待っていて、ヴィカーはそこでヴァイキング・マンの映画を編集する。毎晩車は編集室にヴィカーを迎えに来る。車にはいつもほかの男が三、四人いて、ヴィカーは目隠しをされるが手はもう縛られない。夜ヴィカーは、クーパー・レオンのパパ主演の、総統の死をめぐる映画を「監督」する。昼はヴァイキング・マンのバルバリー海賊の映画を編集する。

155

総統の死の映画が撮られている最中、〈ビリディアナの兵士〉の一人が、男たち言うところの「バスクの朝飯」を――もう真夜中なのだが――作る。目玉焼き、ジャガ芋、玉ネギ、刻みトマトのごたまぜである。これが唯一、ヴィカーが楽しみに待つものとなる。ほかの男たちと一緒に鍋からじかに食べ、スペインの赤ワインで流し込む。

パブロが手持ちカメラで、総統の死のシーンをあらゆる角度から撮影する。間に合わせの撮影ステージの「照明」として、ステンレス製のフロアランプが三つあって、これらをねじると、産婦人科から逃げ出してきた生物のような形になる。クーパー・レオンのパパは、死に瀕した独裁者というものを示唆しうるあらゆる姿勢で光を浴び、撮影される。毎晩毎晩、ヴィカーはひたすら撮影を続ける。なぜなら、第一に、監督というものは自分が何をやっているのかよくわからなくなったらとにかくできるだけたくさん撮影するのがいいという話を聞いたことがあるからであり、第二に、なるべく撮影を長引かせて、ヴァイキング・マンの映画をまず終わらせてこっそり国外に逃げようと思っているのだ。

「うめいたらどうでしょう」撮影中にヴィカーはクーパー・レオンのパパに提案する。

「撮影ステージ《サウンドステージ》」と言うわりには音響機器はおそろしく少ない。まあ音をあとからかぶせるのがヨーロッパ映画のやり方だからかな、とヴィカーは考える。それでもヴィカーは、たとえ誰にも聞こえなくともやはりクーパー・レオンのパパがうめくべきだと考える。カメラには聞こえるのだ。こうした指示が通訳を介してクーパー・レオンのパパに伝えられ、パパはうめく。あまりいいうめき方じゃないな、とヴィカーは思う。でもまあスペイン人が死ぬときはこういうふうにうめくのかもしれない。「やっぱり、うめかない方がいいかも」とヴィカーは考え直して通訳に言い、クーパー・レオンのパパはうめくのをやめる。

156

二週間が過ぎる。昼はヴァイキング・マンの映画を、夜は〈ビリディアナの兵士〉の映画を編集していると、目が見えなくなりかけている気がするのはむろん、これまでは何とかつけていた区別もつかなくなってくる気がする。クーパー・レオンの映画の方で、ヴィカーはクーパー・レオンのパパがベッドにいる映像に、総統を撮った古いドキュメンタリー映像とヴァイキング・マンの映画の残り物を挿入し、死にゆく総統がさまざまな記憶や不思議な夢に襲われるさまを見せる。ヴァイキング・マンの映画の、ベルベル人の首長が盗賊の首を切り落とすシークエンスの断片が、子供だった総統が死の黒装束に身を包んだ父親に首を切り落とされる夢になる。

この映画はブニュエルにそんなに似てないなとヴィカーは思う。それに、自分の映画のあちこちが〈ビリディアナの兵士〉の映画に入り込むことをヴァイキング・マンがどう思うかもよくわからない。裸のオランダ人女優が出てくるフランス映画も一部取り込むようクーパー・レオンは主張し、できれば若い花嫁が阿片窟で凌辱される「この映画の至高のシーン」の一瞬が紛れ込むのが望ましいと言うが、と同時に、自分が所有するこの映画のプリントがあまり汚されることもクーパー・レオンは望まない。ヴィカーは阿片窟のシーンから一コマだけ切りとって総統の映画の中に忍び込ませることにする。こんなふうに、映画を観る人々に隠れたメッセージを送っていると、自分が神になったような気がしてくる。「しかし一コマだけでは誰にも見えません」とクーパー・レオンは抗議する。

「見えないけど見えるんですよ」とヴィカーは言う。

クーパー・レオンの目が細くなる。「見えないけど見える」と彼はゆっくりくり返し、もう一度くり返す──「見えないけど見える！　ではそれは、観る者の想像力の中で爆発する秘密の武器のようではありませんか！」

「はい」

クーパー・レオンはヴィカーを見る。目がきらめく。そして「あなたは幻視力《ビジョン》のある方ですね」と静かに宣言する。

「はあ」

「この試練の時にあなたが送られてきて、スペインは幸運です」

157

総統の死を編集していて、ヴィカーはあることに気づく。片方の側から撮ったクーパー・レオンのパパは少しも不吉でないのに、反対側から撮ったシーンではステージでもカメラのレンズを通しても見えなかった脅威の感覚が現われるのだ。あたかも老人の一方の横顔が、フィルムにしか捉ええない形で憑かれているかのようなのだ。脅威を感じさせる横顔のフィルムをヴィカーはもっぱら使い、残りは捨てる。

158

ある夜、両方の映画に携わるヴィカーが何夜も何日も眠れぬ日々を過ごした末に、いつも彼を待っている車がそこにない。

ヴィカーはタクシーを拾ってホテルに帰る。翌朝も車はホテルに来ないし、その夜も翌日の朝も夜も来ない。車は二度と現われない。運転手は二度と戻ってこないし、誰もヴィカーに昼食を届けに来ない。

ある夜ホテルの部屋の窓辺にヴィカーが座っていると、浴室の洗面台の上に掛かった鏡がふと目の端に入り、そこに映った自分の像が見える。

159

鏡に映った自分の像を見ながら、ヴィカーはクーパー・レオンのパパのシーンについて考え、編集作業で誰かの右か左の横顔にカットすることで何かを暴けると考える。その人物の真の面と、偽りの面を暴くことができる。善良な面と邪悪な面を暴けるのだ。

160

罰する面と許す面とを――一週間後、帰国する飛行機の中でもまだヴィカーは考えている――暴けもすれば、支配する面と服従する面も暴ける。それぞれの人、それぞれの横顔で事情は違っていて、ある俳優の右で表わされるものが別の俳優の左で表わされたりする。ジョージ・スティーヴンスは『陽のあたる場所』でこのことを理解していた。テラスでのテイラーとクリフトのクロースアップ・シーンについて、一方の横顔からもう一方にカットするときスティーヴンスが連続性をまったく無視したとドティが言った話をヴィカーは思い出す。どっちの横顔がどっちか解読できるようになってくるにつれて、他人に対してはむろん自分の中でもうまく言葉にはできないものの、新たな意味を孕《はら》んだ視覚のボキャブラリーをヴィカーは獲得する。

161

『バラエティ』一九七六年一月五日――「**ロサンゼルス**　映画業界の古参ドロシー・ランガーが、二十五年以上にわたり編集者と副局長を務めた末に本日をもってパラマウント・ピクチャーズを退社することが今日発表された。ミズ・ランガーからも社の広報係からもコメントは得られていない」

162

ロサンゼルスに戻ったヴィカーは、もしかしたらまだいるかと思ってドティのオフィスに行ってみる。一度電話してみるが、誰も出ない。

その後の数週間、数か月、ヴィカーはパラマウント・ゲートに出かけては、腕組みをして噴水に寄りかかったソレダードの姿を探す。そこらじゅう探して回り、知っていそうな人間をつかまえては訊いてみる。何度も番号案内にかけて彼女の番号を問い合わせるが、つねに無駄に終わる。

163

キューブリック『バリー・リンドン』。黒澤『悪い奴ほどよく眠る』。ペン『ナイトムーブス』。ウォーホル『ヒート』。ヒューストン『王になろうとした男』。ボロズウィック『インモラル物語』。メイヤー『UP！ メガ・ヴィクセン』。サール『マラーの死』。ローグ『地球に落ちて来た男』。『アデルの恋の物語』では十九世紀の文豪の娘が一人の兵士と恋に落ちる。娘は兵士を追ってフランスからノヴァスコシアまで行き、彼を探してハリファックスの街をさまよう。彼女が信じているもの、信じてきたもの、そのすべてが彼の面影の中に呑み込まれる。彼女はジャンヌ・ダルクである、だが神なきジャンヌである。その聖戦においてあまりに純粋となるがゆえ、映画の結末ではもう、兵士本人は彼女にとって何の意味もなくなっており、兵士を見ても彼女はもはや認識できない。いまや彼女は愛を超越し、己の心の卑小さを超越している。神を超越している。映画の結末ではもう、神も届かぬところに彼女は行っている。

164

ドティのためなんだ、とヴィカーはあとで己に言い聞かせるが、自分でも本気で信じてはいない。ある日の午後、パラマウントの資料保管所の奥深くで、ヴィカーはそれを見る。あっさり読み捨てられる今週の雑誌のように、それが棚に載っている——陽のあたる場所／スティーヴンスと缶の端に殴り書きしてある。ヴィカーは立ったまま、それを長いこと、どうやって盗むかではなく盗むか盗まないかを決めようとするかのように見ている。だが実はどうやってを決めようとしているのだ。

奴らがドティをクビにしなかったら僕だってこんなことはしない。だがそれが嘘だと彼にはわかっているし、疚しさを感じたりもしない。それに、自分の方が絶対この映画を所有者たちより慈しんでいることもヴィカーにはわかっている。結局彼は、缶を小脇に抱えて、隠そうともせず白昼堂々と建物から出ていく。誰も彼を止めず、尋問もせず、窃盗はひたすら認可される。ポーリーン大通りのアパートに戻ると、ヴィカーはそれを収める神棚を作る。

165

ディートリッヒとスタンバーグの『西班牙《スペイン》狂想曲』が次である。略奪した映画のコレクションが増えるにつれて神棚も大きくなっていく。じきにそれは壁一面に広がっている。もっと壁が要るな。

166

ある夜ヴィカーはフォックス・ヴェニスへアントニオーニの二本立てを観に行く。一本目では人々が休暇である島を訪れ、一人の女性が行方不明になる。女は見つからず、映画の結末ではもうほとんど忘れられている。二本目では『チャイナタウン』の私立探偵が海外特派員になっていて、死人と身元を交換し、華やかなキャリアを捨て関係の冷えた妻を捨てて消える。つまり、二本立ての二本目が一本目の謎を解明している——島で消えた女も、明らかに誰かと身元を交換したのだ。女がソレダード・パラディンに、すなわち女の役を元々演じるはずだった人間になったことがヴィカーにはわかる。二本の上映が終わるころには、海外特派員はもう、死人の旅程のみならずその運命まで自分のものにしている。次第に深まりゆく静寂が、これら二本の映画だけでなくすべての映画に降りてくる。それは迫りくる激変の静寂であり、死体の横たわるホテルの一室の外の、誰もいない町の広場を横切るカメラのスローパンである。

167

ある夜ヴィカーはハリウッド・メモリアルのジェーン・マンスフィールドの墓石に戻っていき、石の上に横たわって彼女を待つ。だが彼女は来ない。

168

アシスタントエディターとして三つ仕事をやったあと八か月仕事なしで過ごした時点で、電話がかかってくる。

「ミスタ・ジェローム？」。聞こえてくる声は、感じのいい、自信のみなぎる声である。「ニューヨークのユナイテッド・アーティスツのミッチ・ロンデルです。お元気ですか？」

「元気です」

「こちらまで飛行機でお越しいただいて、あるプロジェクトについてご相談したいのですが。もちろん費用はこちらが持ちます」

「いつですか？」ヴィカーは訊く。

「無理は申し上げたくないのですが、一刻でも早い方がいいのです。今日の午後か、それが不可能なら明日に」

「どんなプロジェクトか教えてもらえますか？」

「できれば直接会ってお話ししたいのです。緊急の、若干デリケートな内容でして」

「十三時間もかかりませんよね？」

「ニューヨークまで？」

「このあいだ乗った飛行機は十三時間かかりました」

「それはきっと、ニューヨークより遠くまで行かれたんでしょう」

「スペインです」

「ならニューヨークより遠いです。ニューヨークにいらしたことはありますか?」

「いいえ。フィラデルフィアならあります」

「あ、それならニューヨークに近いですよ。フィラデルフィアまで飛行機で十三時間はかからなかったでしょう?」

「フィラデルフィアからバスに乗ったんです。十三時間以上かかりました」

「まあそうでしょうね。アシスタントから二十分後にもう一度お電話さし上げてよろしいですか? いろいろ手配させますから」

「誰かに空港まで乗せてもらわないと」

「もちろん。JFKでも誰かがお待ちして、こちらの街のホテルに、たぶんシェリー＝ネザーランドにお連れします。そこからあとは私どもが対応します。すべて私どもの方でやりますので」

「ありがとうございます」

「では一両日のうちにお目にかかります、ミスタ・ジェローム」

「ヴィカーと呼んでください。kのヴィカーです」

「私はMのミッチェルです」ほかにどんな綴り方があるのか、ヴィカーには想像できない。

169

翌日の晩、ヴィカーがＪＦＫに着いたときに運転手が掲げている札には、ｋであれｃであれヴィカーとは書いていない。**ミスタ・ジェローム**。車に乗せられてホテルへ行く。公園が見える続き部屋《スィート》をヴィカーは与えられる。

翌朝、四十九丁目と七番街の角にある会社のオフィスに車で連れていかれる。こんなにひどい界隈は初めてだった。通りの向かいにポルノ映画館がある。十二階のフロアを迷ってうろうろしていると、誰かが「ヴィカー・ジェローム？」と呼びかけてくる。

「はい」ヴィカーは言う。

「まず頭でわかるよね」男は笑う。『愛の狩人』の男優の一人の、一度テレビで見た歌手二人組の一方でもある男と同じチリチリの金髪だが、ただし少し薄くなりかけている。「私がミッチです」

「こんにちは」。ヴィカーは握手する。

「フライトはいかがでした？」

「よかったです、ありがとう」

「十三時間じゃなかったでしょう」

「はい」ヴィカーは言う。「ニューヨークはスペインより近いと知ってますから」

「ホテルはどうです？」

「快適です。ありがとう」

「お昼はもう済みましたか？」

「いいえ」

「じゃあ食べに行きましょう」

170

二人は四十九丁目を歩いて〈ヴェスヴィオス〉というレストランに行き、ロンデルはサラダを、ヴィカーはピザを注文する。

「さっそく用件をお話しします」ロンデルが声を落とす。あたりを見回す。「しばらく前から私どもは『君の薄青い瞳』という映画を製作しています。お聞きになったことはありますか？」

「はい」ヴィカーは言う。

「あいにく」ロンデルはため息をつく。「大勢の人が聞いたことはあって、間違ったことばかり聞いているんです」。ふたたび周りを見回す。「わが社はいま興味深い段階にあるんですよ、ヴィカー。一方では、オスカーの最優秀映画賞を二年続けて取った。これも壮大な計画のうちなんだと言いたいところですが、君はそんな寝言にだまされませんよね。『カッコーの巣の上で』なんて十年相手にされなかったんだし、その次は、最大の実績が『ブルックリンの青春』だっていう奴が脚本・主演の、予算百万ドル、撮影期間四週間の、ボクサーをめぐるB級映画？　一方で、サンフランシスコの資金を操っている連中はいろんなことを変えてきている。何もかもが西に移りつつあって、たぶんじきにニューヨークのオフィスはひとつもなくなると思う——まあたしかに、君も車でここへ来るときに見たと思うけど、それほど悪いことじゃないかもしれないけどね。この会社を三十年動かしてきた男が、新しい会社を始めようとしてるという話も本気で口にされている。まあこんなことはまともな映画ファンにとってはみんなどうでもいいことだが、背景としてはそういうことなんだ。ピザはどうかね？」

「とても美味しいピザです」

「で、今度はこの映画だ。実にニューヨーク的な映画で、予算は五百万、ちょうどいい規模と思えた。それがどうやら、運がよければ一千万で済むかという感じになってきて、たぶん千二百万を越える確率が高い。この映画にそんなにかかるなんて馬鹿みたいな話で、時計を逆戻しにして丸ごとプラグを抜けるものなら抜きたいところだが、もちろんいまさらそんなことできやしない。二日前、君に電話した日に、監督が降りた。私の言ってるのが誰だかわかるかね？　知っていても名前は言わないでくれ――少なくともここでは」

「悪魔の映画を作った人ですよね」

「そう」

「『草原の輝き』の方がいい映画です」

ロンデルはわずかにまごついたように見えるが、「たぶんそうだろうな」と言う。

「いいんです」ヴィカーは相手を安心させようとして言う。「僕、ときどき人を苛つかせるんです」

「ありがとう。言ってくれてよかったよ」

「どういたしまして」

「いろんな意味で、奴が辞めたのは我々としても残念ではないね。残念に思っているスタッフが一人もいないことは間違いない。初代の撮影監督は奴との仕事に耐えられなくて辞めたし、我々が使いたかったメジャーな俳優も誰一人奴とは仕事をしたがらない。それがいま、奴が辞めたんで、とりあえず第二班の監督を格上げして映画を仕上げることになった。まあとにかく最善の策で切り抜けるしかない。いま私たちがこうして喋っているさなかにも、クイーンズの撮影スタジオで仕上げにかかっているところだ」

「それって近いですか?」

「車で四十分」

「じゃあスペインより近いですね」。そしてヴィカーは「これ、渋い言い方のつもりなんです」と言う。

「スペインより近い」ロンデルは笑う。「ここまで話したことはメディアにまだいっさい伝わっていないが、もちろんそういう用心は長続きしない。たぶんあと一日も持たないだろう。『バラエティ』や『ハリウッド・リポーター』や『LAタイムズ』からじゃんじゃん電話がかかってくるだろうね――」腕時計を見る。「――おおよそ五分前に」

「五分前?」ヴィカーはとまどって訊く。

「そういう言い方があるんだ。演出家組合が仲裁に入って、問題が解決するまでこの映画には公式には監督がいない。だから早急に君と会う必要があったんだ。七か月後にカンヌで上映することも非公式に予定されている。手を引くのが道理なんだろうが、公式に監督はいなくなるわ、非公式のカンヌ参加を非公式に辞退するわとなれば、きわめて公式の大失敗ということになる。ところでドティ・ランガーは元気かね?」

ヴィカーが答えるのに一瞬かかる。「しばらく話していません」

「その映画の仕事したんだよね?」

「え?」

「その映画」目をわずかに上げながらロンデルは言う。

「あ」。ヴィカーは自分の頭に触れる。「ここにあること、忘れちゃうんです」

「他人が忘れさせてくれないだろうね」

「ええ」

「正直な話、できることなら我々は、いわばまだあまりレーダーにかかっていない人物を起用したいと思っている。人目を惹くトップクラスのエディターではなく——いやつまり」少し笑う。「君が惹くのとは違うたぐいの人目のことだが。こう言っても気を悪くしないでほしいんだが、かりに君が引き受けてくれるとしても、やってみたらこれは君の力量では手に負えないということになるかもしれない。だが、君自身気づいているかどうかわからないし、この業界に入ってそんなに長くないことも知っているが、君はちょっとした評判を獲得しつつあるんだ——トラブルを抱えたプロジェクトに入って問題を解決する人間だという評判を」

「そんなの二、三回やっただけですよ」

「わかっている。この一件が問題を解決するという以上の話だということもわかっている。これは君にとって、これまでで最大の仕事になるはずだ。こいつはどっかの頭のおかしい奴がスペインの南で『アラビアのロレンス』を作ってるつもりなのとはわけが違うんだ。で、これもまた気を悪くしないでほしいんだが、結局はトップクラスのエディターを引き込むことになるかもしれないし、そいつだってやっぱり君以上のことはできないかもしれない。これは我々が君を信頼していないということじゃないんだ。状況を信頼していないということなんだ」

「気を悪くしてません」

「たいていの時間、これがいったい何の映画なのか私たちにはわからない。サスペンス《スリラー》なのか、芸術映画なのか、それとも――」

「スリリングな芸術映画じゃないでしょうか。また渋い言い方のつもりですけど」

「ひとまずスリリングな芸術映画ということにしておこう」ロンデルは言う。「とにかく状況を救えればよしとして、ヒットなんてことは考えない」

「もうラフがあるんですか？」

「いま誰かがまとめている最中だ」

「あまりたくさんカットしてないといいですけど。見てみたいです」

「それは有難い。で、君も、時間が決定的に大事だってことはわかってくれるね？」

「ええ」ヴィカーは言う。「カンヌで演《や》るんだったら、出来上がってなきゃいけませんよね」。ヴィカーは笑う。

「いまから六か月後に、試写用プリントにできるだけ近いものが必要だ。本物の公開用プリントがあれば最高だ」

「わかりました」

「条件は？」

「条件？」

「いまの仕事の報酬がいくらか知らないが、それに上乗せするつもりだよ」

「いまは何も仕事してません。たぶんそういうこと言っちゃいけないんですよね？」

「それもまた渋い言い方だということにしておくよ。最後の仕事の報酬を知らせてくれ、君がそれでよければ二十五パーセント上乗せする。シェリーの部屋はどうかね？」

「快適です」

「こういう場合のために確保してあるんだ。豪奢とは言わないが、いまから一か月後にも壁に四方から迫られてる感じはしないと思う。しばらくはあそこに心地よく住めるね？」

「はい。もうひとつだけあります」

171

ロンデルが「何かね？」と言う。

「古い映画です」

「古い映画？」

「古い映画を集めてるんです」。盗むと言うより集めていると言った方が体裁よく聞こえるとヴィカーは思う。「古い映画のプリントです。あなた方が作った古い映画のプリントをもらえますか？」

「特にどの映画、というのはあるのかな？」

「売ったりはしません。手元に置いておくんです」

「どれを考えているかによるね。たとえば、『散り行く花』はたぶん無理だ」

「そこまで古くなくていいんです。ビーチの私立探偵映画――『ロング・グッドバイ』。あれはあなた方のですか」

「ああ、そうだ。あれなら何とかしてあげられるかもしれない」

「『キッスで殺せ』。『成功の甘き香り』。あなた方のですか?」

「そうだ」

「特に『ロング・グッドバイ』が」

「手配しよう」

172

秋を終わりまでニューヨークで過ごし、冬に突入する。冬はヴィカーにペンシルヴェニアを、マザー神学校の部屋で起きたひどく寒い朝を思い出させる。マドリードのときと同じに、しばらくは街にも出ず、五十九丁目/五番街角のホテルと四十九丁目/七番街角の編集室をひたすら行き来し、一日九時間、十一時間、時には十四時間仕事する。

173

やがてある日曜、寒気《かんき》が抜けて、ヴィカーはホテルの部屋を出て街にくり出す。通りを渡って公園に向かうつもりが、代わりに南へ向かって五番街を下りエンパイアステート・ビルを過ぎて一気にユニオン・スクエアまで降りていき、ブロードウェイを横切ってバワリーまで行く。午後が過ぎていくなか、セントマークス・プレイス沿いをぶらぶらする。ヒッピーカウボーイは全然いないしスペースエイジ・ドラッグクイーンもそんなにいない。人々はライダース・ジャケットを着て、膝に穴のあいたジーンズをはき、キャプテン・アメリカの絵、ミッキー・マウスがミニーに何か妙なことをやっている絵、**俺は統一教会信者《ムーニーズ》を殺す**と字などの入ったTシャツを着ている。ムーニーズって何だ？ 体の異様な部分にリングをつけている人間もいるし、手首には自殺未遂だか狂言自殺だか自殺延期だかの傷の包帯が巻いてある。

　ある時点でヴィカーと、黒く染めた刈り上げの髪で街をぶらつく女の子とが立ちどまり、二人とも呆然と相手を見る――女の子はエリザベス・テイラーとモンゴメリー・クリフトを、ヴィカーは彼女の胸に書かれた言葉を。**ガバ　ガバ　ヘイ**とシャツには書いてある。「ねえちょっと、これ見てみなよ」と彼女は通りの向こうの誰かに呼びかける。どっちがどっちにより面喰らっているかは判断しがたい。こんな連中をヴィカーは見たことがないし、ヴィカーのような人間は彼らも見たことがないのだ。やがて、闇が降りてくるとともに、何かが聞こえてくる。あとになって、もう何年もその音が聞こえてこないかと自分が耳を澄ましていたことをヴィカーは悟る。

174

それはただの音楽ではなく、**音**《サウンド》そのもの、本物の**音楽**《ザ・ミュージック》だ。ほかのいろんな音楽のことを、誰もがヴィカーに、これこそそれだよと言ってきた——でもそうではなかった——まさにそのものだった。

ヴィカーはバワリーの、塹壕《ざんごう》に掘ったトンネルと思しきものの外に立っている。歩道にはセントマークス・プレイスで見たような若者たちがもっと大勢いて、加えて、新聞紙の下で眠っている老人や、よたよた歩きながら通行人に金をせびる酔っ払いもいる。汚い、裸足の女が一人、黄色い日よけの下、入院患者が着る紙みたいな薄いガウンだけの姿で震えている。

日よけに書かれた住所は三一五番地。そこには何の単語も形成しないナンセンスな文字も並んでいる。黒いガラスのドアに提げられた不可解な手書きのボール紙のサインには

ハートブレイカーズ
マキシ・マラシーノ
シック・ファックス
シャーツ

と書いてあり、ヴィカーにはさっぱりわからないが、非合法の麻薬のような音は抗いがたく、彼はドアマンの唖然とした視線を浴びながら中に入る。

175

中のクラブはヴィカーのホテルの続き部屋とさして変わらない広さである。ステージは二つあって、

正面がメインステージ、一方の横にもっと小さくて低いステージがある。ビリヤード台があり、ピンボールマシンが二機ある。壁のペンキは剝げかけて、暗い床に針が散らばり、尿から立ちのぼる雲がビールの雲とぶつかり合う。メインステージのバンドから出てくる**音**は圧倒的である。前の方にいる連中は激しく体をぶつけ合う。ヴィカーの中で何かが湧き上がってくる。休憩になり、ブリジット・バルドーかチューズデイ・ウェルドを思わせる歌手が出てくる。

176

いつも全然、**音楽**ではなかった。いつも**音**だった。ヴィカーには知る由《よし》もないが、いままた**音**が彼の心を揺さぶるのはおそらく、生まれてから二十年と少し経った**音**がいまやそれ自体をめぐるものになったからである。**音**はそれ自身の真実と堕落を語っている。**映画**が音を見出してから二十年と少し経った時点で、**映画**についての映画が続々現われたことにそれは似ている。『サンセット大通り』、『雨に唄えば』、『悪徳』、『悪人と美女』。**音**がぐるりと回って自らの尻尾を呑み込むとき、神がいるにせよいないにせよ、**音**はそれ独自の一個の世界になる。あるいは、ヴィカーが神なのか——少なくとも、息子たちではなく父親たちを殺す神。

177

ヴィカーは翌日の晩クラブに戻り、次の晩も戻り、その後五晩続けて戻る。この音楽最低だ、と胸の内で言う瞬間は一度もないまま、この**音**最高だ、と認めている。三日目の夜にもなると、戸口で眠っている患者用ガウンの女をまたいでクラブの中に入っていくだけで、誰もがふり向き、大音響の中であちこちから「来たぞ……」と呟く声が切れぎれに聞きとれる。人々は道を空けて彼を通す。聴衆がその部族的な叩き割りの儀式を始めると、ヴィカーの中の何かが湧き上がってきて、よたよた人混みの中に入っていき、あらゆるものあらゆる人間にぶつかって、ステージの端に転がり出る。人々がリズとモンティに手を触れるのを彼は感じる。あとで、クラブの裏で、猫のようなアジア人タニアとその「奴隷」ダミトラが交代で彼を口に含み、うしろの壁に寄りかかっていると震動が感じられる——ある夜フェアファックスに無声映画を観に行って『国民の創生』でKKKたちが馬を駆るのに合わせてチョーンシーがオルガンを弾いたときに感じたそれに似た震動が。毎朝、編集室に戻ってくる彼の体はあざだらけの青い光を発するようになっていて、秘書やアシスタントたちはこれまで以上に気味悪そうな目つきで彼を見る。

178

しばらくのあいだ、自分が**音**を**映画**以上に大事に思うようになったことをヴィカーは悟る。己の不実を彼は恥じ、ロサンゼルスに来たばかりのころの、誰も映画を愛してないように思えた日々の記憶が波のように襲ってくる。決して君を裏切らないよ、と彼は自分の頭を撫でながら浴室の鏡に誓う。キムかナタリーかチューズデイのために君をだますことはあるかもしれないけど、音や音楽のために君を裏切ったりはしない。

179

ある日の午前零時過ぎ、ホテルに帰ってきたあとの闇の中、ヴィカーは窓辺に座って公園を見る。また寒さが戻ってきた。街じゅうにクリスマスの飾りつけが出現する。だがクラブでの夜の熱気が残っていて、ヴィカーは掛け金を外し、窓を押して開ける。続き部屋からの光を浴びて、窓のガラスに公園が映っている。ヴィカーは窓を何度も押したり引いたりし、ガラスに映る公園の情景も変わりつづける。

180

決して君を裏切らない——あるシーンで誰かが恋人にそう言っても、ヴィカーが一方の横顔を選びもう一方を捨てることで、その人物が信用できることを明かせもすれば嘘つきだと暴けもする。俳優の意図にも、脚本家、監督の意図にも関係ない。

人間に右の横顔と左の横顔があるように、場所や瞬間にも右と左がある。ヴィカーは眼下の公園と、窓に映ったその像とに視線を行き来させ、情景のステレオに耳を傾ける。映画にあっては、すべてのショットは何かの横顔である。右から左、左から右にカットすることによって、あるいは右から別の右、左から別の左にカットすることによって、ヴィカーは観客の認識を、さらには映画の認識を強化したり転覆させたりする。偽りの映画の中にある真の映画をヴィカーは解放する。

『君の薄青い瞳』の仕事を始めて二か月経った時点で、前日のラッシュに目を通している最中、ヴィカーはストップボタンを押し、目の前のコマに映った顔を見る。

181

受話器を取り上げ、ミッチ・ロンデルに電話を通す。

「夜ごとなかなかお盛んだそうだね、ヴィカー」ロンデルが言う。懸念の口調は疑いようがない。

「どんな具合か、じきに見せてもらえると有難いね」

「僕を信頼してもらった方がいいです」ヴィカーは言う。

「正直に言う――そう言われると不安になる。なぜその方がいいのかね？」

「そうでないと、わかってもらうのは難しいし僕が説明するのも難しいからです」。電話の向こう側に沈黙が生じる。「もう少しやらせてください」。そしてヴィカーは「いま別のエディターを雇うとよくないことになります」と言い足す。

「それは私たちが判断する」ロンデルは言う。「別のエディターを雇うなんてこと、こっちは全然言ってないぞ」

ヴィカーは答えない。

「どんなふうに進んでいると思うか、率直に言ってくれ」

「まだわかりません。うまく行っていない、という意味じゃありませんが」

「じゃあどういう意味だ？」

「終えてみないとわからないという意味です。信頼の問題なんです」

「信頼ってのはちょっと見えにくいね」

「片目が見えないんでしょうかね」

「非常に詩情豊かな話だがね、ヴィカー、こっちとしては両目で君がやっていることを見たいんだ。来週の終わりまで待とう、その時点で何か見せてくれなくちゃいけない」

「わかりました」

「あと、今日の午後、君の部屋にちょっとしたものを送る。来週見せてもらうもの次第で、もっといくらでも出てくる」。非合法の麻薬だろうか？「ホテルに戻ったら着いているはずだ。君、夜ホテルには帰ってるんだろう?」

「遅かれ早かれ帰ります」

「まあ君の夜だ、映画に害が及ばないかぎりは」

「わかりました」

「ある程度の謎も君の人格の一部であることを我々は理解し、受け容れている。ヴィカー、君は自分がときどき人の安定を失わせることはわかっているよね?」

「はい」

「君自身、安定を失うことはあるのかね?」

「ないと思います」

「それはいいことなんだろうな」

「ほかにいろいろありますから」。目の前のビューアーに映った顔を見ながらヴィカーは言う。「でも電話したのは別の用件です」

182

その晩ヴィカーがホテルに戻ってくると、表側の部屋のテーブルにフィルム缶の大きな山が彼を待っている。『ロング・グッドバイ』、『キッスで殺せ』、『成功の甘き香り』、『ボディ・アンド・ソウル』、『チャップリンの　殺人狂時代』、『生きるべきか死ぬべきか』、『ビートルズがやって来る！　ヤア！

ヤア！　ヤア！』、『紀元前百万年』（D・W・グリフィスが最後に製作した、一部は監督したかもしれない映画）。ハリウッドに帰ったらもっと大きい場所が要るな、とヴィカーは考える。

183

その晩はクラブに行かず、翌日も編集室を早目に出てホテルに戻る。電話がかかってくるか、ドアがノックされるかをヴィカーは待つ。

184

彼女は髪を持ち上げ、片手を髪で包んでいる。最後に会ったときと同じように黒いワンピースを着ている。「こんにちは」とヴィカーは言う。

「あたしの映画、編集してるのね」。にっこり笑う。「あ、た、し、の映画」

「どうぞ、中へ」

「駄目よ。でも金曜日の晩に一緒に出かけるならいいわ」

「電話番号、聞いておこうか？」

「ただ来るから。オーケー?」

「うん」

「一緒に出かけて一杯やってもいいし、踊りに行くのでも、クラブに行くのでも」

「僕、すごくいいクラブ知ってるよ」ヴィカーは言う。

185

最後の瞬間まで、心のどこかで彼女がまた消えてしまうものとヴィカーは信じている。金曜の夜にドアを開けると、彼女はこのあいだより短い、もっとセクシーなドレスを着ていて、唇も濡れて光っている。少し顔が上気していて、目には不思議なベールがかかっていて、何だか目と唇がそれぞれ別の顔に属しているみたいに見える。「一か所寄るところがあるの」五番街を下っていくタクシーの中で彼女はさらっと言う。

186

街灯の光が彼女の顔の上で波打つ。グランドセントラル駅の上空に満月が出ている。「あれって上弦、それとも下弦？」彼女が訊く。「毎晩ずっとセットにいたから、わかんないわ」

「どっちがどっち？」ヴィカーは訊く。「満ちるのはどっちで、欠けるのはどっち？」

「上弦が満ちる方」

「じゃあ上弦」。そしてヴィカーは「ビューアーで顔を見るまで、君がこの映画に出てること知らなかった」と言う。

「何て聞いたの？」

「人から聞くまで、あんたがこれにかかわってること知らなかった」

「あんたが編集をやってるって」。彼女はなかば声を上げて笑う。「あたし、モデルの友だちの役やってるのよ」

「知ってる」

「大した役じゃないけどね。モデル役のオーディションも受けたんだけど」

「『ロング・グッドバイ』で君を見た」

「ええ、前に聞いたわ」

「そうなの？」

「あの日の午後、パラマウントで。迎えのリムジンが来ていて、あんたはスペインに行くところだった」。そして彼女は「あたし、ギャングの愛人の役やるはずだったのよ」と言う。

「コーラ壜のシーン」

「最後の最後で監督が、あたしの顔にコーラの壜を叩きつける人間はいないって判断したのよ。ここはもっと……使い捨てられる顔の使い捨てられる女優じゃないとって。『情事』でも同じ理由で主役取りそこなったのよね」

「島で行方不明になる女」

「準主役だったわね」ソレダードは訂正する。「あれも使い捨ての役だった。アルトマンと同じで、アントニオーニも『君を島で失くす人間はいない』って言ったのよ。運転手さん、ここ左に曲がってちょうだい」

187

タクシーは曲がって三十四丁目に入る。「あと一ブロック半ね」ソレダードは運転手に言う。

タクシーはパーク・アベニューを越える。

「ここで停めてちょうだい」。タクシーは駐車ビルの前で停まる。「すぐ戻ってくる」ドアを開けながら彼女はヴィカーに言う。

「どこへ行くの?」ヴィカーは訊く。

「すぐ戻ってくる」

「一緒に行くよ」

「そこにいてタクシーを取っておいて。戻ってくるから」

188

クラブの中に入ると、ソレダードが「これ何?」と訊く。

「どうしてあの駐車ビルで停まったの?」とヴィカーが訊く。

彼女は周りをしげしげと見回す。「クラブに行くと思ったのに」

「ここ、すごくいいクラブだと思うよ」

「ディスコに行くと思ったのに。踊りに行くと思ったのに」。目にしている光景に彼女は愕然としている。一瞬のあいだ訛りがきつくなる。「みんなあたしのこと見てる」裂けたジーンズや革のただなかの、短いセクシーなドレス。

「僕のこと見てるのさ」ヴィカーは言う。二人とも正しい。

「このクラブ、嫌だわ」

「ここ、すごくいいク——」

「この音楽、嫌い。音楽なんかじゃないわよ」

「そうだよ」ヴィカーも同意する。「これは**音**だよ」

「これって……」彼女は考える。「バルバロよ。野蛮」

「うん、そのとおり、野蛮だ」と彼は言って、聴衆がひしめき合う奈落に突進していく。

189

外に出て、彼女はひさしの下に立って待ち、ヴィカーがタクシーをつかまえようとする。空っぽの街路に立ってうしろに向き直ると、ソレダードは歩道を見下ろし、いつもクラブの戸口で眠る汚い裸足の患者用ガウンの女をじっと見ている。

ヴィカーがあっと驚いたことに、ソレダードは薄っぺらい黒のドレスを頭から脱いで、あたかもそれで暖かくしてやれるかのように寝ている女の体に掛けてやり、凍てつくニューヨークの歩道に、パンティ、ハイヒール、そして七年前の五千キロ離れたパシフィック・ハイウェイで芽生えた一瞬の認識だけを身にまとって立っている。

誰か見ているだろうかと、ヴィカーはあたりを見回す。何人かが立ちどまってほぼ裸の女にぽかんと見とれるが、大半はただ通り過ぎていく。やっと遠くのタクシーの注意を捉えたヴィカーはソレダードの許に飛んでいき、自分のコートを脱いで肩に掛けてやる。

190

「歳をとるにつれて」ホテルに戻るタクシーの中、ヴィカーのコートにくるまれて震えながらソレダードは言う。「若さと狂気を隔てる壁が高くなっていくのかしら？　それともみんなただ……壁のこっち側にいる知恵が身につくだけ?」

「わからないな」ヴィカーは答える。

「あのクラブは」彼女は落着いた声で言う。「その壁がなかったのよ」

「そうだね」

「トイレなんか肥溜《こえだ》めだったわよ」

しばらくしてヴィカーが「ザジは元気?」と訊く。後部席でソレダードが彼の方に向き直る。開いたコートから両胸がこぼれ落ち、汗でびっしょり濡れた彼のシャツに押しつけられる。「よくわからないわ、あなたの言ってること、ミスタ・フィルムエディター」と彼女は言い、今回は全然わからなくなんかないのだとヴィカーにはわかる。「何でそんなこと訊くのかしら。あの子はLAにいるわ。知りあいと一緒に。父親と一緒に」。そして彼の口からほんの数センチのところで「あなたバルバロになりたい、ミスタ・フィルムエディター?」とささやく。通り過ぎる街灯の光が彼女の顔の上を転がっていく。彼女はヴィカーのズボンからベルトを引き抜き、前のボタンを外して、彼を手の中に収める。

191

ホテルの続き部屋に戻ると、彼女が「これなぁに?」と訊く。そしてそれを目の前にかざす。もう一方の手は彼のベルトをまだ持っている。ロビーでもずっとこれ見よがしに持っていたのだ。

「僕が作ったんだ。ずっと前に」

彼女はそれをじっくり見る。「おもちゃの家？」

「おもちゃじゃない。家でもない」。ヴィカーはミニバーからウォッカと赤ワインの小さなボトルを取り出す。これは自伝のための瞬間だろうか？　自伝に瞬間なんてあるのか？　「教会の模型だよ」

彼女は手の中で模型を回す。「これ、どこへ行くにも持ち歩いてるの？」

「僕、建築科の学生だったんだ」

「覚えてるわ」。彼女は壁の一面を指して「歪んでるわね」と言う。

「地震のときに歪んだんだ。七年前の大地震」

王冠をかぶったライオンが金の斧を持っている小さな尖塔を、彼女はじっと見つめる。「これって」

ほかの小さな壁を一つひとつ見ながら目が険悪に細まっていく。「出口がないわ」

「僕もそう思ってたんだ。でも審査委員会は、入口がないと見た」

彼女はヴィカーの顔を見てにっこり笑い、シャンパングラスを暖炉に投げ込むみたいに模型を壁に叩きつける。

192

床に転がった、ばらばらに壊れた模型の破片をヴィカーは呆然と見る。彼女は壁に手をのばしてぱちんと明かりを消す。闇の中、ヴィカーのコートが彼女の裸体からするりと落ちて、彼女はベルトをヴィカーのクビに巻きつけ、バックルに通してきつく締める。「ねえ野蛮な教会作りさん、あたしたちってファックするとき」と彼女はベルトをぐいと引きながら言う。「死というものを恍惚の体験にするのかしら、寂しい体験ではなく?」。え? とヴィカーは思う。彼女はふたたびズボンから彼を引き出し、両膝をついて、彼を口に含む。ヴィカーは呆然と窓の外、公園の明かりを見ている。しばらくして、彼女はヴィカーの首に巻いたベルトを引っぱって立ち上がり、「あたしの中に入れて」と言う。立っているヴィカーの体が揺れ、彼女はヴィカーを隣の部屋へ、あたかもこの続き部屋にこれまで百晩くらい滞在してきたかのように引っぱっていく。闇の中、彼女はベッドの上で体を広げる。

「あたしの中に入れて」

193

立っているヴィカーの体が揺れ、公園からの光がそれを捉える。「できないよ」

「どうして?」

「わからない」

「硬いじゃない」

「そのせいじゃないんだ」

一瞬のあいだ何も起こらないが、やがて彼女が「オーケー」と言う。闇の中で彼女はベルトを引っぱってヴィカーをベッドに上がらせ、彼の股間に丸まり、太腿に胸を押しつけて、ふたたび彼を口に含む。

194

あとで彼女は「いいのよ。あんたのやりたいようにやるんだから」と言い、ヴィカーは眠りに落ちていく。

195

ヴィカーは二時間くらいして目を覚ます。まだ真夜中である。彼女は闇の中、ベッドの縁に、ヴィカーに背を向けて座っている。「え？」彼は言う。彼女の答えがヴィカーには聞きとれない。「何て言ったの？」と彼は訊く。

彼女が「あたしが話したこと、あんなふうに使うべきじゃなかったのよ」と言う。

「使うって何を？」

「あれって残酷だったわよ」

196

ヴィカーは「わからないよ」と言う。

「あんたの小さな教会。あたしわかってるのよ、あれ教会じゃないってこと」

そう、教会じゃない、とヴィカーは胸の内で認める。あれは映画館だ。壁に投げつけたとき、何も映ってない小さなスクリーンを彼女は見たのだろうか？

「あれはあたし一人のことなのよ」彼女は言う。「あたしだけのことなのよ」

「何の話？」

「わかるでしょう」

「わからない」。ヴィカーはベッドの上で身を起こす。

「施設のこと」

「施設って？」

「話したでしょう。あたしが十代のとき、オスロで」

「オスロ？」

「そこの施設で」

施設の話をヴィカーは思い出す。「施設のことは思い出したけど、オスロっていうのは聞かなかった」

「あんた、それを物笑いの種にしたのよ」

「僕の模型がオスロの施設に似てるの?」。ひょっとして誰かからオスロのことを聞いたかもしれないとヴィカーは思うが、彼女からではない。

闇の中で彼女はヴィカーの方を向く。「あんた、ますますひどいこと言うのね」

「あれは君のことを知る前に作ったんだよ。僕はオスロに行ったことはない。オスロって遠いんだよね? スペインより遠い?」

「どうして残酷だって認めないの?」

「誓うよ、あれは教会なんだよ」ヴィカーは嘘をつく。

彼女がこっちをじっと見ているのをヴィカーは感じる。「王冠をかぶったライオン? 金の斧を持った?」と彼女は言う。

「あれは僕にもわからないんだ、どこから来たのか」

「王冠をかぶって金の斧を持ったライオンは」彼女は言う。「ノルウェーの紋章よ」

197

ヴィカーは朝五時半にふたたび目を覚ます。彼女が起きていて闇の中で動き回っているとわかるのに少し時間がかかる。「仕事に行かないと」彼女は言う。ヴィカーの服を漁っているのだろうか?

「あんたのジーンズ、一本借りてくわよ」。闇の中で彼女がヴィカーのワイシャツのひとつを掲げているのが見える。「あんたのベルトも使うわ。ベルト、持っていっていい?」

「仕事、うまく行ってるの？」

「うん」

昨夜ヴィカーの首に巻きつけたベルトを彼女は自分の腰に締める。

「行ってる」

「もうひと眠りしなさい、でも寝過ごさないのよ。仕事に遅れちゃ駄目よ」

「遅れないよ」

「いい仕事なのよ。失くしちゃ駄目よ」

198

毎晩彼女はヴィカーの股間に、彼が見る夢のように横たわる。やがてある夜彼は

199

続き部屋のがらんとした戸口の方を向き、頭の中のシリンダーがかちっと

200

合わさって、ヴィカーはベッドから体を上げる。彼女は動きを止めて「どうしたの？」と訊く。

「ザジはどこだ？」

「え？」

「ザジはどこだ？」

「言ったでしょ。ＬＡよ。知りあいと一緒に」

「知りあいと、と君は言った。それから、父親と、と言った。そしていままた、知りあいと、と言った」

「それがどうしたのよ？」

201

「それがどうしたかって？」ヴィカーは言い返す。そして闇の中でベッドを出て、服を着はじめる。

「どこへ行くの？」彼女は訊く。ヴィカーは答えない。服を着終えて、コートを羽織る。

202

ヴィカーがロビーに降りたころには彼女も追いついていて、あたふたと服を羽織っている。「待ちなさいよ」と彼女は言ってヴィカーの腕をつかむが、ヴィカーは待たない。冷たい夜の通りに出ると、ドアマンがタクシーをつかまえてくれる。

タクシーのドアを開けながら、「来てもいいし来なくてもいい」とヴィカーは言う。彼女の目にはパニックの色が浮かんでいる。ヴィカーがタクシーに乗り込み、彼女もあとについて飛び込んで、タクシーは走り出す。

203

午前一時半。三十四丁目の駐車ビルで、ヴィカーは運転手に金を渡し、車を降り、ドアを開けっ放しにしていく。「何する気よ?」彼女は何度も訊く。ヴィカーはビルに入っていき、第一層の車の列のあいだをさまよってから、コンクリートの階段をのぼって第二層に行き、それから三層に行く。

204

三層に並んだ車のただなかで、ヴィカーは彼女の方を向き、「どこだ？」と訊く。

「え？」

「車だよ」。彼はまた探しはじめる。

「移したのよ」彼女は言う。「別のビルに駐めてあるのよ」

「どこに？」

駐車場の中で彼女がぶるっと震える。頭の中が高速で動く音がほとんど聞こえてくる。「アップタウンの方」彼女は言う。それから「クイーンズ」と言い直す。

「アップタウンなのか、クイーンズなのか？」

「ええと……」

「知りあいといるのか、父親といるのか？」

205

彼女が答えず、ヴィカーが向き直ると、駐車場の一番奥に黒いムスタングが駐まっているのが目に入る。ロサンゼルスから五千キロを経て、まさかまだ本当に黒いムスタングだとはヴィカーも思っていなかった。

206

ヴィカーは車の方に歩いていく。ふたたび彼女が腕をつかんで引き戻そうとするが、ふたたびヴィカーは振り払う。彼女はぴたっと立ちどまり、金切り声を上げる。「わかったわよ！　わかった！」。ヴィカーはムスタングにたどり着き、窓から後部席を覗き込む。毛布の下に、何かが丸まった輪郭が見える。その何かが起き上がり、ヴィカーを見返す。

207

ヴィカーはドアのハンドルをガタガタ鳴らす。車の中の女の子が手をのばして中からロックを外す。

208

ヴィカーは車の中に顔をつっ込む。食べ終えたジャンクフードの包装セロファン、マクドナルドの袋、発泡スチロールのカップが散らばっている。ヴィカーの表情にザジは何かを見てとったにちがいない――うしろに引っ込んで、毛布を体に巻きつけるからだ。

209

ヴィカーがソレダードの方を向いて、一歩歩み出たその瞬間、彼女はヴィカーの目の中に、初めて会ったときに恐れたまさにその人間を見てとる。

ヴィカーは車の後部窓をげんこつで叩き、ガラスが破裂する。ソレダードもザジも悲鳴を上げる。血だらけの手がヴィカーの体の脇に垂れている。ザジが泣き出す。「ああ《オー》、何てことだ《マザー》」ヴィカーは言って、もう一方の手をザジの方にのばすが、ガラスの破片に囲まれた彼女はうしろに引っ込む。

210

ソレダードがしくしく泣きながら「この子が怖がってるわ」と言う。

「怖がってる？　僕のせいで？」ヴィカーは言う。窓を叩き割ってしばし発散されたかと思えた怒りが戻ってくる。

「駄目」母親にもう一歩近づいたヴィカーにザジが呼びかける。

「さあ、バルバロが見たいか？」ヴィカーは血まみれのげんこつを振り上げてソレダードに言う。

「やめて」ザジが言う。

「毎晩ずっと君の娘は車の中で寝てたのか？」ヴィカーは言う。「神の娼婦のつもりか、快楽の祭壇に自分の子供を生贄として献げるなんて？」

「神様《ミ・ディオス》」ソレダードが叫ぶ。

「そいつは僕の神じゃない」ヴィカーは言う。「見ろ」。頭を回す。「こっちが君を求める人間の横顔だ」頭を逆に回す。「こっちが九歳の子を生贄にした君を殺してやりたいと思う人間の横顔だ」

「悪魔《ディアブロ》」

ザジがヴィカーに「やめて。あたしは大丈夫」と言う。そして「それにあたし、もう十一歳だよ」と言う。

211

駐車場のコンクリートの荷物置場の隅で、眠っていたホームレスの人々が襤褸《ぼろ》から顔を上げる。ソレダードが泣きながらヴィカーに突進してきてその胸をこぶしでボカボカ叩く。「あたしが頑張ってるって思わないの?」彼女は口走る。「思わないの? クズみたいな映画のクズみたいな役のためにLAからずっと運転してきて?」

「僕と夜を過ごすことでか?」ヴィカーは言う。「僕と夜を過ごすことで君は娘の世話をしようと――」

「そうよ!」。叩く力も尽きてくる。「まさにそうしようとしてるのよ!」

ヴィカーは立ち去りかける。駐車場を半分横切ったところでふり向く。手が血の道筋を残している。

「来いよ」と彼は言う。

ソレダードはまだ泣く。

「おいで」。ヴィカーはザジに手招きする。

「どこに?」ソレダードがやっと言う。「この子のいるところであなたと寝られないわよ。そんなの駄目よ」

「来いよ」

212

ホテルに戻ると、母と娘は寝室で眠り、ヴィカーはカウチの上でやっと眠りにつく。目が覚めると二人ともいなくなっている。ヴィカーは仕事に行かずカウチに横たわり、床に転がった模型の教会の残骸を眺めている。

213

四日目、誰かがドアの下から何かを差し込む。ヴィカーはまだカウチに横になっている。さらに一時間経ってやっとカウチから起き上がり、ドアまで歩いていく。その日の『バラエティ』だ。最後から二ページ目の左下隅に小さな告知が出ていて、紫のペンで丸く囲んである。「難航」している『君の薄青い瞳』の製作に向けてユナイテッド・アーティスツは「アカデミー賞ノミネート歴もある一流編集者」を新たに起用し、その「最終段階」を遂行させると報じられていた。ドティもこうやって知ったんだろうか。一時間半後、シェリー＝ネザーランドのフロントから電話がかかってきて、宿泊費は翌日分まで支払われているとヴィカーは知らされる。

214

タクシーに乗って三十四丁目の駐車場に行く。ソレダードのムスタングはこのあいだ駐車してあった場所にはもうない。割れたガラスがいまもそこで光っている。ヴィカーは層全体を探し、三つの層を上り下りして探すが、車はなくなっている。

215

ホテルと交渉してニューヨークにあと四十八時間とどまることにする。気力も出ないなか、映画の山をロサンゼルスに郵送することだけは済ませる——返すもんか。飛行機に乗る前の晩、麻痺状態をふり払い、もう一度バワリーへ出かける。

216

見ることなくバンドを見て、聞くことなく音楽を聞いていると、誰かが肱を引っぱる。闇の中、彼女の姿をヴィカーはかろうじて見きわめる。ほかの誰より背が低い。「ここで何してるんだ?」ヴィカーは言う。

「ママから聞いたんだよ」彼女は言う。「ムカムカするところだってママが言えば言うほど、カッコいいとこに思えて」

217

「どうやって入った? 君、九歳だろう」

「十一歳だよ」ザジは言う。「もうじき十二」

「ここにいちゃいけないよ」

「べつにお酒とか飲んでないよ」。そして「ここの人たち、みんなあんたのこと知ってるみたいだね」と言う。

「君のお母さんはどこだ?」

「あんた、すごいバンド聞き逃したよ。イギリスから来たバンドでね、リードシンガーは太ってて歯列矯正器《ブレース》つけた女でさ、黒人だか白人だか何だかわかんなくて、それにね、何とサックスも女なんだよ」

「君のお母さんはどこだ?」

「この裸の街にファックの相手が一千万いて、そのどれかと一緒だよ。てゆうか」ザジは肩をすくめる。「三人か四人かも」。ヴィカーの表情を彼女は見てとる。「ごめん」と彼女は言う。

「君、九歳だろう」ヴィカーは言う。「そんなこと言うもんじゃない」。ヴィカーは彼女に五十ドルと、ホテルの続き部屋の鍵を渡す。「寝る場所は要るのかい？　僕のホテルの場所、覚えてるかい？」

少しのあいだ、彼女は金と鍵を見る。「ありがとう」やっとのことで言う。「もう帰るの？」

「帰る」

218

ホテルに戻ってフロントからもうひとつ鍵をもらい、部屋に上がって荷物をまとめ、リビングルームのカウチの上に畳んだ毛布を置いておく。そしてベッドに入る。夜中にドアが開いて閉まるのが聞こえる。朝になるとカウチは空っぽで、毛布が端に掛けてある。

219

ＪＦＫに着いてＴＷＡのチケットカウンターに行くと、ミッチ・ロンデルがアシスタントを連れて待っている。「話がしたい」彼はヴィカーに言う。映画を返せって言うんだな。このターミナルでの、武器も伴った小ぜり合いをヴィカーは想像する。「まだチェックインさせないでくれ」ロンデルがカウンターの中の女性に言う。

220

ヴィカーは「もう送っちゃいましたよ」と言う。

「え?」

「映画はもうロサンゼルスに送っちゃいました」

「何の映画のことだ?」

「あなたにもらったやつです。『ロング・グッドバイ』とか」

「あれは君のものだよ、ヴィカー。何があったのかを聞きたいんだ」

「いいんです。『バラエティ』の記事読みました」

「君と話す必要があるんだ」

「どうして?」

「ラウンジに入って話せるかね」

「飛行機に乗り遅れます」

「そうなったら別の便に乗せてやる。ファーストクラスで。君と話す必要があるんだ」。ロンデルは片手をヴィカーの肩に載せ、アシスタントがヴィカーの鞄を手にとる。

221

ラウンジでヴィカーとロンデルはひとつのテーブルに座り、アシスタントはヴィカーの鞄を持って部屋の反対側のテーブルに座る。「君に戻ってきてほしい」ロンデルは言う。

「アカデミー賞ノミネート歴もある一流編集者はどうなったんです？」。ヴィカー以外の誰が言っても皮肉に聞こえただろう。

ロンデルはテーブルの向こうから身を乗り出し、これまで聞いたことのないひたむきさで言う。「君のことも、君のやっていることも誰一人理解できない」彼は言う。「君が編集したこの映画が何なのか、誰も理解できない。私にも理解できない。芸術映画でもないしサスペンス《スリラー》でもないしスリリングな芸術映画かもしれないが私にはわからん」

「出来上がったらよくなりますよ」

「なるかもしれんしならないかもしれん。最後まで私にはわからないとしても仕方ないと思っている。それはいいんだ、私にわからなくても、ここまで来たら。すごく切れるエディターを入れたんだ、とびっきり売れ線で、コッポラの最新作二本のサウンドエディットもやったし、ジンネマン最新作の編集もやったし、過去四年でオスカーに二度ノミネートされた。で、君のやったことをそいつが見て、一緒に話しあったんだ」

「ファーストクラスの方が速いんですか？」

「え？」

「ファーストクラスだとハリウッドに速く着くんですか？」

「同じだよ、ヴィカー。いいか、そいつも君のやったことが理解できなかったんだ。でも奴は君が何かやってるってことは一応確信していた。奴が言うには、最初の十分間は君のことをまるっきり無能だと思ったが終わりまで観たらそういうことじゃないとわかったって言うんだ。この映画がうまく行っているか、少しでもいいものになっているか、さっぱりわからないがとにかく君が下している判断一つひとつが、よく言えば独創的であり、少なくとも反直観的《カウンターインテューイティヴ》だと言うんだ」

「意味がわかりません」

「私もわからん。だが奴の説明によると、たいていのエディターはフレームの右側で出来事が起きているショットからカットするとすれば、観客がついて行けるよう次のショットも出来事が右側で起きているのを選ぶし、その瞬間に観客を動揺させたかったら逆のことをやる。どうやら君はそのすべてをあべこべにやっているらしい。おまけに話の中心である芸術家とナイトクラブをめぐる殺人事件の筋立てを、スーパーモデルをめぐるサブプロットの枠で囲んでいる――これもほかの人間のやることと逆だ」

「シーンにも人や物と同じに横顔があります。すべての物語は時間の中にありすべての時間は物語の中にあるんです」

ロンデルは目をぱちくりさせる。「ああ、君がそう言うんなら。で、こいつに訊いたんだ、『どういうことだ、この男は天才だって言ってるのか？』って、そうしたら、もちろん違います、バッハとリタ・ヘイワース以外に天才なんていません、でもこれははっきり言えます、この男は僕が見たこともないやり方で編集していて、この映画にはもう内的な論理が出来ているから、これを最後までつきつめた方がいいですよ、直そうとするよりね、『直す』っていうのが正しい言葉かどうかもわかりませんけど、賽《さい》は投げられたんだからそれに従うべきです、これと折りあうよう努めるべきです、これを活用するんです――そう言うんだ。そうしないと、これの芸術的連続性を壊してしまいます――そう言うんだ」

ヴィカーは言う。「連続性というのは映画の神話のひとつにすぎません。映画にあっては、時間というのはリールのように丸いんです。連続性なんて糞喰らえです。すべての偽りの映画の中に、解き放たねばならない真の映画があるんです」

ロンデルは大きなため息をつく。

222

「その音はだな、牧師さん」とヴァイキング・マンが数か月後に説明してくれることになる。「映画会社の重役が、彼に神の愛あれ、己の無知、金銭欲、意気地なさから成るニーチェ的深淵を見下ろしてる音なのさ」。だがいまヴァイキング・マンはここにいない。

「いいえ」ヴィカーは言う。

「何だね?」ロンデルが言う。

「もうやりたくありません」

「契約したじゃないか」

「僕をクビにしたでしょう」

「これはミズ・パラディンと関係があるのかね？」ロンデルは両手で眉をこする。「ヴィカー、会社にはいまいろんなことがいっぺんに起きているんだ。トップの連中はみんな別の会社を作るために辞めてしまった。四半世紀以上ずっと上に立ってきた男まで辞めたんだ。奴らは才能ある連中を一緒に連れていく――ウッディ・アレンとか、いろんな人間を。この映画を救えるならできるかぎり救わなくちゃいけないんだ。カンヌまであと七週間半だ。基本的な撮影はみな済んで、あとはまとめのショットをいくつか撮るだけだ。完全に絵を固める必要はないが、ファインカットよりは進んだものがいる。まだカンヌを活用するチャンスは残っている。私としてはこの映画から撤退したくない。君の望みは何だ？　報酬も上げてやるし、真夜中に私が保管室に連れていって、いくらでも好きなだけ持ち出させてやる。君、自分の映画を作りたいか？」

「本があるんです。フランス語の。何度も読みました」

「これさえやってくれれば、こっちもいろんなことをやってあげられるんだ」

223

ヴィカーは言う。「ソレダードのことですけど」

「彼女を映画から下ろしてほしいんだな」

「どうして僕がそんなこと望みます？」

「じゃあ何だね?」

「映画から下ろす?」

「ヴィカー、聞いてくれ。彼女を見つけろって言うから我々は彼女を見つけた。君も彼女に会った。それで君が喜んでくれるんだったらと、我々としても進んでそうした。もし君がノーマルな人間だったら我々もノーマルにお決まりのコカイン一キロを渡しただろうよ」。そして「彼女としても利するところがあったわけだし」と言い足す。

「娘なんです」

「娘?」

「車の中で眠って、行くべきでないクラブに行って、九歳なんです」。それから「実は十二歳です」と言う。

「ちょっと君には若すぎないかね、ヴィカー?」

「え?」。何かかろうじて理解が働いて、ヴィカーは言わずにいられない。「母親が世話してやらないんです」――その荒々しい響きに、ロンデルが思わずひるむ。

「失礼、悪い冗談だった」ぎこちなく笑う。

「彼女を見つけて、大丈夫なようにしてやってください。ホテルに部屋をとってやってください」

「で、母親は?」

「母親と一緒なんだったら、母親も」とヴィカーは言う。

「できるだけのことはする。約束としてはそれが精一杯だ」

「できることをやってください」

224

夜にバワリーに戻ってザジを探すが、店にはいないし誰も見かけていない。「見つからないんだ」四日後ヴィカーが編集室から電話するとロンデルは言う。「誓って言う、手は尽くしたんだ。プロダクションは一週間前に終わったから、たぶんいまごろ二人ともＬＡに戻っている最中だと思う。あとはもう、ハイウェイパトロールに全国指名手配してもらうくらいしか思いつかないよ」。ニューヨークで過ごす最後の夜、**音**と**映画**のどちらかを選ばねばならなくなったヴィカーは、いま一度保管室から盗みまくりながら、やっぱり自分は**映画**を愛しているのだと悟る。

225

『バラエティ』一九七八年五月八日——「**ニューヨーク**　この一年ゴシップ、噂、憶測の的となってきたユナイテッド・アーティスツ製作の『君の薄青い瞳』は、来週開幕する第三十一回カンヌ映画祭のコンペティションで初上映されることが決まったと今日発表された。

製作中困難が続出した映画であるが、現在も公式の監督名なしのままで行くかどうかをめぐって紛糾中で、目下演出家組合の仲裁を待っている。過去八か月、編集担当も何度か交代があったという。

本年カンヌのコンペティションに参加するアメリカ映画は、ほかに以下のとおり。『結婚しない女』『帰郷』『ミッドナイト・エクスプレス』『プリティ・ベビー』『ドッグ・ソルジャー』。パルム・ドールをはじめ各賞を授与する審査員の長はアラン・J・パクラ監督（『大統領の陰謀』『パララックス・ビュー』）で、アメリカ人が審査員長を務めるのは、銀幕の伝説オリヴィア・デ・ハヴィランド（一九六五年）と二年前の劇作家テネシー・ウィリアムズに次いで映画祭史上これが三度目」

226

ほぼ半年ぶりにロサンゼルスに戻ってくると、映画がぎっしり詰まった箱がいくつもヴィカーを待っている。コレクションを箱から出すとアパートじゅう映画で一杯になり、ヴィカーはコーラの壜をソレダードの顔に叩きつける幻影を見ながら眠りに落ちる。

227

ヴィカーは知らないが、いまやすべてがゼロにリセットされた。

226

ロサンゼルスに戻って最初に観る映画はフランスのギャング映画で、美しいサムライの殺し屋が白い中折れ帽をかぶり、手袋をはめてパリの街を無表情で漂う。殺し屋が車を盗むのに使う大きな輪の鍵束が出てくるシーンにヴィカーは一番惹かれる。他人の車の運転席に座った白いコートの殺し屋は、百本はあるにちがいない鍵の輪を無造作に助手席に置く。そして輪から鍵を一本ずつ外して車に試し、やがて正しい鍵に行きあたってエンジンがかかる。そこに到るまで、鍵が違うと判明するたび、殺し屋はその鍵を助手席に、その前に置いた鍵の隣に几帳面に置く。映画では四本目でエンジンがかかる。でももし、輪の反対側から始めていたら？　四本目ではなく、九十七本目までかからなかったはずだ。鍵がまた一本違うと判明するなか、どれだけ募る呪縛の下、どれだけの時間観客は釘付けにされただろう？　シーン全体が助手席の視点から撮られていて、殺し屋の右の横顔を――つまり彼の落着き、不屈さ、優美さを示す側を――映している。

225

一週間半のあいだ、ヴィカーはハイヤーに街なかを回らせ、黒いムスタングを探す。もう何年も行っていないビーチハウスに電話し、マドリードに行く前以来口を利いていないヴァイキング・マンに電話し、とにかく母と娘の居場所を知っていそうな人間に片っ端から電話する。盗もうとしている車の鍵を助手席に並べるかのように、ヴィカーは一本一本こつこつ電話をかけていく。

224

その後の一週間、電話はまったく鳴らないが、やがてある朝、三本電話がかかってくる。最初の二本は『ロサンゼルス・タイムズ』と『バラエティ』からで、カンヌでの『君の薄青い瞳』への反響に対する感想を求める電話である。「真の映画が偽りの映画の中から解放されたんです」と彼は相手側の沈黙に向けて言う。三本目はミッチ・ロンデルからである。

223

ヴィカーは「見つかったんですね」と言う。

「え?」ロンデルが言う。

「ザジと母親が見つかったんですね」

ロンデルはいくらか狼狽したような声になる。「いまＪＦＫにいて、じきフランス行きの飛行機に乗る。ヴィカー、君に来てもらわないと」

「ニューヨークに？」

「ヨーロッパだ。今晩エールフランスのフライトがある。君にファーストクラスの席を取った」

「新聞社から電話がかかってくるんです」

「映画のことでか？」

「ええ」

「じゃあ聞いたんだな」

「聞いたって、何を？」

「一週間前にカンヌのコンペティションで上映された。どうやらすごい騒ぎだったようだ。聞かなかったのか？」

「聞いてません」

「『春の祭典』みたいに劇場が壊れるかといったたぐいの騒ぎじゃないが、毎年映画祭でどれか一本が起こすたぐいの興奮ではあったらしい。喝采とブーイングとどちらが大きかったか、見きわめがたかったようだ」

「ブーイング？」

「エールフランスでニースまで飛んだら、誰かが迎えに来てカンヌまで車で連れていく。隣町だから」

「観客がブーイングしたんですか？」

「ヴィカー、この映画の話題で持ちきりなんだよ」

「ブーイングしたんですね」。ヴィカーはすっかり感じ入っている。

「カールトンの小さな続き部屋をとってある。この時点では楽じゃなかったよ。実は別の人間を追い出したんだ」

ヴィカーは「スペインより遠いんですか?」と訊く。

「ひょっとしてパリで乗り継ぎになるかも……」

「あと二週間くらいしたら行ってもいいです。ロサンゼルスに戻ってきたばかりですから」

「ヴィカー、二週間したら映画祭は終わってるよ」。いまやロンデルの声を貫く緊張は聞き逃しようがない。「明日の夜に閉会式なんだから。運転手がまっすぐ宮殿《パレ》まで連れていく」

「監督が行けばいい」

「この映画に監督はいないんだよ。現時点では文字どおり、クレジットにもDirected byは入ってない。演出家協会が別の判断を下さないかぎり、この映画はひとりでに出来たことになるんだ」

「やりたくありません」

「え?」

「行きたくありません」

222

ロンデルの声にパニックが湧き上がるのがヴィカーには聞きとれる。

「なあ、いいかい」電話の向こう側から声が届く。「三時間前に、ここのオフィスに電話がかかってきて——誰からかは言えない——君をカンヌに行かせろと言われたんだ。わかるか？　かけてきた人物はそれ以上言わなかったし、本来はそれだって言っちゃいけなかったんだが……つまりだな、審査員長はアメリカ人監督で、ジェーン・フォンダとジミー・カーンの映画をうちで撮ったばかりで……現代版ウェスタンなんだが本人も神経質になっていて……私の言わんとしてることがわかるかね？」

「いいえ」

「つまりこの男は、何もないのに私たちを八千キロ離れたところに引きずり出したりしないってことだよ。聞いてくれ。君が映画にしたい、そのフランスの小説というのは？」

「あの本、最高です」

「それも非常に現実的な可能性になりうるが、まずはカンヌに来てもらわないと」

「ザジと母親がカンヌにいるとは思わないですよね？」

「私は飛行機に乗らないといけないんだ、ヴィカー。君を迎えに車をよこすから……いまＬＡは何時だ？」。向こう側でロンデルが時計を確かめようと受話器を持ち替える音がする。「ＬＡは十一時半、だね？　車が五時間後に君を迎えに行く。頼むからパスポートを持ってるって言ってくれ。持ってるはずだよな、あの頭のおかしい奴に頼まれてスペインに行ったんだから」

ヴィカーは「僕、秘密の通りに住んでるんです」と言う。

「え？」

「なかなか見つからないかもしれません」

「いまから三十分以内に誰かに電話させて、万事手はずを整えさせる。ニースの運転手には君の着るフォーマルウェアを持たせる……リムジンの中で着替えてもらうしかないな」。一瞬の間《ま》。「帽子も用意する」。もう一度間。「いや、こうしよう。帽子はなしだ。ない方がいい。そいつを活用するんだ。明日の夜に赤い階段で会おう」

221

ニースを出て南西に走るリムジンの中から海岸を見ていると、ヴィカーはロサンゼルスを全然出ていないんだとほぼ錯覚できる。飛行機は十二時間空を飛んだ末に、離陸したところに戻ってきたのだ。「あれは大西洋？」と運転手に訊くと、相手はバックミラーでヴィカーをちらっと見る。「ムッシュー、あれは地中海です」と運転手は言う。隣の席に置いてある大きなビニール袋の中から、ヴィカーは黒ズボン、ジャケットとタイ、ワイシャツ、靴下と靴を出す。もうひとつ、もっと小さいビニール袋の中には奇妙な黒いビーズが入っていて、ヴィカーはそれらを座席の上に几帳面に、エンジンを始動できなかった鍵のように一列に並べていく。

220

リムジンは二十五キロの道を走ってカンヌの町外れに到り、ベルジュ通りに沿って進み、やがてぐいっと折れてクロワゼットに下りていく。遠くに大きな丸い建物があって光に包まれているのをヴィカーは見る。ほかの車両は引き返すよう言われる地点まで来ると、係員は手を振ってリムジンを通し、突如車は人波のただなかにいる。一方の脇には海が広がって白いビーチテントが夜の中に並び、全員が空から降りてきたかのようにパラシュート状に膨らみ波打っている。もう一方の端には、赤い絨毯を敷いた、長さとほぼ同じくらい幅もある階段がパレまでのぼっている。リムジンが停まるが、ヴィカーは動かない。外にいる誰かがドアを開ける。「僕、ここで降りるんですか？」ヴィカーは運転手に訊く。シャツにボタンがないことに気がついて彼はやや驚く。タイを座席の、黒いビーズの隣に置く。

219

リムジンを下りる。人波の中からミッチ・ロンデルが現われる。この人はボタンのあるシャツを着てる。僕もああいうのがよかったのに。周りじゅうでヴィカーには見えないカメラのフラッシュが焚かれる。完全に胸が開いたヴィカーのシャツをロンデルは愕然として見ている。「ボタンがないんです」ヴィカーが釈明する。ロンデルはあわててヴィカーの上着のポケットに手をつっ込んで探し、それから、リムジンの中を覗いて、黒いボタンが座席の上に置いてあるのを見てとる。手をのばしてそれらをすくい取りかけたところで、またもいっせいにフラッシュが焚かれる。「いや、なしで行こう」と彼はリムジンから立ち去りながらヴィカーに言う。「ボタンなしの方がいい。これも活用しよう」。

やがてエスコート係に導かれてロンデルとヴィカーは長い赤の階段をのぼり、ボタンのないシャツを着て頭にエリザベス・テイラーとモンゴメリー・クリフトの刺青をした男はフラッシュの一斉射撃を浴びる。

218

フェスティバルの閉会式が行なわれる、ぱっくり口を開けた会場には、ヴィカーが見たこともないくらい大勢の人間がいる。中二階にも頭上の大きなバルコニーにも人があふれている。建物にこんなにたくさん人が入るなんて知らなかった。ヴィカーはその真ん中に立ってあたりを見回し、誰もが彼を見返す。誰もがヴィカーを見るが、その目つきは、丘の斜面から逃げていった人々やバワリーのクラブに彼が入っていったときの人々の目とは違う。金色の柔らかな光が会場に降り立ち、ステージ右側のボックスに人が九人入っていて、あれが審査員たちだとロンデルがヴィカーに耳打ちする。イングマール・ベルイマンの映画で何度か見た有名なスウェーデン人女優の姿をヴィカーは目にとめるが、どの映画とどの映画だったかは思い出せない。イングマール・ベルイマンの映画はヴィカーにはすべて同じなのだ。ジェームズ・ボンド・シリーズのプロデューサーの一人もヴィカーは認識する。ミッチ・ロンデルはほとんど我を忘れている様子だ。「ああ、ああ」ロンデルは部分的にはヴィカーに、大半は誰にともなく言う。「俺たち、糞ったれパルム・ドール獲れると思うか?」

217

糞ったれパルム・ドールは学校から長い道のりを歩いて家に帰り靴を駄目にする農民の少年を描いた三時間のイタリア大作映画に与えられる。イタリア人は駄目になるものやなくなるものの映画を作るのが好きなんだな、靴とか自転車とか、とヴィカーは思う。パルム・ドールに較べれば格下の「グランプリ」は二作に与えられる。人を殺す叫び声を先住民から教わった男と、その声から逃れようとしない人々をめぐるポーランド人監督によるイギリス映画と、マルチェロ・マストロヤンニとジェラール・ドパルデュー出演の、浜辺に打ち上げられたキング・コングの死体を発見する男をめぐるイタリア人監督によるフランス映画に。フランス映画の英訳タイトルは『バイバイ、モンキー』となっている。「すごくよさそうなタイトルですね」とヴィカーは言う。

さらに今年は、審査員が特別な賞を創設したことが発表される。セルゲイ賞なる賞が「映画『君の薄青い瞳』と、モンタージュ芸術に独創的で挑発的な貢献を果たし新しい啓示的な映画レトリックを創造した編集者アイザック・ジェロームに」贈られる。

「いまの、僕の名前じゃない」ヴィカーは言う。

「え?」喝采が周りでぐんぐん膨らむなかロンデルは言う。ちらほらブーイングも混じっていることに二人とも気がつかない。

「いまの、僕の名前じゃない」

「ヴィカー、頼むからあそこに上がってくれ」ロンデルが必死にささやく。

「あの名前、誰が入れたんです？」参列者たちのただなか、ヴィカーはあと一度目をひきつらせたのちにロンデルの頭を体からもぎとりかねない剣幕であり、ロンデルはいまにも自分の体の外へ飛び出してしまいかねない有様である。「悪かった、間違いだったんだ」とロンデルはすがるように言う。「ひどい、ひどい間違いだったんだ。直すよ、何でも君の言うとおりにするよ、償いはする。とにかく頼むから頼むから頼むからあそこに上がってくれ」

216

戸惑い気味の喝采も止んだ数秒後にヴィカーはステージに上がる。ふたたび喝采が上がり、ヴィカーにはそれが蜂の群れのように聞こえる。ボタンのないシャツに刺青頭の男を見て生じた集団的な呟き。ブーイングをしていた連中はどうやら呆然として黙り込んだようだ。丸められて真ん中に赤いリボンを巻いた表彰状をヴィカーに渡し、彼と握手する際、審査員長はわずかに身をうしろに引く。三度目の喝采の波が生じ、ヴィカーはマイクの前に行く。「さっきの、僕の名前じゃない」と彼は言い、表彰状を握りつぶしながらステージを去る。

215

パレのサロンを次々駆け抜けて、ヴィカーはやっと、よろめく足で地中海の空気に出る。食べ物や飲み物の小さなスタンドも閉まりかけていて、ほんの数メートル先にある野外カフェも同じ。ここがどこなのか、どこへ行ったらいいのかさっぱりわからないまま、目の前、クロワゼットの曲がり目からすぐのところに巨大なカールトン・ホテルのヌーヴォー風キューポラがそびえているのを見て、ヴィカーはそれをある種の合図と受けとる。ホテルの上方から垂れ下がった一連の旗が、港からの微風に軽く波立っている。

214

刺青頭、服もろくに来ていない姿、手に持った赤いリボンの巻き紙の締め殺されたような有様に度肝を抜かれたフロントのコンシエルジュは、申し訳ありませんがお部屋はまだご用意が出来ておりませんで、とヴィカーに詫びる。「まだ一、二時間はお見えにならないと思っておりましたものですから、ムッシュー」とコンシエルジュは言う。「もう式は終わったんでしょうか?」。コンシエルジュはヴィカーをプチバーに案内し、係の者がお迎えに上がりますので、と告げる。

213

バーはほとんど空っぽである。みんなパレにいるのだ。向こうのテーブルで二人の男が喋っていて、別のテーブルに五十代前半の魅力的な金髪女性が座っている。女性はつばの広い中折れ帽をかぶり、夜だしラウンジは暗いのにサングラスをかけている。別のテーブルにはもっと若い、三十前後の、カールした黒髪、丈長の白いコートを着た女がいて、赤ワインを飲みながら誰かを待っている様子である。女はヴィカーをまる一分、クールに、露骨な好奇心とともに眺める。ヴィカーはウォッカトニックを注文する。

212

と、向こうのテーブルで喋っていた男二人の片方がヴィカーに目をとめる。男はテーブルから立ち上がり、ヴィカーの方にやって来る。薄いコットンのサマージャケットを粋に、だがインフォーマルに着こなした男の姿を見て、会ったことがあるとヴィカーは考える。「ムッシュー・ヴィカー」男は言うがヴィカーはまだ誰だったか思い出そうとしている。「私です、クーパー・レオンです」

「はい」ヴィカーはよくわからないまま言う。

クーパー・レオンは片手をさし出す。「お元気ですか?」

相手と握手しながらヴィカーは「元気です」と言う。

カクテルテーブルに放り出された皺くちゃの表彰状をクーパー・レオンは見る。「今夜の授賞式で何か賞を獲られたんですか?」

「名前が間違ってたんです」

「ご一緒してよろしいですか?」

「いいです」

クーパー・レオンが腰を下ろす。「おめでとうございます。少しも驚きませんよ。三年前マドリードで、あなたが幻視力《ビジョン》のある方だと知りましたから」

211

ヴィカーはやっと思い出す。「将軍の映画」

「そうです」

「ビリ……」

「ビリディアナの兵士」

「来てるんですか?」

「誰がです?」

「兵士たち」

「カンヌに?」クーパー・レオンが驚いて言う。「私はもはやスペインの革命を先導していません。人殺し総統は死んで、いまではたくさんのよい映画が私の国で許されています。あなたのおかげです」

「僕があなたのために作った映画はそんなにいい映画じゃなかったと思います」

「それが語っています、ムッシュー」クーパー・レオンは表彰状を指さす。「そんなことはないと」。クーパー・レオンのスペイン訛りがフランス訛りに変わったことにヴィカーは気がつく。「私はもうマドリードに住んでいません。いまはパリに住んでいます」

「兵士たちもいまはパリにいるんですか?」

「ムッシュー、もう兵士はいないのです。どうか兵士のことは忘れてください。いま私はゴーモン社の広報をやっています。クロード・シャブロルが監督したイザベル・ユペール主演の新作をこのフェスティバルに持ってきているのです。彼女も今夜、何か賞を獲ったと思います」

「知りません」

「私ども、回顧上映《レトロスペクティヴ》のスポンサーもやっておりまして、公式の映画祭から少し離れた……」言葉が途切れる。「非公式のサブ企画としまして、あなた方アメリカの偉大な映画作家《オトゥール》の一人のレトロスペクティヴをやっております。まあ実のところはイギリス人ですが、映画は全部アメリカで作っています。アーヴィング・ラパー」

「アーヴィング・ラパー?」

「ムッシュー・アーヴィング・ラパーのことはご存じですよね?」クーパー・レオンが訊く。

「『情熱の航路』」

安堵の波がクーパー・レオンの顔に押し寄せる。「もちろんあなたのような映画の学徒はアーヴィング・ラパーをご存じだとわかっていました。映画における狂える女《ラ・ファム・デランジェ》の偉大な詩人です。おっしゃるとおり、『情熱の航路』。『愛憎の曲』。『ガラスの動物園』。『初恋』。もう一杯いかがです?」。ヴィカーのウォッカトニックを指さす。

「部屋の用意が出来るのを待ってるんです」

「そうでしょうとも。お待ちになるあいだ、一杯御馳走させてください。光栄に存じます」。クーパー・レオンはバーテンに何か呼びかけてから、ヴィカーの方に向き直る。眉間に皺が寄る。「ムッシュー・ヴィカー、今夜ここでお会いしたのも何かのご縁です。誰にも話したことのないことをあなたに打ちあけてもよろしいでしょうか」

「いいですよ」

「告白する相手としてあなたが相応しい気がするのです」

「いいですよ」

210

クーパー・レオンは言う。「ムッシュー・ヴィカー、あなたは不思議に思っていらっしゃるかもしれません。私がなぜもはや革命闘争を率いておらず、ゴーモン社の広報担当になったのか」

「ふむ」

「理解困難なことなのです、時には私自身にとっても。これはあるとき訪れた真実の瞬間の結果なのです。実をいえばそれは、あなたと出会い、人殺し総統の死をめぐる私どもの映画を共に作らせていただいてから間もない時期のことでした」。ヴィカーが反応するのを待って彼は言葉を切る。

「はあ」

クーパー・レオンは肩をすくめる。「あなたと一緒に映画を作らせていただいてから間もなく、私は夢を見たのです。この夢の中で誰が私のもとにやって来たか、わかりますか？」

「神？」

「ルイス・ブニュエルです」

「はあ」

「かつてこのホテルに、まさにこのホテルに泊まった、革命的行為として部屋のベッドに眠らず床に眠ったルイス・ブニュエルです。あまりに生々しい夢だったので、もしブニュエルがもう亡くなっていたら、夢なんかじゃなくてブニュエルの幽霊が訪れたんだと思ったかもしれません。でも彼はまだ生きている。ですから幽霊ではありえません」

「ですね」

「この夢の中で、ブニュエルは私に選ばせました。何と何から選ばせたか、わかりますか？」

「いいえ」

「ブニュエルは私にこう言ったんです、『クーパー・レオン、お前に二つのうち一つのことをさせてやろう』と。ムッシュー」クーパー・レオンの声が上ずる。「これは告白しづらいことなのです」

「しなくてもいいですよ」

「ブニュエルは言ったのです、『クーパー・レオン、私はお前が、お前の革命闘争の成果をわが目で見、世界中の人々のために正義と自由を勝ちとるか、それとも、ミス・シルヴィア・クリステルとファックするか、そのどちらかをできるようにしてやろう』。もちろんミス・シルヴィア・クリステルは覚えておられますよね、ムッシュー・ヴィカー?」

「はい」

「フランス映画の傑作『エマニエル夫人』の?」

「はい」

「『続エマニエル夫人』も?」

「たぶん」

「『エマニエル'77』も?」

「ふむ」

「『さよならエマニエル夫人』も?」

「最後のあたりはよくわかりませんね」

「それでですね。『お前が何を考えているかはわかるぞ』とブニュエルは私の夢の中でさらに言いました。『お前は考えているのだ、ミス・シルヴィア・クリステルとファックしてもいつもの四十五秒で終わってしまう、そんなもの大した意味はない、と。違うぞ』とブニュエルは私の夢の中で言いました。『もしお前がミス・シルヴィア・クリステルとファックすることを選んだら、お前に現実のような勃起ではなく、映画の中の男たちが得る映画的勃起を与えてやろう。好きなだけ、何時間も、何なら何日も持続する勃起だ。だが』――そしてこの点をブニュエルは強調したのです、ムッシュー・ヴィカー――『だがひとたび絶頂に達してファックが終わったら……それでおしまいだ』。そしてブニュエルがそう言ったとたん、目が覚めたのです」。クーパー・レオンはふうっと重いため息をつく。

209

「私は真実とともに目覚めたのです、ムッシュー、私は、ミス・シルヴィア・クリステルと一度ファックするチャンスのために世界中の抑圧された大衆の自由と正義を引換えにする人間なのだと。そして目覚めとともに訪れたこの真実を、私は永久に、実際に一度もミス・シルヴィア・クリステルとファックしたことなく抱えて生きないといけない――言うまでもなく、それこそが悲劇なのです。だから、魂の中でこうして選んだものの、その選択の恩恵は受けていないのです。私の言うことがわかりますか？」

「と思います」

「わかってくださると思っていました」クーパー・レオンはうなずいた。「ほかならぬあなただけは、これこそ映画というものの妙《たえ》なる残酷さなのだ、そうわかってくださると思っていました――実際に一度もミス・シルヴィア・クリステルとファックさせてもらうことなしに抱えて生きねばならない、己に関する真実を、男たちに押しつける残酷さなのだと」

「僕、エリザベス・テイラーを裏切ったことがあります」とヴィカーは自分の頭をぽんぽん叩きながら言う。

「ええ、ムッシュー」相手はあっさり片付けるように言う。「でもエリザベス・テイラーはもっとずっと頻繁にあなたを裏切ってきたのですよ」

「何と《モン・デュー》」クーパー・レオンが部屋の向こう側を見て言う。

「え？」ヴィカーが言う。

「あの方が誰だか、ご存じですか？」。部屋の反対側にいる二人の女をクーパー・レオンは見ている。つば広の中折れ帽をかぶってサングラスをかけた年上の金髪女と、カールした黒髪に裾の長い白いコートを着た年下の女。クーパー・レオンがどっちのことを言っているのか、よくわからない。

「どっちのことですか？」

「あっちです」

年上の金髪のことを言っているのだろうとヴィカーは思うが、まだ定かではない。

「あれは、ムッシュー、クリスティーン・ジョーゲンセンです」

心穏やかでない回想がヴィカーの胸をよぎる。

「アーヴィング・ラパー回顧上映のためにここに来ているのです。ムッシュー・ラパーは八年か九年前に彼女の生涯の物語を映画にしました。もちろんクリスティーン・ジョーゲンセンのことはご存じですよね」

ヴィカーは何も言わない。年上の金髪と、年下の白いコートの女を交互に見ている。

「彼女の生涯の物語はご存じでしょう。男性だったのです。アメリカ人兵士で――」

「知ってます」

「どう言うのでしょう、外科的に改――」

「知ってます」。きっと年上の金髪の方だ。

「ご紹介させてください」

「いえ、結構です」

「べつに手間ではありませんよ」

「もう部屋の用意が出来たと思いますから」。ヴィカーはカクテルテーブルから立ち上がる。

「本当によろしいんですか……?」

「部屋を見に行きます」

「承知しました」クーパー・レオンも立ちあがって言う。二人の男は握手を交わす。「あらためておめでとうございます、ムッシュー・ヴィカー」

「はい」

「カンヌでお会いできて、本当によかったですよ」ラウンジから飛び出していくヴィカーの背中にクーパー・レオンが声をかける。

208

四十五分後、ヴィカーはカールトン四階の小さな続き部屋にいる。いまは十一時三十分。部屋のフレンチドアを開けると小さなバルコニーがあって、左手に地中海が見える。ウォーターフロント沿い、映画祭閉幕の夜のパーティがいくつも進行中である。港にはパーティ中のヨットも並んでいる。ヴィカーのいるところから花火は見えないが、音は聞こえる。

207

ヴィカーはボタンのないシャツを着たままベッドに寝そべり、テレビを観ている。チャンネルをあちこち変えてみる。ニュースはフランス語なのでよくわからない。暗殺されたらしいイタリアの大統領だか首相だかのニュースが報じられる。グレース・ケリーの娘が結婚する。これで親子とも公妃《プリンセス》になる。チャールズ・フォスター・ケーンの孫娘が、誘拐されたせいで刑務所に入れられた。誘拐されることが罪だとはヴィカーは知らなかった。チャーリー・チャップリンの棺と遺体が、盗まれた場所からさして遠くないところで取り戻された。そんなものが盗まれたとはヴィカーは知らなかった。いつ盗まれたんだろう？　じきにヴィカーは古いアメリカの白黒映画に行きつく。

くしゃくしゃの賞状と赤いリボンはごっちゃに絡まった玉となり果てて、テーブルの上、果物とチーズと赤ワインのバスケットの隣に転がっている。部屋は何もかも真っ白で、ヴィカーはロサンゼルスに来て最初の午後に観た『２００１年宇宙の旅』の終わりに出てくる部屋を思い出す。真っ白な部屋の別の隅に、小さな書き物机がある。ヴィカーは何も考えまいと努めている。誰かがノックするが、ロンデルだろうと思いロンデルとは話したくないのでヴィカーは出ない。

ノックは続きヴィカーは無視するが、やがてとうとうドアが開いて彼女が入ってくる。

206

ラウンジにいた、カールした黒髪に裾の長い白いコートの年下の女が部屋に入ってきてドアを閉める。明るいところで見る彼女は三十代前半に思え、背は高く、ちょうど一八〇センチに届くかというところ。「ボンソワール、ヴィカー」と女は言って、裾の長い白いコートをするりと脱ぐとコートは同じく白い床に落ち、装身具とハイヒール以外女はまったく何も着ていない。

205

美しいとは言えぬものの、女は感じのよい顔立ちである。が、長い体はほとんど異様と言ってよく、こんな途方もない体をヴィカーは初めて見る。生身の女性の裸体はそんなにたくさん見たことがないが雑誌や映画ではいくつも見てきた。こんな体は見たことがない。コートを脱ぎ捨てても女はポーズをとったりはしない。女が何の演技もしていないばかりか、彼の名前を間違えぬよう気をつけてもいることをヴィカーは感じとる。

204

フルーツバスケットから女はプラムをひとつ取り、一口齧《かじ》って元に戻す。あごに付いた果汁を一本指で几帳面に拭いて、ワインのボトルを取り上げる。「いいかしら?」と女は言ってコルク栓抜きをかざす。

ヴィカーは「僕、開けますよ」と言う。

「ありがとう《メルシ》」と女は言って、ボトルをベッドの方に持ってくる。ほかの指からは、ワイングラスが二つ軽く垂れている。ヴィカーが栓抜きをねじ込んでいるあいだ、女はベッドの縁に座って部屋の中を見回している。裸なのにまるっきりリラックスしている。「このホテル、気に入った?」

ああ《オー》、何てことだ《マザー》、きっと年上の金髪の方だとも、とヴィカーは自分に言い聞かせる。「ブニュエルがここに泊まったんだ」

「ええ《ウィ》、たしかに《ビヤン・シュール》。ケーリー・グラントも泊まったし、オーソン・ウェルズも。オリヴィエ、ソフィア・ローレン、アラン・ドロン。ムッソリーニは追い出されたのよね、たしか第一次大戦前、ジャーナリストだったときに」

「革命的行為として床に寝たんだ」

「ムッソリーニが?」

「ブニュエルが」

「いいえ《ノン》、違うわ《シェリ》」女は言う。「ブニュエルが床に寝たのは、ベッドの寝心地が悪かったからよ」。彼女は部屋の中を見回す。「ここってちょっと、アメリカ語でどう言うの? 鼻を高く上げている《ノーズ・イン・ジ・エア》（気どっている、の意）わよね」そして女は指を鼻先に持っていって押し上げる。「第一次大戦後は病院だったのよ。ブレーズ・サンドラールも患者だった」

「鉄道と小さなジャンヌの詩は好きだな」ヴィカーは額に汗を浮かべ、気もそぞろに言う。

「すごいわね。あの詩を知ってるアメリカ人なんてめったにいないわよ」

「君の名前はクリスティーン？」とヴィカーは口走る。

女は肩をすくめ、「クリスティーンであってほしい？」と言う。

「いいや」

「フランスの女優は誰が一番好き？　その名前で呼んでいいわよ」。女はテレビの方を見る。

「ファルコネッティ」ヴィカーは言う。

女はわずかに不意をつかれた様子を見せる。「どうせお決まりのブリジット・バルドーとかだと思ってた」

「ブリジット・バルドーも好きだよ」

「男なんだから、好きで構わないわよ」。テレビに映っている映画を女は観る。「シモーヌ・シニョレは夫のイヴ・モンタンがマリリン・モンローとファックしたのをどう思うかって訊かれて、『だって相手はマリリン・モンローよ』って答えた。だからまあかりにブリジット・バルドーと言われたら私も似たようなこと言ったかもね。でもそうならなくてよかったわ」。テレビの映画に向かって女は「ここの箇所、大好き」と言う。

203

テレビに映っている映画で、ジャングルでクラーク・ゲーブルと暮らしているジーン・ハーロウが雨水をためた樽から這い出てくる。

「これを撮ったとき」女は言う。「ハーロウは何も着ずに樽から出てきたのよ。彼女のアイデアだったの。監督は即座にフィルムをすべて没収して、裸のハーロウが映っているコマを全部取り除いて破棄させたのよ」

「僕、ジーン・ハーロウが埋葬されてる場所を見たよ」ヴィカーは言う。

「夫が殺したのよ」女は言う。「夫はアーヴィング・サルバーグの仕事仲間だった。彼女がこの映画を撮ってる最中に自殺したのよ。ハーロウと結婚して、自分が不能だと知ったの——もしかしたら前から不能だったかもしれないけど、でもとにかくこのとびっきりの、何て言うか、セックスの神……セックスの女神と結婚したのに、それで不能だったのよね。年じゅう彼女に暴力をふるって、結局……」指を二本額にあてて、親指を引き金に見立てる。「……バーン、この映画をハーロウがゲーブルと、そうよ《ビヤン・シュール》、とびっきりのセックスの男神と撮ってる最中に。ひょっとして、妻がゲーブルと寝てると思ったのかしらね。『だって相手はクラーク・ゲーブルだぜ』って言ってもよかったわけだけど……でも男ってそういうふうには考えられないのよね。実はゲーブルとハーロウは全然寝たりなんかしてなかった——少なくともみんなが知るかぎりでは。ハーロウはその四、五年後に死んだ」

「自分がもう自殺したんだったら、どうやって妻を殺せたの?」

「さんざん暴力をふるわれて腎臓をやられたんだけど、症状が出るのに時間がかかったのよ」。女はヴィカーの方に向き直る。ヴィカーは女の体を見ている。女は「ファルコネッティってなんか、アメリカ語でどう言うの？　長ったらしい《マウスフル》って感じよね」と言って独りで面白がって笑う。「私の呼び名、マリアでもルネでもいいわよ、ファルコネッティはその両方で呼ばれてたと思うから。それともいっそ、ジャンヌにしてもらおうかしら」――女はまた笑う。

「それはよくない」ヴィカーは言う。

「そうね《ノン》、私もよくないと思う」。女はワインを一口飲む。「それに私、ユダヤ人だしね。悪いユダヤ人、そう《ウィ》、でもやっぱりユダヤ人ジャンヌなんて無理よね」。それから彼女は「『裁かるゝジャンヌ』は九年前に一度観たきりだわ……というかその一バージョンね」

「僕もそのときに観た」

「いままでに観た最高の映画だと思うから、もう一度観ることに耐えられないと思う」

「誰かに言われてきたの？」

「え？」

「君今夜、ここへ誰かに言われてきたの？」。もちろんロンデルだ。ロンデルに決まってる。だからやっぱりクーパー・レオンは年上の金髪のことを言ってたんだ。

「ねえ、あなた《シェリ》はどう思う？　私はクロワゼットをぶらぶらしてる、そうしてふとこのホテルを見上げたら、何百とある窓のひとつに明かりが灯っている、あそこに謎の刺青男ヴィカーが一人でいて、お相手を必要としてるんだって思ったとか？」

「だって君、クロワゼットをぶらぶらしてなんかいなかっただろ。ラウンジにいたじゃないか」

「じゃあ気づいてたのね、私のこと」

「じゃあ君、僕が一緒に座ってた男に送られてきたんじゃないんだね？」

「それは興味深い質問とは言えないし、答えも興味深くないしちょっと考えれば難しくもない。ねえあなた想像できる、あまりに圧倒的で誰一人二度観ることに耐えられない映画に実際に出演するのがどんなだったか？　ファルコネッティが発狂したのも無理ないわよね、ほかには一本も出なかったのも無理ないわよね」

「じゃあマリアって呼ぼうかな。『ラストタンゴ・イン・パリ』と『さすらいの二人』の女優もマリアだった」

女はしばし考える。「私、あの人にはそんなに似てないけどね。でもまあいいわ、マリアで」

202

彼女は手をのばしてヴィカーの禿げ頭を撫でる。「モンティ」彼女は言う。

「ジェームズ・ディーンだと思う人が大勢いるんだ」

「馬鹿みたい《プフト》」彼女は言う。マリアが「プフト」とか「シェリ」とか言うのは、そういうのを彼が喜ぶと思っているからだとヴィカーは感じる。

「君、カンヌに住んでるの？」。もしカンヌに住んでいるなら、絶対間違いない、年上の金髪の方だ。

「パリよ」

「カンヌに住んでる人ってみんな映画に詳しいんだろうね」

彼女は笑う。「カンヌでは接待女まで映画に詳しいってことね。実のところ、カンヌにいる人みんながみんな、映画にそれほど詳しいとも限らないのよ、フェスティバルに来てる人でさえね。私、いろんな人に会うから知ってるのよ。映画会社の若い男の子たち、新しい人たちとか、映画のことなんにも知らないわよ、新しい若いプロデューサーとかもなんにも知らないし俳優だってほとんど知らないのよ。私はそういう人たちの誰より映画に詳しいのよ。たしかに、評論家《ビャン・シュール》はある程度知ってるし、新しい若い監督たちも知ってるけどね」

「君、有名な監督と一緒だったことある？」

「ねえ、私《シェリ》があなたと一緒にいたこと、ほかの連中に言いふらしてほしい？」

「しても構わないよ」

「そう言ってくれるのは優しいけど、そういうふうに思わない人もいると思うわ」

ヴィカーはさりげなく時計を見ようとする。

「まだ午前零時を過ぎたばかりよ」女は言う。「明日の朝九時半のあなたの記者会見までお相手をするように私は雇われたのよ。もっと早く帰れってあなたが言うなら別だけど。私はいつでもあなたの好きなときに帰るわ。私にとっては同じこと、謝礼は同じだから」

「謝礼？」

「もう支払い済みなのよ」

「たっぷりの謝礼だといいけど」

「ディス・ミーユ」

「それっていくら？」

「一万」

「一万ドル？」

「だったら最高なんだけど。でもはずれ《メ・ノン》。フラン」

「それっていくら?」

「まあアメリカドルで二千ね」

「それでもまだ悪くない謝礼だよね」

彼女はベッドに横たわり、頭を逆さに倒し、自分のうしろに腰かけているヴィカーを見る。そして「あなた今度は訊くつもり、私がなぜこんなことやってるか?」と言う。

「みんな訊くの?」

「実はほとんど誰も訊かない。問いは頭の中にあるんだけど、口にはしないのよ」

「どうしてこんなことやってるの?」

「カンヌでしかやらないのよ、一年に一度だけ、映画が大好きだからよ。これは……アメリカ語でどう言うの――『夜の副業《ムーンライティング》』? フェスティバルはこれで六回目よ。でさ、何だって」彼女はまたテレビに向かって言う。「ゲーブルがハーロウを捨ててメアリー・アスターを選ぶかしら?」

「ムーンライティング?」

「別の人生。私の現実の人生とは別の人生ってことよ」

「『昼顔』みたいな」ヴィカーは言う。

「いいえ《ノン》、『昼顔』みたいじゃないわ」彼女は少し苛立ったように言う。「『昼顔』のドヌーヴはほかに人生を持っていない。だから男たちに体を売るのよ、人生を持つために、どんな人生でもいいから、五感でつかめる人生を、死んでもいない窒息してもいない人生を持つために。私にはまるごともうひとつ人生があるのよ」

「もうひとつの人生では何をしてるの?」

「私はね、アメリカ語でどう言うの?」まだ映画を観たまま言う。「バリスター?……それともそれってイギリス語かしら? 『アトーニー』?」

「君、弁護士《ロイヤー》なの?」

「ロイヤー」女はうなずく。

「ほんとに?」

「で、最後は」女は言う。「ゲーブルはハーロウの許に帰っていく。メアリー・アスターの夫は自分のビジネスパートナーだから、彼女を夫から奪いたくないわけ。つまり、メアリー・アスターの夫を悲しませる勇気がないから、メアリー・アスターに屈辱を与えて彼女を悲しませる方が楽なのよ、そうすればメアリー・アスターは彼のことを憎んで彼から離れていくだろうから。それでゲーブルはハーロウに言うのよ、今度ばかりは俺は高潔にふるまってるんだって、それでハーロウも満足なのよ、ほんとはメアリー・アスターを捨てたのはべつにハーロウを愛してるからじゃなくて、単に自分の高潔さ、掟を守る男らしさに恋してるだけなんだけどね」

「記者会見?」ヴィカーは言う。

「ゲーブルはね」女は言う。「二人の女のことなんかあっさり忘れてパートナーとファックしてりゃいいのよ、それが彼の真の望みなのよ、それがこの映画の真のポイントなのよ」。そして女はさらに「これこそまさに男たちが作った映画よね」と言う。

「記者会見って?」

「明日の朝九時半よ」

「記者会見なんて嫌だ」

「パレのグランドサロンで」

「嫌だ」

「迎えが来るわ、もう手配済みなのよ」

「あれは僕の名前《エグザクトマン》じゃない、さっきあそこで言ってたのは」

「そのとおり。だから行って、アメリカ語でどう言うの？　『記録を正す《セット・ザ・レコード・ストレート》』」

ヴィカーは考えた。「記録を正す」

マリアはごろんと転がってヴィカーの腹を片手で撫でる。「二人で別のものを正しましょうよ」

「君、アーヴィング・ラパーの映画をどう思う？」ヴィカーが出し抜けに言う。

「ねえ《シェリ》、何分間か映画の話はなしよ」

「え……」

「ねえ《シェリ》。私わかるのよ、あなたが何を望んでるか」

201

ジーン・ハーロウが埋葬されている場所をヴィカーは知っている。少なくとも、彼女が埋葬されていると言われている場所を。でもジーン・マンスフィールドと同じで、実はどこか別のところに埋葬されているのかもしれない。

だとしたら墓は空っぽなのか、それともほかの誰かがそこに埋葬されているのか？　ハリウッドに来る人間はみんなジーンかジェーンかマリリンになろうと必死だから、生きているあいだにジーンかジェーンかマリリンになれないなら死んでからそうなるのでも満足なのだろうか？　ハリウッドに並ぶ丘には、伝説を求める分身や偽物の死体が満ちているのか？　墓に身代わりがいるのは胸の大きい死んだ金髪女だけか？

　年上の金髪女の方だ、とヴィカーは確信するが、マリアが彼を口の中に含むと、筋の通らぬ思いがムカデのように胸の内をよぎっていく。ヴィカーは目を閉じてソレダードのことを考える。

200

終わってから彼女は「いまの、あなたの望みだった？」と訊く。

ヴィカーは天井をじっと見て、地中海から吹いてきたかすかな風がバルコニーを通って入ってくるのを感じる。「どうしてわかったの？」

「私、そういう才能があるのよ」と彼女は言う。プラムの果汁を拭いたときと同じに指一本であごをきわめて几帳面に拭く。「私もああやるのが好き。ファックよりいいわ」

「なぜ？」

「なぜも何もないわ。そういうのってあんまり考えることじゃないでしょ。その方が私もセクシーになれるし」

「セクシーな気分になれるってこと？」

「私そう言ったでしょ、違う《ノン》？」

「まあそうかな」

「終わったわね」映画に向かって言う。「妙なものよね。ハーロウは死んだときウィリアム・パウエルのフィアンセだったわけだけど、パウエルは前にキャロル・ロンバードと結婚していて、ロンバードもゲーブルと結婚したあとにやっぱり早死した。男たちは二人とも、誰より愛した女にずいぶん早く先立たれたわけよね。この映画って二つ目のバージョンがあるのよね……アメリカのタイトルは何ていうの？」

「どっち？」

「いま終わった方」

「『紅塵《レッド・ダスト》』」

「二十年後の二つ目のバージョンが別タイトルで出来たのよ、変なタイトルの、やっぱりゲーブルが出ていて、二十歳年とったのに今度も同じ役やってたわ。ほんとに《ビャン・シュール》、映画の中の男たちって年とっても若いままでいられるのよね」

「僕、キャロル・ロンバードが埋葬されてる場所も見た。クラーク・ゲーブルが埋葬されてる場所も見た」

「エヴァ・ガードナーとグレース・ケリーが二つ目のバージョンに出ていたのよ、変なタイトルの方に」

「僕、エヴァ・ガードナーが埋葬されてる場所は知らない」

「まだ生きてるのよ」

「そうなの？」

「最近もろくでもない映画に何本か出たわよ。三、四年前にクズみたいな大作地震映画に出てた」

「『大地震』」

「これほど似てない女四人っている?」

「女四人?」

「ガードナーとケリー、ハーロウとアスターよ。この四人の役柄入れ替えて、それぞれ違う役やらせたら、全然別の映画になるでしょ、違う《ノン》? ガルボも入れれば五人よね、ガルボは元々『紅塵』のハーロウの役やるはずだったのよ、ジョン・ギルバートがゲーブルの役をやる予定だった時点ではね、何しろガルボとギルバートのペアはサイレント時代からずっと大人気だったから。でもゲーブルは――初の本当のスーパースターよね、映画に声がついてからの。ゲーブルが自動車事故起こして人一人死なせたとき、映画会社は別人に、アメリカ語でどう言うの? 『罪をかぶる《テイク・フォール》』ことをさせたのよ。芸術を作るのは監督だけど、文化を作るのはスターよ。私の国は監督をもてはやしすぎ。二つ目のバージョンでエヴァ・ガードナーがハーロウの役をやってグレース・ケリーがメアリー・アスターの役をやったんだったか、それともその逆だったか、思い出せないわ」

「先に言った方」

「変なタイトル、何だっけ?」

「『モガンボ』。グレース・ケリー、いまはプリンセスだよ」

「そうよ、あなた《ウィ、シェリ》」マリアは言い、リモコンでテレビのチャンネルを替える。「会いに行きたかったら沿岸を四十キロ下ったところにいるわよ。あの『マボン――』」

「『モガンボ』」

「あの二つ目のやつ観てると、一つ目と同じこと思うのよね、いったい何だってゲーブルがエヴァ・ガードナーを捨ててグレース・ケリーを選ぶかしら? まあたしかに《メ・ビャン・シュール》、ゲーブルとケリーは撮影中ファックしてたわけだから、文句言う筋合いじゃないけどね」。チャンネルを回しているうちに、ポルノ映画に行きあたる。クラーク・ゲーブルとグレース・ケリーとはあまり似ていない二人の人間がファックしている。「不思議よね、セックスについての傑作映画って誰も作らないみたい」

「『ラストタンゴ・イン・パリ』」ヴィカーは言う。「『愛のコリーダ』。『エマニエル夫人』」

「『エマニエル』なんてクズよ」マリアが鼻を鳴らす。「『最後のタンゴ』のブランドはすごいけど、映画としては？　日本映画もたしかに面白い、なぜならあの人たちはセックスに関してアメリカ人よりもっと混乱《ベルテュルベ》している——狂っているから。でも私が言ってるのは、観客をセクシーにする映画のことよ」

「セクシーな気分にさせるってこと？」

「私そう言ったでしょ、違う《ノン》？」

「まあそうかな」

「観客を……その気にさせる《ターン・ゼム・オン》？　そう言うのかしら？　ポルノとしてだけでなく、劇的な《ドラマティック》ものとして。アメリカではセックスに関して、絶対セクシーでないかぎり何でも許されるっていう前提よね。それって絶対笑えないかぎりコメディが許されるってのと同じよね。アメリカ人はそういう映画を作るにはロマンチストすぎるのよ。恥というものに恋してるから」

「フランス人もロマンチストだよ」

マリアは指をぱちんと弾いてその考えを葬り去る。「何という思い込み《ケル・ミト》！　フランス映画では誰も、『僕たちにはいつだってパリがある』なんて言わないわよ。ナチスが進軍してくるときに、ボガートがシャンゼリゼでバター使ってバーグマンにファックしてるなんて、想像できる？」。何分か彼らは、テレビで二人の人間がセックスしているのを眺める。「ポルノ作家？　ポルノ作家は登場人物たちが何をするかが頭にあるけど、芸術家は、芸術家は人物たちが何者なのかが頭にあるのよ。ポルノ作家にとって、セックスは……何の余波もない人間的情景なのよ。世に言うとおりよ、あなたが私にお金を払うのは――まああなたの場合払うのはあなたじゃないけど――男が私にお金を払うのは、セックスに対してじゃなくて、そのあと帰ることに対してなのよ。余波がないように」

「帰ることにお金を払う？」

「『デルニエ・タンゴ』のブランドも、それによって自分は救われると信じてるのよ」マリアは言う。

「余波なきセックス」

「君、帰ることでお金もらってるの？」

彼女はチャンネルを替える。「それが彼を滅ぼすのよ。なぜなら、余波のないセックスなんてありえないから」

「『ラストタンゴ・イン・パリ』はセックスだけの話じゃないと思うけど」

「ねえ《シェリ》」彼女は笑う。「セックスって絶対、セックスだけの話じゃないのよ」

199

「あらまあ《モン・デュー》」彼女はテレビに向かって言う。フランス語が初めて本気に聞こえる。

「絶対同じ女だ！」とヴィカーが言う。

「この映画！」マリアの声に嬉しさがみなぎっているのをヴィカーは初めて聞く。テレビではバーバラ・スタンウィックがヘンリー・フォンダに「ねえホプシ、あなた檻に入れられるべきよ」と言い、まごついているフォンダの髪を撫ではじめる。マリアがヴィカーのうしろに寄ってきて、彼の禿げ頭を撫ではじめる。「プレストン・スタージェスってキスしても落ちない口紅を発明したのよ」と彼女は言う。

「いつ?」

「芝居や映画の脚本を書くようになる前、映画監督になる前。あの人、いろんなものを発明してるのよ」

「口紅を発明したの?」

「キスしても落ちない口紅」

「それってどんなものかわからない」

「スタージェス、それを題材に映画作ればよかったのにね。そんなのユーモアがないと思ったのかしら」

「ユーモア?」

「奇妙な話を聞いたわ」彼女はテレビを指さして笑う。「この映画を、コメディじゃないからって観に行った男の話。上映中ずっと、なんでみんな笑ってるんだろうって首をかしげながら観てたんだって」

ヴィカーは黙っている。

「そこがスタージェスのすごいところよね。悲劇だと思って最後まで観てしまう人間がいるようなコメディを作るところ」

「僕、この映画持ってるよ」ヴィカーは言う。

「持ってる？」

「プリントを持ってる。ほかのいろんな映画のプリントも持ってる」

「あなた、この映画のフィルム持ってるの？」

「たくさん持ってるよ。もう全部で百本以上あると思う。どんどん増えてるよ」

「そういうフィルム、どうやって手に入れるの？」

どう答えるか、ヴィカーは考える。「盗むんだ。いくつかは。いくつかは盗む許可をもらった。盗むのを許可されたときも盗んだって言えるのかな？」

「盗んだフィルム、自分で観るの？」

「僕、映写機持ってない」

「じゃあただ持ってたいから？　自分の映画館があるのに観られない、みたいなこと？」

「ときどき考えるんだけど」ヴィカーは言う。「盗んだのは、まだ自分でもわからない別の理由があるんだと思う」。二人は黙って一緒に『レディ・イヴ』を観る。やがて彼女が「あなた、寝た方がいいわよ。記者会見があるんだから」と言う。

「記者会見なんて嫌だよ」

「あなたのためにやるんじゃないのよ、マスコミとあなたの会社のためにやるのよ。ま、あなたのためでもあるけど」

「あれは僕の名前じゃないし、僕は何を話したらいいかもわからない」

「それを言えばいいのよ。『あれは僕の名前じゃありません、これが僕の名前です、もうこれ以上話したくありません』って。あなたがフランスを発つころには、みんながあなたの本当の名前を知ってるわよ」

「記録を正す」ヴィカーは言う。

「あたしに帰ってほしい?」

ヴィカーは眉間に皺を寄せる。「君、帰ることでお金もらったの?」

「ねえ、シェリ《シェリ》、もうそのことは忘れなさいよ。私は残るも帰るも、あなたの好きなようにするから」

「残ってほしい」

「じゃあお好きなように」彼女は言って、テレビを切る。

眠りに落ちる前に、ヴィカーは「僕、ファルコネッティが埋葬されてる場所は知らない」と言う。

「埋葬されてないわ」闇の中から答えが返ってくる。「火葬にされたのよ。ジャンヌ・ダルクを演じた人にふさわしいわよね、違う《ノン》?」

198

二時間後、ヴィカーは突然目を覚まし、ベッド脇のランプを点ける。

部屋の隅にある小さな書き物机までよたよた歩いて、小さな紙束とペンをひっつかむ。ランプのかたわらのベッドに腰かける。「私、もう帰った方がいい?」半分眠ったマリアが枕からもごもご言う。

ヴィカーは書きとることに夢中になっていて、答えない。

彼女は一瞬頭を持ち上げ、ヴィカーの方を見る。「何してるの?」

「起こしちゃってごめん」

「何それ？《ケスセ》」マリアは言う。

「長いあいだ」ヴィカーは答える。「初めて映画を観て以来ずっと、何度も同じ夢を見てきた。いつもかならず、古代の文字があるんだ」。古代の書き文字を写した紙をヴィカーはマリアに見せる。「もう何度も見たけど、今回は目が覚めてもそのまま頭の中に見えてたんだ」

彼女は紙をちらっと見る。「ヘブライ語」と彼女は言って、頭をどさっと枕に戻す。

ヴィカーは紙を見る。「ほんと？」

「何て書いてあるかはわからない」彼女は枕に向かって答える。「私には読めないし、理解できない。でもヘブライ語だってことはわかるわよ」

197

翌朝十時少し前に、ヴィカーはパレのグランドサロンでの記者会見に姿を見せる。ほかに着るものもないので、まだ黒いタキシードのズボンと白いボタンなしのシャツを着ている。昨夜の赤い階段のときと同じフラッシュの連射が彼を迎える。ミッチ・ロンデルと通訳がすでに舞台上、マイクがずらりと並ぶ、金の布をかぶせたテーブルの向こう側に座っている。テーブル前、舞台縁に沿って、小さな鉢植え植物が場違いに並んでいて、舞台背後には**カンヌ映画祭**と書いた大きな深紅の横断幕が下がっている。ロンデルが「遅いぞ」とヴィカーに言う。

196

ヴィカーは「僕、記者会見なんか嫌です」と言う。四百ある座席は満員で、それと同数いそうな記者たちが部屋の周りやうしろに立っている。

「ムッシュー、では始めます?」とロンデルの向こう側から通訳がヴィカーに言い、それからマイクに向かってフランス語で何か言う。フラッシュのさらなる猛襲に、今回はさまざまな言語による叫び声が伴っている。秩序を強いようとするかのように通訳は両手を上げるが、さらにまた新たな質問の波を引き起こすばかりである。

195

喧騒の中からひとつの問いが響く。「ムッシューがお訊ねです」通訳がヴィカーに伝える。「特別賞に対するあなたの感想は、そして……」そこで言葉を切ってからもうひとつの質問を訳す。「……賞に反対する人たちに対するあなたの感想は?」

「僕は記録を正します」ヴィカーは言う。「僕の名前はヴィカー、kの入ったヴィカーです。あの別の名前は僕の名前ではありません。もうこれ以上話したくありません」

ヴィカーがそれしか言わないことを確かめてから、通訳はそれを翻訳する。そして通訳はヴィカーの方を向く。「ですが、訊ねられた質問については？」

「僕がフランスを発つころには、みんなが僕の本当の名前を知ってるはずです」ヴィカーはマイクに向かって言う。「僕は記録を正しているんです」

しばしの沈黙に続いて、さらに質問が発せられる。「えー、お訊ねです」通訳が言う。「あなたの演出《ミザンセーヌ》フィロゾフ――哲学《フィロソフィ》は？」

「え？」

「演出《ミザンセーヌ》」

「そんな哲学は持ってません」ヴィカーはロンデルの方を向く。「この人たちに言いましょうか、映画の中にはすべての時間があるっていうこと？」

ロンデルは茫然自失のように見える。ヴィカーに答えもせず、周りで質問が次々炸裂するなか、落着かなげに下唇を噛んでいる。通訳が騒音の中から適当にひとつを拾って訊ねる。「フェスティバルから向けられた注目をどう思いますか？　ジャーナリストたちと彼らの質問をどう思いますか？」

「ムッソリーニはジャーナリストでした」とヴィカーは言う。

この一言はどうやら翻訳を必要としない。群衆がざわざわ動く。いささか動揺した通訳が別の質問を訳す。「賞を取ったほかの映画をどう思いますか……？」

「カンヌにいる人はみんな映画に詳しいと思います」とヴィカーは言う。「昨日の夜、誰よりも映画に詳しい素敵な女性に会いました。猿の映画は観ていませんがとてもいい映画に思えます。イタリア人は自転車と靴の映画を作るのが好きなんだと思います」

あたかもヴィカーの額に手ごわい方程式が浮かび上がったかのように、通訳は呆然と彼を見る。通訳がその言葉を訳すと、光が飛びかう中でさらにいっそうのとまどいが生じるように思える。英語の質問がひとつ聞こえてヴィカーは嬉しくなる。「アメリカの映画産業についてお訊ねします」——質問者の姿は見えない——「宇宙空間ものとか、怪物ザメや空飛ぶスーパーマンの超大作とか、大金を注ぎ込んだ現実逃避にアメリカの映画産業が没頭している事態をどう思われますか?」。ヴィカーに向かって翻訳しなくていいことで通訳はホッとしているように見えるが、ほかの記者たちのためにそれをフランス語に訳しはする。

「空飛ぶスーパーマンのやつは観たいです」ヴィカーは言う。何年も前のビーチでの夜に思いは漂い出ていく。「僕が知っている女の人が出ています。デカパイの頭おかしい女です」

ちらほら笑いが生じるが、とまどいが深まる度合の方が大きい。次の質問の中に「陽のあたる」という言葉をヴィカーは聞きとる。若干シェルショック状態に陥った通訳が「『陽のあたる場所』をどう思われますか?」と言う。

「とてもいい映画だと思います」

次の質問。「ムッシューがお訊ねです」通訳は言う。「一番お好きな映画は?」

「『レディ・イヴ』はとてもいい映画だと思います。『昼顔』はとてもいい映画だと思います。『情熱の航路』はとてもいい映画だと思います。『アルジェの戦い』はとてもいい映画だと思います。『風と共に散る』はとてもいい映画だと思います。『西班牙《スペイン》狂想曲』はとてもいい映画だと思います。『恐怖のまわり道』はとてもいい映画だと思うし、『キッスで殺せ』もです。『草原の輝き』と『逢う時はいつも他人』と『かわいい毒草』はとてもいい映画だと思うし出ている女優たちはとても魅力的です。『第三の男』と『街角　桃色の店』は作られる前から存在していた崇高な映画だと思います。自動車のキーをめぐる映画もとてもいいと思います。魅力的な日本人女優が「獣同士は必要なのよ」と言う映画もとてもいいと思います。『荒野の決闘』はとてもいい映画だと思います。『捜索者』はこりゃもう最高にやばい映画だと思います、我らがデュークがスクリーンに出てくるたびに、そりゃあいつは人種差別邪悪白人《レイシスト》の糞ったれだけど。『エマニエル夫人』なんてクズですが、『続エマニエル夫人』『エマニエル'77』『さよならエマニエル夫人』はとてもいい映画かもしれません。『ロング・グッドバイ』はとてもいい映画だと思います」

誰かが英語で声を張り上げる。「ご自分で監督をなさる予定は?」

「本があるんです。『彼方』といいます」ヴィカーは言う。「何回も読みました」

「これはフランスではいくらか悪名高い本です」通訳が言う。「なぜアメリカ人映画作家がこの本を映画にしたいのか、みんな知りたがっています」

「アメリカ人は恥というものに恋しています」ヴィカーは言う。「ボガートがシャンゼリゼでバター使ってバーグマンにファックしてるなんて、想像できますか? この映画は」――サロンの奥の方でちょっとした阿鼻叫喚が生じかけているように思える――「これは神に次いで史上第二の大いなる子供殺しとなったジャンヌ・ダルクの右腕をめぐる映画になります。この映画は子供殺したる神のあらゆる横顔を暴露します。神をめぐる記録を正すのです」。通訳が本当に訳し終えたかヴィカーがはっきり知る間もなく記者会見は完全な混沌状態に陥る。怒号や罵声が大波のように押し寄せるなか、ヴィカーがロンデルの方を向くと相手は顔を両手に埋《うず》めている。「この人たち」とヴィカーは訊く。「僕の名前の話わかったと思います?」

194

その晩カールトンの部屋にいると、電話が鳴る。「あんたに神の愛を、牧師さん」向こう側から声が聞こえてくる。「あんたにもわかってるだろうが、編集室で映画が救われたなんて、映画をめぐるよくある都市伝説さ。編集室で映画が救われるなんてありっこない。編集室で救える、なんてほざくのは監督から映画を奪う口実さ。なのにあんたはほんとに、編集室で映画を救っちまった。こうなったらもう終わりはない。あんた、ものすごい厄介引き起こしてくれたよ」

193

「すみません」とヴィカーは言う。

「冗談だよ、牧師さん」大陸間のいつもの時間差をはさんでヴァイキング・マンが言う。連絡が来たのは三年ぶりだ。「ま、一応は冗談さ。こっちじゃ業界の連中はみんな、いままでカンヌで編集、モンタージュ、演出《ミザンセーヌ》、とか何とか気のきいた言葉使うけどとにかくそういうので賞もらった人間がいるか、首ひねってるところだよ」

「その中のひとつの言葉、けさ聞きましたよ。記者会見があったんです」

「ああ、こっちじゃそのこともみんな騒いでる」

「ついけさのことですよ」

「ニュースはあっという間に伝わるんだよ、牧師さん」

「僕の名前、間違ってたんです。記録を正さないといけなかった」

「あんたしっかり記録正したよ」

「ハリウッドでは名前を正しく知ってもらうことが大事だから」

「ハリウッドでいまみんなが正しく知ってるのは、あんたが狂人だってことだと思うね。でもまあみんな俺と違ってあんたのことわかってないわけだし、もっとひどいこと言われてもおかしくないと思うね。狂人だってことは、あんたが次に何するか誰にもわからないってことで、ひょっとしたらどえらいことをやってのけるかもしれないってことであり、誰も乗り遅れたくないから、いいように持っていけば、みんな生産的にピリピリ状態になるかも」

「活用します」

「ジョン・ウェインの話、あれはちょっとまずかったんじゃないかな」

「そうかもしれません」

「あれには俺としても異論があるよ、牧師さん」

「きっとあなたが正しいと思います」

「だってさ、本人は死にかけてるんだぜ。……牧師さん、まだそこにいるかい？」

「聞こえます？」

「おお、いたいた……あのさ、牧師さん、いいかい――」

「ザジとソレダードに会いましたか？」二人の声がぶつかる。

「何だって？」

「ザジとソレダードに？」

「最後に聞いたのはニューヨークであんたの映画の仕事してるっていう……」

「いいえ……」

「……っていう話だと思ったけどな。え？」

「二人を見つけなきゃいけないんです」

「あんたいつ戻ってくるんだ？」

「明日」

「会って一緒にテキーラ飲もうぜアミーゴ、地元の女どもの品定めしようぜ、あいつらみんな、日ごとますます悪魔の落とし子になってきてるぜ。だけど聞けよ」。間。「牧師さん？」

ヴィカーはつかのま、ベルベル人の首領をめぐるヴァイキング・マンの映画が人殺し総統の死をめぐる映画の中に入り込んだ話をしたい衝動に駆られる。

「そのうちドットに電話しろよ。あんたから連絡行ったらきっと喜ぶよ。このカンヌの件だって、きっとゴムのパンティにお漏らししてるよ」

192

ヴィカーがロサンゼルスに戻ると、秘密の大通りにあるアパートの部屋にはもう、盗んだ映画を全部置いておく場所がない。『君の薄青い瞳』で入った金で、ハリウッド・ヒルズのもっと西、九年前にもしわかっていたらローズヴェルト・ホテルの939号室から何とか見えたはずの場所に家を借りる。

191

それは三〇年代築の、ロサンゼルスにしては古い家である。三層から成る建築が丘の斜面を滝のように落ちていて、最上層に並ぶ大きな窓からは木々、小さな家々、中空で消えるように見える曲がりくねった道路をのぼっていく小さな自動車などのパノラマが見える。帯電した星くずから成るフィヨルドの上に建つかのごとくに家は街の縁に立ち、巨大な、影なき日時計を見下ろしている。

190

家の最上階は道路の高さであり、キッチンのついたリビングルームである。半月形で、壁は白い煉瓦、木の床と暖炉があって、窓腰かけのある大きな窓がカーテンもなく輪を描いて部屋を囲んでいる。その下の第二層には寝室が二部屋あり、ヴィカーが使う方の寝室には西向きの窓がある。階段を下りた一番下の階にある大きな部屋は映画のライブラリーとなって、編集とスチル引き伸ばしのための小さなコンソールが置かれている。南向きの小さな窓以外、四つの壁沿いに大きな缶が並ぶ。

遠く南東の方角に、ダウンタウンが見える。家と丘の真下、小さな丘や峡谷のすきまから時おりサンセット大通りがぬっと現われる。それはアスファルトの年表として、地理上の住所のみならず時間上の住所も刻み込んでいる。華やかさが銀の下水のように流れた古典的四〇年代から、ヒッピーたちが溝という溝を荒らしたユートピア的六〇年代を経て、大通りのはるか東の端で**音**が——ヴィカーがバワリーで聞いたのとも似た**音**が——生まれつつあるアナーキーな現在へと。

189

ヴィカーはブニュエルの新作を観に行く。それはスタンバーグの『西班牙狂想曲』のリメークであり、ソレダードの故郷セビリアの近くを舞台としている。はじめヴィカーは、同じ名前を持つ二人の女に中年の男やもめが恋をする話だと思っているが、半分くらい過ぎたあたりで、実は二人の女優が同じ一人の女性を演じているのだと気づく。ブニュエルが横顔のことを知っているとヴィカーは悟る。それを誰よりも推し進めて、それぞれの横顔を別の人物に演じさせているのだ。一方の化身にあって女は、ソレダードが小さいころ踊ったようにフラメンコを踊る。

188

意図的に、かつ無関心ゆえに、ヴィカーは電話を引かない。「そのうちドットに電話しろよ」ある夜眠っているあいだにヴァイキング・マンがそう言うのをヴィカーは聞き、目が覚めるとともにもはや手遅れであることを悟る。

187

「俺たちみんなまるっきり手遅れなんだよ、牧師さん」――一週間後にヴァイキング・マンがひっそりと言う――「ひとたび誰かが逝《い》っちまったらさ」。いつになくしおらしいヴァイキング・マンは、サンセット・ストリップ沿いに建つハイアット・ホテルのバーで葉巻を喫っている。ここはヴィカーの家の下、ヴィカーがかつてジョージ・スティーヴンスの窓の明かりを探したサンセット・タワーの向かいである。ロックスターが現われるのを待って若い女の子たちがひどく短いセロファンのドレスであたりをうろうろするなか、二人は隅の小さな丸いカクテルテーブルに座っている。「ひとたび誰かが逝っちまったら、俺はできるだけのことはやったんだなんて思える人間がどこにいる?」

「僕は電話すべきだった」とヴィカーは言う。

小さなカクテルテーブルの上、ヴァイキング・マンの前に、クエルボゴールドのショットグラスが載っている。ヴィカーはドティが〈ニコデルズ〉で初めて彼に注文してくれたのと同じウォッカトニックを飲む。「『バラエティ』に載った記事は読んだか?」

「ええ」

「大した記事じゃない」ヴァイキング・マンは言う。「ありふれた言い方だが、『バラエティ』の二センチに縮めてしまえばどんな人生だって大したものに思えやしない。でもたいていの人間はそれだって与えられないんだ」。ヴァイキング・マンは葉巻を消す。「何しろ『陽のあたる場所』にかかわったんだから。俺自身ジョージ・スティーヴンス派だったことはいっぺんもないけど、それでもさ」

186

ヴィカーは「書き置きのところがわかりませんでした」と言う。ヴァイキング・マンは答えない。

「『バラエティ』の、書き置きのところが」

ヴァイキング・マンはうなずく。

「書き置きのところ、わかりました?」

「あのさ、牧師さん」ヴァイキング・マンはそう言って口をつぐみ、しばし宙ぶらりんの状態でいる。「実は俺、ほんの一瞬見たんだよ。まあ書き置きってほどのものじゃなかったよ。実際、書き置きなんていうより、カクテルナプキンに書いた中途半端な俳句だったね——喉の腫れがどうとか、心の痛みがこうとか。ドティらしいと思わないか、『遺書』をカクテルナプキンに書き遺すなんてさ、人が酒場で読むように」

「彼女は一時期、俳優に恋してたんですよね」

「娘がストレプ……ああ、その話は知ってる。最後の五、六年、もう最高に悲惨な目に遭った男だよな。ハリウッドの殉教者たちの守護聖人だよ」

「神はいろんなやり方で子供を殺す」ヴィカーは言う。

「ドティは子供じゃなかったぜ」

「喉を腫らした女の子のことです」

「翌朝目が覚めようが覚めまいがどうでもいいって思うのは、自殺ってことになるのかな?」

「神は誰かの助けを借りることもあります。母親が娘を車の中に置き去りにするとか」

「牧師さん、俺たちおんなじ会話してるのかな?」

「ドティはいまどこに?」

「ハリウッド・メモリアル。パラマウントの裏手だよ。あんたにも伝えようとしたんだけどさ」

「わかってます。僕、電話持ってませんから」

「それってハリウッドじゃ異常行動ってことになるんだぜ。電話持ってないとハリウッドのパスポート取り上げられちまうぜ」

「セシル・B・デミルがあそこに埋葬されてますね。ジェーン・マンスフィールドも」。そしてヴィカーは「僕、前にあそこで人一人殺したかもしれません」と言った。

「その殺傷祭り、最近やったのかい?」

「三、四年前です。五年かも」

「ジェーン・マンスフィールドはあそこに埋葬されてないよ。あそこに墓石はあるけど、埋葬されてるのはペンシルヴェニアだ」

「僕、ペンシルヴェニア出身です」

「あんたの映画、来週公開なんだな」

「僕の映画ってわけじゃないですよ」

「クレジット問題も、演出家協会がケリつけたみたいだな。フリードキンの奴、きっと動脈瘤出来たろうな」ヴァイキング・マンはくっくっと笑う。「あんた、あのフランスの小説、監督するのか?」

「わかりません」

「電話があったら話はもっと進むんじゃないかね。まあ単なる俺の思いつき、あてずっぽうだけど」

「神の最大の弟子、ジャンヌ・ダルクの右腕の話なんです」

「それ考えただけでハリウッドは勃起するな」

「わかりません」

「何しろ俺はさ」ヴァイキング・マンが肩をすくめるような調子で言う。「シャム双生児の姉妹なんて映画史上最高に愚かなアイデアだと思ったんだからさ、俺の言うことなんか当てになりゃしないよ。だけどさ牧師さん、それ本気でやりたいんだったら俺ならハリウッドを出るね。で、電話を引いて、エージェント雇うんだ。何もかも変わってきてるんだよ、それも俺たちに不利な方に。俺たちはもう袋小路に来てるのさ。フィリピンにいるあの誇大妄想イタリア野郎はさ、誰にも理解できないベトナム戦争に三千万だか何だかを注ぎ込んで、その金で俺も雇われてるわけでさ、しっかり書きましたよ脚本、書いたつもりだよ、コンラッドには悪いことしたけどな、で、モンタナにいるあの両性具有野郎、あいつもあいつでベトナム映画作ったら今度は大平原版『風と共に去りぬ』か何だかみたいな代物やろうとしてるわけさ。いまじゃ映画会社を所有してるのは石油会社なんだよ、牧師さん。ルイス・B・メイヤーも阿呆だったけどさ、さすがに映画と無鉛ガソリンの区別はついたわな」

「神が人間に子供を埋葬させるんだったら」ヴィカーは言う。「誰が人間に親を埋葬させるんだろう？」

「それは人間が進んでやるのさ」

185

バスから見ると、ラ・シエネガを走る何台もの黒光りするリムジンは、独りでに組み替わるジグソーの断片のように街を映し出す。俺は乗客、とラジオが鳴る。乗って乗ってまた乗る。それはアントニオーニの映画のではなくヴィカーの人生のサウンドトラックだ。歌っているのが、あの犬の歌を歌った男と同じだということすらヴィカーにはわからない。

184

冬も終わりに近づいてきた日々、ヴィカーは自宅の最上層にいて、キッチンの壁のコルクボードの横に工事係が電話を据えつけるのを眺めている。係が作業を終え、表玄関から出ていった九十秒後に電話が鳴る。電話を外させようとヴィカーは工事係を追いかけるが、トラックはちょうど走り去るところである。

一方ではサンセット大通り、もう一方ではローレル・キャニオンに吸い込まれる道路の彼方にトラックは消えていく。最後まで見届けてから、ベルの鳴りやんだ家の中に戻る。ヴィカーが電話機を見ていると、ベルがふたたび鳴り出す。

183

九回鳴ったところで受話器を取り上げる。「もしもし」

「もしもし？」。向こう側にいる女性はほとんど電話を切りかけている。

「はい」

「ミスタ・ヴィカー・ジェロームですか？」

「はい」

「ミスタ・ジェローム、わたくしモリー・フェアバンクスと申します。お元気ですか？」

「元気です」

「ヴィカーとお呼びしてよろしいでしょうか？」

「はい」

「ヴィカー、私はクリエイティブ・アーティスツの者です」。ヴィカーは何も言わない。「CAAです。芸能事務所です。私どものこと、お聞きになったことは?」

「わかりません」

相手の女は笑う。「まあ、私どももまだ比較的新しいですから。でも実績は立派に挙げています。いま、少しお話ししてもよろしいですか?」

「いいです」

「まず、おめでとうございます」

「ありがとう」。それからヴィカーは「何のことですか?」と言う。間《ま》が空く。「ノミネートです」

「はあ。ありがとう」ヴィカーは言う。「何のノミネートです?」

「そちら、映画編集者のヴィカー・ジェロームさんですよね?」

「映画の編集ならやっています」

「『君の薄青い瞳』を編集なさったんですよね?」

「はい」

「いままで電話に出ていたんですか、ヴィカー? それか、新聞は読みました?」

「引いたばかりです」

「え、電話を設置したばかりってことですか?」

「はい」

「けさ電話を設置したばかりなんですか?」

「電話局の人をつかまえられなかったんです、ちょうど車が走り去るところで。つかまえたら、外してもらったんですが」

「アカデミー賞って聞いたことありますか?」

「もちろん」

「昨日ノミネーションがあったんです」

「はあ」

「あなたの映画は二部門にノミネートされて、ひとつは編集部門なんです」。そして女は「つまりあなたです」と言う。

「はあ」。そしてヴィカーは「こないだのカンヌみたいにまたどこかに行かされるんですか?」と訊く。

「カンヌはよかったですか?」

「いいえ。でも映画に詳しい素敵な女性に会いました」

「そうですか」

「その人はかつて男性だった女性じゃないと思います。僕が望むものをわかってましたから」

また間が空く。「そうですか。アカデミーの授賞式には行きたいですか?」

「いいえ」

「だったら、行きたくなければ行かなくていいんじゃないでしょうか」

「無理に行かされるかもしれません」

「あなたはたぶん受賞なさらない、と申し上げたらホッとされますか、がっかりされますか?」

「ホッとします」

「ね、そうですよね。でも私が理解するところ、あなたは監督なさりたい企画をお持ちなんですよね。もしそうだとすれば、いまはそれを推し進めるいい機会ですよ」

「会社からは連絡もらってません」

「それがですね、いろいろ変更があったんです」

「僕の方も電話がなかったし」

「それもありますね」

「会社は僕にそんな映画、作ってほしくないのかもしれない」

「でもねヴィカー、ほかの会社が興味を持ってると知ったらもっと興味を持つかもしれませんよ。映画会社ってそういうところがあるんです。それに今日《こんにち》では配給会社も、製作にどこまでかかわったらいいかいつも模索してるんです。ここ数年、ビジネスは安定を失ってきているんです」。ロンデルも使っていた言い方だ――「安定を失っている《アンセトルド》」。「でもこの企画に関しては、UAとのあいだにある種の非公式な了解があったと伺っていますが？」

「はい」

「普通ならこの業界では、非公式な了解なんて大した意味を持ちません。でもあなたはアカデミー賞にノミネートされたところですから」

「たぶん受賞しません」

「ええ、でもノミネートだけでも些細なことではないし。大方の人間が思っているんです、もしあなたがいなかったらいまUAの許に公開可能な映画はなかっただろうと――ましてやアカデミー賞ノミネート作なんて論外だっただろうと」

「カンヌでブーイングされました」

「知ってます。この国での映画評も賛否やや入り交じっています、でも好意的な評は本当に絶賛だったし、変な話、カンヌでブーイングされるというのはそう悪いこととも限らないんです――正しい理由でブーイングされるなら。というか、間違った理由でと言うべきですかね。ある映画を正しい理由で嫌う人がいると、それを聞いてほかの人が観たがって、映画会社にとっては好都合なんです。『情事』だってカンヌでブーイングされたんですから」

ヴィカーは女の話し方が気に入る。若そうで友好的で、言うことも彼には全部理解できる。ダグラス・フェアバンクスとメアリー・ピックフォードの血縁だろうか、とヴィカーは考える。「あなたの言うことが僕には全部理解できます」

「押しつける気はありませんが、もしよかったら、いろんな映画会社や製作会社に問い合わせてさし上げますし、この企画を軌道に乗せるよう、代理人をお引き受けします」

「ありがとう」

「まずはUAに当たって次にミッチ・ロンデルとも話してみます。ミッチは独立して自分の会社を始めたので、もうUAでは前と同じ立場で働いていませんが、パートナー関係は結んでいるんです」

「何だかややこしいですね」ヴィカーは言う。

「いまLAにいますよ」

「休暇ですか?」

「誰かと一緒に住んでいて、仕事場をこっちへ移したんです」

「連絡もらってません」

「電話の状況のせいじゃないでしょうか」

「そうかも」

「じゃなけりゃきっと電話したはずですよ」と女は言う。

182

人間は進んで親を埋葬する、とヴァイキング・マンは言った。ある日の午後ヴィカーは受話器を取り上げ、番号を最後までダイヤルし、そのまま切らずにいると向こうでベルが鳴り出す。父や母が生きているか死んでいるか、ヴィカーには見当もつかない。誰も出ないうちにヴィカーは受話器を元に戻す。これだから電話を取り外させるべきだったのだ。

無限に向かって空間を矢のように飛ぶトラヴェラーとして、ヴィカーはロサンゼルスにやって来た。幼年期の痕跡は、空間から次元が剝がれ落ちるように剝がれ落ちていった。

ある日サンセットへ向かって丘を下っている途中、ヴィカーは西へ向かうバスに乗る。バスはサンセット大通りを走っていってベヴァリーヒルズを抜けＵＣＬＡに到る。ヴィカーは通りを渡って映画学科の建物を抜け、彫刻庭園に入ってゆく。いくぶん圧倒されつつ、やっと大学のアートギャラリーに行きあたって中に入ると、また全然別のところへ行かされる。まる一時間、いろんな学科の建物をさまよい、やがて、誰もがワッフルと呼ぶもののヴィカーには『２００１年宇宙の旅』のモノリスに見える大きな平たい黒い建物に行きあたる。ただしモノリスより大きいし、窓もある。八階に聖書言語研究学科がある。

181

研究室の机の向こうにいる男は、聖書言語研究学科の教授には見えない。四十代前半で、黒いTシャツを着て、頭は剃っている。ヴィカーを見ると男は「俺もそういうの入れなくちゃな」と言う。ヴィカーは時おりそうするように、あたかもいま初めて見つけたかのように自分の頭に手を置く。「エリザベス・テイラーとモンゴメリー・クリフトです」そう言って首を縦に振る。「『陽のあたる場所』。コーエン（Cohen）教授ですか？」

「コーン（Cohn）だ、eはない」

「僕はヴィカー、kがあります」

「kがあるヴィカー」と相手は言いながら、いろんな物を書類鞄に入れる。「何のご用かね？」

ヴィカーは尻ポケットから紙切れを一枚取り出し、机の上に広げる。

180

机のうしろで立ち上がった教授は、紙を見て眉間に皺を寄せる。「いいかね？」と彼は言ってそれを手にとり、もっとじっくり眺める。「これをどこで手に入れたか、訊いてもいいかな？」

「ひとまずまだ言いたくありません」ヴィカーは言う。「何も悪いことはしていません」

「それは疑っていない。どこで手に入れたかがわかると、こっちも考えやすいかなと」

「考えやすくなるとは思いません。何と書いてあるか、おわかりですか？」

「よくわからないね。ある種のヘブライ言語だ」

「つまりヘブライ語だということですか？」

「うん……」カールトン・ホテルからやって来た紙切れをまだ見ながら教授は椅子に深々と座る。「たとえば英語だって、チョーサーの英語があり二十世紀後半のアメリカ英語がある。両者は同じ言語であり、かつ同じでないわけさ」

「じゃあこれ、古い言語なんですね」

「とても古い言語だ。アラム語以前かもしれない。アナロジーを続ければ、チョーサーじゃない、そうだな、ケルト暗黒時代かな、でもケルト暗黒時代なんてこっちはろくに知らないんだ、まあだからアナロジーはやめとけってことだな。いままで見た中で一番古い形のヘブライ語かもしれないが、それもいますぐは断言できない。これ、預けてもらえるかね？」。ヴィカーはためらう。「ではコピーをとらせてほしい」

「いいです」

教授はコピーをとりながら、もう一度ヴィカーの頭をしげしげと見る。「何ていう映画だっけ？」

「『陽のあたる場所』」

教授はうなずき、自分の頭をさする。「俺は『ドント・ルック・バック』のディランかな」

179

『君の薄青い瞳』はアカデミー編集賞を逃す。ヴィカーは授賞式に出ないが、賞授与者が——出たところでヴィカーに授与されるわけではないが——ずっと前に自分がエリザベス・テイラーを裏切った相手であるキム・ノヴァクだと知って、出ないと決めたことを悔やむ。

178

『バラエティ』一九七九年五月二十五日——**「ニューヨーク**　長引いた交渉の末、ミロン・プロダクションズは、アカデミー賞ノミネート編集者ヴィカー・ジェロームに『神の最大の悪夢』の監督を任せる契約を結んだ。これは十九世紀フランスの小説『彼方』を原作とする映画で、一九八〇年、ユナイテッド・アーティスツより公開予定。

ジェロームは今年、最近UAの製作部門重役の座を去ってミロン社を設立したミッチェル・ロンデルの依頼を受けて携わったUA製作映画『君の薄青い瞳』編集の仕事でオスカー候補に。消息通によれば『神の最大の悪夢』は客を呼べる人気俳優を主役に据えることを条件に予算三七五万ドルに設定されたという。

仲介に携わった一人である匿名の人物によると、『その数字ならブロックバスターとは言えなくとも、監督第一作としては決して低くない額。主役のスターにはおそらく百万ドル近くをUA側は想定しているはずで、レッドフォード、イーストウッド、ニコルソン級は無理でも、その次のランクなら十分可能』。すでに挙がっている名としてはロバート・デ・ニーロ、リチャード・ドレイファス、クリフ・クリストファーソン（その場合モンタナで先月開始されたUA製作『天国の門』撮影が迅速に終了することが条件）など。

ベルギー系作家J・K・ユイスマンスの著書『彼方』は、ジャンヌ・ダルクの信頼篤き腹心として活躍し、のち数百、あるいは数千の児童を殺害したとも言われるおそらく実在した人物ジル・ド・レへの執着に溺れていく作家の物語。ジル・ド・レの生涯を調査するなかで、作家は神秘的な、悪魔かもしれない女性とかかわりを持つ。ユイスマンスによるこの物語が『神の最大の悪夢』では現代に置き換えられるのか、過去のままとするのかは不明。

ミロン社の発表に業界では驚きの声も上がっている。この監督初体験人物の、経験の欠如、さらには精神の安定度を懸念する向きもあり、特に、昨年のカンヌ映画祭で『君の薄青い瞳』が特別審査員賞を受賞した際の『錯乱』『知恵遅れ』などと各紙誌で報じられた言動が問題視されている。

これに対し、ジェローームの代理人であるCAAモリー・フェアバンクスは、『ヴィカー・ジェロームが単に風変わりな人物というだけでなく、独創的な、さらには稀有な才能の持ち主であることは誰もが理解している』と述べている。新生オリオンなど、他社が関心を示すまでミロンとUAが契約を渋ったという噂をロンデルは否定し、本企画に対する自らの『並々ならぬ熱意と意気込み』を表明し、ジェロームについても『スコセッシ以来、ひょっとするとウェルズ以来もっとも興味深いアメリカ人映画監督となる可能性を秘めている』と評している。ジェロームの奇行が取り沙汰されていることに関しては、『それも活用します』とロンデルは答えた。

一方ロンデルは、不測の事態に備えてアラン・J・パクラ、ウィリアム・フリードキン、ジョン・ミリアスといったバックアップ監督が検討されているという巷に広がる噂に関してはコメントしていない」

177

自宅の最上層の窓から、眼下の丘の斜面に彼女の姿が見えたとヴィカーは考える。一回目は、彼の家まで通じている道路の上り坂が始まるあたりに彼女はいる。彼女がそこに立って上の方を見ているとヴィカーは思うが、次の瞬間にはもういなくなっている。二回目、数日後の黄昏どきに、彼女は丘のもっとも高いところまで来ているがやはりじっと立ったまま動かない。『去年マリエンバートで』の、人間たちが巨大な中庭に立つ彫像であるシーンみたいだが、ただしソレダードは一人ですべての彫像を演じ、低木林《チャパラル》を背景にポーズを採っている。姿が見えたとヴィカーが思うたび、彼女は丘を少しずつ上がっていて、凍りついた『マリエンバート』ポーズのまま進んでいる。

176

音がロサンゼルス中すべてのクラブ――サンセット・ストリップの〈ウィスキー〉と〈ロキシー〉、ハリウッドの裏通りの地下室にある〈マスク〉、ダウンタウンの〈アルズ・バー〉、チャイナタウンの〈マダム・ウォン〉と〈ホンコンカフェ〉――に浸透したころにはもう、陽の光とともに**音**の自暴自棄ぶりもいっそう増していて、いまやその棲家《すみか》である都市と同じく、自分自身を生きたまま呑み込んでしまっている。サンタモニカとクレセント・ハイツ角の〈スターウッド〉で、ロサンゼルスでバスに乗ることについての歌を何曲も演奏する地元バンドをヴィカーは聴く。バンドには金髪のロカビリー風ギタリストがいて、リードボーカル二人は夫婦である。千人もの子供たちが、と彼らは歌う、親たちを埋める。そしてあたかも中世の子供殺しド・レの行方をたどるかのように、ヴィカーは〈スターウッド〉の子供たちのただなかを抜け、部屋から部屋をさまよう。幼児殺しの怪物たちを探して〈パンク・エイジ〉を見て回り、聴衆の中に飛び込んでいって、怪物を追い払おうとスラムダンスに走る。あまりの激しい踊りに、じきフロアには誰もいなくなる。ヴィカーは一人で部屋の真ん中に立ち、バンドは片方の隅に寄り、ほかの皆は遠心的に周縁に追いやられる。ヴィカーは二度警備員に追い出される――中規模の殺戮の跡を残して。

175

ミッチ・ロンデルが「うん、悪くない」と言う。ヴィカーはカルヴァーシティにあるオフィスにロンデルと二人でいる。カンヌでロンデルがヴィカーに「遅いぞ」と言い、その後の記者会見の途中で逃げ出してからもう一年以上が経った。ヴィカーとしては『彼方』の舞台をパンクの世界に移すとはっきり宣言したつもりはないのだが、ロンデルは構わず続ける。「なかなか面白いアイデアだ。一刻も早く脚本家を決めないといけないな。そうしてストーリーを徹底的に話しあって、君のビジョンが伝わるようあらゆる可能性をとことん論じるんだ。もちろん、アメリカの大半はこのパンクという名のクズを憎んでいる」

ロンデルが前ほど人当たりよくないようにヴィカーには思える。モリー・フェアバンクスがここにいたらいいのに、とヴィカーは思う。彼女の話し方が好きだし、彼女の言っていることが全部理解できるし——ただし最近はそうでもないことがある。「あなたは脚本を書いていないから」と彼女はこのあいだの会話で説明を試みた。「契約メモには作品の所有権はあなたにあると明記してあるけど、かりに作家協会が文句を言ってくるとしてもあなたに物語のクレジットをあげないといけないのよ……」。これがどういう意味なのか、ヴィカーにはよくわからない。それにモリーは前より早口になったように思える。「あとになってミロンかUAが企画を取り上げてしまえるような状況にはなりたくないわけよ」。誰もが「スターをつかまえる」ことを必死に考えているようだとモリーは言い、「みんな八十万あたりの人間を想定してるのよ、だから予算もこのレベルになってるわけなのよ、監督としてのあなたの取り分一八五Kを含めてね……」。この最後の部分がとりわけヴィカーには理解不能である。

「だから、大違いなわけだよ」といまロンデルは言う。「現代が舞台か、昔が舞台かで。現代だったらたとえばリチャード・ドレイファスあたりが妥当かもしれんが、十九世紀だったらそうじゃない。で、それと」ロンデルはわずかにヴィカーから離れるように回転椅子を回す。「女の方は、ええとあの――」

「イヤサント」

「イヤサント。主役じゃないが重要な役だ、そうだろう?」

「ええ」

「主人公の夢の産物かもしれないし、そうじゃないかもしれない」

「たぶんそうじゃないです」

「真夜中に男のところにやって来る、エロチックな存在……しっかりそういう印象を与えないといけないわけだよ。そうだろう?」

「ええ」

「エロチックな存在」

「ええ、それはもうおっしゃいました」

ヴィカーからさらに離れるよう椅子を回してロンデルは言う――「ソレダード・パラディンはどうだ?」

174

「え？」ヴィカーは言う。

「ソレダード・パラディン？　ニューヨ――」

「知ってます」

「裸や露骨な性描写も問題ないと思う。つまり、もちろん君がそれを映画の欠かせない一部だと見るならだが」

三十四丁目の自動車の中でザジが眠っているのを見つけたときのように、シリンダーがかちっと合わさる。「知ってるんですね、彼女がどこにいるか」

ロンデルは頭を左右に、肯定でも否定でもない形で動かす。「ひとつの思いつきさ。でもキャスティングの連中はそういうことのためにいるわけで」

「ザジは？」

ロンデルはとまどう。「ザジ？」

「ザジが無事かどうか、あなたは知ってるんですか？」

「単なる思いつきだったんだよ」。ロンデルは手で思いつきを振り払う。

「知ってるんですね、二人がどこにいるか」

「二人とも元気だよ。君、話がそれてるぞ」

「僕の話がそれてる――？」

「問題は映画であって……」

「『ソレダードはどうだ』って言ったのはそっちですよ」

「ヴィカー、もう忘れよう」

「僕はあの小さな子が無事かどうか知りたいだけです」

「もうそんなに小さくもなくなってきてるよ」ロンデルは苛立たしげに言う。「だいいち年の割に小賢しすぎる。あの子は知りあいと一緒だよ。父親と一緒さ」

173

サンセットを走るバスをヴィカーは東の端まで行き、そこから北へ歩いてチャイナタウンの中央広場に行く。十年前、ロサンゼルスに来て一時間と経たないうちにランチトレーでヒッピーをぶっ叩いた〈フィリップス〉からも遠くないところである。

夜の闇に包まれた中央広場にはネオンの切り傷が刻まれ、二十世紀初頭の阿片窟や賭博場はパンククラブに取って代わられた。ギンシン・ウェイの外れにある〈マダム・ウォン〉で、アリー・キャッツとジャームズのあいだの休憩時間に彼女が腕に触れてきたとき、ヴィカーにはそれが誰だかわからない。「あたし」と彼女は言う。


「君、こんなところにいちゃいけないよ」ヴィカーはしばらくしてから言う。

「このあいだ〈CBGB〉でもそう言ったよ」

「君、九歳だろ」

「五年間ずっと九歳だったわけないでしょ」とザジは言う。「あたし九歳に見える？　あんたのこと、探してたんだよ」

172

ヴィカーは「どうして僕がここにいるとわかった？」と言う。

「わかんないわよ」と彼女は言う。「でも噂は広まってるし、時間の問題だったのよ、いずれあんたと同じ場所に居合わせるのは」

「噂って？　君、そんなもの飲んでちゃいけないよ」

「頭にジェームズ・ディーンの刺青した変な奴の噂」

「誰も僕のこと知らないよ」ヴィカーは言う。

「あんた、本気？　みんな知ってるよ。あたし先週も〈マスク〉で、あとちょっとのところであんたに会いそこなったんだよ」

「ジェームズ・ディーンじゃないよ。僕も君のこと探してた」

「ほんとに？」

「君の黒いムスタングを」

「ママはもうあの車持ってないよ。あの車、ニューヨークからここまでたどり着けなかったんだよ。いまはママ、ミッチからもらったジャガーに乗ってる」

「ロンデルから車をもらったの？」

「知らなかったの、ママとミッチのこと？」

少ししてからヴィカーは「ミッチは君の父親かい？」と訊く。

闇の中でも、彼女の何かがわずかに萎《な》えるように思える。「まさか、違うよ」。ティーンエイジャーらしい落着きを取り戻してザジは言う。「ミッチはまず、あんたが作ってたあの映画からママを完全に外して、あたしたちどこにも行き場がなくなったら、ママの『世話をする』と申し出た。上手いもんだよね。しばらく前から二人で一緒に住んでる」。そうして力を込めて「あたしは違うよ」と言う。

「じゃ君はどこに住んでるの？」

「あたし、ジム・モリソンが父親だと思いたい。でもたぶん違うね」

バンドが登場する。声が聞こえなくなる前に彼が言う最後の一言は——「ねえ、映画観に行くかい？」

171

ヴィカーはようやく、カウエンガにある〈マルトーニ〉でモリー・フェアバンクスと直接会う。脚本家候補の人物と一緒のディナーである。モリーは三十代前半、ダイアン・キートンより美しさにおいても風変わりさにおいてもやや劣る。会ってみると電話で話すときより内気である。脚本家はまだ若く、半世紀以上前にフランス革命をめぐる失われたサイレント大作を作った有名なフランス人映画作家の孫である。アイパッチをつけていて、それを片方の目からもう一方の目へひっきりなしに移す。ウェイターは脚本家のアイパッチを見るべきか、ヴィカーの頭を見るべきか決められない。脚本家はヴィカー以上に口数が少ないが、『彼方』は読んだらしい。カルーアがたっぷり入ったカプチーノをヴィカーが飲んでいるあいだ、主としてモリーが喋る。

170

モリーに車で家まで送ってもらう帰り道、ヴィカーは窓の外の、バスより低い視線から見ることはめったにないロサンゼルスの街に見入っている。この低さから見ると、街は宙吊りになっているというより暗い海の大波に浮かんでいるみたいに思える。モリーが喋っている。「ミッチが来るはずだったんだけど、どうして来なかったのかわからないわ、でもいいのよ、あなたがプリ＝プロダクションのゴタゴタにかかわらなくて済むのはいいことよね、これがインディでやろうと思ったらそうは行かないわけで、そのへんはだいたいミロンがＵＡと組んで進めるだろうけど事項によってはやっぱりあなたもかかわりたいこともあるんじゃないかしら、たとえば撮影監督の人選とか、ヨーロッパに一人いるのよ、ドイツから出てくる新しい映画を何本か撮った人が、『さすらい』とか『アメリカの友人』とか、ちょっと観てみるといいかもしれない、叙情的なんだけど生々しくてけっこう強烈で、それって何て言うのかしら？」

「パンク」とヴィカーは言う。

「――うん、そうね、それもあるわよね、あたしたちのやろうとしてることにぴったりかも、こっちとしてはまず使える脚本を確保することが先決よね、さっきの人が上手くやれるかどうか神のみぞ知るだけどまあやっぱり今夜あなたと引きあわせて、それからキャスティング・ディレクターと主役を探す作業にかかる方がいいと思ったのよ、初体験監督と組む気のある俳優で、UAはスターをつかまえろって言ってるのよ、三七五出すのはひとつにはそのためなんだからって、だけどクリントとかジャックとかレッドフォードとかは手が届かないし第一向いてもいないわよね、みんなアメリカっぽすぎるもの、ニューマンは歳食いすぎてるし、内緒にされてるけどマックイーンは病気だし、パチーノは二十万ばかり予算オーバーだしドレイファスはかりにコカインでガタガタになってなくてもまるっきり一緒に仕事できる人間じゃないし、デ・ニーロだったら最高で現時点ではひょっとして予算的にも届くんだけどずうっと先までぎっしり仕事詰まってるのよねえ、ついこないだからスコセッシとボクシング映画撮りはじめてこれにもうほんとに入れ込んじゃって、かりに待ったとしてもこっちに順番回ってくるころにはもうとっくに手が届かなくなってるわよ、ドパルデューとかも当然候補って気するけど舞台を現代に移したらそうでもないわよね、UAから見てもアメリカで観客をどれだけ呼べるんだっていう話にもなってくるし、それに主演女優の方もそろそろ考えはじめて早すぎるってことはないわよね」モリーはここで、危険な領域に迷い込んだことにハッと気づいたかのように一拍置くが、もう手遅れと決めたかそのまま先へ進み、「まあ主演っていうのとも違うけど、一人最近のしてきた女優がいるのよ、ディケンズの小説から出てきたみたいな名前で、『ジュリア』にも出てたしウッディの新作にもチミノのにも出たし、いまはダスティン・ホフマンと離婚映画作っててこれがもうすごくよくてアカデミー賞間違いなしってみんな言ってるのよ――でもまああたしたちのにはちょっと、何かこう、知的すぎる？　て言うか、そうねえ、エロチックさが足りない？　ヴィカー？」

サンセットとクラークの角、〈ウィスキー〉の外で若者たちが群れをなして待っている。ひさしには

と書いてあってヴィカーは車のドアを開ける。「ここで降りる」彼は言う。「乗せてくれてありがとう」

ディーヴォ
×
ブラスターズ

169

ある晩ヴィカーは、『陽のあたる場所』を観にラシエネガのすぐ西、ウィルシャー大通り沿いの、三十年近く前に『陽のあたる場所』が初めて上映されたファインアーツ・シアターでザジと待ち合わせる。

行列が館の周りをぐるりと囲み、横の通りまでのびている。館内は満員である。ヴィカーはポップコーンとコーラを買い、これから観る映画について、自分の映画を語るときよりずっと興奮してザジに語る。母親やロンデルのことは訊かない。ザジはギターケースを持っている。誰かが隣の席に座ると、ケースを両脚のあいだにはさみ込む。君ギター弾くの、とヴィカーが訊くと、これベースだよ、とザジは答える。ギターとベースギターの違いがヴィカーにはわからない。

映画が始まり、モンゴメリー・クリフトが「君を一目見たときから愛してた。もしかしたら見る前から愛してたかもしれない」と言い、エリザベス・テイラーが「ママに話して。ママにみんな話して」と答えると観客たちは――ザジも含めて――笑う。ザジに対して憤ることはヴィカーのDNAに入っていないので、彼としては落胆するしか選択肢はない。「まあいいんじゃないの」ザジはあとで言う。「ときどきちょっと馬鹿らしいところもあるけど。それとあの終わり方、何？　あいつ妊娠した女を殺す気だったの、殺す気じゃなかったの？　なかったとしたら、最後で処刑される段になってなんであんなに、こう、うっとりした顔してるわけ？　なんか筋通らないよね――まあべつに通らなくたっていいんだろうけど、でも」。ザジは肩をすくめる。「それにあいつ、ちょっとゲイっぽかったよね」と彼女はあっさり言ってのけ、ヴィカーの愕然とした顔を見て「ごめん」と言う。

「いいんだよ」ヴィカーはうつろな声で答える。だが二人はもうそれ以上映画の話はしない。

168

ラジオで、イギリスのバンドがモンゴメリー・クリフトのことを歌っている。

大破した車を夜に見る
喝采はやめろ　明かりを暗くしろ
モンティの顔がハンドルの上でめちゃめちゃ

生きてるのか？　まだ感じられるのか？

その歌を聞きながら、ヴィカーは自宅最上階の窓辺に立って、夜をぼんやり眺め、ガラスに映った自分の鏡像を見る。家の中のランプの黄金色のほのめきに包まれて、エリザベス・テイラーとモンゴメリー・クリフトが都市の上に浮かんでいる。都市は無数のニューロンから成る広大な地下墓地のように彼の足下に転げ落ちる。ヴィカーは頭を左右に、横顔から横顔に動かして自分の鏡像を見る。モンティがハンドルにぶつけて壊したのはどっちの横顔だったのか？　彼の光を明かす横顔か、それとも闇を明かす横顔？　もしいまヴィカーが編集室にいて、どちらかを選んでいるとしたら、モンティの真実よりも美を選ぶだろうか――そもそも壊れたのが真実の横顔だとして？　そしてもしかりに、真実の横顔の方がいまだ美しいまま、いまだ壊れていないままの横顔だとしたら、もはや闇を持たなくなったことで光は何を失っただろう？

167

『バラエティ』一九八〇年六月三日――「**ロサンゼルス**　『神の最大の悪夢』がこの夏クランクインすると今日ミロン・プロダクションズが発表した。

ハーヴェイ・カイテル主演で、十九世紀フランス小説を脚本家ミシェル・サールが現代パンクの世界に置き換えたと報じられる『神の最大の悪夢』は、アカデミー賞ノミネート編集者ヴィカー・ジェローム（『君の薄青い瞳』）の監督デビューとなる作品である。

脚本、キャストの問題で一年遅れがあった末に、ようやく今回の発表に至った。消息筋によれば、この発表を別とすれば正確なクランクイン日などは決まっておらず、未解決の問題が（特に、来月予定されている映画俳優組合のストに関し）まだ多々残っている可能性がある。ミロンの予定では公開は一九八一年五月で、来春の第34回カンヌ映画祭に出品され、これと同時にユナイテッド・アーティスツにより国内外に配給されることになっている」

166

ヴィカーはニューヨークの映画を観る。ナレーターはここが自分の街であること、これからもずっとそうであることを語る。ロマンチックな音楽がクレッシェンドに達し、花火が公園とその周りのビルの上空で炸裂する。ヴィカーもニューヨークに数か月滞在した際、公園を見下ろす続き部屋に住んでいたわけだが、公園の上空で花火が炸裂するのを見た覚えはない。こんなに光り輝くニューヨークを、こんなに美しい光と闇のコントラストを彼は見た覚えはない。彼が覚えているのはさまざまな暗度の灰色から成るニューヨークだ。これはサイエンスフィクションのニューヨークなんだ、とヴィカーは思い至る。ハリウッドとは違う、現実世界についてあまり実際的でない人々が見るファンタジーのニューヨークなんだ、と。もしかしたらハリウッド・サインの上空で花火がクレッシェンドに合わせて炸裂するロサンゼルス映画だってあるかもしれないが、ヴィカーは観たことがない。

165

一週間後、コロンビアの撮影所内にあるサルバーグ・ビルで開かれるプリ＝プロダクション会議でも、ヴィカーはまだニューヨーク映画のことを考えている。心配そうな顔の副プロデューサー二人、わずかにやつれた衣裳デザイナー、顔のない製作アシスタント数人に加えて、長い髪に開いた革ベストを着た美術監督が、ヴィカーとモリー・フェアバンクスとともに会議テーブルを囲む。ミッチ・ロンデルは出席していない。こうした会合でヴィカーは何も言わず、もっぱらモリーがロンデルの代わりにコーディネーターの役を務め、ヴィカーの希望を——あるいはヴィカーの希望と彼女が考えるものを——通訳する。

164

会議の話題は目まぐるしく変わる。「パンククラブのセットはすごくいいですね」製作アシスタントの一人が美術監督を褒める。「もうご覧になったでしょうか」——これをヴィカーに向かって言うべきかモリーに向かって言うべきか彼女はよくわからずにいる。

「撮影監督はもう来てます?」美術監督が訊く。

「撮影監督、もう決まったんでしたっけ?」もう一人の方のアシスタントがおずおずと訊く。

「ロビー・ミューラーです」モリーが言う。

「ロビー・ミューラーって誰?」美術監督が言う。

「スタンバーグ以来ドイツ最高の撮影監督です」モリーが力強く言う。「こちらの態勢が整い次第いつでもベルリンから来てもらえます」。そしてさらに一言、「できることなら、ヴィム・ヴェンダースともう一度組んでしまう前に入ってもらうのがベストです」とつけ加える。

「ヴィム・ヴェンダースって誰?」

「スタンバーグって監督じゃありませんでしたっけ?」アシスタントの一人が訊く。

「スタンバーグ映画の撮影を担当した人ということです」モリーが言う。

「ハーヴェイのスケジュール、けっこうきついです」副プロデューサーが言う。「ニック・ローグの企画が次に控えていて、その次はトニー・リチャードソンです」

「まあギャランティ契約じゃないから」ほかの誰かが言う。「ですよね?」。自分はこんなに映画が好きなのに、どうしてハリウッドの人間が言っていることが全然わからないんだろう、とヴィカーは自問する。

「ええ、違います」モリーは言う。「とはいえ、あんまり長引いたらほかの仕事を始めるのは止められませんけど」

「あと、脚本が完成してるとベストですよね」美術監督が言う。「何がベストかっていう話で続けると」

163

「あんまり先走りしてもアレですけど」副プロデューサーが言う。「どのみち待ってるんだったら、音楽は誰か、編集は誰かとかも考えておいては……？」

「編集はヴィカーがやります」モリーが答える。「そのことは契約メモに入っています。脚本についてはけさミシェルと話しました。あと一息です」

「ほんとにミシェルがそう言ったんですか？」美術監督が鼻を鳴らす。「あの人、どもりますよね」。外の喫茶室から目を離さないまま、ヴィカーは考える――ロサンゼルスをめぐる映画とはみんな、娘とセックスする父親の話か、友人を裏切る友人の話か、電話のコードで首を締めあう男女の話だ。

「まあとにかく」美術監督が続ける。「セットは出来てるんだから少なくとも、必要とあらば手始めに、クラブのシーンだけでも撮っておいて、連続性《コンテ》をしっかり押さ――」

「連続性なんて糞喰らえだ」ヴィカーが言う。

ミーティングの場に沈黙が降りる。いままでミーティングは何度かあったが、ヴィカーが言葉を発するのが聞かれたのはこれが初めてである。

「映画のさまざまな時間を、シークエンスの順番を無視して撮影できるのは、その方が便利だからではなく、ひとつの時間のあらゆるシーンは同時に起こっているからだ。ひとつのシーンから次のシーンにつながるなんてことは実はない。あらゆるシーンがたがいにつながりあっているんだ。いかなるシーンも『順番を無視して』撮られるのではない。シーンはたとえまだ次のシーンが撮られていなくても次のシーンを先取りしなくてはいけないとか、シーンはその前のシーンがまだ撮られていなくても前のシーンを反映しなくてはいけないというのはまやかしの心配にすぎない。あらゆるシーンはたがいに先取りしあい反映しあっているのだから。まだ起きていないことをシーンは反映し、すでに起きたことを先取りする」。ヴィカーは椅子から立ち上がる。ロサンゼルスは現実《ザ・リアル》そのものの都市であり、そのさまざまな物語は時と同じくらい古い。ニューヨークの、もっと希望的な、子供っぽい人々とは違い、人々は神から隠れにそこへ行く。「まだ起きていないシーンは」ヴィカーはテーブルを囲む人々に説明する。「もう起きているんだ」。そこにいたあいだはわからなかったけれど、ニューヨークもいまや——誰もが呆然と見送るなか部屋を出ていくいま——ヴィカーにとって意味を成すようになった。

162

コロンビアの撮影ステージは、パンククラブに一度も行ったことのない人間が思い描いたパンククラブみたいに見える。華麗にきらめく、スタンバーグの『上海ジェスチャー』の売春宿のようなアジア風ファンタジア。壁の代わりにあちこち鏡が貼りめぐらされ、照明と足場が壁ぞいに並ぶ。床には台車のレールが二本敷かれ、渦を描いて交差する。道具方、照明係、その他さまざまな製作スタッフが出たり入ったりしている。

「すごくお洒落ですね」ヴィカーが美術監督に言う。

「ありがとう」長い髪に革ベストの美術監督は答える。

「いいえ」ヴィッカーは言う。「すごくお洒落です」。あまり人を苛つかせぬよう彼は努めている。二人の男はセットの真ん中に立ってたがいを見合っている。

美術監督がようやく理解する。「お洒落すぎるってことですね」憤りもあらわに彼は言う。「チャイナタウン中にあるああいう場所はどうなんです？　ああいうのはパンククラブじゃないんですか？」

「中に入ったこと、あります？」

「本物らしさを追求してるとは知りませんでした」

「鏡を外してください」

「観客は何か見るものが必要なんです。豪華なキラキラが」

「豪華なキラキラ？」。ヴィッカーが鏡のひとつに見入っていると、一瞬ある思いが訪れるが、彼が把握する間もなくそれは頭から消えていく。が、その晩自宅で、ふたたびリビングルームの窓から外を見ていて、ふたたび頭を動かしガラスに映る自分の鏡像に見入っていると、もう一度その思いが脳裡をよぎる。そしてまた、バスルームの鏡の前で、左目の下の、剃刀で傷つけてしまうたびに血が出る涙の刺青を避けようとしている最中に、思いはふたたび戻ってくる――

161

いままでずっと自分の左側だと思っていたのは実は右側であって、いままでずっと右側だと思っていたのは実は左側なのだ。いままでずっと自分の真実の側だと思っていたのは実は嘘の側なのだ。善の側だと思っていたのは実は悪の側であり、刺青を入れた頭蓋のモンティ側だと思っていたのは実はリズ側なのだ。

160

モリーからの電話。「ストが始まったわ」と彼女は疲れたような声で言う。「俳優たちが出ていったのよ。これもみんなビデオのせいよ。もっと金が欲しいってみんなが言い出して、実はそれってまるっきり正しいんだけど、世界のミッチ・ロンデルたちはそういうふうには見ないのよ」。そして彼女は「来週には終わるわよって言ってあげたいんだけど、二、三か月続きそうな気がする」と言い足す。

「構わないよ」

「あなた、ものすごく楽天的に聞こえるけど」

「うん、僕、楽天的なんだ」

「もう少し悲観的でもいいんじゃないかって思わなくもないけどね。あなた、この仕事にほんとに頭が行ってるのかしら?」

「行ってない」とヴィカーは言って、電話を切る。電話の横のコルクボードには、カンヌで夢に見た古代の文字のオリジナルが画鋲で止めてある。コーン教授に電話をかけて誰も出ないと、ヴィカーは長い丘をサンセットまで下り、バスに乗ってふたたびＵＣＬＡへ向かう。

159

研究室の入口に立って教授の頭を見ながら、ヴィカーは自分の頭に手をやり、「やらなかったんですね」と言う。

「kがあるヴィカーか」と教授は言う。今日は緩いプルオーバーの長袖シャツを着ている。彼もやはり頭に手をやり、少しのあいだ二人の男は自分の頭を押さえたままたがいを見ている。やがて教授が言う。「大きなステップだからな。いまもまだ『ドント・ルック・バック』だと思ってる。でも『2001年宇宙の旅』のスペースチャイルドだか何だか、あの男の子もいいな」

「あれ、女の子かもしれませんよ」

「それは考えたことなかったな」

「この建物、『2001年』を思い出します」

「窓はあるけどな。君に電話しようとしてたんだ」

「僕、電話番号伝えませんでしたよね」

「伝えなかった。君は電話帳にも載っていない」

「僕も電話しようとしたんです」

「なあkがあるヴィカー、教えてくれる気はあるかね」コーン教授は古代文字のコピーをかざす。

「これをどこで知ったか?」

「夢で見たんです」ヴィカーは言う。相手が答えずにいると、ヴィカーは「だから言わなかったんです」と言う。

「その夢、いつ見たんだ？」

「初めて見たのは十五年前です」

「初めて見た？　じゃあそのあとにも見てるのか」

「何回も」

「君の経歴を訊いてもいいかな？」

「僕の経歴？」

「訊いてもいいかな？」

「十年前にバスでペンシルヴェニアからハリウッドに来ました」

「もっと前から。たとえば、どういう宗教で育てられた？」

「キリスト教改革派」

「何だね、それ？」

「カルヴァン派です」

「中東に行ったことは？」

「スペインならあります」

「もっと先だ」

「カンヌもあります」

「聖書の国に行ったことはないんだな。イスラエル、ヨルダン、レバノン、シリア——」

「この字、そういう国のなんですか？」ヴィカーは教授の手の中のコピーに向かって言う。

「こいつがたどったややこしいルートは省略する」コーンは紙を振る。「専門家が二十人くらい順々に見たんだ――まあこういう問題に専門家なんてものがいればの話だが」

「じゃあどういう意味だか、わかったってことですか？」

「『愛よりも信仰、涙よりも血』、まあだいたいそんな意味だ」

「はあ」

「あんまり画期的じゃないだろ？」

「ええ」

「でもここは画期的だ。イサクの話は知ってるか？」

ヴィカーは何も言わない。

「神がアブラハムを試そうと、息子のイサクを――」

「知ってます」

「――山頂に連れていって殺せと命じる、神に対する――」

「やめてください」

「忠誠のあかしとして。そしてアブラハムがいまにもそれを実行しようというところで、神がやめ――」

「やめてください」鉛筆を二本、教授の頭に、それぞれの耳から一本ずつ埋め込むことを想像しながら、ヴィカーは机からあとずさる。

「わかった」コーンは落着いた声で言う。

ヴィカーは荒く息をしている。「それがこの字とどう関係あるんです？」

「『愛よりも信仰、涙よりも血』。これはナイフだか斧だかはバージョンによって違うんだが、とにかくアブラハムが山頂に持っていった刃物の把手に刻まれていた言葉なんだ」

「どうしてそれを僕が夢に見るんです？」

「見当もつかないね。誰かさんが君に何かを伝えようとしているとも考えられるんだろうが、聖書言語学者として私はそういう発想には懐疑的だね。でもひょっとすると必要以上に懐疑的なのかもしれない。ひょっとするとすべては事実、神の冗談なのかもしれない。イサクに関するやりとり全体が神の冗談なのかもしれない。だとしたら大した冗談好き、だよな？　古代ヘブライ語で『イサク』はどういう意味か知ってるかね？」

「いいえ」

「『笑い』だ。だがもっとありうるのは」――文字を書いた紙を掲げる――「君がこれをどこかで、どうやってだか、見たという可能性だ。つまり、夢の中以外で。だけど、なあkがあるヴィカー、もし思いついたら俺たちにも知らせてくれよな。俺と、俺の知りあいの、二十人ばかりの懐疑家たちにも」

158

鐘の音を聞きながら、殺人の計画もすでに終えた彼女は眠りに落ちる。何度も寝返りを打つなか、美しさの下でおぞましさが渦を巻く。のちに観客たちが彼女をめぐって知ることになるすべての痛みや寂しさにそぐわないおぞましさ。この映画の――彼女がブレークを遂げ、史上もっとも有名な映画スターになる道を歩みはじめた映画の——このシーンにおいて、その鐘は自分が殺したつもりだった男がまだ生きていることを意味することを彼女は知っている。鐘に揺さぶられて、彼女は目覚めようとあがく。存在と忘却のあいだのどこかで、マリリンは我々を、我々が彼女を夢に見たのに劣らずありありと夢に見る。そしていま、闇の中で、彼女について誰もが知っていること、彼女の身にやがて起きることを知りつつ『ナイアガラ』を観るヴィカーは、彼女が決して目覚めぬようにと祈らずにいられない。

別の映画では、機械時代のあけぼのに、一人の男が完全な畸型の体で、巨大な畸形の頭を持って生まれてくる。あたかも頭蓋と肉とが、新時代の新しい歯車によって挽き出されたかのようだ。おぞましさの下で美しさが渦巻く。正しい横顔も間違った横顔もなく、光の横顔、闇の横顔もない、エレファント・マンにはそもそも横顔がないのだ。映画の終わりで、己の畸型の重みに彼が文字どおりくずおれるとき、魂は体から飛び立ち、最後の瞬間、幻想的なコクトー風エーテルの中から死にゆく男に向かってささやくのは母の記憶だ、こうささやいて彼を招く母の——「何ひとつ死にはしないのよ」。

157

エレファント・マンをめぐる映画は自分が泣いた覚えのある唯一の映画であり、夜へ向かうバスに乗って勃起を隠すのと同じに、闇に紛れて涙を隠そうと、クレジットが流れ出してもヴィカーは席を立たない。

映画館には半分以上人が入っている。銀色のクレジットロールの闇の中でヴィカーが座っていると、何列か前、館内の反対側で一人きりの女が立ち上がるのをヴィカーは見る。通路を女は進んでいく。片方の手首が、ヴィカーにも見覚えのあるやり方で彼女の髪に包まれている。ヴィカーは動きもせず何も言いもせず、彼女が通り過ぎるまで闇の中で座り、やがてもう彼女がいなくなってクレジットももうほぼ終わったと思ったところで、二本の腕がうしろから自分を包み込むのをヴィカーは感じる。あたかもヴィカーがずっとうしろにいたことを、彼女が知っていたかのように。彼女が前に座っていることをヴィカーが知るより先にヴィカーがそこにいることを彼女が知っていたかのように。そしていま、彼女の髪がヴィカーのむき出しの頭を撫でる。彼女の涙がヴィカーの涙と混じりあい、自分の顔を流れる涙が誰の涙かヴィカーにはわからない。

「野蛮人《バルバロ》の教会建築家」彼女のささやきにひそむ悲しみがヴィカーには聞きとれる。「約束して、もしあたしの身に何かあったら、あの子を守ってくれるって」

「わかった」闇の中でヴィカーは言う。

「約束して」

「約束する」そして

156

彼女は

157

いなくなる――あたかもそうなることを本人が知っていたかのように。二週間後の午前一時に電話がかかってきて、向こう側からザジがしくしく泣く声が聞こえてくる前からヴィカーにはわかる、ドティのことがわかったのと同じように。電話を外すんだった。だがそうしたところで彼女は戻ってこないだろう。

154

ザジにかけ直そうと思うが番号がわからないし、ミッチェル・ロンデルの個人番号も電話帳に載っていない。

153

午前二時のバスに乗ってハリウッド・メモリアルに行き、枯草の小山をよたよた上り下《お》りしながらまずドティの墓を探し、次にソレダードが闇によって凌辱されやがて凌辱する側もされる側も闇に——世界にはまったく知らされることなく——呑み込まれた場であるジェーン・マンスフィールドの代理墓を探す。いま彼が誰かを殺すのに、唇に歌が浮かんでいる必要はない。

152

彼女はハリウッドの伝統どおりのやり方で行ってしまった。サングリア色のカスタム塗装のジャガーが、サンセット大通りをくねくねとベルエアめざして西へ進んでいく最中、カーブを華々しく切り損なう——事故のロマンチックな悲劇と、自殺の実存的魅惑とのあいだに宙吊りにされた瞬間。だが疑いの余地がないのは、その二週間前、あの拗《す》ねた美しさが通用しない暗い映画館で彼女がうしろからヴィカーに近づいてきて彼の首に両腕を巻きつけ、最後の指示を、いまや彼女の世界の中で唯一価値あるものとなったものをめぐる遺言を、耳元でささやいたことなのだ。

151

同じくハリウッドの伝統どおりに、ソレダード・パラディンはおよそ一週間半のあいだ、生きていたとき以上に、それが間違った理由ではあれ、有名になる。だがハリウッドで有名になるのに正しい理由も間違った理由もありはしない。小さなカルトが生まれ、盛り上がり、消えてゆく。ソレダードが出演したレズビアン吸血鬼作品群のよみがえりに、タブロイド風の噂話が伴う。ヘロイン摂取。一度に二人、三人、四人の無名の愛人たちを夜ごと集めて生じる、しばしば途方もなく狂った方向に展開するもろもろのエピソード。さらには事故自体をめぐる風聞もある。何が切断され、もがれ、突き刺されたか。ヘロインが度を超してしまったのか？　ロンデルが帰ってきたらベッドの中にもう一人の女がいて激論になり、そこから逃げ出したのか？　彼女がブニュエルの娘だったかどうかをめぐる推測もなされ、そうではないという合意に人々はしぶしぶ達する。

150

埋葬が実際行なわれるとしても、ヴィカーの知るかぎりそれは身内だけで行なわれる。ニューヨークで彼女と関係を結びやがてムスタングの中にザジを見つけたあとにホテルのカウチに貼りついたときと同様、ヴィカーは今回もカウチから動かない。電話が鳴っても出ず、リビングルームの窓の外の空をじっと見ている。やがて、午後を二度そうやって過ごした末に、誰かがドアをノックする。

149

自分でドアを開けて入ってきたヴァイキング・マンが「牧師さん?」と言う。

「はい」ヴィカーはカウチから言う。

「あんた、大丈夫か?」

「はい」

「大丈夫に見えないけどな」

ヴィカーはぼんやり空を見ている。

「もうよせって牧師さん、あの女はメチャクチャだったんだよ」

「やめてください」

「式には行くのか?」

「式って?」

148

「ロンデルの家で追悼式やるんだよ」とヴァイキング・マンが言う。

「ザジは？」

「ザジがどうした？」

「大丈夫なんですか？」

「俺が知るかぎり、こういう状況にしては立派に大丈夫だ。ソルとは控え目に言ってもずいぶんややこしい関係だったみたいだけど、まあそのへんはあんたの方が……」

「いや、僕は……」

「……子供が自分で自分の親やってる上に、母親の親もやって……いまじゃ街じゅうほっつき歩いて、どこにいるのか何をしてるのか誰も知らなくて、まだ十二だか……」

「十四です」ヴィカーが言う。「もうじき十五に……」

「誰も追いつけやしない」

「僕もです」

「子供ほど時が過ぎたことを思い知らせるものもないよな」

「ええ」

「こう言っちゃ何だけど、あの子もあんなふうにメチャクチャになったら嫌《や》だよなあ。でもあの子はいつだって母親より賢かった。たとえ」――ここでヴァイキング・マンが鼻を鳴らす――「いまは鼻輪をつけてるにしても」

「あ、そうなんですか」

「俺このごろ、あの子のことズールーって呼ぶんだ」。ヴァイキング・マンがため息をつく。「あんた、一緒に式に来るのか、来ないのか？」

「行きません」

147

だがヴァイキング・マンが去ったのち、ヴィカーはカウチから身を剝がし、服を着替えて、サンセット・ドライブに通じるくねくね迷路のような道をのぼって行き、そこからさらにキャニオンのてっぺんまで上がっていく。ルックアウト山の上に建つミッチ・ロンデルの家は、何もかもがガラスと鉄柱とケーブルで出来ていて、デッキやパティオがローレル・キャニオンめがけて落下している。ヴィカーがそこに着くころには、追悼式はもうほとんど終わっている。参列者はヨーロッパ有閑族《ユーロトラッシュ》、見慣れない顔、ヴィカーも見覚えのあるロンデルのＵＡ元同僚などが交ざっている。モリー・フェアバンクスが部屋の側面に立ち、共感を込めてヴィカーに手を振るが寄ってはこない。かつてのニコルズ・ビーチの一団の生き残りもいる。喪服を着た、何年も会っていなかったマージー・ルースがヴィカーを抱擁する。「ヘイ、スーパーマン」彼女は悲しげに微笑む。「『デカパイの頭おかしい女』かぁ……」

ロンデルの家の白いカーペットは、カンヌのカールトン・ホテルの、マリアが白いコートを床に脱ぎ捨てた部屋をヴィカーに思い出させる。奥の方で、喪服を着たロンデルが打ちひしがれた雰囲気を漂わせ、流れてくるお悔やみの言葉に気もそぞろな様子でもごもご応えている。ヴィカーはロンデルと目を合わせ、それからデッキに出ていく。

146

家の裏手に回り、彼女が柱に寄りかかって、靄の十キロ以上うしろに隠れた海を見ているところを見つける。黒いジーンズをはいて男物の黒いシャツを着て、髪も黒く染め、遠くから見ると何ら動じていないように見えるが、近くに寄ってみるとアイライナーはしみになっている。煙草についてヴィカーは何も言わない。

彼女はふり向いてヴィカーを見て、煙草を捨て、踏んで消す。「来ないかと思った」と彼女は言う。

「お気の毒に」ヴィカーは言う。

ザジは肩をすくめる。「クソ野郎のお飾りやるのも、もう時間切れだったんだよ」

「よせ」

「わかってる」彼女は言う。「まるっきりありがちだよね、損なわれたハリウッドの子供、早熟で辛辣なティーンエイジャー」

「その輪、いつつけた?」

彼女は鼻に触れる。「二、三か月前。あたしも刺青頭めざして着々と進んでるわけよ」そう言ってヴィカーに向かってうなずく。「もうこれでママと言い争わなくてよくなったから——いままではそれでまとまる話もまとまらなかったわけだから。もっとも、まとまって何がどうなるのかもよくわかんないけど……で」染めた髪を両手でうしろへ持っていく。「ずっとさ、ローラ・ロジックかなって考えてるんだけど」ヴィカーはそれが誰なのかも、どの映画に出ているのかもわからない。「だけど何てったって頭にやるんだから絶対確かだって思えなくちゃ駄目だよね、でもまあ間違いだとなったらまた髪のばせばいいんだろうけど、とにかくしばらく見かけなかったよね、映画は進んでるの、来週とかに撮影始まるんじゃなかったっけ——？」そして突然の号泣が、家が都市へ落下するがごとくに空間へ落下していく。

「大丈夫？」とヴィカーが言い、ザジは泣きながら彼の胸に飛び込んでくる。

145

彼女は気を取り直して言う。「あんたのところに泊めてもらえる、ヴィカー？　カウチでも床でも寝れるから。とにかくお願い、あたしをここに置いていかないで」

「空いてる部屋があるよ」ヴィカーは言う。「床なんかで寝なくていい」

「いま行ける？　どうせこんなの」背後の家の中の人々を身振りで示す。「ママに関係ないよ」

「わかった」

ヴィカーとザジが家の中を通り抜け、玄関まで達したところでロンデルが部屋の向こう側から「イザドラ？」と呼ぶ。

彼女がそう呼ばれるのを聞くのはものすごく久しぶりなので、はじめヴィカーはロンデルが誰のことを言っているのかわからない。

「イザドラ？」ロンデルが部屋の向こうからやって来て、周りの会話が止む。「何してるんだ？」

「僕と一緒に来るんです」ヴィカーが言う。

「ヴィカー？」ロンデルはすぐそばまで寄ってきている。「私はザジと話してるんだ。イザドラ、どこへ行くつもりなんだ？」

「そんなのあたしの名前じゃない」ザジは言う。

「僕と一緒に来るんです」ヴィカーが言う。

「ヴィカー、同じことを言うな。ザジ？」そしてロンデルは彼女の腕をつかむ。

144

あとになって、デ・パルマとシュレイダーのあいだでその瞬間の映画的特性について、さらにサウンドエディットでどう再現するかを念頭にその音についても若干の議論が戦わされることになるが、何かが砕けた響きについては二人とも同意見である。砕けた音という点には誰も異を唱えない。かつて十一歳の子が中にいる自動車のウィンドウを叩き割ったのと同じ手で、ヴィカーはロンデルの横顔のどちらかだかを粉砕する——最近はどっちがどっちの横顔だか、もうわからなくなってきているのだ。いずれにせよ、議論の余地がないのは、白いカーペットの上を流れる血の筋である。その映画的特性についても誰一人反論しない。ロンデルは部屋の真ん中に、鼻血を流して大の字に横たわり、みんな何もせずにただ彼を見ている。唯一の例外はモリーだ。彼女は蒼白の顔でヴィカーを見ている。あたかも二年間の不断にして渾身の努力が、たったいま一瞬にして消え去ったかのように。ロンデルのもうひとつの横顔にも迅速な蹴りを入れようと、ヴィカーは歩いていく。「よぉ待て、シェーン」誰かに引き戻されてヴィカーはそいつも殴ってやろうとふり向くが見ればそれはヴァイキング・マンである。ヴィカーは床の上のロンデルの方に向き直る。「僕と一緒に来るんです」とヴィカーは言う。

143

ザジは呆然と横たわっているロンデルのところに行く。かがみ込んで、彼の耳元に何かささやく。ロンデルの目をまっすぐ見て、間違いなく伝わるようにもう一度念を押してささやく。それから大股で家の中を抜けていき、ヴィカーがあとを追う。

142

「さっきあいつが言ったの、あれ、あたしの名前じゃないよ」と彼女は言う。通りに出たあたりで、ヴァイキング・マンが追いかけてくる。

「牧師さん」ヴァイキング・マンは言う。「車、あるのか?」

「歩いてきました」ヴィカーは言う。

「乗せてってやるよ」。サーフボードを屋根に乗せたトヨタを指さす。「警察を待つなんて意味ないだろ」

「警察、来ないよ」ザジが言う。

「警察は絶対来ない」ヴィカーも同意する。

「あいつのこと、ずいぶん痛めつけたんだぞ」ヴァイキング・マンが言う。

「あいつ、警察に電話しないよ」ザジが落着いた声で答える。

141

ヴィカーが最後に父親を見たのは、神学生だった彼が扉のない教会の模型によって審査委員会を愕然とさせた夜のことだった。家に帰ると中は暗かった。「ねえ《オー》、母さん《マザー》?」と呼びかけたが、返事はなかった。暗くなった階段をのぼって行くと、かつて父親が部屋に入ってきた夜に幼い自分が横たわっていたベッドの縁に、父が腰かけて長いナイフを持っていた。ヴィカーが物心ついたころからずっとナイトテーブルの上に置かれてきた小さなランプの光を受けて、ナイフがキラキラ光った。「母さんはどこ?」とヴィカーは言い、父の許を離れて母親の部屋に入っていった。クローゼットも引出しも空っぽになっていた。自分の部屋に戻っていくと、歪み、濡れた顔の父親が、新たに剃った頭の息子を、息子がいずれこうなるとわかっていて恐れていたまさにそのとおりになったかのような顔で見た。父は手のひらの上でナイフの刃を何度もひっくり返し、その刃の運命に思いをはせていた。だが刃はヴィカーの母に向けられたものでも、ヴィカーに向けられたものでもなかった。その瞬間、ヴィカーはいつにも増して神を憎んだ。

140

ザジはヴィカーの家で暮らすようになる。第二層の空いている寝室を使い、窓は丘の斜面を向いているので眺めはあまりない。毎朝ヴィカーはマドリードで夜中に食べていたバスク風朝食を作ってやる。卵、ジャガイモ、刻んだトマトをフライパンから直接食べる。最初の夜にザジは彼に「これってもう映画は作らないってこと?」と訊き、外に広がる都市と窓に映る自分の鏡像とを見ながらヴィカーは左右に、横顔から横顔へと頭を回し、答える。「どのみち監督のやり方なんて知らないんだ。スペインで一度やったけど、ブニュエルにそんなに似てなかったよ」

139

警察が来てザジを連れ去ろうとしたらどうするか、ヴィカーは思案する。だがザジが言ったように、警察は来ない。あいつを殴ったとき僕が歌っていたら奴らは来ただろうな。思いついたら、ラジオで聞いたあのモンゴメリー・クリフトの歌を歌ったのに。

138

翌日ヴィカーが起きるとザジはいなくなっている。シェリー゠ネザーランドの続き部屋に泊まって翌朝残っていたのはカウチの端から垂れていた毛布だけだったときと同じだ。彼女は午後に戻ってくる。ベッドルームにマリアンヌ・フェイスフルのポスターを貼っている最中、ヴィカーが戸口に立って「あいつに何かされたの？」と訊く。ファインアーツに『陽のあたる場所』を観に来たときに持っていたギターケースが隅に立っている。

彼女はポスターを貼り終え、一歩下がって点検する。「ポスター一、二枚貼っていい？」

「何でも好きなもの貼っていい」

「ううん、何もされなかった」彼女は言う。「でもあたしもう、男の目見れば何考えてるか、わかる歳だよ」。彼女はしばし唇を噛む。「あたし、まだ処女だよ」

「僕も童貞だよ」とヴィカーは言う。

137

盲目の子供たちに勉強を教える元レーサーの許に二人の殺し屋がやって来る、六〇年代なかばの映画をヴィカーは観に行く。元レーサー／教師を演じているのは、かつてヴィカーに『陽のあたる場所』が最低だと思ったけれど八回続けて観たら最高だと悟ったと語った映画監督である。この映画で殺し屋たちを送り出すのは、愛人に暴力をふるう暗黒街の黒幕である。映画館を出るともう日は暮れていて、ヴィカーが通りを渡ってペーパーバック書店に入っていくと、テレビが映っていて同じ暗黒街の黒幕が別の映画に出ている。やがてヴィカーはそれが映画ではなくニュースであることに気づき、黒幕が合衆国大統領に選ばれたことを知る。

ザジは無茶苦茶な時間に出たり入ったりしている。奇妙な電話がかかってくるし、時には奇妙な車が家まで迎えに来る。彼女をどうやって世話したらいいのかヴィカーにはさっぱりわからないし、何を頼むべきで何は強制すべきかもわからない。「学校は行かなくていいの?」ある日の午後、夜どおし出かけていた彼女にヴィカーは訊いてみる。キッチンに座ってツナサンドを食べながら彼女はゆっくりうなずく。「学校は」――うなずいているのに彼女は言う――「行きたくない」。そして「バンドに入ってる方が学べるし」と言う。

「バンド、いつ始めたの?」

「八か月くらい前。あたしがバンドの弱点なの。ほかのメンバーはみんなけっこう経験があって。〈スターウッド〉の小部屋で先週一晩やらせてもらって、そのうち〈ライノ〉でも午後のインストアやれるかもしれない」。そして彼女は言う。「あんたのせいだよ。あんたがママを〈ＣＢＧＢ〉に連れてかなかったら、あたしローラ・ロジックもポリー・スタイリーンも見なかったんだよ」

ヴィカーは「君の母さんに約束したんだよ、君の面倒を見るって」と言う。

サンドイッチを嚙む口が止まる。「え？」

「君の母さんに約束したん――」

「いつ？」

ヴィカーは考える。「五、六週間前」

「五、六週間前？」。それから彼女は「五、六週間前にママと会ったの？　そのこと、いつ話す気だったの？」

「いま話してるよ」

「ちょっと遅くない？」

ヴィカーは少し考える。「そうは思わない」

ゆっくりと、ほとんど慎重に、ザジは皿とツナサンドをキッチンの壁に投げつける。コルクボードと電話にもう少しで命中し、皿が粉々に割れて壁にはツナがまだらに残り、彼女は大股で家から出ていく。

136

何時間かして彼女が帰ってくると、ヴィカーは家の最下層の映画ライブラリーにいる。「ごめんね」と彼女は言う。「ここに住ませてもらってるのに、あたしったらティーンエイジャーみたいな真似して」

「君、ティーンエイジャーだよ」ヴィカーは言う。

「知らなかったんだよ、あんたがママに会ってたこと」

「会ってないよ。映画館で出くわしただけさ。終わったあとに寄ってきて、君の面倒を見てくれって言われたんだ」

「それだけ?」

「そう」

「まるっきりわかってたみたい、だね?」

「そう」

「あたしの面倒見てくれって言ったんだね」

「何かあったらあの子の面倒見てちょうだいって」

一瞬ザジは動かず、じっと足下を見ている。ヴィカーが寄っていこうとすると彼女が片手を上げ、ヴィカーは止まる。少しのあいだ二人とも喋らない。やっとのことで彼女が「じゃあまた何か映画観に行こうね」と言う。

135

ザジとまた映画を観に行くのは気が進まないが、次の週のある夜、二人は西ロサンゼルスのヌアートで待ち合わせる。終わったあと、サンタモニカ大通り、四〇五号線高架道の下のバス停まで、フリーウェイの轟音が頭上に響く中を歩いていきながら、ヴィカーは「あの映画、好きになれなくてもいいんだよ」と言う。

「ううん、けっこう好きだよ」と彼女は言う。「でもひとつだけ。あの主人公の男もすごくいいし……酒場、経営してる男。あれってボガートだよね?」

「うん」

「で、キャストもみんなすごくよかったし、笑えるところもあちこちあったたし、前にも聞いたことのあるいい科白もあって……あれってよそから持ってきたの、それともこの映画が最初?」

「この映画が最初だよ」

「政治的な話はよくわかんなかったな。いいフランス人がどうで悪いフランス人がどうとか。でもほんとにけっこうよかった――ひとつだけ別にすれば」

「何?」

「『いつか君にもわかるよ』」

「え?」

「あの人が『いつか君にもわかるよ』って言うじゃない。終わりのとこで、何で女がここに自分と一緒にとどまっちゃいけないか、男が演説するじゃない――自分たちの問題なんてどうでもよくて、正しいことをしなくちゃいけなくて、君は夫と共にいなくちゃいけない、君の夫はナチスと戦ってい てそれは大事なことなんだから、とか何とか言った次に言うんだよ――『いつか君にもわかるよ』って……あれってちょっと頭に来るよ、はっきり言って。だってさ、はっきり言って、はじめからわかってたのは女の方じゃない。そもそもだからこそ男と別れたんだし、映画の中でずっと男にそのことを説明しよう、男にわからせようとしてたのは女の方じゃない――で何で、あそこで男が言うわけ？ あれって馬鹿みたいだよ、何て言うの？ ひとりよがりだよ、しかもボガートはさ、すごくいろんなふうに見えるよ、自分をすごく哀れんだり、恨みがましかったり……だけど、ひとりよがり？ それってボガートらしくないよ。ああいう馬鹿な物言い我慢するような奴とは思えないよ。だからさ、あの人はああいうこと言わないと思うんだよね。あの人だったら『やっと僕にもわかったよ』とか言うと思う。そんなような科白」

「まあ、一言だけだからさ」ヴィカーは言う。

「だけど大事な一言だよ。ある意味、映画全体があの一行に尽きるんだよ」

134

物事が映画のように起きるにもかかわらず、映画のように感じられないことがある。その二律背反。実人生での映画のような出来事にも、やはり二つの横顔がある。どう起きるかの横顔と、どう感じられるかの横顔。四〇五号線の下の影から見知らぬ男が銃を手に現われると、ザジは小さな悲鳴を上げる。ヴィカーはザジのことを心配して、手をのばしてストッキングの中の目をえぐり出してやりたい衝動を抑える。これが強盗なのか、無差別の暴力行為なのか、まだ定かでない。

三人はぴくりとも動かない。サンタモニカ大通りの路上、衆人環視の状況で、誰もが見ていながら誰一人何もしない。暗くはあれヘッドライトはくり返し彼らを貫いていく。だがやがて、見知らぬ男のマスクの向こうから「あっ！『陽のあたる場所』！」という声が出てくるのをヴィカーとザジは聞き、見知らぬ男がマスクを脱ぐ。

133

昼の光の中でも自分が男を認識できたかどうかヴィカーは自信が持てないが、もちろん向こうはヴィカーを認識する。「『陽のあたる場所』」男はもう一度言う。「俺だよ」

「『ザ・クリスティーン・ジョーゲンセン・ストーリー』」男を指さしながらヴィカーは言い、それから、相手の顔に浮かんだ表情を見て、「苛つかせただけだよ。『荒野の決闘』。『情熱の航路』」と言い直す。

132

泥棒は笑う。「そうとも、あんた俺を苛つかせてるぜ。よりによって『ザ・クリスティーン・ジョーゲンセン・ストーリー』かよ。覚えてるか？」

「もうかれこれ――」

「――五、六年か？」

「十年」ヴィカーは言う。「十一年」

「まさか！　いや、うん、そうかな。まあとにかく、クリスティーン・ジョーゲンセンはよそうぜ」

「髪、短くなったな」

「ああ、あんたは相変わらず見物《みもの》だな」泥棒は銃をヴィカーの頭に向けてふり回しながら言う。「だから髪の話もやめとこう、あの夜あんたが俺のこと、ぶん殴って縛りつけたことも」

「そっちこそ、僕のテレビ盗んだろ」

「盗んだとも」泥棒は言う。「何て言えばいい？　否定したって仕方ないさ――テレビが勝手に立ち上がって出てったわけないだろ？」

「ああ」

「この子、誰だい？」

「十四歳だよ。この子は……」

「姪です」ザジが言う。

「その鼻輪、イケてるなあ。なあ、だいたい何だってこんなところほっつき回ってる？」泥棒が言う。「こんな場所歩いてたら危ないぜ。下手すりゃ命だって」

「ああ」ヴィカーは銃を見ながら言う。

「何？　あ、うん」泥棒も銃を見て、笑う。「だから、そういうことでさ」

131

「子供がいるところで銃は使わない方がいいんじゃないかな」とヴィカーが言う。

車の騒音で声は聞きとりにくい。「うん、あのさ」泥棒は言う。「そのことは俺もちょっと考えたんだ」。時おりサンタモニカ大通りを車が通りかかると、乗っている人間がふり向く。「表面的には、たしかにあんたの言うとおりに思える」泥棒は話を続ける。「だけど俺が思うに、子供を連れてる人間を襲った方が、ダーティ・ハリーみたいな真似やらかされる可能性も低いんじゃないか。わかるかい？　子供がいた方が都合いいのさ」

「ということはつまり」ザジが言う。「安全を考えてあげた結果子供を連れてる人たちを襲うってことだね」

「なあ、お嬢ちゃん、あんたは俺に異を唱えてるんだろうけど」泥棒は言う。「まさに俺はそう言ってるんだよ。これも人生のささやかなパラドックスだってことにしときなよ。あんた、まだ同じとこに住んでるのか？」

「いいや、引越した」ヴィカーは言う。「どこだかは言わない、言ったらまたあんたに泥棒に入られるから」

「そうともさ」泥棒は笑う。「たぶんそのとおりだよ。最近なんか映画観たかい?」

「いま『カサブランカ』観てきたところだよ。ザジは観たことなかったんだ」

「わお、『カサブランカ』初めて観る、すごいねえ。映画教育の基礎のひとつだぜ、お嬢ちゃん。いつもの容疑者どもを逮捕しろ。水がいいと聞いたんだ。情報が間違ってたのさ。人のために自分の首さらしてたまるか。これは美しい交友の始まりじゃないかな。けしからん、けしからん、賭博が行なわれているとは。君の瞳に乾杯。僕たちにはいつだってパリがある。弾けよサム、彼女に弾いてやったんだから、今度は俺に弾いてくれるだろ」

「いつか君にもわかるよ」ザジが言う。

「え?」

「これもあの映画」

「そいつは覚えてないなあ。誰が言ったんだい? ほんとに『カサブランカ』かい? なあ、いいかい」泥棒はザジに言うが、フリーウェイの騒音に言葉は時おりかき消される。「わがボガートはさ、こりゃもうそれまで映画に出ていた誰とも違ってたのさ。キャグニーも屈折してたけど、ボガートはい、神経症なんだ。ボガートを通らないことには、ゲーブルからブランドにも行けないんだよ、わかるかい?」

「僕、ゲーブルとボガートが埋葬されてる場所知ってるよ」とヴィカーは言うが、それからジェーン・マンスフィールドのことを思い出して「知ってると思う」と言い足す。「ゲーブルが自動車事故起こして人一人死なせたとき、映画会社は別人に罪をかぶらせたんだ」

「みんな知ってるとおり、もちろん当時は」泥棒が言う。「自分たちが古典的名画作ってるなんて誰も思っちゃいなかった。オスカーもらって、誰もが仰天した。オスカーの連中が何か間違いやらかしたと思ったのさ、おおかた飲み歩いてたんだろう、じゃなきゃこんなB級映画まがいに賞なんか来るもんかって。だけど実のところ、まあ『アラビアのロレンス』は別かもしれないけどこれってオスカーがやった唯一正しい選択なんだよ、まあどうせならわがハンフリーにも賞出してほしかったけどな」

「オスカーにノミネートされたんだよ」ザジが言う。

「でも獲《と》れなかったんだよ、お嬢ちゃん」

「違う。この人がノミネートされたの」。彼女はヴィカーを指す。彼女が知っているなんてヴィカーは知らなかった。

「え?」。泥棒は愕然としてヴィカーを見る。

「主演男優賞じゃないよ」ヴィカーは言う。

「じゃあ何の賞だ?」

「編集」ザジが言う。

ヴィカーが「獲れなかったよ」と言う。

「おい、マジかよ? あんたオスカーにノミネートされたのか?」。泥棒は興奮して足を踏み鳴らす。

「俺、知りあいがノミネートされたなんて初めてだよ! タッチ!」。泥棒が銃を持ち替えて空いた手を差し出すとヴィカーはそれをばしっと叩く。「どの映画で?」泥棒が訊く。

「『君の薄青い瞳』っていうんだ」

「ああ、あれは俺も観た。まるっきり、さっぱりわからなかった。だけど俺、オスカーにノミネートされたことなんかないもんな、俺のことなぞどうでもいいさ。どの映画が獲った?」

「ええと」ヴィカーは考える。

「『ディア・ハンター』」ザジが言う。ヴィカーは彼女を見る。

「ああそうだ、あの年はあれが話題作だったよな」泥棒が言う。「あれ相手じゃ敵《かな》わないよな」

「そのとおりだろうね」

「じゃあいまは映画の仕事してるのか？」

「もう怪しくなってきた」

「あんた、『シャイニング』やってたりしないよな？」

「やってない」

「『シャイニング』は観たか？」

「コメディはわからないんだ」

「あんた、また俺を苛つかせようとしてるな？　答えなくていい、聞きたくもないから。『シャイニング』、あれってほんとにとことん怖かったぜ。あんた最近何観た？『カサブランカ』とか不朽の名作以外にさ」

「『エレファント・マン』」

「ああいう映画は俺、観たくないね」

「すごくいい映画だと思うよ」

「一級の娯楽なんだろうよ、きっと。映画史のトポグラフィーにおける頂点とか何とかなんだろうよ、きっと。でも俺はああいう映画は観ない。この世界に黒人として生まれるとな、象に生まれた人間の映画なんか観なくたって人生十分辛いのよ」

「そういうふうに考えたことはなかったな」

「スコセッシの新作は観たか?」

「いいや」

「いやー、あれは観なくちゃ」泥棒はそう言って、その映画のことを考えただけで頭の中が一気に旋回しはじめたかのように歩道の上をぐるぐる回りはじめる。「あれは観なくちゃ、俺に言えるのはそれだけだ。何かこう、トスカがボクシングネタでオペラ書いた、みたいな感じなんだよ。観てみなって、これって白人どもの混乱が実によくわかるわけよ、頭では我ら文明の頂点なりみたいに思っててさ、アリアが頭上で鳴っててさ、だけど白人のほんとの本性はさ、それ見せつけられてみんなビビッてるわけだけど、つまり白人が自分の魂に降り立って己のありようを見つめるわけだよ、わかるかい? 願望の自分じゃなくて、ありのままの自分と向きあうんだよ、それが形になったのが獣まるだしのデ・ニーロでさ、それこそ白人のアメリカがほんとに必要としてるものなんだよ、怒れる雄牛《レイジング・ブル》たちがリングの外でも内でもブラックパンサーを押さえつけようとしてるのさ……とにかくだな、俺が言いたいのは……ええと……で、デ・ニーロ! すごいぜ! あれこそ現代の白きアメリカの死だよ、でもそれがじきにシュガー・レイにコテンパンにやられる、シュガー・レイはもちろん黒人《ブラザー》で……だからもうブラックパワーへの白人の恐怖がもろに出てるわけで、白人アメリカのジャイヴと反ジャイヴががっちり向きあってさ、白人アメリカときたらもうとことんこんがらがっててさ、神話を崇めればいいのか反神話を崇めればいいのかも——」

ヴィカーが「あんた、僕たちから物取るのか?」と訊く。

「ふうむ」。泥棒はくるくる回るのをやめて、考え込む。「あんた、いくら持ってんだ? 俺、クレジットカードとかそういうのは取らないよ」

「僕、クレジットカード持ってない」。ヴィカーは現金を取り出す。「一三八ドル」

泥棒の顔にわずかに苦悶の色が浮かぶ。「じゃあ三十八ドルもらうってのはどうかなあ。俺、いまけっこうきつくてさ、だから——」言葉が止まる。「いや、あのさ、なしにしようぜ。あの夜、逃がしてもらえなかったらさ、この十年、俺のケツだいたいいつも凍ってただろうからさ」

「百ドル持ってけよ」ヴィカーが言う。

「いやいや、それはできない」。ヴィカーが百ドルをつき出す。泥棒は頭を高く掲げ、少し傷ついた口調で「あんた、俺の自己尊厳を乱してるんだよ」と言う。

「ごめん」

「いや、構わんよ」——そしてヴィカーが金をしまう間もなく——「ほんとにいいんなら」

「ほんとにいいよ」

「見物《みもの》の白人にしちゃ、あんたオーケーだよ」

「もう子供のいるところで銃使うのはやめた方がいいんじゃないかな」

「方針、再検討するよ」と泥棒は同意するが、銃を引っ込めはしない。むしろそれを振ってヴィカーとザジにさよならし、四〇五号線の影の中にふたたび消えていく。「それと、ノミネートおめでとよ」

130

寝室の閉じたドアの向こうでザジが泣いているのをヴィカーはときどき耳にする。彼はドアの前で十分、十五分立ち、どうしたらいいか考えるが、結局回れ右して立ち去る。

129

ヴィカーの家の眼下に広がる街のパノラマは、彼の過去から立ちのぼるインクのような雲に呑み込まれ、ついには、十年以上前にやって来た都市はもはや少しも残っていない。時の震えによって家は揺さぶられ、闇の中、大地から遊離して漂う。ザジは予測不能に出たり入ったりをくり返す。自分の部屋で彼女はドアーズのレコードに合わせて練習する。ドアーズには最後までベーシストがいなかった。ベースを入れればもっといいバンドになったのに、とザジは信じている。

128

ある日の午後ザジが「これなぁに?」と訊《と》く。電話の隣のコルクボードに、ヴィカーがカンヌのあの夜に夢から書き写した古代文字が画鋲で留めてある。

「何でもないよ」ヴィカーは言う。

「何でもない?」

「うん」

ザジは文字をしげしげと見る。「これ、どういう意味?」

「べつに何も」

「べつに何も意味ないの?」

「うん」

「誰が書いたの?」

「僕だよ」

「じゃあ、何か意味あるはずじゃない」

「いいや」

「じゃこれ、どっから来たわけ? どっかから来たはずでしょ。ボードに留めてあるんだから」。彼女はそれをボードから外してもっとじっくり眺める。「あんたがここに留めたんじゃないの?」

「そうだよ」と彼は言う。そして片手を出す。「さあ」

彼女は渡さない。「じゃ、あんたが書いてここに留めたわけね」

「さあ」

「じゃあ何か意味あるはずじゃない。これってラテン語とかギリシャ語とか?」

「夢で見たんだ」

「夢で? これを夢に見たの?」

「さあ」

「これ夢に見て、紙に書いて、ここに留めたわけ?」

「何も意味なんかないよ。さあ」そしてヴィカーはそれをザジの手から奪いとる。その乱暴さにザジはギョッとして跳び上がる。ヴィカーは回れ右し、一瞬止まるが、結局、片手で紙をくしゃくしゃに丸めながら階段を降りていく。

127

何時間か経って、ヴィカーが階段を上がっていくと、ザジがリビングルームで煙草を吸いながらテレビを観ている。彼女は「これ、一人で観させてくれる?」と言う。きっとさっきのことを怒っているのだろう。「わかった」彼は言う。ふり向くと、テレビでやっているのは『陽のあたる場所』である。

126

まだ暗い真夜中に何度か、ヴィカーはザジのギターの音で目を覚ます。夜が明けてヴィカーが起きると、彼女はまだベッドの縁に腰かけて練習している。「寝なかったのかい?」ヴィカーは訊く。

「あの映画、何が不気味かわかる?」ザジが言う。

「どの映画?」

「あの『陽のあたる場所』って映画」

「え？」

彼女はギターを置いて、壁に寄りかかる。「実はね、あたし映画ってそんなに好きだったことないの。たぶんママのせいで、とにかく映画とはかかわりたくなかった。音楽の方が好き」

「僕たち、無理して映画に行くことないよ」

「ううん、あんたとはいいんだよ、だって、あたしの子供のときの一番古い記憶ってさ」

「うん」

「当ててみなよ」

「ローレル・キャニオンのフーディーニ・ハウス」

「あれってフーディーニの家だったの？」

「そう」

「奇術師のフーディーニ？」

「あのころはもう住んでなかったよ。君があそこで僕を見たときは」

「まあちょっと記憶ぼやけてなくはないんだけど、あんたはさ、なんかおとぎ話から出てきた生き物みたいだったわけよ、ママが読み聞かせてくれるおはなしの生き物っていうか。それにあたし、キャニオンでザッパ一家とか頭おかしい人たちと暮らすのも好きだったし――もちろんあのころは頭おかしいなんてわかんなかったよ、みんなあたしには優しかったから。それに較べて、ビーチにいる映画の人たちって、あたしに全然構わなかったんだよね。まあそういうのもそんなに嫌じゃないんだけど、それでもね」。彼女は肩をすくめる。「だからあんたと映画行くのは別なわけ。こう、映画の人生とハリウッドの人生とは違う、みたいなものでさ、ママにあったのはハリウッドの人生だけだった。

あと、それに合ったハリウッドのエンディングだね」

「モンゴメリー・クリフトの人生もハリウッドのエンディングだったよ」

「でさ、昨日の夜の映画はさ、一人で観たら全然違う映画なんだよ。それはなぜか？　映画ってほかの人たちと一緒に観るものでしょ？　映画のポイントって、ひとつはそこにあるんだね——みんなで一緒に観て、社会的儀式っていうか。誰とも一緒に観ないと映画は違うものになるなんて思いもしなかった。それに、あの映画」彼女はさらに言う。「あれってまるっきりグジャグジャの——」

「やめろ」ヴィカーが言う。

「——映画だけど、それって完全に悪い意味でもないよ。あれって一人で観たら体に染み込んでくる映画だよ——あたし一晩じゅう起きてたもの。こないだ一緒に観たとき、馬鹿らしいってあたし言ったけど、それってまるっきり外れだったよ。あの映画に馬鹿らしいとこなんか全然ない。歪んでて、とことんグジャグジャで、うん——」

「やめろ」

「——だけど、馬鹿らしくはない。あそこまで歪んでると、どう観たって自分一人のものになっちゃうんだよ。映画館に五百人いようが千人いようが同じだよ。あんな映画、どうしろっていうの？　映画館の空間じゃ、常識が広がりすぎてるんだよ、ああいう映画観たら常識捨てるしかないんだよ、で、常識捨てるのは一人きりの方がやり易いんだよ。ああいう映画ってとにかく……過激なんだよ、一人でいることを強いる映画ってみんな過激だよ、だって、つまり……ああいう映画観たら常識なんてまるっきり的外れになるんだよ、みんなと一緒に映画館でじゃなくて家のリビングで一対一であれ観るのって裸になるみたいなものでさ、他人と一緒だったら裸になれないもんね、考えただけで耐えらんないもの、映画見終わったらさ、幼稚なホラーなんかよりずっと、階段の下に何か深くて暗いものが待ってる気になるんだよ……だからあたし眠れなかったわけ。あの映画って幽霊みたいだよ。一人で観たら物だか人だかに取り憑かれて、自分がその物だか人だかになっちゃうんだよ。昨日の夜、あの映画はあたしのものになって、ほかの誰のものにもならなかった。あんたのものにさえならなかったんだよ、ヴィカー」。そして彼女はさらに言う。「あれっていままで観た最高にすごいものかもしれない。Xのアルバムとか、『エアゾール・バーンズ』とか、『ジャームフリー・アドレセンツ』とほとんど同じくらいすごいかも」

125

「前にカサヴェテスがね、『陽のあたる場所』を公開当時に観たときのことを話してくれた。もう最低だと思ったんで翌日もう一度観に行って、一週間ずっと毎日観た末に、最高だとわかったんだって」

「カサヴェテスって誰?」

「映画にとっての、音楽にとっての**音**と同じような存在だよ」

「そういうのってあるんだよね。ほんと不気味だよね」ザジは言う。「あたしもペル・ウブのセカンド初めて聴いたとき、これって全然駄目じゃん、こんなの好きな奴って馬鹿で頭にゴミ詰まってるだけだって思った――で、そのあと一年くらいあたしもうあれ以外ほとんど何も聴かなかった。とにかく意味あるって思えたアルバムはあれだけだった。どうしてこんなふうになるわけ? 音楽は変わってない。映画は変わってない。まったく同じ映画なのに、それ観たせいで何かが動き出すっていうか、こんなもの理解できるなんて知らなかったものが理解できるようになるっていうか。体の中に入り込んできて居座る、追い払わないとウィルスに殺される、みたいな感じで、でもそれってかならずしも悪いことじゃなくて、ていうのは殺されるのは自分の中にあって自分を押さえつけてた、引きとめてた何かかもしれないから、だからさ、ほんとにほんとにすごいレコード聴いたりほんとにすごい映画観たりしたら、いままでとは違ったふうに生きてる気になるんだよ、何もかもが違って見える、恋とかするとそうなるってみんな言うみたいに——あたしはそういうのわかんないけど——とにかく何もかもが新しくて、夢の中にまで入ってくるんだよ」

「そうだよ」ヴィカーは言う。「映画が夢の中に入ってくると誰かが死ぬんだよ」

124

「まあホークス作品の最高の頂点ってわけじゃないけど」ヴァイキング・マンが言う。「それはやっぱり『赤い河』だからさ。だけどこれも、ホークスが骨の髄まで知り尽くしてるいろんなテーマが見事に凝縮されてるわけで」

ヴィカー、ヴァイキング・マン、ザジがある夜テレビで西部劇を観ている。

「いくつかの意味で」ヴァイキング・マンはさらに言う。「『赤い河』がホークスの最高傑作だとしたら、『リオ・ブラボー』は」——テレビを指さす——「ホークスの精髄だと言える。とはいえ、あらゆる映画監督の中でホークスほど精髄っていう発想を受けつけない監督もいない。何しろ神がかり的に幅の広い人間だからさ。何はともあれこれは、勇気とプロフェッショナリズムの、そのもっとも空しいありようの実存的追究であって、男性性の価値観と儀式性に対する洞察においてほとんどヘミングウェイ的であり、そしてもちろんホークスはヘム（ヘミングウェイのこと）を読んでいた、『脱出』を監督したんだから当然だよな。この映画のディーン・マーティンはつねにまるっきり過小評価されてきた。このころのディーン・マーティンは実にいい仕事してるんだよ、『走り来る人々』、『若き獅子たち』……自分で悪いイメージ築きすぎて損してるよな、ディーン・マーティンっていえばみんなオマンコ《ファック》野郎《アップ》と……失礼、ズールー……」

「けしからん、けしからん、この家で汚い言葉が話されているとは」ザジが言う。

「オープニングの、ディーノが小便だの唾だのが入った痰壺からコインを拾おうとするところ、気づいたかもしれんがあそこにはいっさい音がない、すべては動きだ、動きですべてが表わされてるんだ。誰かがかつてあれをアメリカの歌舞伎と呼んだ。そしてアンジー・ディキンソンは典型的ホークス女性の現代における化身だ」

沈黙のうちに三十分が過ぎ、ジョン・ウェインがアンジー・ディキンソンをホテルの部屋に訪ねていくシーンの最中にザジが口を開く。「せっかくの恍惚を裸の王様的発言で壊すの気が引けるんだけど、これってあんまりいい映画じゃないね」

ヴァイキング・マンはしばし言葉を失う。「ズールーよ」やっと答えを返すだけの落着きを取り戻す。「『リオ・ブラボー』の凄味はその派手さとは無縁のトーンにあるんだよ、いつものさまざまなモチーフが物語と人物が絡みあうなかで悠然と展開されていくところにあるんだよ」

「へー、そーなの？」ザジは言う。「これってマスかき野郎総出演の映画なのかと思った。何かこう、男らしさの意味ない実践っていうか。ほんとにさ、こういうの好きだってふりするだけでもチンポコ――」

「やめろ」ヴィカーが言う。

「――持ってないと無理なんじゃない？　背中に毛が生えるくらい男性ホルモンないと無理なんじゃない？」

「近ごろの子供は若いうちからやたら知ってるんだな、なあ牧師さん？」ヴァイキング・マンは歯を剝き出す。そして帰ろうとして立ち上がる。「まだ十五歳だったか――」ザジに言う。「いくつだか知らんが――それでもう、俺たちの金玉叩きつぶすんだからな」

「これってひょっとして、いまは最低だと思っても結局最高だと思うようになる映画かもよ」ヴィカーがザジに言う。

「そこなんだよ、あたしこれ最低だと思わないんだよ。べつに何も感じないんだもん。あんただってわかってるでしょ、これが『陽のあたる場所』じゃないってこと。あんただって自分で言ってたでしょ」と今度はヴァイキング・マンに言う。「要するにこの映画をオマンコ――」

「やめろ」

「――並にいい感じにしてるのはその心地よさだって。『陽のあたる場所』は心地よさなんか関係ない。最低だとか最高だとか、憎んだり愛したりする値打ちのある映画には心地よさなんかないよ」

「ふん、よく言ってくれるな、ズールー」ヴァイキング・マンが言う。本気で気分を害した様子だ。「ハワード・ホークスの『リオ・ブラボー』をよくまあそこまで腐《くさ》してくれたな。お前いつからポーリン・ケールになった？　言ってくれよな、お前と一緒に『赤い河』観ないようにって」

「『赤い河』も、男性性の価値観と儀式性に対する洞察においてヘミングウェイ的なわけ?」ザジが言う。

「『赤い河』はモンゴメリー・クリフトが出てるんだよ」ヴィカーが言う。

「じゃあ本気で観てみたいかも」ザジは言う。

「俺は一緒に観ないぞ」とヴァイキング・マンは言って、すさまじい剣幕で家から出ていく。

「わぁ、ごめんねー」その背中にザジが声をかける。

123

例のごとくサーフボードを載せた車の中で、ヴァイキング・マンが言う。「ふん、ありゃただの小賢しいティーンエイジャーだよ、牧師さん。俺にはわかるんだ」

「前は映画が全然好きじゃなかったんですよ」ヴィカーは言う。「母親のことがあったから」

ドアを開けながら、ヴァイキング・マンは一瞬動きを止めて、「あんた、なんか世間から消えちまったな」と言う。

「ええ」

「ジャンヌ・ダルクの企画も消えちまったんだろうな」

「ジャンヌ・ダルクじゃないですよ」。それからヴィカーは「ほかの監督に任せたんじゃないのかな」と言った。

「どういうことだ？」

「僕、あなたに任せたのかもって思ってましたよ」

「おいおい、何の話だ？」ヴァイキング・マンが愕然として言う。「まず第一に、俺はジャンヌ・ダルクの映画なんか――」

「だからジャンヌ・ダルクじゃ――」

「――第二に、ミッチ・ロンデルは俺のこと憎んでる」

「いつもあんたのこと『頭のおかしい奴』って言ってました」

「だけど第三に、聞いてないのか？　あんた業界紙も読まないのか？」

「読みません」

「ＵＡがつぶれたんだよ。というか、どこかに買収されたんだったか。ミロンは消滅して、ロンデルはＣＡＡに移ってエージェントになる。近ごろの映画業界はあんたよりもっと大きい問題を抱えてるんだよ、牧師さん。あの両性具有のモンタナ・カウボーイが『風と共に去りぬ』カウボーイ版で業界ごと引きずり下ろしちまったのさ。史上最高に金がかかった映画が、ニューヨークで一回上映しただけで引っ込められたんだ――金銭的にもニュース的にも巨大な悪臭弾さ。そりゃもちろん、嘆かわしい話だとかみんな口では言ってるけど、実はひそかに喜んでるのさ。俺も主義として映画会社にアナーキーが降ってくるのは全面的に賛成なんだけどさ、実のところＵＡはロンデルみたいな野郎はいても中じゃ一番マシだったし、長い目で見ればこういうのは、何て言うか、映画全般にとってあんまりよくないわけだよ。しかも、最悪なのはさ、両性具有野郎の映画、そんなに悪くないんだよ。けっこういいんだよ。そりゃまあ、予算四千万ドル、フィルム一五〇キロメートルってよさじゃないけどさ――一五〇キロメートルだぜ、牧師さん！――だけどちゃんと独自のよさがあるんだよ。もちろんいまじゃもう誰も観られない——もっぱら金の話と、自分をエリッヒ・ファッキン・フォン・シュトロハイムと思い込んだ監督の話が聞こえるだけさ。二十五年経って、ヴィンセント・キャンビー（『ニューヨーク・タイムズ』でこの映画を酷評した映画評論家）が映画史の小さな星印《アステリスク》にすぎなくなったとき、あの映画には独自のよさがあることをみんなが認めるだろうよ」

「あなたはいま何してるんですか?」

「ファンタジー・ヒーローだよ、牧師さん！　マンガ・キャラクターだよ！　それこそが陰嚢サイズに凝縮されたいまの映画なんだよ——午後の連ドラに毛の生えたみたいのと、キュートなロボット。それが正しいか間違ってるかなんて誰に言える？　いまの世の中、新しい神話が必要なんじゃないかね。わかんないけどさ」抑えようという空しい努力も尽きて、諦念が声ににじみ出る。「前は俺たちみんな、すごい映画を作るんだっていう気でいた。俺もフランシスもマーティもポールもハルもブライアンもみんな、ジョージやスティーヴンでさえも。だけどジョージとスティーヴンがメチャクチャにしちまった。悪い映画作ったっていうんじゃないぜ、それはまあいちおう納得できるよな。そうじゃなくてさ、奴らは悪い映画のすごくいいバージョンを作っちまったのさ、で翻《ひるがえ》って両性具有カウボーイはさ、いい映画のすごく悪いバージョンを作ったとみんな思ってるけど、ほんとはさ、すごい映画のけっこういいバージョンを作ったんだよ、そういう曖昧さってみんな混乱しちまうんだよ、かく言う俺もそうなんだけど。とにかくいま俺がやってるのは、牧師さん、俺なりの『アレクサンドル・ネフスキー』だよ、ジンギス・ハンもちょこっと入れてあって——マックス・フォン・シドーがいてジェームズ・アール・ジョーンズがいて、ニーチェ哲学全開で、主役は毛皮着て頭に角《つの》つけた野蛮人《バーバリアン》タイプでさ、これをオーストリア人のものすげぇボディビルダーが演《や》るんだよ、こいつときたらあまりに筋肉隆々なんで剣が持てないくらいでさ、だけど噂じゃあケネディ家の女一名になかば定期的に尺八やってもらってるって話でさ」

「野蛮人《バルバロ》」ヴィカーがなかば独り言を言う。

「あんたケネディ家の女一名になかば定期的に尺八やってもらってるかい、牧師さん?」

「いいえ」

「俺もだよ。だから俺たちにわかりゃしないよな。次の千年期《ミレニアム》になるころにはきっと、ハリウッドもマンガ・キャラクター卒業してまた本物の映画作ってるさ。だろ?」

ヴィカーは答えない。

「だって神は**映画**を愛してるんだからさ、**核爆弾**《ザ・ボム》を愛してるみたいに」

「神は**映画**を愛しちゃいない」

「愛してるともさ。じゃなかったら人間に作り方教えたりしないって」

「神が教えたんじゃない」

「へえ、神じゃなかったら、誰が教えた?」

「誰も人間に教えちゃいない」ヴィカーは言う。「**映画**ははじめからずっと存在してたんだ。**映画**は神より前から存在してたんだ。時間とはリールに巻いたフィルムみたいなものです。神は**映画**が嫌いなんだ、**映画**は神がやったことの証拠だから」

「わかったよ、牧師さん」ヴァイキング・マンは疲れたように言う。「こっちは超自然的に世の中がわかってる十五歳だか何歳だかにケツ蹴られたばかりだからさ、あんたとまでやり合う元気はないよ。なあ、かろうじて正気の世界に戻ってくる気になったらさ、知らせてくれよな。俺のマンガムービー、編集しに来てくれよ」

122

ザジが一晩中テレビを観ているのをヴィカーはしばしば耳にする。「君、たまには寝た方がいいよ」ヴィカーは彼女に言う。

「どのみち眠れないんだよ」ザジは言う。「夢ばかり見るから」

「どんな夢？」

「あのさヴィク、あんたはあんたの夢のこと黙ってていいからさ、あたしはあたしの夢のこと黙ってるよ。オーケー？」

121

ヴィカーはポーランド人監督の作った映画を観に行く。主演の女優は、ヴィクトル・ユゴーの娘を演じた映画で恋人の兵士を追ってノヴァスコシアまで行った女性である。この映画でヴィクトル・ユゴーの娘は現代のベルリンにいて怪物を出産し、やがてその怪物が彼女の恋人になり、彼女は怪物をほかすべての恋人、夫、兵士、神から護ろうとする。ノヴァスコシアのときと同じく、現在の彼女、これまでの彼女、信じているもの信じてきたもの、それらすべてが崩壊し、悪魔兼恋人兼子供に収斂している。ヴィカーがロサンゼルスに来て以来、すべての映画のすべての子供は怪物に生まれ、象に生まれ、悪魔に憑かれ、悪魔そのものなのだ。

120

ヴィカーはラジオでナタリー・ウッドのニュースを聞く。彼の頭に刺青された美しい女性が実に頻繁に間違えられる、彼が観た映画の中では悪魔に憑かれてバスタブに入っていたナタリー・ウッドが溺死したことをヴィカーは聞く。あたかもバスタブに入った彼女に神が手をのばし、濡れた髪をつかんで水の下に押し込み、そのまま押さえつけたかのように。

119

ザジのバンドは〈ウィスキー〉における非公認ハウスバンドのようなものになり、準定期的にギグをやるようになる。それでヴィカーも家からときどき下界に降りていき、丘を包むインクのような雲の中に溶け込んで、かつて生きていた時間、日々、年月に戻る。バンドがステージに出てくると、ヴィカーはすさまじいスラムダンスをやり出し、フロアには誰もいなくなり、やがてヴィカー自身もステージのすぐ下、ザジが演奏している真下で大の字になって倒れている。唾と血の繭に包まれてヴィカーは店から叩き出される。サンセット・ストリップを、かつてジョージ・スティーヴンスが住んでいたサンセット・タワーの方にふらふら歩いていると、自分が観光客になったような気がしてくる。ヴィカーはもうここに住んでいない。木々の上空に花火はなく、ここは誰の街でもないし、これからもずっとそうだろう。

118

朝日が覚めると、ザジがヴィカーの寝室の戸口に立って、彼を見つめている。「あのねヴィク、騒ぎはあんたじゃなくてバンドが起こすものなんだよ」。最近、眠らないせいでザジはピリピリしている。ヴィカーは答えない。「そういえばあんた、ニューヨークでもやっぱり悪名高かったよね」

「なんかに取り憑かれちゃうんだよ」ヴィカーは言う。「**音**に取り憑かれるんだ」

「あんたをまた店に入れるかどうか、クラブと相談したんだよ。だからもしまたあたしたちのこと聴きたいんだったらさ、**音**がもう少し取り憑かないようにしてくれるといいかも」。そして彼女は言う。「で、ひとまず今夜はステージないし、ちょっと観ようかなって思った映画、ロイスホールでやるんだ」

117

UCLAのロイスホールで、配布物によれば今回の無声映画にはワーリッツァー・オルガンの伴奏がつき、演奏者はヴィカーが何年も前にフェアファックスの無声映画館で演奏を聴いたのと同じ男である。上映開始前に、誰かが観衆に向かって、伴奏は結局つかない、そもそもこの映画の監督はつねに作品が沈黙の内に上映され観賞されることを意図していたのだと告げる。「これ、僕がロサンゼルスで初めて観た映画だよ」とヴィカーはザジに言う。ほぼすべてクロースアップから成る、マリア・ファルコネッティ演じるジャンヌの審問と処刑は、その静かさゆえにいっそう耐えがたい。終わっても観衆は、拍手する元気もろくにない。

116

動揺したザジは、帰りのバスの中でやっと口を開く。「あれってそもそも映画じゃないよ。何なのかわかんないけど。あれって……観測とかそういうものだよ」

「あの女優が発狂したのも無理ないよね」ヴィカーは言う。「ほかには一本も出なかったのも無理ない」

「あのさ、奇妙な話があるんだけど。これって奇妙に聞こえるはずだよ、オーケー？」

「いいよ」

「狂ってるみたいに奇妙ってことだよ。信じられないくらい奇妙ってことだよ」

「いいよ」

「わりと最近、あたしこの映画夢で観た」

「そうなの?」

「だから、まさにこの映画を。どうしてそんなことありうる?」

ヴィカーは答えない。

「もちろん映画だなんて知らなかった。夢で観たときは、女がジャンヌ・ダルクだってことも知らなかった。だってさ、あたしいまだってジャンヌ・ダルクって誰なのかよくわかってないんだよ。だけど夢で観たんだよ、今夜観たのとおんなじように、一シーン一シーンおんなじに……これって最高に不気味じゃない? ものすごく生々しかったから、起きたとき書き留めたくらいなんだよ。あんたいままで、夢で観て、あとでその映画観たことある?」

ヴィカーは何も言わない。

「わかってたよ、信じてもらえないって」

115

その夜ヴィカーの夢は、いっそう強さを増して戻ってくる。ヴィカーはすぐ近くまで寄っていて、あと少しで岩に触《さわ》れそうだし、祭壇に横たえられた生贄の顔もあと少しで見えそうだ。文字の白がものすごく熱く光り輝き、ほとんど火傷させられそうである。ヴィカーはその字を、単に知っているのみならず、今回は解読する──「愛よりも信仰、涙よりも血」

何か月も新聞を読まなかった末に、ヴィカーは毎日死亡欄にくまなく目を通し、ついにそれが載る。若かったころのチョーンシーの写真まで載っていて、予定されていたＵＣＬＡでの演奏についても一言触れられている。あたかもあの映画の監督が墓から手をのばし、音楽家を沈黙させて映画の聖職者的静寂を護ったかのように。

114

混んでこないうちにザジのバンドを聴こうと、ヴィカーは早目に〈ウィスキー〉に着く。ドアマンが用心深げにヴィカーを見て、中に入ると別の警備係が肩をとんとん叩く。「お手柔らかにな」と警備係は言う。相手の指をつかんでボキッと折ってやりたい衝動をヴィカーは抑え、男が驚愕の表情とともにくずおれる姿を思い描く。ステージの縁にヴィカーは陣取って待ち、やがてようやく照明が少し暗くなって、背後の観客が喝采を送り、ザジのバンドが出てくる。

ザジのバンドが出てくる──そしてぴたっと立ちどまる。ひとつのコードも鳴らさず、ひとつのシンバルも叩かない。バンドはステージに立ち尽くして呆然と観客を見ている。ヴィカーもうしろを見る。

うしろには剃った頭たちの海があり、そのすべてに刺青が入っている。『陽のあたる場所』のエリザベス・テイラーやモンゴメリー・クリフトはヴィカー以外いない。が、ノスフェラトゥは三、四人いるし、『甘い生活』のトレヴィの泉で戯れるアニタ・エクバーグも一人二人いるし、『カサブランカ』か『マルタの鷹』か『三つ数えろ』のボガートも半ダース、『勝手にしやがれ』でボガートを真似ているベルモンドも半ダース、『パンドラの箱』のルイーズ・ブルックスは意外にも、『七年目の浮気』のマリリンや『乱暴者《あばれもの》』のブランドや『理由なき反抗』のジェームズ・ディーンといったいかにもありがちな人物が一、二人しかいないのに較べてずっと多く、『時計じかけのオレンジ』のアレックスもたくさんいれば『タクシードライバー』のトラヴィス・ビックルはもっとたくさんいる。もしアレックスとトラヴィス・ビックル本人がここにいたら、それぞれが相手を刺青していることだろう。彼ら全員がヴィカーのうしろにいて、ヴィカーを見ている。あたかも彼が軍隊の将軍であって、神々と父親たちに対して反乱を起こした子供たちを率いているかのように。

113

ある夜、チェロキー・アベニューにあるスタジオでザジのバンドがレコーディングしている最中、ヴィカーはヌアートに「禁断の映画」二本立てを観に行く。一本目は日本映画である。ある日、若いモデルがアートギャラリーにやって来る。そこでは彼女がポーズをとったボンデージ写真を集めた展覧会をやっている。展覧会の会場でモデルは、一人の男が彼女の彫刻を両手で撫でているのを目にする。男の手にまるで自分の体を撫でられているような気がして、モデルはギャラリーから逃げ出す。のちに彼女は、盲目のマッサージ師にマッサージを依頼する。彼の手の感触に覚えがあることに彼女は驚いてしまう。「僕は指に目があるんです」とマッサージ師は言い、モデルが彼にクロロフォルムを嗅がされて意識を失う直前に相手の顔からサングラスを剝ぎ取ると、それはギャラリーで見た男である。意識を取り戻すと、モデルは見知らぬ、大聖堂のようにがらんとした倉庫にいる。倉庫の壁には目、鼻、口、胴、腕、脚の彫刻が並び、彼女は誘拐者から逃れようとさまざまな影のあいだをひたた走り、横たわる女体の巨大な複製を這って越え、巨大な乳房の谷間に隠れ、巨大な太腿の峡谷に飛び込む。盲目の男が彼女の彫刻を彫るスタジオに閉じ込められて、女もいつしか、はてしない闇によって盲目になっていく。やがて女は自分を誘拐した男を誘惑し、男の芸術のモデルであるのみならず自ら芸術そのものとなっていき、盲目の彫刻家は本物の腕を、脚を切り落とす。僕は指に目があるんです、と彫刻家は何度も言う。

112

二本目はポルノ映画である。それはヴィカーがいままで観たどのポルノ映画とも、そもそもいかなる映画とも違っている。精神病棟にいる女性が性的幻覚を見て、シュールな性的体験を経る。あるシーンでは二つのびっくり箱と女性は性交し、別のシーンでは夜のアラビア砂漠で二人の男に犯される。男たちは彼女の両端から入り、衰えることなく続く低いうなり声だけが唯一のサウンドトラックである。またあるシーンで彼女は悪魔の奴隷として、煙と燃える石炭から成る地獄にいる。岩につながれたもう一人の女奴隷にそそのかされながら、悪魔は主演女優をいくつものやり方で凌辱する。手には二叉の熊手を持っていて、一方の叉がもう一方より長く、悪魔はそれらを二つの穴に同時に挿入することができる。悪魔が彼女を犯すなか、背景では機械と人々の叫び声とがはてしなくぶつかり、波打つ。

111

ポルノ映画を観ている最中にヴィカーはそれを見る。それは一瞬のうちに過ぎ去るから、これまで何年ものあいだ何百回と見ていなかったら、きっと目にもとまらないだろうし、とまったとしても自分の想像だと片付けてしまうかもしれない。だがそれは想像ではない。ロイスホールであの映画を観た夜に夢に見たときと同じくらい生々しく、ヴィカーはいまそれをスクリーンの上に見る。今回は夢ではないことを彼は知っている。

110

眠れない夜のある時点で、ザジが帰ってくるのをヴィカーは聞く。彼女の部屋のドアが閉まるのを聞き、ローレル・キャニオンの上空に現われた最初の光が窓から入ってきたのちにヴィカーはベッドを出る。サンセット・ストリップまで歩いていって、バスを四十五分待って乗る。バスは西へ進んでベルエアを抜け、UCLAも過ぎ、退役軍人墓地に沿って進み、ウィルシャー大通りで北行きの急行バスに乗り換え、セプルベダ峠を越えてヴァレーへ向かう。ヴェントゥーラとヴァン・ナイズ両大通りの交差点で三本目のバスを待つあいだ、グレーズのかかったドーナツを一箱と牛乳一クォートを買い、バス停で座って待つ。

109

三本目のバスでヴェントゥーラを西へ行く。十キロ後、もう一度乗り換えてもう一本北行きのバスに乗り、ハイウェイ27を海から上がってトパンガ・キャニオンを抜けていく。この最後のバスでロサンゼルス郡のはるか北西の荒地《バッドランズ》のチャッワースまで行き、岩と鉄道線路のただなか、多くの西部劇が撮られてきたコリガンヴィルからもさして遠くない地点で降りる。ここまで来るのに四時間かかった。チャッワースのあちこちの道路を行き来し、道を訊ねた末に、デソート・アベニューまで来てやっとめざした場所が見つかる——窓のない、片開きのガラスドアがひとつあるだけの、そっけない工場風の建物。

108

ガラスドアの向こう、小さなロビーで、カウンターの中にいる受付係の女性がヴィカーを一目見て椅子から飛び上がり、奥の部屋に消える。

107

受付係はもう一人の、五十くらいに見えるがもう少し若いかもしれない女性を連れて戻ってくる。漂白した金髪を短く刈っていて、ぴっちりしたTシャツの下の乳房は巨大で、指のあいだに煙草の焼け焦げがある。ヴィカーはかつて一度見た、シェービングクリームだけを身にまとってパフォーマンスをした女性パンクシンガーを思い出す。「何の用?」女は言う。

「ここ、キャバレロ映画社ですか?」ヴィカーは言う。

「何の用?」

「おたくで『ナイトドリームズ』という映画作りました?」

「お役に立てないね」金髪の女は言う。

「『ナイトドリームズ』のプリントを買いたいんです」ヴィカーは言う。受付係は怯えきった様子で、あとずさって壁に貼りつく。

「誰もお役に立てないよ」金髪の女は言う。

「それじゃあ」ヴィカーは言う。「役に立ってくれる人が来るまで待ちます」

106

女はヴィカーをじっと見て、煙草を一服する。「警察呼ぶよ」

「ロサンゼルスでは警察なんて来ませんよ」ヴィカーが女に諭《さと》す。

「もしかしてあんたが警察だとか」

「僕は警察じゃありません」

女はもう一服する。「ビデオになってるよ。レンタルで観たらどう？」

「ビデオじゃ駄目なんです。プリント、ほんとにないんですか？」

「ほんとだよ」

本当かどうかヴィカーにはよくわからない。「ここ、編集室はありますか？」

「どうして？」

「プリントを売ってもらえないんなら、編集室をレンタルさせてもらえますか？　編集室を使わせてもらって、あの映画のプリントを見るのに一時間百ドル払います。プリントには何も手を入れませんし、持って帰ったりもしません」

女は受付係をチラッと見る。「一時間百ドル？」

「そうです」

「どれくらいかかる？」

「たぶん今日一日ですね、いまから始めれば」

「今日一日、一時間百ドル」

「そうです」

「六時に閉めるよ」

「それまでには探してるものが見つかると思います」

105

狭いロビーで十分間待たされたのち、髪を短く刈った女がふたたび現われ、ついて来るよう合図する。二人で倉庫の中を通って、反対側の、部屋がいくつも並んでいるところに行く。「ここを使っていい」と女は言ってひとつの部屋のドアを開ける。

「ありがとう」

「百ドル前金で。一時間ごとにまた百ドル取りに来る」

ヴィカーは五十ドル札を二枚渡す。

女は金を見て、言う。「一時間ぐらいしたら男がサンドイッチを売りに来る。入ってきた方にジュースの自動販売機がある」

「ありがとう」

「この映画、よっぽど好きなんだね」

「とてもいい映画だと思います」

「ああ、とてもいい映画だよ」女は言う。「でもこの映画に限らず、プリントを見たいって言うくらい好きだって人は初めてだね。あんた、ここでマスかいたりする気じゃないだろうね？」

「え？」

「とにかくズボンから出さないでくれよ、それだけだよ」

104

編集室に入ってみると、比較的上等なフラットベッド・テーブルがあってヴィカーは驚く。映画をざっと通しで見るには好適だが、特定のフレームを見つけるにはムヴィオラほど向いていない。缶がいくつかテーブルに載っている。ヴィカーはフィルムを取り出し、リールからフィルムの先を出してテーブルのプリズムに通し、探しはじめる。

103

一時間が過ぎる。ドアをノックする音がして女が頭をつっ込んでくる。「これ、余ったサンドイッチ」と女は言って、セロハンに包んだサンドイッチをさし出す。

「ありがとう」

「ジュース要る?」

「ありがとう」

102

一時間ごとに女がまた百ドル取りに来る以外は何の邪魔も入らぬまま何時間かが過ぎ、午後が過ぎ、やがてヴィカーはもう自分の目が信用できなくなってくるが、それから

101

五時ごろ、八千コマ目あたりで

100

ついに見つかったそれは

地獄の業火のシークエンスの中にあって、何もかもが熱にゆらめき、機械のギリギリ軋む音と人々が叫ぶ声とがたえまなく、容赦なく背景でうねりつづけて、音は水圧機械が叩きつけ機関に火がくべられているみたいで、金属と金属がぶつかり合うその音は、火山の海を介しているかのようにわずかにくぐもっていて、悪魔の肩の向こう、地下世界の溶けた壁に鎖でつながれた奴隷が悪魔を煽り立てる薄暗い裸の姿があって、狂った女は悪魔の前にかがみ込み悪魔は背後に立って突き刺しつつ、音、うめきとしか言えぬ言葉を発しつづけて、無意味な宣言を何度もうなるように発しつつ時おり女の体から悪魔的ペニスをひたすら人目にさらすために抜きとり、背後では一貫してくぐもった工場風の轟音が生じつづけ、やがて、ポルノ地獄のコマとコマのあいだに、慣れていない、ここまで熱心に探していない目ならあっさり

見逃してしまうよう――あるいは見てもわからぬよう――隠微にスプライスされた
ひとつのコマがそこに見つかり

　水平の岩が映っていて、その開いた割れ目からポルノ地獄の機械の喧騒、別の映画
　がその岩の入口から現われ出ようとしているかのような喧騒が発し、白熱する文字
　が岩のてっぺんにのび、さらに、岩の上には、不動の、シルエットに包まれた姿が
待っている。ヴィカーはよろめき、テーブルからうしろに身を引く。ほとんど耐えられないと思いながらも、ふたたび見て

99

パニックのような思いに襲われる。「ああ《オー》、何てことだ《マザー》」とヴィカーは声に出して言う。あるいは声に出して言ってはいないかもしれないがあたかも言ったような気になる。

　息を整え、落着きを取り戻す。そしてポケットからカッターナイフとビニール袋を取り出す。編集室のドアの鍵をかける。プリントからひとつのコマを切りとり、袋に入れて、袋をポケットに戻す。それからフィルムをスプライスしてつなぐ。

98

足早に編集室を出て、倉庫の中を通り抜け、二人の女の前を過ぎ、ガラスのドアを押して抜け、歩きつづける。

97

ある時点で、間違った方向に、家に帰るバス四本の一本目から遠ざかる方向に歩いていることに気づく。バスに乗ってからも、乗り換えを逃さぬよう気を張っていないといけない。十時半に家に帰ると、ザジが待っている。玄関ドアから中に入りもしないうちからザジが金切り声を上げる。「どこ行ってたのよ？　どこ行ったのよ？」――そして彼女は自分の部屋に閉じこもる。

96

これまでも寝室のドアの前に立って、ザジが泣くのを、どうしようかと思案しながら聞いてきた。いまも彼女が泣いているのがヴィカーには聞こえる。ドアを開けると、ザジは泣きやんでいるが、顔を枕に埋《うず》めて横たわっている。「僕は絶対君を棄てたりしない」とヴィカーは言って、自分の部屋に入り、ドアを閉める。

95

翌朝ヴィカーが目を覚ますと、ザジはいなくなっている。

ヴィカーはポケットからフィルムが入った袋を、一夜明けてそれがなくなっていることをなかば覚悟しながら取り出す。

94

「もちろんおわかりでしょう、プリントをお貸しするわけには行きません」とＵＣＬＡ映画学科のキュレーターは言う。髪が薄くなりかけ、眼鏡をかけた小柄のずんぐりした男で、むしろ銀行員に見える。

「ここの編集室を使わせていただくのは？」ヴィカーは訊く。

「そもそも何をお探しなんです？」

「プリントを傷めたりはしません」

「あなた、編集者のヴィカー・ジェロームじゃないですよね？」

「そうです」

「あ、やっぱり……」キュレーターはヴィカーの頭をあごで指す。「それってちょっと、間違いようないですから」。それから彼は「カンヌで賞をもらった唯一の編集者ですよね」と言い足す。

「本当にそうか、誰もわかってません」

「ご自分の映画を撮られている最中と伺いましたが」

「わかりません」

誰かに聞かれていると思っているみたいに小部屋の中を見回してから、キュレーターは言う。「あなた以外の方でしたら相手にもしません。パリのシネマテークから借りているプリントですから」

「約束します、大切に扱います」

「でも……何をお探しなんです？」

93

ヴィカーはその日ずっと貴重なフィルムをじっくり見て過ごし、翌日もまた戻っていく。

92

「見つかりましたか？」キュレーターが訊く。

「いいえ」ヴィカーは言う。

「確信あるんですか、ほんとにそこにあると？」

「見るまではありました」

「もちろんご存じですよね」キュレーターは言う。「これが本物でないことは？」

「え？」

「これは本物じゃないんです。別バージョンです」

「でも僕この映画観ましたよ。ロサンゼルスで初めて観た映画なんです」

「そのときにしろほかのときにしろ、ご覧になったのはすべて代替品にすぎません。本物は一九二八年に完成したあと消えてしまったんです。おそらくは監督のカール・ドライヤーの住むコペンハーゲンで一度だけ上映され、もしかしたらパリでも一度上映されたかもしれません。そのあと一説によればジャンヌ本人同様に焼けてしまいました。また別の説によればフランス政府に差し押さえられて、これまたジャンヌ本人同様に葬られました。少なくとも、行方不明になりました。真相は誰も知りません。そこでドライヤーは、マスターコピーからカットしたアウトテークや切れ端などを使って、もうひとつのバージョンを作り上げたんです。考えられますか？　映画史上最高に力強い作品が、残りもので出来てるんです」

「神が証拠を湮滅《いんめつ》しようとしたんだ」ヴィカーは言う。

「だからお探しのものは、もしかしたら本物の方にあったのかも」

「でも僕が観たのはこれです」キュレーターの机の上に載った缶を指しながらヴィカーは言う。「本物のフィルムはどこにあります？」

「だからそれを申し上げているんです。存在しないんです」

「いや、存在する」ヴィカーは言う。

「ならばミスタ・ジェローム、あなたは私どもが知らないことをご存じだということになります」

91

ザジが「どこ行くの？」と訊く。

「すぐ帰ってくる」

「何言ってんのよ、わかんないよ」

「約束する、長くはならない」

「これって仕事とかなの？」

「そんなところだね」

「映画のこと？」

「そんなところだね」。それからヴィカーは「一緒に来なよ」と言う。

「これっていつ決まったのよ？」怒りもあらわにザジは言う。「急に出ていくなんて？」

ヴィカーは「君が言うと、ずいぶん長い時間に聞こえるね」と言う。

「一緒になんて行けないよ。ギグがあるし、スタジオだって」苛立たしげにザジは言う。そして両手を上に投げ上げる。「ねえ、わかってるよ、あたしあんたの生活に勝手に飛び込んできたんだってこと。だからさ」

「そうしてくれてよかったよ」

「わかってるよ、それってあんたがママに約束したからだってこと」

「それだけじゃないよ」

「とにかくさ」ザジは言って、キッチンテーブルから立ち上がる。投げつけるツナサンドもいまはない。彼女は階段の下に消えていく。

「旅行は嫌いだ」誰もいないリビングルームに向かってヴィカーは言う。「いつだってハリウッドから遠すぎる」

90

エールフランスのターミナルで、椅子に座り込んで眠ったかと思う間もなく搭乗アナウンスの音にヴィカーは起こされる。夜のフライトはいつも、どこにも行っていない気がする。十一時間のうちヴィカーはほとんど眠らない。自分でも理解できない理由から、ターミナルで買ったスケッチブックに、記憶を頼りに、いまではずっと昔に思える、マザー神学校で作った教会の模型の絵を何度も何度も描く。

89

翌日の午後オルリーで、これまではいつも飛行機から降りたら運転手が待っていて行先まで連れていってくれたことをヴィカーは悟る。ターミナルから外に出て、タクシーの列を十分間見ていた末に、手を上げて一台を拾う。「パリ」とヴィカーは運転手に言う。運転手が何か言い返すがヴィカーはなおも「パリ」と言い、さっぱりわからないということを運転手はジェスチャーで伝えつつなおも何か言いつづける。とうとうヴィカーは「シネマテーク・フランセーズ」と言い、運転手がそれでも理解しないと、ヴィカーはそれを紙に書く。

88

タクシーが街に入ったときはもう六時を過ぎている。街路はすべてフィルムのリールのように丸く、車はみんな輪を描いて走る。宮殿のように大きな建物の前に運転手は車を停めて、「閉まってますよ《フェルメ、ムッシュー》」と言う。

「ありがとう」ヴィカーは言ってタクシーを降りる。

「だから、閉まってるんですよ《ムッシュー、セ・フェルメ》」

「わかった」。歩道からヴィカーは車の窓ごしにアメリカのドル札をひとかたまり、運転手に向けてつき出す。

「いいえ、アメリカのドルじゃなくて《ノン、パ・ド・ドラール・アメリケン》」運転手は言う。「フラン」

「うん、ありがとう」ヴィカーは言ってドル札を振りかざす。運転手はプンプン怒った顔で二十ドル札を二枚ひったくり、走り去る。ヴィカーは向き直って建物をぐるっと回り、閉まっていることを発見して驚く。

87

エッフェル塔が前にそびえているのを見ながらヴィカーはトロカデロを横切る。反原発デモの名残りが、セーヌに流れ込む噴水を縁どっている。例によって人々がじろじろ見るので、ヴィカーはコートのポケットからかつてスペインに持っていった帽子を取り出して頭にかぶせる。川を渡り、エッフェル塔の向こうの細長い練兵場を越え、小さなホテルを見つけて部屋を借りる。帽子はかぶったままでいる。誰もが彼に向かってアメリカンダラーがどうこうとわめく。

腹が減ったので、ホテル近辺の小さなブラスリーで夕食を取る。食べたいものを示そうと、メニューを指さし、細長いパンのハムサンドの絵を指さす。ウォッカトニックも注文する。ギャルソンはストレートのウォッカを背の高いグラスに入れて持ってきて、ヴィカーはそれを即座に飲み干してもう一杯注文する。隣のテーブルに誰かが『パリスコープ』という小さな雑誌を置いていったので見てみると、上映中映画一覧とおぼしきセクションが見つかる。こんなにたくさん映画をやっている街は初めてだ。

86

二ブロックに一軒は映画館があるように思える。ヴィカーはブラスリーからも遠くない、アメリカ映画を上映している小さな館に入る。映画はすでに始まっている。闇の中でヴィカーを席に案内した係はヴィカーが座ったあともそばにとどまっている。ヴィカーが映画を観はじめても係はまる一分立って待っているが、やがて何かブツブツ言いながら立ち去る。

映画の中で、かつてニコルズ・ビーチでヴィカーをじっと見ていた、そして後日怒れるボクサーになったトラヴィス・ビックルが、今回はモンロー・スターなる名の三〇年代の映画プロデューサーになっている。その馬鹿な名前を聞いてヴィカーがゲラゲラ笑うと、人々がふり返る。これってコメディじゃないよな？　とヴィカーは心配になってくる。かつてトラヴィス・ビックルは血に濡れた指を銃の形にして自分の頭につきつけ、親指をぴんと立て、次の人生へと自分を吹っ飛ばした――それがこの、すでに過去となった人生だったのだ。すべての映画はまだ起きていないことをふり返り、すべての映画はすでに起きたことを先取りする。まだ起きていない映画たちはすでに起きている。いまヴィカーが観ている映画は、ジョーン・クロフォードの『ザ・ウィメン』の脚本を一部書いたもののクレジットはされていないF・スコット・フィッツジェラルドの著書が元になっている。プリントの状態はヴィスタで『裁かるゝジャンヌ』を初めて観たとき以来最悪だ。ただしこっちの映画はもっと新しいのであり、しばらくしてからヴィカーは、彼からチップをもらえなかった案内係と同じくらい怒って映画館を立ち去る。

85

ホテルの部屋に帰ると、疲れはてているもののヴィカーは眠れない。小さなホテルの中庭を夜中にぐるぐる歩き回っていると、コンシエルジュが出てきてヴィカーをどなりつける。ほかの宿泊客たちが窓から見物している。ヴィカーはホテルを出て、まだ真夜中だというのに、シネマテークが開くまで七時間待とうとトロカデロへ戻っていく。

84

午前九時十五分、シネマテークが開くはずの時間の十五分後に、ヴィカーは階段をのぼった上にあるドアを叩く。誰かが通りがかって彼に「閉まってるよ《フェルメ》」と言う。

「え?」ヴィカーは言う。9h-17hと書かれた看板を彼は見る。

「フェルメ」と相手はもう一度言い、看板の、開館時間の下の、MARDI FERMÉ(月曜閉館)と書かれた部分を指さす。

ヴィカーは激昂してドアに襲いかかり、五分後にはもうドアは彼の両手から流れた血にまみれている。

83

尖った海緑色《かいりょくしょく》の髪をして体じゅういろんなリングをぶら下げたパンクのカップルがトロカデロの噴水近辺でヴィカーを呼びとめる。二人は彼の両手から血が出ていることにも気づいていない様子だ。

二人ともヴィカーの帽子を何度も指さして何か言おうとしていて、一人は帽子《シャポー》という一語をくり返し、二人で小さな本を調べたりしているが、やがてヴィカーは彼らが英語を喋ることに気がつく。彼らはロンドンから来た二人組で、ヴィカーの帽子の下を見たがっている。前の日に彼を見かけたのだ。もし彼らがパンクでなく、英語も話さなかったら、ヴィカーはたぶん二人の頭を抱えて激突させただろう。シネマテークが明日は開くこと、ノートルダム近辺にアメリカの本屋があって夜そこに泊まれるかもしれないことを二人は教えてくれる。

82

公衆電話ボックスからヴィカーはロサンゼルスの自宅に電話をかけようと試みる。オペレーターの誰一人英語を話さず、ベルが鳴るのが聞こえても誰も出ないし、自分の家のベルの音には聞こえないし、オペレーターがちゃんとつないでくれたかどうかも定かでない。一フラン貨が尽きてしまうと、ヴィカーは電話ボックスを叩き壊そうとプラスチックの囲いを空しく叩き、手からまた血が出てくる。「映画はたくさんあってもどのプリントも最悪のこんな異端の街、破壊の道を拓《ひら》いてやる！」とヴィカーはサンミシェル大通りが川と出会う角で吠えるが、どのプリントも最悪かどうかはわからないことに思いあたる。通行人たちは目を丸くして彼を見る。角のカフェに入ろうとするが追い出される。大通りを上がっていき、サンジェルマン沿いの別のカフェで背の高いグラスに入ったウォッカを注文する。

81

ノートルダム向かいのアメリカの本屋はサンジャック通りにある。一階は本を売っているが奥に階段があって上がると部屋が二つあり、片方は机とフランス語タイプライターがあって、もう一方には古いソファが二つと枕が四つある。ヴィカーはソファの片方に背をのばして座り、いったん眠ったらシネマテークが今後開く六日間ずっと寝てしまうのを恐れているかのようにろくにうたた寝もしない。頭を揺すって眠気を振り払うと、若い女がソファの縁に座ってヴィカーの頭をじっと見ている。女はヴィカーの帽子を手に持っている。ヴィカーは帽子を脱いだ覚えがない。

80

女は「それ、誰？」と言う。

「エリザベス・テイラー」とヴィカーは言う。そして目をこする。「モンゴメリー・クリフト」

「ふうん」女はうなずく。これが彼女にとって何か意味があるのかないのか、ヴィカーにはわからない。「あたし、パメラ」。二十代なかば、美しくはないけれど感じよく魅力的で、体もいい具合にふっくらしている。「あんた、どっから来たの?」

「ハリウッド」ヴィカーは言う。

「あたし、トロントから」。断りもせずに、女は彼の頭皮に彫られた絵に軽く指を這わせる。

79

その夜、女の毛布の下で、ヴィカーは「できないんだ」と言う。ヴィカーは天井をじっと見る。女は彼を見下ろす。窓から差し込む、通りの向かいの大聖堂の光で、ヴィカーが勃起しているのが女には見える。「ほんとに?」と女は言う。

「うん」

「できるみたいに見えるけど」

「いいや」

「構わないよ」と女は言う。「一緒に眠るだけでいい」

「わかった」

78

だが彼は眠らない。午前零時も過ぎた真夜中、パメラの寝床から抜け出して本屋の階段を這い降り、猫たちをまたぎ越して、玄関の掛け金を外す。かろうじて出られるくらい格子戸を押して開け、川の方に向かい、やがて河岸に降りていって、エッフェル塔を静かにのぼっていく夜明けの太陽の光を頼りに西をめざす。

77

九時十五分、シャイヨー宮の巨大な通路を、どこへ行ったらいいのかよくわからないままヴィカーは歩いている。警備員が目に入ると回れ右して反対方向に歩く。宮殿内を一時間近くさまよった末にふと前を見ると、薄汚れた上着を着てスカーフを巻いた禿げかけた小男が立っている。服はどれも汚いが、スカーフだけはきらきら光っている。男は妙な笑みを浮かべてヴィカーを見る。帽子はかぶっているかと、ヴィカーは自分の頭に触れる。男は笑顔のまま近よってくる。「想像できますか」と男はフランス訛りの英語で言う。「ボガートがシャンゼリゼでバター使ってバーグマンにファックしてるなんて?」

70

男は声を上げて笑う。「あなたですね、ウイ?」。男はヴィカーの頭を指さし、ヴィカーはゆっくり帽子を脱ぐ。「一目でわかりましたよ」男はパンと一度手を叩く。「私もあそこにいたんです！　記者会見に！　すごかったですよ！　何たる《ケル》スキャンダル！　カンヌでただ一人、モンタージュで賞を獲った男」と男は言い放つ。

「本当にそうか」ヴィカーは言う。「誰もわかってません」

「光栄ですよ」そう言って男は握手しようとヴィカーの手をつかむ。

「あなたはシネマテークの……」言うべき言葉が考えないと出てこない。「……職員ですか?」

「館長はほんの数年前からです、ムッシュー・ラングロワが亡くなって以来」。男はヴィカーの手を握ってまじまじと見る。「けさドアに血がついているのを見ましたよ」と男は楽しそうに締めくくる。

75

「残念ながら、ムッシュー」男は三十分後にシネマテークの執務室で言う。「あなたが探していらっしゃるものはおそらく存在しません。この一件に関する私たちの国の記録は恥ずべきものなのです」

「別バージョンがここから出ているからには」とヴィカーは言う。「本物のバージョンもここにあったんじゃないかと思ったんですが」

きらきら光るスカーフの、禿げかけた小男はもう一本煙草に火を点ける。「そうだったらよかったんですが」と男は言う。「ですがもし本物のバージョンがあるのなら、別バージョンはありえないわけです。おわかりですか？　たしかにこの十五年間、シネマテークは怒濤の時期を経てきました——変革、政府の抑圧、火事。ですから、シネマテークに関しては何であれ完全な自信をもって断言することは不可能です。ですがこれについては、何かあったらきっとわかると思うのです」

74

ヴィカーは「次はどこへ行けばいいでしょう？」と訊く。

男は肩をすくめる。「ベルリンを試すという手はありますかね。あの映画が一時期ベルリンにあったという説もありますから。ですがそれらの説によれば、フィルムは火事で焼失したということになっています。ジャンヌには火がつきまとうのです」

ヴィカーは愕然としているのと疲れきっているのとのあいだにいる。立ったまま彼はよろめく。

「ムッシュー・ジェローム、大丈夫ですか？」

「疲れたんです」

男は同情するようにうなずく。「英雄的な探求です」

「どうでしょうか」

「映画の中では、人が英雄的探求を行なっているとしたら、どのように、ええと、どう言ったらいいのでしょう？　どのようにひとつの場所から次の場所に動きます？　つまり、映画の中で……何と言うのでしょう？」

「連続性《コンティニュイティ》」

「そう、連続性」

「連続性なんか糞喰らえだ」

「そうですとも《セ・サ》、ムッシュー！　ブラヴォー！」。男はさも愉快げにくり返す。「連続性なんか糞喰らえだ。この英雄的探求もたぶんそう進めるのがいいのでは」

「ベルリンに行きます」

「幸運を祈ります。ムッシュー。本当に大丈夫ですか？」

「はい」

ヴィカーがドアまで行ったところで、男が言う。「で、『裁かるゝジャンヌ』にはもうひとつ噂があるのです。あまり当てにはなりませんが……」

「はい」

「でもおっしゃるとおり、連続性なんて糞喰らえだ！」

「はい」

「本物のフィルムが、スカンジナビア各地の精神障害者施設を回ったという噂です」

「精神障害者施設？」

「そうですよね、驚かれますよね」男は肩をすくめる。「これもまた、何と言うのでしょう？　これもまたホラ話《トール・テール》に思えます。映画を作ったあと発狂した女優が主演した狂った映画を、狂人たちに向けて上映した、というのですから。ですがとにかくそういう噂なのです。本物のフィルムが、二〇年代後半に、あちこちの病院や施設を回った。これまでに作られたもっとも偉大な映画一ダースのうちの一作、もはや存在すらしない作品が、ヨーロッパの瘋癲院《ふうてんいん》を回り、狂人によってのみ観られる、しかも時はまさに」――男は自らの比喩を気まずく思っているように見える――「世界中が狂いかけている時期でした」

「どうしてそんなことになったんです?」

「噂によれば、ある病院の院長がなぜかフィルムを入手し、患者に見せたというのです。施設の、被収容者に」

「コペンハーゲンの病院ですか?」

「それなら筋も通ります」男はうなずく。「ドライヤーの街ですからね。ですがいいえ、コペンハーゲンではありません。オスロです」

73

オルリーに戻る途上、ヴィカーはつかのま、パメラに何も言わずに出てきたことを疚しく思う。空港で、ふたたびロサンゼルスの自宅に電話をかけてみる。フランスが正午ならロサンゼルスは真夜中だろうか? 四時間待った末に、オスロまで二時間半の便に乗る。

72

空港からオスロの街に向かうタクシーの中で、どこへ行くのかと訊かれて、ロサンゼルスからの機中で描いた絵をヴィカーは運転手に見せる。マザー神学校で作った、小さな、扉のない模型の絵。

「教会ですか?」とタクシーの運転手は訊く。

「教会じゃない」ヴィカーは言う。「病院だ」

71

ヴィカーは街の公園で夜を過ごす。ほんの百メートル先でホテルの明かりが点滅しているが、ヴィカーはもう、何を言っているのかわからない、通貨について彼をどなりつける人たちにも、部屋の中をぐるぐる歩き回ることにも飽きあきしている。公園には高い円柱のような彫刻があり、男たち女たちの絡みあった体が彫られている。

朝になって、タクシーのクラクションの音でハッと目を覚ますと、自分が寝入っていたのではないという確信をヴィカーは持てない。クラクションをこっちに向けて鳴らしているのが、昨夜彼を空港から乗せた運転手であることをヴィカーは悟る。運転手が車から降りてくると、彼に殴りかかりたいという衝動をヴィカーは抑える。彼が何人かの、やはりそのへんに車を駐めたタクシー運転手仲間と会談するのをヴィカーは見守る。やがて運転手はヴィカーに、そのうちの一人について行くよう身ぶりで示す。

70

二番目の運転手が彼をどこかの病院に連れていく。ヴィカーは自分の絵を見て、それから建物を見る。「ノー」と彼は言う。

69

運転手はその絵を、ヴィカーの指のあいだから、歯を剝き出してうなる犬の口から骨を抜きとろうとするみたいにそっと抜きとる。そしてタクシーのエンジンをかけたまま、走って病院に入っていく。十分して戻ってくると、運転手はギアを入れてふたたび車を走らせる。オスロはそこらじゅうから水がしみ出ているように思える。ある時点で運転手がヴィカーに、ここには湖が三百あるのだと告げる。街の外に出て四十五分走り、運転手が建物の前に車を停めると、王冠をかぶったライオンが金の斧を持っているその尖塔はフィヨルドの縁にそびえ、巨大な、影に呑み込まれた日時計を見下ろしている。

68

ヴィカーは何をしたらいいかも、それをどうやるかも考えていない。建物には古い部分と新しい部分があって、入口は新しい方にあり、正面玄関の上にSYKEHUS（病院）と書かれている。ヴィカーは精神病院の玄関ロビーに入っていく。

入ってみると、受付は右手にある。その向こうのロビーに大きな水槽があって、まるでフィヨルドが床を通って湧き上がり室内の窓を満たしたかのように見える。看護師や職員がちらほら歩いているが、全体のがらんとした様子にヴィカーは驚く。患者は一人も見えない。

誰かに何か訊かれそうになるたび、方向転換して別の廊下に入っていく。ヴィカーとしても暴力はふるいたくない。もう連続性は破ってしまった。警備員や職員や医者の連続性を受け入れる気はない。

67

増築された大きな中央別館の真ん中で立ちどまる。

　五十三年前に患者たちがここに集まって、スクリーンに映された『裁かるゝジャンヌ』を観ていた情景をヴィカーは想像する。彼らはそれを観てどう思っただろう。二十年ばかり前に、ソレダードがこの建物の廊下を、パシフィックコースト・ハイウェイをよたよた歩いたりバワリーのクラブの外で眠っていたりする失われた若い女が着ていそうなぺらぺらの薄いガウンを着て歩き回っている姿をヴィカーは想像する。もし『裁かるゝジャンヌ』を観たら彼女はどう思っただろう？　ゴダールの『女と男のいる舗道』の、娼婦役のアンナ・カリーナが映画館に入って『裁かるゝジャンヌ』を観てしくしく泣く場面にヴィカーは思いをはせる。ソレダードが一九二八年にこの建物の中にいて、『エレファント・マン』を観たときのように泣いている姿がヴィカーには想像できる。ジャンヌが神となり神の種を宿したなら、象の子供《エレファント・チャイルド》が生まれてジャンヌの信仰の証しとして生贄に献げられただろうか？　ヴィカーは目を閉じ、立ったまま体を回す。もし誰かが僕を見てもこいつも狂人かと思うだけだろう。

　立ったまま体を回し、目を閉じて、心の映画館でそれが見えてくるまで——岩、文字、ぱっくり開いた入口、てっぺんに横たわり布を掛けられた人の姿——体を回しつづけ、それから目を開けて、目の前の戸口から中へ入っていく。

66

誰一人ヴィカーに声をかけてこないし、何をしているか訊きもしない。頭の中の像をたどってヴィカーは進み、やがて白いドアが並んだ前に出る。ドアのいくつかは開いていて、開いた白いドアの向こうに革帯《ストラップ》、ケーブル、電極などが載ったテーブルが見える。ヴィカーは目を閉じて体を回し、目を開けると前に見えるのは白いドアではなくありきたりの用具入れである。

65

第一の徴候は、用具入れのずっと奥、箒やモップや洗剤やスプレーの奥にある古い映写機である。半世紀うち捨てられていた廃品に、五十年分以上の埃が乱されることなく積もっている。

64

それらは誰にでも見えるが、探していない人間の目には決して止まらないだろう。

63

ヴィカーが小さな丸椅子に乗れば、何とか手が届く。

62

廊下を左右見渡してから、一番手近な白いドアの向こうの部屋に一連の缶を運んでいき、中に入ってドアを閉め、鍵をかける。

61

編集台はない。ビューアーもない。あるのは持参した小さな接眼ルーペだけだ。缶をこじ開けると、その中に、同封された映画がデンマークの検閲官によって削除・変更なしに承認されたものであることを示す公式文書が入っている。文書の日付は一九二八年。デンマークの検閲官に承認されたものがなぜいまノルウェーの精神病院にあるのか、ヴィカーは理解できないし考えもしない。電気ショック台の上で、慎重にフィルムをリールから、指の中でばらばらに崩れてしまうのではと恐れながら外していくが、フィルムの保存状態はミイラにされた身体のように驚くほど良好である。奴らがこの台にジャンヌを革紐で縛りつけたとしてもおかしくないなとヴィカーは考えるが、「奴ら」というのが誰なのか、尋問する修道士たちという以上のイメージはもはやないし、自身まだ子供だったジャンヌがどちらの側についていたかもわからなくなっている。ヴィカーは頭上の診察ランプを点灯する。この台に縛りつけられていたら、ジャンヌはこの光とまともに向きあっただろう。

60

信仰の飛躍を遂げるかのように、『ナイトドリームズ』のときと同じにおおよそ八千コマ目あたりだろうとヴィカーは考える。どういうことなんだろう、あんなに簡単だったなんて、とあとでヴィカーは首をひねることになる。僕は指に目があるんです。ヴィカーはスプールの上に指を——盲人が点字を読むように、ロビーで目を閉じて瞼に映写された映画をたどっていったように——滑らせる。コマを数えるすべはない。リールに巻かれたフィルムの厚みを見て見当をつける。

59

それは同じ像の、ほとんど同じコマである。同じ像が、一九八二年にカリフォルニア州チャスワースで作られたポルノ映画に埋め込まれ、一九二八年にヨーロッパで作られたこの古典無声映画に埋め込まれている。ヴィカーが二十年近く見つづけてきた夢の像。唯一の違いは、新しい映画の方が若干像が大きいこと――あたかも世紀が進むなかで、カメラが徐々に寄っていったかのように。

58

見終わって、白いドアを抜けて部屋を出たところでようやく誰かが近づいてくる。掃除人がノルウェー語で何か言うが、ヴィカーには理解できない。ヴィカーは一連の缶を掃除人の両腕の中に押し込む。「これをシネマテーク・フランセーズに持っていきなさい」と告げて立ち去る。帽子の下、エリザベスのキスの近くに隠したポリ袋にはコマが一つ入っている。

57

オスロ空港での電話のつながりは不安定である。「帰るよ」ヴィカーは言う。数千キロの向こうから彼女の声がバリバリ鳴る。「ときどきもうやって行けない気がするよ、ヴィク」と彼女が答えるのをヴィカーは聞く。

「帰るよ」

「いろんな夢、見るんだよ」と彼女は言う。

56

僕も彼女を棄てた一人にすぎないのか？　僕も神に仕える子供殺しの一人なのか？　ヒースローでうとうとしていて、危うく乗継ぎ便のアナウンスを聞き逃しそうになる。誰かに揺り起こされて椅子から飛び上がり、ギリギリのタイミングで搭乗する。乗り込むと、眠れない。ちゃんと眠って以来どれくらい経ったのか、もうわからなくなってしまった。

55

ヴィカーはキュレーターに「見えますか?」と訊く。

キュレーターはビューアーを覗き込み、それからセルロイドそのものを手にとり、光にかざして裸眼で見る。「これは何ですか?」

ロサンゼルスに着いたヴィカーは、タクシーに乗ってまっすぐUCLA映画科に来たのである。

「何だと思います?」

「ふむ」。キュレーターは肩をすくめる。「どこかの洞窟ですか? 大きな岩? よくわかりませんね。これは何か字でしょうかね?」

「岩の上に誰か横になっているように見えます?」

「まあそうかも」。キュレーターはまた肩をすくめる。「ええ、そうでしょうね」

「これは何だと思います?」ヴィカーは帽子を脱いで、ポリ袋を開け、もうひとコマ、フィルムを取り出す。

キュレーターはそれをビューアーに入れる。「同じものですね」

「そうですか?」

「ええ。ただし」ビューアーで二つのコマを交互に見較べる。「まあ一方の方が少し寄ってますが」。キュレーターはヴィカーを見る。「わかりませんね、何のことか」

「これは二本の違った映画から取ったものです」ヴィカーは言う。「一方は無声映画からで、もう一方は、その……別の種類の映画からです。もっと最近の映画です」

「そうなんですか？」。そしてキュレーターは言う。「これをドライヤーの映画の中に探していたんですか？」

ヴィカーは答えない。

「じゃあ結局ドライヤー作品の中に見つかったんですね」

ヴィカーは「本物のドライヤーです」と言う。

「本物のドライヤー？」キュレーターは言う。「何の話です？」。だがヴィカーはすでに背を向けて立ち去りかけている。「ちょっと待ってください」キュレーターは言う。「ミスタ・ジェローム？」。ヴィカーは立ちどまらない。「じゃあ本物の『裁かるゝジャンヌ』を見つけたんですか？」。ヴィカーは廊下を歩きつづける。「五十年かけて誰にも見つからなかったものをあなたは一週間で見つけたんですか？」。ヴィカーは立ちどまらない。キュレーターは二枚のコマを掲げながら呼びかける。「これ、要らないんですか？」

「まだいくらでもあると思いますから」とヴィカーはふり向きもせずに答える。

54

映画学科の外の電話ボックスからふたたび自宅に電話する。誰も出ない。大学構内に待たせておいたタクシーでまずウェストウッドの〈ライノ・レコーズ〉に行き、それからメルローズの〈ヴァイナル・フェティッシュ〉に行き、彼女が見つからないかと中古品店や卸売店のあいだをさまよう。メルローズとガードナーの角のボックスからもう一度かけてみる。

53

タクシーでの帰り道、サンセットの小さなマーケットに寄ってもらって食料品を買い込む。家に着くと、ザジはまだいない。第二層の寝室に降りていってドアをノックし、返事がないので開けてみる。

壁にはマリアンヌ・フェイスフル、ローラ・ロジック、ストゥージズ、ニューヨーク・ドールズ、ボウイ、エクシーン・セルヴェンカ、パティ・スミス、ドアーズ、スージー・アンド・ザ・バンシーズのポスターが貼ってある。スージーの髪をもう少しまっすぐにすればカンヌで会ったマリアに似ている、と思ってヴィカーはつかのま興味を覚える。ＥＰ盤ジャケットの試作品があって、表にザジやほかのメンバーたちの写真がある。RUBICONSと上に横書きしてあって、それからタイトル「ティック・トック」、そしてレーベル名〈スラッシュ・レコーズ〉。

ヴィカーはベッドの周りを探しはじめ、いろんな紙切れを見て、ドレッサーと窓際の小さなテーブルの引出しを覗く。ほかの場所をすべて探し終えてやっと、窓際のテーブルの上、一目でわかるところに置いてあるスパイラルノートの中を見てみようと思い立つ。

52

がこの夢に住んでいるとヴィカーは読む。一人また一人、どの人も何ともぜんぜんカンケイないみたいに見えて、あたしはそこにいもしない。自分で自分の夢にいないってどういうこと？　バンドのだれかにきいてみた方がいいかもしれないけどくわしく説明するのはイヤだ、話したくない――

51

教会で法衣を着た修道士に囲まれた女、みんなで女をさいなみ、尋問している、別の世紀って感じだけど**ブキミなのは**そいつらがあたしには聞こえないし理解できないコトバで尋問してること――**これ**ってどういうことなのか。それからそいつらは女を柱にしばりつけて火あぶりにしてあたしは目がさめる。ああキモチわるい

50

それからヴィカーはこんな項に行きあたる。

オーケーこれは**だれにも**言えない。昨日の夜の夢、あれは地獄だったと思う、ホンモノの地獄（そんなものがあるとして）で何もかもが熱くて燃えていて人間たちが悲鳴を上げたりうめいたりしてるのが聞こえる気がした。そのうちに悪魔みたいな感じの男が、たぶん悪魔なんだと思うけど、ブキミな三つ叉熊手みたいのを一人の女のいろんなところにつき刺して、なんか工場みたいな音がしてうしろで機械の音が聞こえる。ほかの夢とおなじでそういう人たちのだれひとりあたしとはカンケイないと思えるし、女はあたしじゃない、あたしだったほうがまだいいと思いたくなる——あたしは**ヘンタイ**か何かなのか？　これってあたしの妄想とは思えない、自分の妄想くらいわかる。これはだれか他人の妄想なんだ、そんなものが**あたしの**夢の中で何やってんだよ

48

ザジが帰ってくる前にヴィカーは夢日記の残りを読み終える。目がさめるとあたしはこれを書きとめて午後にはもう何もおぼえていなくて、記憶から消えてしまっていて、わかるのは自分がそれを書いたことだけ。読みかえしても夢を思いだせない

47

また宗教っぽい夢だった、女子修道院？　山の中、ガケの上にあって、そこに頭おかしい修道女がいて高い塔からもう一人の修道女をつき落とそうとして自分が落ちてしまう――ヒュ――ッ

46

また尖塔の夢、今回は頭おかしい修道女じゃなくて探偵の男で、自分が尾行してる女に恋していて、その女は自分のことを誰かべつの女の生まれかわりだと思っていて、それから女が古い伝道所の尖塔から飛びおりて女は死んだと男は思って、それからべつの女に出会ってその女が**前の**女を思い出させてまだいろいろあるんだけど要するにこの探偵のアタマん中まるっきり**グジャグジャ**

45

国境の町ですごいデブでキモチ悪い警官が薄ぎたないホテルにいておっぱいのとんがったブロンド

女の上に立ちはだかって、女は薬を飲まされたか何かで、警官はぶっとい指に手袋をはめてるところ

44

ヴィクと見た映画に出てきたあのボガートが小さなコテージに住んで一人の女に恋をしていて、ボガートは作家か何かでまるっきりキレちゃうと人殺しとかしかねなくてほんとにしたんじゃないかって警察もうたがっていて、作家がすごく狂暴になるんで（ちょっとヴィクみたい）女もこれってどうなんだろうって思いはじめる

43

サングラスをかけたきれいな黒髪の女がいて、リアルじゃないくらいほんとにきれいで、湖でボートに乗っていてすぐそばで男の子がオボれてるのを無表情で見ていて、男の子は助けてってさけぶんだけど女はただ見てる

42

お城だか大きな地所だかの堀にかかった石橋にすごい美人のブロンドが大鎌を持って立ってて鎌に血がついていて、女は黒いケープを着てるけど下は完全にハダカで、けっこう美人だと認めざるをえない

41

中世か何か？　サディストの君主がいてメチャクチャな仮面舞踏会が城の中でつづいていて外では人がばたばた死んでく

40

体じゅう血だらけの男が、あたしくらいの年に見える娼婦を救うためにみんなを殺したところで、男はモヒカン刈りでアーミージャケット着てちょっとパンクっぽい――

39

迷路みたいな未来のアパートがあって探偵が黒髪の女をさがしてさまよう、何語をしゃべってるのかわからない――

38

これってもう最高にグジャグジャで細かいところまでぜんぶありありとおぼえてるけど**そのどれひとつだって思い出したくない。**アジア人のモデルが自分がポーズをとったボンデージ写真を展示してるギャラリーに行ったら盲目の男が女の彫像に指をはわせていて、何だか自分のカラダにさわられてるみたいな気がして女は逃げだして、それからマッサージに行ったらその男がマッサージ師で、**僕は指に目があるんです**とそいつは言って女に薬を飲ませて誘拐して、倉庫みたいなところに連れていってそこにはハダカの女や体の部分のものすごく大きな彫刻がいっぱいあってモデルはこの**サイテーな奴**から逃げようと巨大な太ももとか巨大なおっぱいとかを上ったり下ったりして壁には目、鼻、口、腕、脚がある。そいつは女の彫像をつくって女も盲目になってそれから女は逃げようと狙ってそいつとファックして、それから女はモデルっていうんじゃなくてアートそのものになってしまってこの下司野郎が女の腕を切り落としながら**僕は指に目があるんですと**何度も言って、**なんであたしこんな夢見るんだよ**

37

あたしアタマおかしくなってきてるんだと思う

36

ヴィカーは家の最下層に降りていって、ムヴィオラのあるフィルムライブラリーに入っていく。サンセットの小さなマーケットで買った袋からストリチナヤのクォート壜三本とトニックウォーターのクォート壜一本を出してから、棚に並ぶ映画を引っぱり出しにかかる。全部を持っているわけではない。『タクシードライバー』は持っていないし盲目の彫刻家をめぐる増村の『盲獣』もないし、『ナイトドリームズ』と『裁かるゝジャンヌ』は要らない。でもパウエルの『黒水仙』はあるしヒッチコックの『めまい』もあるし、ウェルズの『黒い罠』もレイの『孤独な場所で』もスタールの『哀愁の湖』もローランの『血の誘い』もコーマンの『赤死病の仮面』もあるし、探偵のエディ・コンスタンティーヌが「ここはアルファヴィルじゃない、ゼロヴィルだ!」と叫ぶゴダールの『アルファヴィル』もあるのだ。

35

もはやセルロイドをじっくり見るまでもない。サイレント映画とポルノ映画の同じ場所に同じコマを見つけたいま、どこを探せばいいのかヴィカーにはわかる。ひとつ見つけるのに三十分とかからない。これらの映画を一通り探し終えると、さらにほかの映画を棚から取り出しはじめる。古い映画も新しい映画も、近いのも遠く離れたのも、有名なものも無名なものも。

34

時おりヴィカーは疲れはてて立ったまま倒れてしまい、床にぶつかって目を覚まし、またひとつリールを周りの棚から引き出す。

ザジはどこだ? 逃げてしまったのだろうか、映画の潜在意識から夜ごと送られてくる報せを受けとって聞いたことも当然観たこともない映画のシーンを次々夢に見ることに耐えきれずに？　ヴィカーもカッターナイフを持って立ちはだかり、神の秘密を追究するために彼女を生贄に捧げようとしているのか？　上階の彼女の寝室のラジオから、時刻も緯度もない新しいロサンゼルス・ノワールのサウンドトラックが聞こえてくる。オーネット・コールマン「ヴァージン・ビューティ」、X「アンハード・ミュージック」、デューク・エリントン「トランスブルーセンシー」、トゥヴァ地方の奇妙な女声の詠唱《チャント》、ソレダード・パラディンが出演したレズビアン吸血鬼映画の音楽。

33

スプールから外されたフィルムはじきに家の第三層から第二層まで延びていく。壁に貼られ、帯状に垂れ下がり、垂木《たるき》から蜘蛛のようにぶら下がる。ヴィカーはフィルムを狂暴に叩き切る――あたかも探しているコマが、彼から隠れているのみならず、フィルム自体からも隠れ、フィルムの肉体の中に引っ込んでしまったかのように。これは彼が好き勝手に切っていい肉体ではないか？　右の横顔を左の横顔と好きなように引っくり返し、左を右と引っくり返し、大通りのユートピア側とアナーキズム側とを入れ替えてしまうのも意のままでは？　映画の歴史において、いったいいかなる映画作家が、いままで作られたすべての映画に侵入して、ヴィカーに合図を残していったのか？　そして一つまたひとつと抜き出し、引き伸ばしてみるなか、合図はますます近づき、ますますはっきりしていく。黒いセルロイドの小さなかけらが床じゅう花崗岩のように散らばり、階段じゅうに散らばる。引き伸ば

されたスチルたちの作る径《みち》にヴィカーは両手を這わせる。僕は指に目が

32

あるんです。調べる映画すべてにそれが見つかり、すべての映画からひとつのコマをヴィカーは抜き出す。本人は自覚していないが、ヴィカーはいまや映画のイドの媒介になっている。コマを引き伸ばして集め、やがて独自の映画が出来上がる。そのまったく違った映画は水平な岩にどんどん

31

寄っていく、開いた裂け目に、白い文字と上に横たわる人の姿とに寄っていき、やがてもう手をのばしたら触《さわ》れるくらい寄ってヴィカーは

30

彼女の顔に触る。

29

ああ《オー》、娘《ドーター》よ。

28

ザジは帰ってこない。僕は生贄の子供の父親になってしまったんだ。譫妄《せんもう》状態のなか、時おり記憶も飛ぶようになってきて、気がつけばバスに乗ってハリウッドに向かう途中だがバスにいつから乗っているのかまったく思い出せない。誰の何という歌なのか思い出せないし調べても見つからない歌があって

すべての道が交わる街の真ん中で
君を待って
すべての望みが沈む海の底へ
君を探して

ある時点でヴィカーはチャイニーズ・シアターにいる。外が昼か夜か、見当もつかない。

27

未来のＬＡの探偵は、自分は記憶があるから人間だと信じているロボットたちを処刑する。映画はすべてがゼロにリセットされたロサンゼルスが舞台である。未来がゼロにリセットされる。記憶もゼロにリセットされ、預言もゼロにリセットされる。すべての緯度と経度がゼロにリセットされる。人が自分について信じているすべてがゼロにリセットされる。このロサンゼルスには陽の光がない。毎日がゼロにリセットされる。子供というものもゼロにリセットされているのでこの映画にスターチャイルドはいない。このロサンゼルスにハリウッドはない。この映画では**映画**がゼロにリセットされていて……

26

……この映画のどこかで生贄の岩のコマを見たことがヴィカーにはわかる、ほかのすべての映画同様コマはそこにあって

25

シアターの明かりが点いてヴィカーはもぞもぞ動く。眠ってしまったのだろうか。もはや知るということが不可能な発熱状態の中にヴィカーは入っている。座席の上で背をのばし、人々が通路をぞろぞろ歩いていくのを見守る。と、心臓が喉まで飛び上がる。

巨大なチャイニーズ・シアターの向こう側の通路を、彼が歩いているのをヴィカーは見る。

24

ヴィカーは凍りつき、考えようとする。彼のはずがない。死んだと思ったのに、ほかのすべてと同

じくゼロにリセットされたと思ったのに。たとえ生きているとしてもいったいここで何をやってるんだ、わざわざペンシルヴェニアからここまで来て？

はじめヴィカーはどうしたらいいか決められず、やがて席から飛び上がりロビーに駆け出ると、彼がずっと向こう、シアターの出入口を抜けて外のスターたちのコンクリートの足跡の周りに群がる人波に消えていくのがかろうじて見える。ヴィカーは人々を押し分けて外へ出る。

23

外へ出て、チャイニーズ・シアターの前に立つ。人々にぶつかられながら、ヴィカーの目がハリウッド大通りを上下に探す。

彼だったはずはない。たとえ生きているとしても、いまさらわざわざロサンゼルスに来るなんてことがありうるだろうか？　なぜ映画館にいたのか？　僕がいるとわかっていたのか？　ヴィカーはその一画を行ったり来たりしはじめ、やがて、驚いたことに、オレンジ・アベニューの角で彼が通りを渡ってローズヴェルト・ホテルに向かうのを見る。

22

ロビーは十三年前と変わっていない。椅子が並び向こう側にバーがある空間をヴィカーは大股で抜けてフロントまで行く。「何か?」フロントの中にいるコンシエルジュが問う。帽子をかぶってくるんだったとヴィカーは思う。コンシエルジュがふたたび呼びかけ、ふたたびヴィカーは答えず、階段を一度に二段、三段とのぼってエレベータの並ぶところへ行き、そのうちの、ちょうどドアが閉まりかけている一台に滑り込む。

21

現在進行形のロサンゼルス映画の中の、追っ手を逃れる探偵のように、ヴィカーは七階で降りて九階までの残りは階段を使う。

20

九階の長い廊下をヴィカーは歩いていく。928号室のドアは半開きになっている。ヴィカーはそれをわずかに押して開け、中に足を踏み入れる。

19

左側、リビングルームの隅に、ソファと椅子一脚がある。リビングの真ん中に小さなテーブルがあって、そのうしろに小さなバーがある。続き部屋全体の真ん中に男は立って窓の外をじっと見ているが、やがてふり向いてヴィカーを見る。目がヴィカーの頭にちらっと向けられ、口が歪んで、ヴィカーがもう何度も何度も見てきた笑みが浮かぶ。「やあ！　入れよ」と男は言う。

18

彼はヴィカーに「座れよ」と言う。

ヴィカーはもう一度続き部屋を見渡し、おずおずとリビングルームの中、窓から差してくるハリウッドののぼりつつある光の中へ足を踏み入れる。

「何か……飲み物は？」男は言う。「ウォッカトニック？」

「お願いします」

「座ったら?」男はふたたび言う。

「わかりました」。ヴィカーはリビングルームの隅のソファに腰を下ろす。男はヴィカーにウォッカトニックを手渡すが自分には何も注がない。ヴィカーの向かいの椅子に座って、笑みを浮かべてうなずく。身を乗り出し、両手を組んで、まばたきひとつしない黒い目を、ヴィカーもよく知るひたむきさでじっとヴィカーに向けている。ヴィカーは「なぜだか、遠くから見たときあなたのことを僕の父親だと思ってしまいました」と言う。

「よくある間違いさ」男は笑う。

17

わずかに甲高い、ひび割れた声で男は「もちろん、君のことはすべて知っているよ」と言う。そしてヴィカーの頭を指して笑う。「君のことはもう……そう、君を知る前から知っていたよ」

ほかの誰の顔に浮かんでも、その笑みはあざ笑いに見えるだろう。だがそこに尊大さはない。むしろなかば静謐《せいひつ》な、なかば醒めた、宿命を拒んでいるような受け入れているような、何とも決めがたい笑み。『赤い河』の結末でジョン・ウェインと対峙しお前を殺すとウェインに言われたときと同じ笑みだ。『地上《ここ》より永遠《とわ》に』でバート・ランカスターに脅されても動じず逆に味方にしてしまうときと同じ笑みだ。『陽のあたる場所』の結末でガス室に向かう途中エリザベス・テイラーと最後に会うときと同じ笑みだ。

「父親たち、か」と彼は言い、顔全体を支配している眉の下から遠くを見るようなまなざしがヴィカーの顔の上を漂い、やがてヴィカーのすぐ向こうのどこかにある何かに止まる。「ひどいもんだ。俺も故郷のオマハで、父親とはうまく行かなかった。特に大暴落のあとは……」。彼は肩をすくめる。「親父は……狭い人だった。硬い人だった。そういうのって覚えがあるかい？」

「はい」

「もちろん」男はうなずく。「お袋もやっぱり、親父にとって一緒に暮らすのに楽な人間じゃなかった。俺たちの誰にとっても楽じゃなかったよ、あんなに、あんなに……嘘をつくんじゃ……でも寂しいっていうことについて嘘をつく人間はいない」

「いまはわかります」ヴィカーは言う。「僕の母親がどれだけ寂しかったか」

「まあ演技には役立ったけどな——親父とのことは。もともと映画を隠れ場所と思ったことはなかったけど……『赤い河』でウェインと対決したときは親父のことを考えたよ。『地上より』でランカスターと対決したときも考えた。親父とは事故のあとで和解したよ……事故があってそれだけはただひとつ……いい方に変わった」

「あなたの顔」ヴィカーは言う。

男は自分の顔に触る。「ああ」

「よくなりましたね」

彼はうなずく。「よくなった」

「僕、右の横顔と左の横顔を混同してしまうんです」

「それもよくある間違いさ」。彼はヴィカーをじっと見る。「君は目に信頼の色があるな、生まれたばかりみたいに」。彼はいつもの笑みを浮かべる。「知ってたかい、俺が双子だったってこと？」

「いいえ」

「双子の姉がいたんだ。双子だから、横顔が四つあるとも言える、そうだろ？ というか……一方の右の横顔がもう一方の左を打ち消し、一方の左がもう一方の右を打ち消して……」

「大変でしたか？」

「何が？」

「事故。痛かったですか？」

「大変だった」彼はうなずく。「ふりをしても始まらない。外側も大変だったし……」頭をとんとん叩く。「……内側も大変だった。顔ほぼ半分なくなったたし。ベッシー・メイが――俺はエリザベスをそう呼んでいたんだ――俺の命を救ってくれたんだ。俺の口に手をつっ込んで……喉から歯を引っぱり出してくれた。ああしてもらわなかったら間違いなく窒息死していた。あとでその歯、彼女にあげたよ」声を上げて笑う。「一種形見みたいなものとして。鼻は……鼻は最後まで直らなかったし……あごも折れて……左側の神経がすべて……痛み止めにすごくたくさん薬を飲んだ。酒もすごくたくさん飲んだ。もちろん、ああしてくれた気持ちは絶対に忘れないさ、エリザベスが命を助けてくれたことは、だけど――」もう一度声を上げて笑う。「あそこで死んでいたら俺はジミー・ディーンになっていたよ。ハリウッドには伝説になるためなら即座に命を差し出す気の人間がゴマンといる。俺もあのあとの九年間を生きないためなら即座に差し出しただろうな」。事務的な口調で彼はさらに言う。「事故の前、俺は自分の顔についていつも傲慢だった。ちょっと疚しくも思っていたことがいまはわかる。志願して戦争に行こうとして、結局赤痢ではねられたわけだけど、死ぬことより……顔がどうかなっちまうことの方が怖かったよ。この顔のおかげでずいぶんいろんなことを切り抜けられた。だからまあ、筋は通ってるな」にっこり笑う。「人生が俺の顔を狙ってきたってことも」

16

彼はヴィカーの頭を見てにっこり笑う。「すごいなあ。まさか誰かの頭に刺青してもらえるとは思わなかったね」

「とてもいい映画だと思います」ヴィカーは言う。

「あれが俺の最高の仕事になるとは思わなかったね。とにかく当時は全然そう思わなかった。とはいえ、出た映画で嫌いなのも多いけどな。ジンネマンとやったのはまあどれもよかった……マーロンとやった『若き獅子たち』、あれが俺の一番の仕事じゃないかな。でもほかのは……」肩をすくめる。

「『赤い河』とか……」

「あれもとてもいい映画だと思います」

「いいや、好きじゃなかったね。薄められてしまったから。ウェインは最後で死ぬはずだったのに……」顔を上げてヴィカーを見てにっこり笑う。「だけど見方ってほんとに変わるもんだよな。『陽のあたる場所』を作る前、ジョージ・スティーヴンスは戦争から帰ってきて、それまでに自分がやったことはみんな……取るに足らないことだと思うようになってたんだ。監督やめて戦争で戦って、そうして……収容所にいち早く入って……何もかも見た。ダッハウ。ベルゲン＝ベルゼン。そのあと、映画は世界を変えるべきだとあの男は考えた……じゃなけりゃ何の意味がある？と。無理もないよな。

俺もたぶん同じことを考えたろうと思う。つまりね、ミスタ・Sはもう、誰と戦ったらいいかわからなくなってたんだ……空っぽのミュージカルなんか、これ以上作ってどうする？　イングリッド主演のコメディを作るお膳立てもすべて揃っていた……当時世界一のスターだよ……これはまだ国じゅうがイングリッドの……彼女の……私生活のことを騒ぎ出す前だ……で、彼はパリまで行ってイングリッドに「できません」と言わなきゃならなかった。自分の道を行くのでなければ人間はゼロだ、てわけさ。もうコメディはなし、たとえ彼女が本当に世界一のスターであろうと。もちろん、少し見方を変えてふり返れば、わかることだ——映画の中で、アステアとロジャースが踊っている姿以上に、世界を変える力のあるものなんてあるか？」

眠りと目覚めのあいだの冥府《めいふ》にあって、その問いについて自分が考える時間が一分なのか、五分か、一時間か、一日か、人生の残り全部なのか、ヴィカーにはどうにもわからない。心の中でヴィカーは、フレッド・アステアとジンジャー・ロジャースがジョージ・スティーヴンスの『有頂天時代』で「今宵の君は」に合わせて踊り「ネヴァー・ゴナ・ダンス」にフェイドしていく姿を見ている。床は瑪瑙《めのう》色にきらめき、バンドスタンドの向こうに広がる黒い星空の背景の下で階段が黒いアーチを描いている。二人のダンスは物悲しい別れのダンスであり——もちろん結局は別れではないのだが——それが床を漂って流れ、アーチをのぼって行き、ロジャースはアステアの腕からすり抜けて、氷の宮殿のようにキラキラ光る舞台の白い袖に入って、一人取り残されたアステアは何も持たずに佇《たたず》んで、光は映画にしかないたぐいの黄昏へと沈んでいく。「何もありません」とヴィカーは答える。

15

「何もない」モンティはうなずく。「何もない。アステアとロジャース――本当にすごい、スティーヴンスがあんまりたくさんショットを撮るんで気の毒にロジャースの足から血が出たりもしたけどな。人間、自分ができることになるしかない……でも戦争から帰ってきてスティーヴンスは決めたんだ……知ってるよな」ふたたび肩をすくめる。「イエス・キリストの映画を作ろうと。イエス・キリストのいい映画作るなんて、どだい無理なんじゃないかな」

「神が悪役だとますます難しいです」

「父と子、だよな?」

「はい」

モンティが「物事って、わかる前にわかるってことあるんだよな」と言う。

「前に僕、教会の模型を、見る前に作りました。やっと見たら、教会じゃありませんでした」

「そういうのもある。ずっと知ってるつもりでいたものが、違う何かだとわかったりする」

「ずっとそれが、何かの合図だったみたいで」

「うんうん」

「そこになくても、そこにあるべきものが見えたこともあります」

「『裁かるゝジャンヌ』とかな」モンティはうなずく。「ウォッカトニック、もう一杯どうだ?」

「いいえ、ありがとう」ヴィカーは言う。「僕、五十年間誰にも見つからなかった映画を一週間で見つけたんです」

「筋が通る話だよな」

「これまで作られてきたすべての映画の中に、一本に一コマずつ、秘密の映画が隠されているんです」

「俺のにも見つかったかい？」モンティはヴィカーの頭に向かってにっこり笑う。

「変だな。あの映画は調べませんでした」

「調べなくていいよ。ちゃんとあるから」

「どうやって入り込んだんです？　誰が作ったんです？」

「不思議だと思わないか」モンティは言う。「一秒間にフィルムは二十四コマあるってことが？　フィルムのどの一秒間にも、一日の時間数と同じ数が入っているってことが？」。さらに彼は言う。「映画の一秒一秒が秘密の映画の生での一日であって、誰かがずっと、その秘密の映画を君がほかのすべての映画の中に見つけるのを待っていた――それってどういう意味なんだろう？」

「わかりません。もしかしたら」ヴィカーは言う。「誰かが僕に、何かからの出口を伝えているのかもしれない」

「あるいは入口を」

「僕は取り憑かれているんでしょうか？」

モンティが声を上げて笑う。

「**映画**に取り憑かれているんでしょうか？」

モンティはまた笑う。「何かを愛するからといって、愛し返されるとは限らない」

「どうして僕が？」

「君だけなのか？」

ヴィカーは考える。「いいえ」

「そうだよな」

「もう一人います」

「あの女の子か」モンティは言う。

「彼女は映画のこと、そんなに好きでさえないんです。好きなのは音楽なんです」

「たぶん選ぶものじゃないんだな」

「最近ずっと、観たこともない映画の夢を見てるんです。知りもしない映画の夢を」

「**映画**がその子を選んだんだな、君を選んだのと同じに」

「ドティが恋しいです」

「ドティも君のことを恋しがってるよ」

「映画は夢だって前に言ってました」

「もしかしたら逆じゃないかな」

「え?」

「その**秘密の映画**だけどさ。ほかのすべての映画に一コマずつ隠されてるってやつさ――」

「はい」

「俺たちがそれを夢に見てるんじゃなくてさ。それが俺たちを夢に見てるんじゃないのかな」

「僕、疲れました」

「わかるよ」

「寝てないんです」

「わかるよ」

「何日も。いや……」ヴィカーは考えられない。「もっと長く。始まりは……」。ポルノの映画のときか、最後に眠ったのは？　ザジと一緒に『裁かるゝジャンヌ』を観たとき？　もっと前？

「もっと前だ」モンティが言う。

「はい」

「君がハリウッドに来る前からだ」

「はい」

「君が初めて映画を観に行く前からだ」

「はい」

「君が小さかったとき、お父さんが部屋に入ってきたあの夜からだ」

ヴィカーはうなずく。「はい」

「もう寝た方がいい」モンティは言う。

「はい」

14

ここ何夜か、ザジの夢はぴたっと止んでいる。まるでそれらが、彼女の眠りのフィルムから切りとられてしまったみたいに。彼女が家に帰ってくると、玄関のドアが大きく開いていて、セルロイドのかけらや切れ端や輪っかが、家の第一層から階段を下り第二層に達して二つの寝室を過ぎ第三層に達している。フィルムライブラリーのドアを彼女はノックする。「ヴィク？」と呼びかける。

13

彼女が寝る時間になってもヴィカーはまだ帰ってこないし、翌朝目覚めてもまだ戻っていない。フィルムライブラリーのドアは鍵がかかっていて、その前に立ちながら彼女は、映画でやるみたいに体当たりして開けようとすべきだろうかと思案する。でも映画ほど簡単じゃないという気もする。前にヴィカーと観た、馬に乗って山と墓の方へ去っていく傷ついたガンマンを、小さな男の子がシェーン、帰ってきて！　ママがいてほしいって！　僕もいてほしい！　と叫びながら追いかけていく映画みたいに、彼女も通りを駆けていってヴィク！　帰ってきて！　**映画**がいてほしいって！　あたしもいてほしい！　と叫ぶべきだろうか。ザジは家の最上層に戻っていって、玄関から外に出て、丘の険しい斜面の土をそろそろと下っていく。家の一番下まで来ると、飛び上がってライブラリーの小さな窓の縁につかまり、つかのま体を持ち上げて中を覗き込む。じきに持ちこたえられなくなって、どさっと丘の斜面に落ちるとそのままずるずる滑り落ちてしまい、そのへんの低木林《チャパラル》につかまってようやく止まる。「やれやれ」と彼女は言う。斜面をのろのろ、最上階まで戻っていく。ライブラリーは誰もいないように見えたけど、ヴィカーが気を失って床に倒れていないとは言い切れない。そう考えながら玄関に着くと、誰かが待っている。一瞬ヴィカーだと彼女は思う。

12

ヴァイキング・マンは開いた戸口に立って、ランプやカーテンやテレビや階段の手すりに掛かったセルロイドを眺めている。彼が自分の方を向くと、何かがおかしいことが彼女にはわかる。ヴァイキング・マンは口から葉巻を外す。「ズールー」と彼はひっそりと言う。「一緒に来なさい」

11

ローズヴェルト・ホテルのロビーで、フロントデスクの中のコンシエルジュは「支配人のミスタ・クーパーを呼んでまいります」と言う。

小柄で黒髪、上等な身なりの支配人がすぐに現われる。ヴァイキング・マンとザジと握手をしながら、支配人は悲しげに微笑む。

10

九階の928号室で、ヴィカーはソファの上に横たわっている。眠っているように見えるが、眠っているのでないことがザジにはわかる。三人は続き部屋の真ん中に立ってヴィカーを見ている。「お気の毒です」と支配人は言う。

「何があったんです?」やっとヴァイキング・マンが言う。

「わかりません」支配人は言う。わずかに訛りがある。「暴力沙汰などの形跡はありません。安らかに見えますよね。そう思われませんか?」

「そうですね」少ししてからヴァイキング・マンが言う。「安らかに見える」

「もちろん警察は呼ばざるをえません。まず警察に電話しなかったことで、私たぶん、自分を厄介な立場に追い込んでしまったと思います、ですが」。支配人は肩をすくめる。「この方は何も身分証明をお持ちでないので、まずはお知り合いの方にお知らせすべきだと思いまして」

「どうやって俺に連絡すればいいとわかったのかね?」

「マドリードです」

「マドリード?」

「この方があなたの映画の仕事をなさっていたときに」

「こいつが俺の映画の仕事してたときに、あんたマドリードで知りあいだったのかね?」

「そのときに存じ上げておりました。別のときに、フランスでも。もちろんよく存じてはいません。でも幻視力《ビジョン》のある方だということは承知しておりました」

ヴァイキング・マンは「誰が見つけたんだ?」と訊く。

「ホテルに入ってきてエレベータに乗られるのをコンシエルジュが見ておりまして、探しに行ったのです」

「この部屋は誰が住んでるんだ?」

「どなたも住んでいらっしゃいません。いまは空き部屋なのです。ですが三十年前は」支配人がヴァイキング・マンとザジを見る。「ミスタ・モンゴメリー・クリフトのお住まいでした」

「何だって?」ヴァイキング・マンが言う。

「『陽のあたる場所』を作られたあと、『地上より永遠に』の撮影中に」

「モンゴメリー・クリフト?」ザジが言う。

火の点いていない葉巻をヴァイキング・マンが口から外す。「存在感はあったよな、モンティは。それは認めざるをえん。『赤い河』でもデュークと対等にやりあったし」。そしてザジに、「『マスかき野郎』がどうたらこうたらフェミニストの寝言はよせよ。少なくともいまは」と言う。

「オーケー」

「陽のあたる場所があったことなんて一度もありませんでしたよね、モンゴメリー・クリフトには」と支配人が言う。

「彼に神の愛を、牧師《ザ・ヴィカー》さまだってそうだったよ」とヴァイキング・マンは言う。「ま、いまは陽のあたる場所にいるかもしれんけど」

9

「あれって」ザジがヴァイキング・マンに、エレベータに乗って支配人と一緒にロビーへ降りていく途中に言う。「なんか映画の科白みたいだったよね」。その声には彼女が自分でも理解できない棘々しさがある。

「で、君の言いたいことは?」ヴァイキング・マンが言う。

「べつに、何も」

「俺たちは何か陳腐な文句であの場を汚《けが》したのかな、ズールー? 人が時として映画の科白を口にするのは、それが陳腐だからじゃなくて、もしそれが陳腐になってなかったら現実に人が言うはずの真実の言葉だからだよ」

エレベータの中で、すべてのフロアのボタンが点灯する。一階ごとにエレベータは停まり、誰もいない場に向けてドアが開く。

「前々から聞いてたよ」ヴァイキング・マンが支配人に言う。「ローズヴェルトにはモンゴメリー・クリフトの幽霊が憑いてるって」

「ええ、ですがそれは」支配人はにっこり笑って、点灯した一連のボタンを示す。「それはミスタ・クリフトではありません。ミスタ・グリフィスです」

8

家に戻るとヴァイキング・マンが「ここにいちゃいけないよ、ズールー」と言う。

彼女は窓の外に広がる街をぼんやり見ている。「どうして？」

「たとえ警察が来ないとしても、いずれ子供が一人で住んでることを福祉課が嗅ぎつける」。ヴァイキング・マンはまた葉巻に火を点ける。「君、サーフィンはやらないよな？」

君は人食い人種かと訊かれたような、あるいは、君は『ゆかいなブレディー家』のお弁当箱を持ってるかと訊かれたような目で彼女はヴァイキング・マンを見る。

「いや、やらないと思ったよ」ヴァイキング・マンは言う。「俺ももう近ごろはそんなに波に乗らなくなった」。ポケットを探ってペンを出す。「何か紙はあるか？」

「電話のところ」

電話の横のメモ帳に彼は電話番号を書き、紙を破りとる。「一日か二日したら電話しろよズールー、もし何か必要だったらもっと早くかけてもいい。とにかく様子を知らせてくれよな」そして彼はその紙を、夢の碑文をヴィカーが留めていたコルクボードに留める。

7

ヴァイキング・マンがいなくなると、ザジは家の最下層のフィルムライブラリーのドアの前に戻って、体当たりして開けようと試みるべきかどうか思案する。現実においてどんな陳腐な科白が口にされようと、ドアを壊すことが映画で見るほど簡単ではないという気がいまだにするので、体当たりする代わりにまずは力一杯蹴ってみて、もう一度、さらにもう一度蹴る。やっぱりあの間抜けな窓から、さっき危うく丘を転げ落ちそうになった窓から押し入るしかないか？　もう一度空しく蹴った末に、空しさを予期しつつノブをつかんでがちゃがちゃ動かす――ところがいま鍵はかかっていなくて、ドアは彼女の前であっさり回って開く。

6

窓から数秒覗いたときには見えなかったライブラリーの惨状が見える。ヴィカーの五百本あまりの映画コレクションは大半が棚から乱暴に引きずり出され、缶がこじ開けられ、セルロイドがそこらじゅうに散らばっている。だがもっと興味深いのは、壁に貼られた、引き伸ばされたスチルだ。

5

どれも同じだが、ただし並んだ一枚ごとに何かの岩だか小さな洞窟だかに少しずつ寄っている。岩のてっぺんに、ヴィカーが上の階のコルクボードに留めた文字があるのをザジはただちに認識する。それがどういう意味かは、いまだに知りようがないけれど。

4

誰かが岩のてっぺんに横たわっていて、スチルが拡大されるごとにその姿がだんだんはっきりしてくる。

3

ザジがライブラリーに立ちつくすなかで何分かが過ぎていき、何分かが過ぎていくなかでいろんな声が聞こえてくる。誰かが上の階にいるのか？　ラジオが点いているのか？

「君はすごく出来のいい生徒だったよな、そうだろう、マデリン？　すごく出来のいい生徒……」

「大した男だったわ。あんたが人のことどう言おうと関係ないわ……」

「彼女にキスされたとき僕は生まれた。彼女に去られたとき僕は死んだ。彼女に愛された何日か僕は生きた……」


だがそれは彼女が知っている声たちであり、壁のスチルに寄っていって一枚一枚に耳を押しつけると

それぞれの岩の扉から、てっぺんに横たわっている姿の下から、自分がいままでに見たいろんな夢がすべて轟音を上げて飛び出してくるのがザジには聞こえて

やがて彼女は最後のスチルにたどり着き、それに耳を押しつけると、目の前の顔がはっきり見える

——彼女の口ががくんと開く

2

1

——そして彼女は目を覚ました。目が覚めて、頭の中のすべての映像が飛び散っていった。岩のてっぺんに横たわった彼女は、夜空の闇を見上げた。それからもうひとつの闇が彼女の体に降ってきた。それは彼女の父親の影だった。彼女は悲鳴を上げた。

悲鳴を上げつづける彼女を、父親が両手にくるんだ。「ああ《オー》、娘よ《ドーター》」父は言った。「なぜ悲鳴を上げるのか？」

「殺さないで」彼女は言った。

「殺す？　君を？」。少しのあいだ父の声には驚きと心配が交じっていて、かつ傷ついたようにも聞こえた。けれどすぐにどれも消えて、もっと穏やかなものが現われた。「絶対に君を傷つけたりしないよ」

カナンの砂漠の風にオリーブの木々がそよいだ。下の小山にいる羊の群れの声、ロバたちの声が彼女には聞こえた。「あたしを殺せって神に命じられたんじゃないの?」と彼女は言った。

「悪い夢を見たんだね」彼女の父親は言った。「本当に愛する神は父親にそんなことを命じたりしないし、本当に愛する父親はそんな神の命令を聞いたりしないよ」

彼女は父親にしがみつき、その温かいあごひげと長い髪が触れるのを感じた。「不思議な世界の夢を見たの。すごく不思議で美しい、ほとんど人じゃない人たちがいて」

父親は娘を抱き上げて、焚火が燃えているそばの洞窟まで運んでいった。吹き抜ける風がかちっと鳴って、通り過ぎてゆく雲とともに、満月の光が頭上で毎秒二十四回はためいた。

0

けれど翌朝目が覚めたとき、父親が死んでいることが彼女にはわかった。神に挑んだせいだろうか、それとも単に死ぬ時が来て魂がゼロにリセットされたのだろうか。

彼女は薪の山を積み上げた。父も娘も等しく聖なる火の煙に包まれて上がっていくような薪の山を。精一杯力をふり絞り父の遺体を引きずってきて、薪の山の上に載せ、いまにも火を点けようと松明《たいまつ》を灯して初めて彼女は気がついた——父の左目の下、赤い涙のしずくが顔の毛に引っかかっていて、指で払えないのだ。そこで父のナイフを使って毛を一部剃り落とすと、涙のしずくは払いようがないことがわかった。それは肉体のしみとなった聖痕《スティグマ》のようなものなのだ。それから彼女は、父の髪の根元に、いままで気づいていなかった黒いしるしがあることに気づいた。それが神によってつけられたしるしなのか、いかなる神も説明しようのないものなのか見定めようと、彼女は父のナイフで髪を切り進んでいった。

　そうして父の頭のてっぺんには、彼女が夢の中でしか見たことのない顔たち、あまりに美しすぎてほとんど人間として認めようのない顔たちがいた。世界で一番美しい女と一番美しい男、女は男の女性バージョンであり、男は女の男性バージョンだった。

謝辞

多額の助成を賜ったジョン・サイモン・グッゲンハイム財団に感謝する。この小説の一部は違った形で『マクスウィーニーズ　驚くべき物語たちの魔法の部屋』に掲載された。

訳者あとがき

この無類に面白い小説『ゼロヴィル』は、二〇〇七年刊、スティーヴ・エリクソン十作目の著書である。

エリクソンと映画の親和性はいまにはじまったことではない。長年『LAウィークリー』や『ロサンゼルス・マガジン』の映画評を担当し、小説第一作『彷徨う日々』（一九八五）では一本の無声映画を果てしなく撮りつづけた架空の映画監督を中心に据え、『アムニジアスコープ』（一九九六）ではまさにロサンゼルスで映画評を書きながら創作に携わる人物を主人公に擬似私小説的作品を書き、その他の作品でもさまざまな形で映画を登場させてきた書き手なのだから、この『ゼロヴィル』という、ハリウッドを主たる舞台として、何本もの映画に言及し、映画シナリオを思わせる断章形式で書かれた作品を書いたことも、驚くにはあたるまい。

実際この作品には、実在する無数の映画が取り上げられている。シオドア・ドライサーの小説『アメリカの悲劇』（一九二五）を原作とし、モンゴメリー・クリフトとエリザベス・テイラー主演で映画化された『陽のあたる場所』（一九五一）、長年無声映画の古典とされながら「類似品」しかなかったのが一九八四年に奇跡的にオリジナル版が発見された『裁かるゝジャンヌ』（一九二八）、増村保造の『盲獣』（一九六九）や鈴木清順の『殺しの烙印』（一九六七）といったいかにもエリクソン好みの日本映画……この小説を読んだあと、たいていの読者は、作品内で触れられているいろんな映画が観たくなるにちがいない。

とはいえ、そうした現存する作品に読者を送り返すことがこの小説の目的ではおそらくない。『ゼロヴィル』の中で描写されている映画のほとんどは、現実に存在する作品をいちおうの相関物として持っているが、作品内のそれらの映画はあくまで、作者によって、そしてそれ以上に登場人物たちによって、夢見直された映画である。たとえば「ドレミの歌」「エーデルワイス」といった明るい肯定的な歌で知られるミュージカル映画は、「雪山に住む歌う妖怪の家族が、警察に追われ悪意ある音楽の跡を残していく話」と形容される。まあこれは極端な例だが、現実に存在する映画とはいえこの作品の中ではつねにある程度神話化されていることは頭に入れておくべきだろう。

だからこの小説は、小説内で触れられている映画作品（の現実における相関物）を知らないとその本質が摑めないということはまったくない。主人公の、「映画自閉症《シネオースティック》」と形容される、スキンヘッドに『陽のあたる場所』の一シーンを刺青しているヴィカーは、そこに彫られたモンゴメリー・クリフトとエリザベス・テイラーを他人がジェームズ・ディーンとナタリー・ウッド（『理由なき反抗』）と間違えると激しくキレるが、それは、この小説が読者に対して示すふるまいではない。読者がこの小説の細部の「答え合わせ」をするような読み方を作者は求めていない。映画にしても、またこれも現実にいちおうの対応物をたいていの場合持っている登場人物にしても、あくまで主人公ヴィカーを通して体感された存在として読者も体感するよう努めるのが得策だと思う。エリクソン自身、刊行後のインタビューで、「これまで一番励まされたのは、映画はあまり知らないのにこの本にのめり込んでくれた読者の反応だ」と述べている。

実際、映画ということとは直接関係ない、魅力的な要素がこの小説にはいくつもある。まず、『陽のあたる場所』を他人が『理由なき反抗』と間違えるとキレる映画自閉症者ヴィカーのキャラクター。エリクソンはこれまでにも無知＝無垢と暴力性がつながった人物をしばしば創造してきたが、ヴィカーはそのもっともコミカルなエリクソン的キャラクターだと言える。飛行機に乗る際、ファーストクラスで行かせると言われて「ファーストクラスの方が速いんですか？」と訊ねる一方で、映画については独自の審美眼を備えているその人物像は、エリクソンがいままで創造した数多くの印象的な人物のなかでもひときわ異彩を放っている。

また、そのヴィカーが、映画を観たあとかならず夢に見るシーンをめぐって展開するストーリーも荒唐無稽ながら——というより、荒唐無稽であるがゆえに——興味深い。それに関連して、ヴィカーが抱えている神と人間、父と息子という問題が（ヴィカーとその狂信的な父との関係は、エリクソンがエッセイなどでしばしば言及するフォークナーの小説『八月の光』主人公ジョー・クリスマスとその狂信的な養父との関係を想起させる）、物語の後半では父親と娘の、より肯定的な関係に反転していくあたりが、読者の情に訴える物語を生み出している。スケールの大きさ、幻視する力の強烈さをまずは強調したくなる作家だが、けっこう「情の人」でもあることをあらためて感じさせる。本書がとにかく「読んで面白い」一冊になっているのは、この側面の貢献するところが大きい。

一九六〇―七〇年代のアメリカの描き方も興味深い。たびたびエリクソン作品を礼賛しているアメリカ文学の巨人トマス・ピンチョンは、一九六〇年代に書いた『競売ナンバー49の叫び』（一九六六）ではザ・パラノイズという架空のロックバンドを捏造する必要があったのに対し、『LAヴァイス』（二〇〇九）では六〇年代を描くにあたりビートルズからはじまって実際に活動したさまざまなロックミュージシャンを作品の細部に使っている。もはや架空のミュージシャンを捏造せずとも、六〇年代自体がすでに人びとの記憶の中で多かれ少なかれ神話化されているということだろう。それと同じようなことがエリクソンにも言える。『彷徨う日々』では伝説の映画作家ミシェル・サールを捏造して核に据える必要があったのに対し、『ゼロヴィル』では七〇年代ハリウッドで観られ、作られていた映画、聞こえていた音楽、街を歩けば見かけたであろう人々の言葉やファッションなどが、なかば神話的な構成要素としてヴィカーを取り囲んでいる。

こうした時代的な細部に関しては、やはり英語圏（特にアメリカ）の読者と日本の読者では少し出発点が違うかもしれない。映画に関する知識が必須ではないということはすでに強調したが、とはいえ、英語圏の読者であればある程度誰もが共有している情報が、日本の読者の場合そうとは限らないということもあるかもしれず、いわば敷居が少し高くなっている可能性はある。そこで、細部に興味を抱いた読者のために、作品名や人物名が具体的に言及されておらず、現実の対応物が特定しにくいかもしれない映画・音楽については、このあとに簡単な注を付した。参考にしていただいてもいいし、あくまでこの作品の言葉だけでさまざまな映画を夢みたい方は無視していただければと思う。

ヴィカーという名前についてのみ、ここで一言触れておく。英語圏で「ヴィカー」と人々が口にすれば普通はvicar（牧師）という綴り・意味を思い浮かべるわけだが、ハリウッドに来ていわば自分を一から作り上げようとするアイク・ジェロームは、ヴィカーという名を選ぶにあたってVikarという変則的な綴りを選択する。このc/kという並列は、この小説における最重要映画『陽のあたる場所』（この作品を書くにあたってエリクソンは一連の映画を見直すことはほとんどなかったというが、この一作だけはさすがに何度か観たという）の、エリザベス・テイラー演じる金持ちの娘の名がアンジェラ・ヴィカーズ（Angela Vickers）であることを想起させる。登場人物たちの背後で時おりVICKERSと書かれたネオンサインが光るのは、この映画における印象的な細部のひとつである。

注

9頁（**8章**）**〈ムッソー&フランク〉** 往年のハリウッドの雰囲気をいまも残す名物レストラン。／**10頁**（**9章**）**“トラヴェラー”も宇宙を高速で旅して……スターチャイルドに、なる** 『2001年宇宙の旅』（スタンリー・キューブリック、一九六八）。／**12頁**（**11章**）**マラケッシュ行きの列車がどうこうという歌** 当時の最新グループのひとつクロスビー、スティルス&ナッシュの「マラケッシュ急行」（一九六九）。／**20頁**（**22章**）**グルーチョ・マルクスふうの口ひげを生やしたミュージシャン** フランク・ザッパ。／**29頁**（**33章**）**豚がどうこうってやつ** 一九六九年八月九日未明、チャールズ・マンソンの「ファミリー」たちは女優シャロン・テートらを殺したのちドアにテートの血で「豚」と書き、また別の殺人事件でも「豚どもに死を」とやはり犠牲者の血で書き残した。／**32頁**（**37章**）**ノーマ・ジーン・ベイカー** マリリン・モンローの本名。／**32頁**（**38章**）**自転車が頼りの仕事に就いた父親が自転車を盗まれてしまうイタリア映画** 『自転車泥棒』（ヴィットリオ・デ・シーカ、一九四八）。／**33頁**（**39章**）**ロンドンの写真家が、一見静かな公園に見える場を写した写真から殺人事件を発見する映画** 『欲望』（ミケランジェロ・アントニオーニ、一九六七）。／**雪山に住む歌う妖怪の家族が、警察に追われ悪**

意ある音楽の跡を残していく話　『サウンド・オブ・ミュージック』（ロバート・ワイズ、一九六五）。／**35頁（41章）生まれ変わりをめぐるヴィンセント・ミネリのミュージカル**　『晴れた日に永遠が見える』（一九七〇）。／**顔を傷つけられた女をたまたまヴィンセント・ミネリの娘が演じるオットー・プレミンジャーの映画**　ライザ・ミネリ主演の『愛しのジュニー・ムーン』（一九七〇）。／**36頁（42章）月へ向かう宇宙船の故障**　一九七〇年四月十一日に発射されたアポロ13号は、月に向かう途中で支援船の酸素タンクが爆発し、月面着陸を断念した。／**超有名ロックバンドの解散**　ポール・マッカートニーがビートルズからの脱退を発表し、解散をめぐる裁判が始まったのが一九七〇年四月十日。／**中西部の大学で学生四人が兵士たちに撃たれると**　アメリカのカンボジア侵攻に反対してデモ中だったケント州立大学生四人がオハイオ州兵軍に射殺されたのは一九七〇年五月四日。／**俺はいまお前の手に触れて……**　ストゥージズ「アイ・ワナ・ビー・ユア・ドッグ」（一九六九）。／**40頁（46章）スライ**　当時人気があった人種混合バンド、スライ&ザ・ファミリー・ストーンのリーダー、スライ・ストーンのこと。「アイ・ウォント・トゥ……」（一九六九）はその代表曲のひとつ。／**45頁（48章）『ザ・クリスティーン・ジョーゲンセン・ストーリー』**　邦題は『華麗なる変身』（一九七〇）。／**54頁（52章）全身金《きん》に塗られた美しい裸の女の姿**　『007／ゴールドフィンガー』（ガイ・ハミルトン、一九六四）。／**尾行するよう依頼された金髪女に私立探偵が恋してしまう**　『めまい』（アルフレッド・ヒッチコック、一九五八）。／**57頁（56章）金持ちの若者と貧しい娘をめぐるラブストーリー**　『ある愛の詩《うた》』（アーサー・ヒラー、一九七〇）。／**58頁（57章）実際、またリズと新作撮ってらっしゃるのよ**　『この愛にすべてを』（一九七〇）。／**59頁（58章）ワーナーでヒューストンが撮る西部劇**　『ロイ・ビーン』（一九七二）。脚本はヴァイキング・マンと同じファーストネームを持つジョン・ミリアス。／**61頁（58章）エヴァンスは向こう側にいるんだもの**　ドティの言う「製作の新しいボス」ロバート・エヴァンス。その前に出てくる「ボブ」はロバートの愛称。／**65頁（60章）カンヌではオートバイ乗りの映画が賞獲ってる**　デニス・ホッパーが『イージー・ライダー』で新人監督賞（一九六九）。／**映画館の安い席でペニス吸われる……カウボーイの映画がオスカー獲って**　『真夜中のカーボー《ママ》イ』（ジョン・シュレシンジャー、一九六九）はアカデミー作品賞・監督賞・脚色賞。／**ごろつきと映画学校出たての超うぬぼれ男**

とが脚本書いた二流のギャング映画　『ゴッドファーザー』（フランシス・フォード・コッポラ、一九七二）。／こんなグルービーな時代だもの　「イカした」を意味するグルービー（groovy）は一九六〇年代末のヒッピー文化を代表する流行語のひとつ。ドティはむろんそれを皮肉っぽく使っている。／67頁（62章）いまにも標的を始末しようというところで、一羽の蝶がライフルの銃身にとまって狙いがそれて……　『殺しの烙印』（鈴木清順、一九六七）。／71頁（67章）これってこの四十年で最大の地震だったんだよ　一九七一年二月九日に起きた「サンフェルナンド地震」。／83頁（77章）ドナ・リード　『地上より永遠に』（フレッド・ジンネマン、一九五三）でアカデミー助演女優賞を獲得し、テレビ番組『うちのママは世界一』（原題 *The Donna Reed Show*, 一九五八―六六）も大衆的人気を博した。／84頁（77章）たぶんあんた以外世界中誰もが聞いたことあるコーラスグループ　「夢のカリフォルニア」（一九六六）などで知られるママス&パパス。グループは六九年には分裂状態にあり、「キャス」・エリオットは当時ソロ歌手として活動していた。／第二のジャック・ワーナーかハリー・コーンになりたがっていて　ワーナーは当時ワーナー・ブラザースで、コーンはコロンビアで長年トップに立っていた経営者。／85頁（78章）〈シロズ〉　サンセット・ストリップにあったナイトクラブで、一九六〇年代後半〈ウィスキー＝ア＝ゴー＝ゴー〉などとともにロサンゼルス音楽シーンの拠点だった。／90頁（81章）ポーリン・ケール……アンドルー・サリス……ジェームズ・〔ファッキン・〕エイジー　いずれもインテリに影響力の大きかった映画批評家。／96頁（85章）男と女が銀行強盗やって人を撃つの　『俺たちに明日はない』（アーサー・ペン、一九六七）。／ママが撃たれちゃう子ジカの　『バンビ』（デイヴィッド・ハンド、一九四二）。／112頁（97章）自分が経営するストリップクラブとダンサーたちをギャングから守ろうとする男の話　『チャイニーズ・ブッキーを殺した男』（ジョン・カサヴェテス、一九七六）／113頁（99章）ゴダールの映画のオープニング・ショットで、カメラはヌードの……　『軽蔑』（ジャン＝リュック・ゴダール、一九六三）。／自分の名からkを抜いてもおかしくなかった……彼女はまさにそれほどの新星《ノヴァ》だった　キム・ノヴァクの姓（Novak）からkを抜けばnova（新星）となる。／124頁（105章）ジュールズ　ジョン・ガーフィールドのニックネーム。／128頁（110章）小さい女の子が悪魔に憑かれる話　『エクソシスト』（ウィリアム・フリードキン、一九七三）。／130頁（111章）家から遠く離れた呪われた船乗りの話　B・トラーフェン（トレイヴンとも）著『死の船』（一九二六）。／131頁（112章）彼には理解できない政治スキャンダル報道　一九七二年六月の民主党本部盗聴侵入事件に端を発したウォーターゲート事件は、七四年六月まで全米を揺るがせた。／都市は変わっても　わたしの妄執《オブセッション》は……　ロキシー・ミュージック「ヨーロッパ哀歌」（一九七三）。／133頁（114章）老いかけた男優と……女の歌　デイヴィッド・ボウイ「気のふれた男優」（一九七三）。／134頁（115章）君の記憶のうしろに留まっているのは……　デイヴィッド・ボウイ「プリティエスト・スター」（一九七三）。／135頁（117章）チャールズ・フォスター・ケーンの孫娘が誘拐された　チャールズ・フォスター・ケーンは新聞王ウィリアム・ランドルフ・ハーストをモデルとする『市民ケーン』（一九四一、オーソン・ウェルズ）の主人公で、一九七四年二月に現実に起きたのはハーストの孫娘パトリシアの誘拐事件。／136頁（118章）『千夜一夜物語』はエリザベス・テイラーと結婚していた男優によって書かれた　テイラーの五番目の夫と『千夜一夜物語』英訳者の一人は、いずれも名がリチャード・バートン。／140頁（123章）子供のころに虐待されて放火魔になった男が、金髪の美しい女子高生バトンガールに出会い……　『かわいい毒草』（ノエル・ブラック、一九六八）。次章で「チューズデイ」とあるのは主演のチューズデイ・ウェルド。／141頁（125章）ヒューストンはモロッコで例のキプリングのを撮ってる　『王になろうとした男』（一九七五）。／142頁（125章）マージーのシャム双生児の映画　『悪魔のシスター』（ブライアン・デ・パルマ、一九七三）。／143頁（126章）ヒッチハイカーがLAにたどり着き、革紐につながれる　『恐怖のまわり道』（一九四五、エドガー・G・ウルマー）。／LAにはびこる不貞を追って生計を立てている私立探偵が、街のもっとも禁じられた秘密のただなかに迷い込み……　『チャイナタウン』（ロマン・ポランスキー、一九七四）。／LAの私立探偵の中で誰よりも有名なロマン主義者探偵がビーチに行きつき……　フィリップ・マーロウを主人公とする『ロング・グッドバイ』（ロバート・アルトマン、一九七三）。／146頁（128章）すごく魅力的な女優……　『レニー・ブルース』に出てた人　ヴァレリー・ペリン。／148頁（130章）マイケルが人を使ってフレドを殺させるとき……　『ゴッドファーザーPARTⅡ』（フランシス・フォード・コッポラ、一九七三）。／149頁（131章）俺流の『アラビアのロレンス』『風とライオン』（ジョン・ミリアス、一九七五）。／152頁（133章）リードシンガーがパリで死んだ古いロサンゼルスのバンド　ドアーズのリードシンガー、ジム・モリソンは一九七一年七月に死亡。／159頁（138章）二組の夫婦が交換する映画　『ボブ&キャロル&テッド&アリス』（ポール・マザースキー、一九六九）。／182頁（163章）サール『マラーの死』　ここに列挙された映画のうち、これのみ虚構。第一作『彷徨う日々』（一九八五）以来エリクソン作品にたびたび現われる。／184頁（166章）一本目では人々が休暇である島を訪れ……　『情事』（一九六〇）。／二本目では『チャイナタウン』の私立探偵が海外特派員になっていて……　『さすらいの二人』（一九七五）。／187頁（169章）『愛の狩人』の男優の一人の、一度テレビで見た歌手二人組の一方でもある男　サイモン&ガーファンクルのアート・ガーファンクル。／188頁（170章）『君の薄青い瞳』 *Your Pale Blue Eyes* というタイトルは、ヴェルヴェット・アンダーグラウンドの「ペイル・ブルー・アイズ」（一九六九）を想起させる。／最大の実績が『ブルックリンの青春』だっていう奴が脚本・主演の……ボクサーをめぐるB級映画　『ロッキー』（ジョン・G・アヴィルドセン、一九七六）。／195頁（173章）ガバ　ガバ　ヘイ　パンクバンド、ラモーンズのキャッチフレーズ。／196頁（174章）日よけに書かれた住所は三一五番地　バワリー三一五番地にあったライブハウス〈CBGB〉。／225頁（217章）イギリスから来たバンドでね、リードシンガーは太ってて歯列矯正器《ブレース》つけた女でさ……何とサックスも女なんだよ　X―レイ・スペックス。リードシンガーはポリー・スタイリン、サックスはローラ・ロジック。／228頁（221章）コッポラの最新作二本のサウンドエディットもやったし、ジンネマン最新作の編集もやったし、過去四年でオスカーに二度ノミネートされた　ウォルター・マーチ。この時点までに『カンバセーション…盗聴…』（フランシス・フォード・コッポラ、一九七四）でアカデミー録音賞、『ジュリア』（フレッド・ジンネマン、一九七七）でアカデミー編集賞にそれぞれノミネート。／235頁（226章）殺し屋が車を盗むのに使う大きな輪の鍵束が出てくるシーン　『サムライ』（ジャン＝ピエール・メルヴィル、一九六七）。／239頁（222章）アメリカ人監督で、ジェーン・フォンダとジミー・カーンの映画　『カムズ・ア・ホースマン』（アラン・J・パクラ、一九七八）。／242頁（218章）イングマール・ベルイマンの映画で何度か見た有名なスウェーデン人女優の姿　リヴ・ウルマン。現実のウルマンはノルウェー人。／ジェームズ・ボンド・シリーズのプロデューサーの一人　ハリー・サルツマン。／243頁（217章）学校から長い道のりを歩いて家に帰り靴を駄目にする農民の少年を描いた三時間のイタリア大作映画　『木靴の樹』（エルマンノ・オノミ、一九七八）。／人を殺す叫び声を先住民から教わった男……をめぐるポーランド人監督によるイギリス映画　『ザ・シャウト　さまよえる幻響』（イエジー・スコリモフスキ、一九七八）。／248頁（209章）クロード・シャブロルが監督したイザベル・ユペール主演の新作　『ヴィオレット・ノジエール』（一九七八）。／彼女も今夜、何か賞を獲ったと思います　ユペールは女優賞受賞。／255頁（207章）暗殺されたらしいイタリアの大統領だか首相だか　テロリスト集団「赤い旅団」に誘拐され暗殺された元イタリア首相アルド・モーロ。／261頁（201章）『ラストタンゴ・イン・パリ』と『さすらいの二人』の女優もマリアだった　マリア・シュナイダー。／283頁（189章）実は二人の女優が同じ一人の女性を演じている　遺作となった『欲望のあいまいな対象』（一九七七）。／286頁（186章）娘がストレプ……　おそらく「ストレプ・スロート」（敗血性咽頭炎）と言おうとした。一九四五年三月、ジョン・ガーフィールドは六歳の娘キャサリンを喉の病で失った。／287頁（186章）フリードキンの奴　ウィリアム・フリードキン。／フィリピンにいるあの誇大妄想イタリア野郎はさ、誰にも理解できないベトナム戦争に……　『地獄の黙示録』（一九七九）を製作中だったフランシス・フォード・コッポラ。／コンラッドには悪いことしたけどな　『地獄の黙示録』はジョゼフ・コンラッドの中篇小説『闇の奥』（一九〇二）の場所・時代を植民地時代のコンゴから現代のベトナムに置き換えている。／モンタナにいるあの両性具有野郎、あいつもあいつでベトナム映画作ったら今度は大平原版『風と共に去りぬ』か何だかみたいな代物……　マイケル・チミノのベトナム映画は『ディア・ハンター』（一九七八）、大平原版『風と共に去りぬ』は『天国の門』（一九八〇）。／288頁（185章）俺は乗客……乗って乗ってまた乗る　イギー・ポップ「ザ・パッセンジャー」（一九七七）。／300頁（176章）千人もの子供たちが……親たちを埋める　X「アンハード・ミュージック」（一九八〇）。／301頁（175章）一八五K　Kは「キロ」の略で千ドル。／306頁（171章）半世紀以上前にフランス革命をめぐる失われたサイレント大作を作った有名なフランス人映画作家　前出の、『マラーの死』を作ったエリクソン虚構内人物アドルフ・サール。／307頁（170章）ドイツから出てくる新しい映画を何本か撮った人が、『さすらい』とか『アメリカの友人』とか……　ヴェンダース『さすらい』（一九七六）『アメリカの友人』（一九七七）の撮影を担当したのはロビー・ミューラー。

／**308頁（170章）一人最近のしてきた女優がいるのよ、ディケンズの小説から出てきたみたいな名前で、『ジュリア』にも出てたし……**　メリル・ストリープ。／**310頁（168章）イギリスのバンドがモンゴメリー・クリフトのことを歌っている……モンティの顔がハンドルの上でめちゃめちゃ**　クラッシュ "The Right Profile"（右の横顔　一九七九）。邦題は「ニューヨーク42番街」。／**338頁（137章）盲目の子供たちに勉強を教える元レーサーの許に二人の殺し屋がやって来る、六〇年代なかばの映画**　『殺人者たち』（ドン・シーゲル）。ジョン・カサヴェテスの俳優としての代表作で、暗黒街の黒幕を演じるのはロナルド・レーガン。／**349頁（131章）スコセッシの新作**『レイジング・ブル』（一九八〇）。／**358頁（124章）もちろんホークスはヘムを読んでいた、『脱出』を監督したんだから当然だよな**　『脱出』（一九四四）はヘミングウェイの『持つと持たぬと』（一九三七）を原作とする映画。／**362頁（123章）フランシスもマーティもポールもハルもブライアンもみんな、ジョージやスティーヴンでさえも**　七〇年代の若手映画監督が列挙されている。コッポラ、スコセッシ、マザースキー、アシュビー、デ・パルマ、ルーカス、スピルバーグ。／**俺なりの『アレクサンドル・ネフスキー』だよ……マックス・フォン・シドーがいてジェームズ・アール・ジョーンズがいて……**　『コナン・ザ・グレート』（ジョン・ミリアス、一九八二）。／**オーストリア人のものすげぇボディビルダーが演《や》るんだよ……噂じゃあケネディ家の女一名に……**　アーノルド・シュワルツェネッガー。のち一九八六年にケネディ元大統領の姪マリア・シュライヴァーと結婚。／**364頁（121章）この映画でヴィクトル・ユゴーの娘は現代のベルリンにいて怪物を出産し……**　『ポゼッション』（一九八一、アンジェイ・ズラウスキー）。主演はイザベル・アジャーニ。／**374頁（107章）かつて一度見た、シェービングクリームだけを身にまとってパフォーマンスをした女性パンクシンガー**　プラズマティックスのリードシンガー、ウェンディ・O・ウィリアムズ。／**389頁（87章）反原発デモの名残りが、セーヌに流れ込む噴水を縁どっている**　一九七四〜八一年にフランスで建設されたスーパーフェニックス原発には多くの市民が反対し、七七年七月、六万人が参加したデモでは死者も出た。／**390頁（86章）モンロー・スターなる名の三〇年代の映画プロデューサー**　ロバート・デ・ニーロが『ラスト・タイクーン』（エリア・カザン、一九七六）で演じたプロデューサーの名はスコット・F・フィッツジェラルドの原作どおり。／**392頁（83章）ノートルダム近辺にアメリカの本**

屋があって……　セーヌ川左岸にあるシェークスピア・アンド・カンパニー。貧しい若者に宿を提供することでも知られる。／**410頁（55章）五十年かけて誰にも見つからなかったものをあなたは一週間で見つけたんですか？**　かつてデンマークで上映された『裁かるゝジャンヌ』のポジプリントは事実一九八四年、オスロの精神病院で奇跡的に発見された。／**423頁（28章）すべての道が交わる街の真ん中で……**　ジョイ・ディヴィジョン「シャドウプレイ」（一九七九）。／**423頁（27章）未来のLAの探偵は、自分は記憶があるから人間だと信じているロボットたちを処刑する**　『ブレードランナー』（リドリー・スコット、一九八二）。／**430頁（17章）双子の姉がいたんだ……**　モンゴメリー・クリフトの数時間前に生まれた双子の姉エセルは二〇一四年まで存命だった（享年九十四）。／**432頁（16章）国じゅうがイングリッドの……私生活のことを騒ぎ出す前だ**　イングリッド・バーグマンは映画監督ロベルト・ロッセリーニとのスキャンダルで一九五〇年から数年アメリカを離れていた。／**445頁（3章）君はすごく出来のいい生徒だったよな、そうだろう、マデリン？……**　『めまい』（アルフレッド・ヒッチコック、一九五八）。／**大した男だったわ。あんたが人のことどう言おうと関係ないわ……**　『黒い罠』（オーソン・ウェルズ、一九五八）。／**彼女にキスされたとき僕は生まれた。彼女に去られたとき僕は死んだ……**　『孤独な場所で』（ニコラス・レイ、一九五〇）。

二〇一六年一月現在、スティーヴ・エリクソンの主要著作は以下のとおり。特記なき限り長篇小説。

Days Between Stations（1985）『彷徨う日々』越川芳明訳、筑摩書房
Rubicon Beach（1986）『ルビコン・ビーチ』島田雅彦訳、筑摩書房
Tours of the Black Clock（1989）『黒い時計の旅』柴田元幸訳、白水Uブックス
Leap Year（1989）『リープ・イヤー』（ノンフィクション）谷口真理訳、筑摩書房
Arc d'X（1993）『Xのアーチ』柴田元幸訳、集英社文庫

Amnesiascope (1996)『アムニジアスコープ』柴田元幸訳、集英社
American Nomad (1997)（ノンフィクション）
The Sea Came in at Midnight (1999)『真夜中に海がやってきた』越川芳明訳、筑摩書房
Our Ecstatic Days (2005)『エクスタシーの湖』越川芳明訳、筑摩書房
Zeroville (2007)『ゼロヴィル』本書
These Dreams of You (2012)『きみを夢みて』越川芳明訳、ちくま文庫
Shadowbahn (2016 刊行予定)

『ゼロヴィル』でエリクソンに出会った方は、ほかの作品も素晴らしいので、ぜひこの現代アメリカ文学最重要作家の一人をより深く知っていただければと思う。

読者には映画に関する知識が必須でなくとも、むろん訳者にはある程度の知識が要求されるわけで、それを付け焼き刃ではあれ得るために数十本の映画を観て、この小説を訳すのに近い至福を味わったが、むろんそれで知識として十分ではなく、その無知を服部滋さんが補ってくださった。あつくお礼を申しあげる。また、デイヴィッド・ボイドさん、テッド・グーセンさん、野崎歓さんにもいくつかの細部に関しご教示いただいた。編集には一貫して藤波健さんにお世話になった。皆さん、ありがとうございました。

映画がお好きな方も、そうでない方も、しばしの映画自閉症的時間を、訳者同様の至福のうちに過ごされますように——

柴田元幸

二〇一六年一月

訳者略歴

柴田元幸（しばた・もとゆき）

一九五四年生まれ。米文学者・東京大学特任教授・翻訳家。ポール・オースター、スティーヴン・ミルハウザー、スチュアート・ダイベック、スティーヴ・エリクソン、レベッカ・ブラウン、バリー・ユアグロー、トマス・ピンチョン、マーク・トウェイン、ジャック・ロンドンなど翻訳多数。『生半可な學者』で講談社エッセイ賞、『アメリカン・ナルシス』でサントリー学芸賞、『メイスン&ディクスン』で日本翻訳文化賞受賞。

ゼロヴィル

二〇一六年 二 月二〇日 印刷
二〇一六年 三 月一〇日 発行

著　者　スティーヴ・エリクソン
訳　者 © 柴　田　元　幸
発行者　及　川　直　志
印刷所　株式会社 三 陽 社
発行所　株式会社 白 水 社

東京都千代田区神田小川町三の二四
電話　営業部〇三（三二九一）七八一一
　　　編集部〇三（三二九一）七八二一
振替　〇〇一九〇-五-三三二二八
郵便番号　一〇一-〇〇五二
http://www.hakusuisha.co.jp

乱丁・落丁本は、送料小社負担にてお取り替えいたします。

株式会社松岳社

ISBN978-4-560-08489-2

Printed in Japan